KB207349

의미있는 삶의 징검다리

인생 후반전을 승리로 이끄는 삶 이야기

의미있는 삶의 징검다리
─인생 후반전을 승리로 이끄는 삶 이야기

펴낸날   2025년 5월 22일

지은이   이승율

펴낸이   유영일

펴낸곳   올리브나무 출판등록 제2002-000042호

          경기도 고양시 일산동구 정발산로 82번길 10, 705-101

          전화 070-8274-1226, 010-7755-2261

          팩스 031-629-6983   E메일 yoyoyi91@naver.com

ⓒ 이승율, 2025

 ISBN 979-11-91860-46-7 03810

이 책은 저작권법에 따라 보호를 받는 저작물이므로 무단 전재와 복제를 금합니다.
이 책의 전부 또는 일부를 사용하려면 반드시 저작권자의 서면 동의를 받아야 합니다.

값 20,000원

STEPPING STONES TO A MEANINGFUL LIFE

인생 후반전을 승리로 이끄는
삶 이야기

의미있는
삶의
징검다리

이승율 지음

올리브
올나무

헌사

인생을 "의미있는 삶의 징검다리"로
사용하는 모든 분들께 이 책을 바칩니다.

우리가 함께 가는 길

이영일

대한민국역사문화재단 고문

1

우리가 모두 사랑하고 존경하는 이승율 박사께서 "인생 후반전을 승리로 이끄는 삶의 이야기"란 부제를 달면서 『의미있는 삶의 징검다리』라는 제목으로 자신의 에세이 문집을 내놓았다. 이 책의 추천사를 써달라는 부탁을 받고 내가 과연 이 박사의 다양한 체험과 결단의 열매로 채워진 메시지 있는 글을 그 적정 형태로 살려서 독자들과 공감을 나눌 수 있을지 걱정하지 않을 수 없었다. 지금까지 이승율 박사는 단독 또는 공저로 20여 권의 저서를 냈는데, 『린치핀 코리아』나 『길목에 서면 길이 보인다』나 『북방에서 길을 찾다』는 저서들처럼 제목만 보아도 한눈에 목표와 방향이 잡히는 저서들과 이 책은 목표와 내용이 전혀 다른 저술이기 때문이다.

본서는 이 박사 자신이 걸어오고 체험하고 결단했던 삶의 스토리를 생생하게 기록하면서, 자기 인생 후반부에 기필코 도달하고 싶은 목표들을 이 책에서 당당히 밝히고 있다. 더욱이 책 서문에서 저자가 밝힌

대로 전 세계의 많은 독자들에게 가치 있는 인생의 의미를 찾도록 영감(靈感)을 갖게 해준 밥 버포드(Bob Buford)나 데이비드 브룩스 (David Brooks)의 저술들을 촌탁했다면서, 여러 분야에서 지도적 역할을 맡았던 분들과의 만남, 그분들과 나누었던 대화를 자세히 실감나게 기록하고 있다.

그간 필자는 대한민국에서 목적에 인도된 삶을 가장 분주하고 진지하게 살아온 이 박사의 글들을 많이 보고 듣고 읽어온 독자의 한 사람이지만, 이번에 출간한 자전적 에세이는 지금까지 보아온 책들과는 구성도 다르고 전달하려는 메시지도 달랐다. 이 박사는 지금까지 자기가 살면서 만나고 대화하고 관계를 맺고 협력을 나누었던 사람들과의 스토리들을 어떤 것은 일기체로, 어떤 것은 기행문이나 수상록처럼 풀어쓰면서 자기의 꿈과 목표를 말하고 있다. 동시에 독자들이 자기가 추구하는 목표와 꿈을 공유하면서 함께 승리의 길을 열자고 강력히 호소한다.

이 박사의 저서는 일반적인 자전(自傳) 기록물들에서 흔히 볼 수 있는 시계열 방식을 따르지 않는다. 베토벤의 교향곡처럼 하나의 일관된 주제를 펼치면서 변주곡들을 네 분야로 나누어서 화두를 풀어간다. 모두 4부로 구성되어 있는데, 제1부는 〈가족과 함께〉, 제2부는 〈이웃과 함께〉, 제3부는 〈주님과 함께〉, 제4부는 〈민족과 함께〉로 나누면서 자기가 추구하는 꿈과 목표에 포커스를 맞추고 있다.

이 박사의 삶과 목표설정에 영향을 주었거나 협력했던 사람들의 이야기는 실로 다채롭다. 조선 시대의 추사 김정희 선생의 세한도(歲寒圖)에 얽힌 이야기부터 고산 윤선도의 보길도 이야기가 튀어나오는가 하면, '아침 이슬'이라는 노래로 우리에게 감동을 주다가 세상을 하직

한 김민기 가수, 골프계의 거성 최경주와의 만남, 건축가 김중업, 기독교 장로들의 대부격인 김경래, 강원희 선교사의 삶과 섬김 이야기, 공동체 자유주의를 통해 한국 민주주의의 한계를 넘어보려다가 불치의 병으로 일찍 세상을 떠난 박세일 교수에 얽힌 이야기 등 실로 다양하다. 이 책에는 등장하는 사람들의 수도 이 박사의 부지런함에 비례해서 일일이 매거하기 힘들 만큼 많다. 많은 분들과의 만남, 교제, 대화와 협력이 스토리의 주류를 이루지만, 그러나 전혀 혼란스럽지 않다. 모든 것이 하나의 주제인 기독교적 선교정신(Christian Commitment)으로 수렴되기 때문이다. 그가 관심있게 만나고 협력하거나 협력을 구한 인물들은 하나같이 후세에 노블레스 오블리주로 평가받고 그 범주에 들어가고도 남을 인물들과의 이야기로 승화되어 있기 때문이다.

이 책은 456페이지나 되는 단행본이어서 짧은 글은 아니다. 그러나 이 박사가 평소에 보이는 긍정적인 마인드, 활달한 성격이나 태도, 그 화통하고 정감넘치는 말씨가 그대로 생동하고 있어서 독후감을 한마디로 요약한다면, 두꺼운 책을 어렵게 시간 내서 읽었다기보다는 모처럼 이승율 박사를 만나 둘이 신나게 토론하면서 대화를 나눈 책이라고 말해야 정확한 표현일 것이다. 인간 이승율을 이해하는 데 이 책만큼 정직하고 솔직한 자료는 또 없을 것이다.

2

필자에게는 이승율 박사의 삶과 겹치는 부분이 적잖다. 우선 생일이 같다. 양력 11월 17일이다. 또 예수님을 그리스도로 섬긴다. 또 서울 영동CBMC를 같이 했다. 동북아공동체연구재단이 설립되는 당시 고문으로 추대되어 지금까지 연을 이어오고 있다. 정계에 발을 들여놓기 전에는 국토통일원에서 정치외교정책담당관과 교육홍보실장, 통일교육원장을 역임했고, 국회에서도 통일외교통상위원으로 3선 국회의원 생활을 하면서 통일문제를 내 문제로 안고 살아왔다. 정계 은퇴 후에는 한민족복지재단의 공동대표로 북한을 6회 방문했고, 뒤이어 한중문화협회장을 역임하면서 중국의 여러 지역을 방문, 중국정치를 소재로 여러 편의 논문도 발표했다. 어느 하나 우리의 통일문제와 무관한 것은 없었다. 또 일본 츠쿠바(筑波)대학에 외국인 연구자로 가서 공부할 때도 사회주의 체제변동문제로 긴 논문을 쓴 바 있다. 활동공간 면에서도 이승율 박사와 겹치면서 문제의식도 공유하는 면이 많았다. 또 중국 연길CBMC창립 때도 함께 갔고 연변과기대에서 기조강연을 한 바도 있다. 이런 연유들로 나는 이승율 박사의 자전적 에세이를 읽어보고 감히 추천의 글을 쓰지 않을 수 없었다.

3

모든 자전적 에세이를 읽으면 저자 자신이 항상 주어가 된다. 그러나 이승율의 인생은 혼자 같으면서도 항상 혼자가 아니었다. 자기 인생의 주요한 변곡점(Inflexion Point)에는 항상 부인 박재숙 여사와 하나가 되어 있다. 부부이면서 비즈니스의 동업자이다. 또 CBMC(Connecting Business & Marketplace to Christ)운동의 동역자였다. 또 이승율 박사의 가장 큰 공헌으로 평가되는 연변과학기술대학(YUST)이나 평양과학기술대학(PUST) 설립에서도 이승율 내외는 한 몸이었다. 샘날 만큼 일심동체의 부부로서 공생한다. 항상 두 분이 힘을 합치기 때문에 혼자 생각만으로 추진해서 성사시키기 힘든 엄청난 일들을 감당해내고 있다. 또 국내외를 막론하고 어려운 이웃들을 돕는 봉사활동

(Outreach)에서는 부부뿐만이 아니라 전 가족이 일심동체가 되어 협동한다.

나는 이승율 박사가 아무나 손대거나 개입하기 힘들게 느껴지는 난제들 앞에서도 그것이 옳은 일, 꼭 필요한 일이라고 생각이 미치면 그 일 한번 추진해 보자고 선뜻 덤빌 수 있는 자신감의 원천이 무엇일까를 주의 깊게 살펴보았다. 거기에는 부부와 가족들이 항상 옳은 일에 일심동체로 협력하겠다는 가정의 모랄이 단단한 기반을 이루고 있었다. 가족공동체의 단합은 우애와 효도의 이니셔티브를 통해서만 가능한데, 그 점에서 이 박사는 타의 추종을 불허할 만큼 우애와 효를 중시하면서 살아온 것 같다. 그는 동시에 자기와 한번 좋은 뜻으로 인연을 맺은 사람들과는 "합심해서 선을 이루겠다는 진정성이 깔린 인격적 노력"을 통해서 협력을 이어왔고, 이것이 자산이 되어서 자기 개인이 가지고 있는 역량보다도 훨씬 큰 일을 성취해 내고 있다.

4

필자인 나도 CBMC운동에 참여는 했지만, 나에게는 CBMC가 믿음 생활하는 하나의 부수적 활동 이상의 의미를 갖지 않았다. 그러나 이승율에게 CBMC는 기독교 신앙을 통한 새로운 가치 창조의 길이었다. 그는 남달리 CBMC운동에 열정을 쏟았다. 혼자가 아닌 부부의 CBMC였고 전 가족의 CBMC였다. CBMC 사역의 확장에 앞장섰고 그 노력이 국내를 넘어서서 해외로 확장되었다. Korean Diaspora와 그리스도를 연결하는 운동으로 CBMC운동의 비전이 넓어지면서 수많은 유학생들이 객지에서 믿음 생활에 충실하도록 부흥하는 역할로까지 발전했다. 1930년대 미국의 대공황 시대에 기업과 기독교를 연결하는 운동으로 시작된 CBMC가 오늘날에는 발생지보다 한국에서 더 활성화되었고, 이 운동에서 가장 열성적이었던 이승율 박사는 마침내 한국CBMC의 중앙회장으로 피선되었다. 김진경 박사를 만나 연변과학기술대학(YUST) 설립 및 운영에 동참하면서 CBMC운동을 중국 대륙에 확대 전파해보겠다는 사명의식이 싹트게 되었다. 평양에 과학기술대학(PUST)을 세운 것도 그 연장선상에서 이루어진 일이다. 도대체 공산주의 국가에 사립대학을 만들어 모든 교수들이 보수도 없이 생활비를 자담하고 모처럼 주어진 자기 안식년을 희생하면서 공산권 대학생들에게 지식과 정보를 가르쳐준다는 구상이 가당(可當)이나 한 이야기인가. 맑은 정신으로는 상상할 수 없는 일이다.

연변과기대가 만들어질 당시는 중국이 등소평의 개혁개방정책으로 죽(竹)의 장막이 걷히면서 서방 지식인들의 호감을 얻어 구미의 자본과 기술, 투자를 유치해 보고 싶은 미끼적 동기 때문에 가능할 수도 있었다. 또 평양과기대도 중국의 상하이를 방문하고 천지가 개벽된 것 같다고 찬탄했던 북한 지도자의 호기심 때문에 세워졌을 수 있었다.

그러나 중국도 시진핑 정권이 들어서면서 공산당 중심의 Digital 독재가 뿌리를 내리면서 YUST는 더 이상 존속할 수 없게 되었고 PUST도 2023년 말부터 북한 당 중앙위원회가 남북한 간의 민족 동일성을 부정하고 적대적 2국가로 남북한 관계를 재정의하는 상황에서 존립의 토대가 사실상 불안한 상태다.

5

CBMC를 통해 공산권 선교에 큰 관심을 가졌던 이승율 박사에게는 남다른 꿈이 있었다. CBMC운동에 헌신하면서 조국통일에 기여하는 삶을 살겠다는 꿈이었다. 연변과기대를 지원하면서 연변의 조선족 사회를 관찰했고, 평양과기대를 만들면서 북한 동포들의 실정을 남달리 근접 체험할 수 있었다. 오늘 우리의 현실에서 직접 당국자들 간의 접촉과 대화로 통일문제가 평화적으로 해결될 수 없는 상황임을 그 누구든 모를 리 없다. 그러나 궁극적으로 이 나라는 통일되지 않으면 안 된다는 역사적 전망에서 이 박사는 당장은 어렵더라도, 우회적인 방법이 되더라도 한반도 평화통일에 기여할 환경이라도 만드는 데 일익을 맡겠다는 꿈을 키워 왔다. 그는 만주와 두만강과 연해주 일대를 여행하면서 한반도에 통일국가가 세워지면 지금까지 우리 민족을 약자(弱者)의 운명에 묶어 놓았던 지정학적 불리(不利)가 오히려 비약의 발판이 될 수도 있다는 전망도 갖게 되었다. 그는 평양과기대와 더불어 두만강 유역 개발문제, 북한·중국·러시아를 잇는 하산 공항 건설, 연해주 개발을 위한 한·러(韓露)협력문제들로 그의 정책적 사색은 폭을 확대해 나갔다. 또 앞으로 우크라이나 전쟁이 종결된 이후에는 북극 항로가 필연적으로 열릴 것으로 전망하면서 현재 국내에서 성숙되고 있는 부울경(부산, 울산, 경남) 경제권을 중심으로 북극 항로와 동해안을 연관짓는 남북한경제공동체 사업도 그의 새로운 관심사로 떠 올랐다. 또 한·중·일 3국관계가 외교적 이유나 정치적 이유로 중앙정부 차원에서 문제가 막힐 경우에는 지방자치단체들 간의 교류를 통해서라도 협력의 길을 뚫어보자는 취지에서 환황해지역협력문제에도 뛰어들었다. 최근에는 몽골CBMC를 설립하면서 한·몽간의 협력문제도 동북아공동체문화재단의 실천과제로 리스트에 올렸다.

지금 이승율 박사가 저서에 담고 있는 두만강이나 북·중·러 3국이 교차하는 지역을 개발하자는 스토리들은 그것이 비즈니스건 학술토론

이건 간에 길게 보면 우리나라의 통일과 하나같이 연관되어 있다. 과거 역사에도 그 뿌리가 있다. 1919년 손병희 선생이 맨 처음 대한민국 임시정부로 세운 연해주 대한국민회의나 이승율 박사의 선조되시는 석주(石洲) 이상룡 선생이 서간도에 신흥무관학교를 세우고 서로군정서(西路軍政署)를 펴면서 독립운동의 자치 기지(耕學社運動)를 세웠던 터전들이 있다.

이러한 역사 속의 이야기들은 어떻게 보면 이승율이 현재 이사장을 맡고 있는 동북아공동체 운동의 전사(前史)에 해당한다. 그러나 이승율은 이러한 꿈도 자기 개인의 꿈이 아닌 동북아공동체문화재단의 꿈으로 만들면서 그 실현에 도전하고 있다. 대부분의 사람들은 자기 전공에 매이거나 혹은 자기 학력에 매여 얼핏 가능의 역(可能之域)에 들어오지 않는 문제나 목표에 도전하기를 꺼리거나 피한다. 그러나 CBMC운동을 통해 어렵다고 정의된 일들을 잘 감당해낸 사람들은 자기가 옳은 일을 할 때면 하나님께서 항상 우리가 모르는 그분만의 방식으로 일이 성사되도록 밀어준다는 믿음 위에 선다. 신앙은 믿는 자에게는 복음이요 보증이기 때문이다.

독일 대통령이던 리하르트 바이츠제커(Richart von Weizsaecker)가 전 유럽이 하나의 경제공동체로 통합되어 나가다 보면 결국 독일도 하나로 통일될 것이라고 했던 그의 연설 한 대목이 아직도 내 기억 속에 남아있다. 이승율 박사의 통일접근법을 보면서 언젠가는 북·중·러 접경지역의 광역두만강개발계획(GTI)이 본 궤도에 오를 것이다. 그때쯤이면 우리의 통일문제도 돌파구가 생기지 않을까 기대된다. 지금은 막연하지만 때가 되면 이루어질 것을 믿고 기도한다.

6

지금 이승율 박사의 당면과제는 평양과기대를 정상적인 학사운영 상태로 살려내는 일이다. 지금은 세우기보다 살려내기가 더 어렵다. 무보수로 일할 교수 인력을 보충하는 문제, 공동 연구를 위해 교대 근무할 팀도 만들려고 동분서주하고 있다. 또 평양과기대를 마친 졸업생들의 진로도 열어 줘야 하고 더 높은 교육과 훈련을 받도록 북한 대학생들의 유학의 길도 터 주려고 애쓴다. 그러나 이 모든 일은 요즈음처럼 남북한의 긴장이 고조되는 시기에는 남북한 어느 쪽에서도 탐탁하게 생각하거나 칭찬받기 힘든 사역들이다.

그간 평양과기대의 설립과 운영을 맡아온 동북아교육문화협력재단(이사장 곽선희 목사)이 다른 NGO단체들과 더불어 북측의 남북 관계 단절 조치로 더 이상 북한지역에서 일할 수 없게 되었다. 결국 PUST를 살리려면 운영 주체의 탈한국화, 즉 비한국화(非韓國化)하는 도리밖에 없다. 구태여 비한국화 요구를 받아들이면서까지 평양과기대를 꼭 살려야 할 일인가. 공리적 관점에서만 따진다면 포기해야 할 일이다. 그러나 민족 동질성 회복이라는 차원에서 북한지역까지 유대를 확장하겠다는 역사적 소명을 가진 사람에게는 평양과기대는 기필코 살려내서 통일의 불씨가 꺼지지 않도록 관리해야 할 대상이다.

지금 이승율 박사는 이 책을 통해 자기가 역사적 소명의 길을 택했음을 당당히 선언하고 있다. 이승율 박사는 상황의 돌파구로 우선 외국인 교수 5명으로 임시대책위원회를 만들고 스위스의 취리히에 PUST 학사운영을 맡을 새로운 NGO재단을 만들었다. 그는 그간 PUST를 도왔던 남북미 대륙의 NGO지도자들과 기독단체들을 순방하면서 당면한 위기상황을 알리고 협찬을 구하는 일에 나섰다. 다행히 스위스 취리히 행정당국은 새로운 NGO재단을 허가해 주었다. 재단 설립 허가가 나오자 그 새로운 국제재단 명의의 의향서를 평양 당국에 보내어 코로나 발생 이래 온라인 수업만 해왔던 평양과기대의 대면 수업을 재개하기 위해 외국인 교수 30명의 북한 입국비자를 신청했다. 스위스 정부가 허가한 재단 명의의 비자신청이어서인지 지난 8월 23일자로 비자가 발급되었고, 외국인 교수들이 현장에 들어가 대면 수업을 재개하게 되었다. 실로 다행스러운 일이다. 이승율 박사 내외의 평양 방문이 언제 성사될지는 모르지만, 조만간 그 필요성을 북한이 느끼게 되지 않을까.

이승율 박사는 북한이 러시아 파병으로 식량과 에너지 문제는 다소 해결되었을지 모르지만, 질병과 전염병 같은 의료문제는 북한 정권의 취약부문으로 남아있다는 사실에 유의, 그러한 분야에서 국제협력을 유도할 국제컨퍼런스를 모색하고 있다. 만사형통을 기도한다.

이 책에서 이승율 박사가 그리는 꿈은, 일견 비현실적 일 같으면서도 실재로 이루어지고 있고 또 이루어져야 할 일들이다. 나는 많은 분들이 이 책을 읽고 그가 세운 목표들을 공감, 공유하면서 합심협력으로 큰 선을 이루는 기적이 나타나기를 간절히 기도한다. 우리가 함께 가는 길에 하나님의 은혜가 충만히 임하기를 고대한다.

인생 후반전을 승리로 이끄는 삶 이야기

'인생은 후반전부터야.'라는 말이 있다. 전반부의 인생은 성장론에 기반하지만, 후반부의 인생은 성숙한 삶을 지향하는 것이 가치있는 삶이란 뜻일 것이다. 나는 이 말에 전적으로 동의한다. 나의 지난날을 돌이켜 보아도 이 말은 자못 실감이 난다. 누구에게나 바람 부는 언덕에 올라 청춘의 열정과 야망을 불태우던 때가 있었으며, 그런 과정에 혹여 좌절하거나 슬픈 사연으로 목매게 울었던 적도 한두 번이 아니었을 것이다. 나도 그랬다. 그래서 요즘 더욱 간절하게 자신을 돌아보며 지난날의 과거사적 능선을 뛰어넘어 남은 인생의 후반전을 어떻게 살아갈 것인가에 골몰할 때가 많아졌다. 이런 과정에 내게 큰 지침이 되어 준 책들이 몇 권 있다. 그 가운데 밥 버포드(Bob Buford)가 쓴 『하프타임』과 데이비드 브룩스(David Brooks)가 쓴 『두 번째 산』이 대표적이다.

전자는 15년 전에 나온 책으로, "1권: 승부는 후반전에 결정난다, 2권: 어떻게 하프타임을 통과할 것인가?"라는 부제가 달릴 정도로 인생의 후반전을 어떻게 하면 승리로 이끌 것인가에 집중해서 쓴 시리즈 저작이다. 밥 버포드는 강한 어조로 묻는다. "하프타임 안에서 방향을 잃어버린 당신, 그대로 주저앉을 것인가, 새롭게 도전할 것인가?" 밥 버포드의 경우, 인생 전반부에서는 기업가로서 케이블 텔레비전 회사를 성공적으로 경영했으며, 후반부에서는 '하프타임'을 조직해 비즈니스와 전문직에 종사하는 지도자들이 자신의 소명에 따라 성공한 삶에서 '의미있는 삶'으로 옮겨 가도록 돕는 일을 했다. 특히 '리더십 네트워크'를 설립하여 혁신적인 교회 지도자들을 발굴하고 지원함으로써 교회가 한층 더 효과적으로 운영되도록 힘썼다. 피터 드러커가 "세상에 하나밖에 없는 책"이라고 극찬한 『하프타임』 시리즈는 우리가 남은 인생을 진지하게 점검할 수 있도록 계기를 마련해 주었으며, '의미있는 삶'의 참된 가치를 일깨워 준 책으로 널리 평가되었다. 나는 이 책을 60대 초반에 읽고 또 읽으면서 자신을 재정비하고 남은 인생을 좀 더 보람 있게, 행복하게, 가치 있게 성숙시켜 가는 일에 지침서로 삼기로 결심했다. 이후 나는 국내외 사회적 활동을 하는 데 필요한 인간관계와 비즈니스와 인격적인 덕목을 지켜가는 일에 매사 '하프타임'이 주는 의미와 메시지를 기본 주제로 삼아 대화하고, 협의하고, 사역(하나님의 '부르심')하려고 애를 썼다. 결과적으로 참으로 귀한 경험과 선한 열매를 거두었다.

또 한 권의 책이 있다. 5년 전에 읽은, 당시 아마존 베스트셀러 1위를 기록한 데이비드 브룩스가 쓴 『두 번째 산』이다. 책의 내용을 살펴보면, 저자가 주는 감동과 교훈이 범상치 않다. 미국의 저널리스트인 그는 이렇게 적었다. 세상을 살다 보면, 세속적인 상황에 매여 부화뇌동하며 떠도는 사람들이 대부분이지만, 의외로 겸허한 식견과 아량을 가지고 자신을 희생하면서까지 세상을 위해, 남을 위해 살아가는 '남다른 영혼'을 만날 때가 간혹 있다. 저자는 이를 두고 '두 번째 산을 오르는 사람'이라고 정의하며, '두 번째 산'을 오르는 삶은 개인주의를 넘어 공동체를 섬기며 자신의 초자아적인 '내면의 소리'에 귀 기울이는 사람이라고 소개한다. 주변인과 사회와의 연대를 존중하되 그 목표가 자신의 개인적인 이권이나 유익을 구하는 차원(저자는 이를 '첫 번째 산'에 머물러 있는 사람들의 특징으로 꼽았다)이 아니라 인생을 대대로 이어가야 할 세대 간의 '사회적 연결의 징검다리'로 사용하며, 그렇기에 소명으로서의 직업과 결혼과 가정을 중요시하는 합목적적인 인생을 살아야 한다고 강조한다. 다른 말로 해석하면, 인생의 '첫 번째 산'은 자아(ego)를 세우고 자기(self)를 규정하는 공간인 데 비해 '두 번째 산'은 자아를 버리고 자기를 내려놓는 곳이며, 정복하고 획득하는 장소가 아니라 헌신하고 희생함으로써 얻는 무형의 '기쁨'을 최고선(最高善)으로 삼는 전인적(whole)인 인격의 공간인 것이다. 그리고 이러한 '기쁨'은 '혼자'가 아닌 '함께'하는 과정에서 극대화되는 '가치 사슬'의 성과로 우리 사회의 미래를 변화시켜 가는 '위대한 힘'이 된다고 가르친다.

필자는 이 두 권의 책이 주는 감동과 교훈을 잊지 않고 늘 자신의 내면을 재구성하며 가족과 이웃과 주님('부르심')을 위해, 그리고 할 수만 있으면 내게 주어진 역사적 사명, 즉 연변과학기술대학(YUST)과 평양과학기술대학(PUST)을 통해 한민족의 새로운 미래를 위해 헌신 하는 육영사업에 온 힘을 기울여 왔다. 나는 이런 삶의 양식을 'Born-again Lifestyle'이라고 부르면서 나름대로 '선한 목적이 이끄는 길'로 달려가기를 힘써 왔다. 어쩌면 이번에 출간하는 책의 부제, "인생 후반전을 승리로 이끄는 삶의 이야기"는 '하프타임'을 통해 '두 번째 산'을 오르며 토하는 나의 깊은 숨소리(신앙 고백)이며, 또한 이웃과 함께 울며 터뜨리는 '기쁨'의 노래를 함축하는 말이기도 하리라. 40대 초반에 가족들의 손에 이끌려 따라갔던 오산리금식기도원에서 주님을 만났고, 그 후

일 년이 채 지나기도 전에 1990년 10월 초 북경에서 우연히 만난 김진경 총장을 통해 연변과기대 사역에 동참한 이래 지금까지 35년에 걸친 인생의 뒤안길을 돌아보면, 그 굽이굽이 길목마다 나를 이끄는 '보이지 않는 손길'이 있었다. 그리고 그때마다 개인의 아집에 머무르지 않고 대의와 공의를 위해 나아가도록 끊임없이 격려하고 부추겨 주신 주님과 이웃과 가족들의 사랑에 그저 한량없는 고마움을 느낄 따름이다. 특별히 중국과 북한이라는 두 개의 강력한 공산 사회주의 체제하에서 대학을 세우고 외국인 교수들의 헌신적인 봉사를 통해 서방식 교육을 받은 청년들이 그들 각국의 미래에 합당한 '새로운 사회'를 준비하도록 가르치고 이끌어 온 일은, 진실로 남다른 기쁨이며 '함께하는 정신'의 열매라고 증언하지 않을 수 없다. 필자는 이런 과정에 주어진 여러 가지 영적인 원리와 이웃들과의 협력 및 에피소드를 한데 묶어 낸 책 『의미있는 삶의 징검다리』를 펼쳐 보면서, 밥 버포드와 데이비드 브룩스가 가졌을 긍지와 보람을 동시적으로 느끼는 환상에 젖는다. 참으로 감사하고 축복받은 일이다.

책의 구성은 전체를 4부로 하여 '가족과 함께', '이웃과 함께', '주님과 함께', '민족과 함께'로 편성하였다. 대부분 필자가 동북아공동체문화재단 칼럼공동체(감 · 격 · 사 · 회)를 통하여 게재한 글들을 주제별로, 연도 및 월별 순서로 묶었다. 특히 남북한 적대관계나 대북제재(sanctions)의 영향을 받지 않도록 내용을 최대한 객관적으로 서술하였다. 이 책이 나오기까지 수고한 분들이 많다. 초고를 검토해 준 정원주 실장과 이세라 과장, 그리고 내용상 문제가 없을지 예의 주목하여 감수해 준 아내 박재숙 회장(반도이앤씨 대표이사)의 노고에 감사한다. 끝으로 기독교 서적 출판사로 이름이 높은 '올리브나무'의 이순임 대표께서 온갖 성의를 다하여 완성도 높은 책을 만들어 준 데 대하여 감사한다. 그리고 무엇보다도 필자로 하여금 '하프타임'의 휘슬을 불며 '두 번째 산'으로 올라가 가족과 이웃과 주님('부르심')과 민족을 위해 거듭난 인생의 길 '의미있는 삶'을 지향하며 살도록 인도해 주신 하나님께 무한 감사드린다. 원하기는 이 책이 책장에 꽂혀 먼지를 덮어쓴 채로 잠자는 책이 되는 것이 아니라, 활기차게 살아 움직이는 운동력이 있어서 남북한 미래세대를 일깨우고 그들이 '함께' 손잡고 한민족의 새 시대를 구현하는 일에 승리하도록 돕는 초석이 되기를 바라는 마음 그지없다.

2025년 4월 15일
양재동 우거에서 이승율

| 차례 |

● **추천사** | 이영일_우리가 함께 가는 길 • 7
● **머리말** | 인생 후반전을 승리로 이끄는 삶 이야기 • 17

제1부 가족과 함께

매화꽃 피는 언덕에서 • 26
마음의 고향 • 38
천사의 섬 • 46
정월 대보름날의 추억 • 69
소산비경(小山祕境) 탐방기 • 80
이 모든 것을 너희에게 더하시리라 • 88

제2부 이웃과 함께

김형석 교수의 신간 사인회 • 102
김중업 건축가와의 인연 • 110
나누고 싶은 소식들 • 116
손 아무개가 기증한 마지막 작품 • 129
노래와 인생 • 137
보길도 가는 길 • 150

제3부 주님과 함께

신앙의 힘 · 174

최경주 아일랜드 · 182

아름다운 동행 · 190

제4차 로잔대회 · 234

남 주자학(學) 개론 · 247

한국의 동쪽, 한동대 · 267

제4부 민족과 함께

봄길 · 282

초국경 공생사회를 향하여 · 286

내가 달려갈 길 · 304

두만강은 흐른다—지정학과 동북아 미래 · 309

독립정신을 통일정신으로 · 335

아니니족의 4박 5일—중국 소수민족의 애환과 미래 희망 · 370

일본에서 몽골까지 · 405

We Are All One Team · 445

● 저자 프로필 · 454

제1부
가족과 함께

매화꽃 피는 언덕에서

고향에서 들려온 비보

경북 청도대남병원에서 어머니를 돌보고 있는 담당 의사로부터 급한 전화가 걸려 왔다. 2022년 3월 11일(금) 저녁때다.

"어르신께서 요 며칠 전부터 상태가 좋지 않아서 걱정됩니다. 혈압과 맥박은 비교적 정상인데 기력이 많이 떨어지고 곡기를 드시지 못하고 있습니다."

전화를 받은 아내가 다급하게 몇 가지 상황을 질문했다. 대답은 같은 내용이었다. 통화를 마치면서 담당 의사는 "자녀들은 어디 멀리 가지 마시고 대기 상태로 있는 게 좋겠습니다."라는 말을 남겼다.

우리 내외는 갑자기 이 전화를 받고 놀라기도 했지만, 이전부터 각오하고 있던 터라 침착하게 대응하려고 애를 썼다. 지방에 있는 동생들에게 연락을 취하는 한편, 우리도 모든 스케줄을 뒤로 미루고 청도에 내려가 대기 상태에 들어갈 준비를 했다.

그러나 이틀 후 주일에는 용인에 있는 '수지선한목자교회'에서 간증(연변/평양과기대 사역)을 하기로 예정되어 있었고, 그다음 날 월요일 오후에는 본 재단 상임대표이신 이양구 전 우크라이나 대사와 함께 김산호 화백(라이파이 만화로 유명했던 분)을 20년 만에 만나기로 오래전에 약속했었는데, 이 약속을 깰 수가 없어서 부득이 화요일(3/15) 아침 일찍 내려가기로 했다.

마지막으로 잡은 어머니의 손

3월 15일(화), 수서역을 출발하여 동대구역에서 무궁화호를 갈아타고 12시가 다 되어 청도역에 도착했다. 담당 의사를 만나 어머니에 대해 상담할 시간을 2시로 잡아두었다. 청도 고향에서 작업실을 만들어 놓고 미술 활동을 하고 있는 둘째 동생(이승무 화백)이 마중을 나왔다. 둘째 제수씨가 경영하고 있는 교복점에 가서 잠시 대기하는 사이에 대구에 있는 막냇동생(이승용 사장) 내외가 와서 우리 모두 간단히 점심을

청도대남병원

나눈 후 곧장 대남병원으로 갔다.

며칠 전에 면회를 신청했지만, 병원 측에서 면회가 안 된다고 하기에 우리 내외는 담당의를 만나 어머니의 상태를 직접 듣고 일주일 내지 열흘 정도 대기할 작정을 하고 급히 내려간 것이다. 그런데 담당의가 우리를 보자마자 환자 상태가 위중하다고 하면서, 가족들 중 누구 한 사람만 대표로 어머니를 면회하는 게 좋겠다고 말하는 것이 아닌가!

가슴이 철렁 내려앉았다. 장남인 내가 대표로 어머니를 뵙기로 했다. 먼저 PCR 검사부터 하고 방역복으로 갈아입은 후 3층 병실로 올라갔다. 산소호흡기를 낀 채 숨을 몰아쉬고 있는 어머니를 실로 2년 만에 만났다. 실로 2년 만에 어머니의 손을 잡아 보았다.

어머니의 영면을 위한 기도

2020년 2월, 청도대남병원이 코로나19 발발의 진원지로 알려지면서 그 후 방역 당국의 엄중한 코호트 격리조치로 연말까지 외부인의 병원 출입이 일절 차단되었다. 그 바람에 우리 가족도 어머니를 일 년 가까이 만나 볼 수 없었다. 그리고 지난해 2021년에 들어와서는 유리창을 사이에 두고 어머니를 뵈었다. 병원 측에서 전화선을 연결하여 대화하도록 조치해 놓았으나, 90세 넘은 환자가 귀가 잘 들리지 않는데, 어떻게 수화기 너머로 전해지는 말로써 의사 전달을 할 수 있겠는가!

우리 형제들은 8절지 백지에 "어머니! 사랑해요", "보고 싶었어요", "힘내세요", "먹을 것 많이 갖고 왔어요." 등등 갈 때마다 종이에 글씨를 크게 써서 유리창을 통해 소통하며 피눈물을 흘렸다. 그러다가 이제 2년여 만에 처음으로 직접 어머니 손을 잡아 본 것이다. 그런데 그 손이 차갑게 식어 있었다.

나는 오른손으로 어머니의 손을 잡고 다른 한 손으로 어머니의 이마와 머리를 쓰다듬으면서 귓전에 대고 큰 소리로 울며 기도했다. 이마에는 아직 온기가 남아 있었으나 의식이 없으셨다.

나는 어머니께서 분명히 아들의 기도 소리를 듣고 있다고 믿고 간절히 기도했다. 하나님께 어머니의 영혼을 부탁하는 천국 환송 기도를 했다. 정신없이 깊은 잠에 빠져 있는 듯한 어머니의 얼굴이 그렇게 평안해 보일 수가 없었다.

우리 곁을 떠나신 어머니

어머니를 면회한 후 병원 마당에 있는 동생들에게 가서 어머니의 상태를 전했다. 다들 일말의 기대를 하고 있다가 낙심하면서 울음이 터져 나왔다.

나는 동생들 옆에 엉거주춤 서 있는 담당 의사와 간호과장의 손을 붙잡고 간곡히 부탁했다. "한 사람만 면회 된다고 해서 제가 다녀왔지만 이럴 수는 없어요, 우리 가족들이 모두 병실에 들어가 임종을 볼 수 없다면, 막냇동생만이라도 어머니를 보게 해주세요. 장남만 보고 이대로 끝낼 수가 없어요. 정 오늘 못 보면 내일이라도 보게 해주세요, 며칠이라도 기다릴 테니 매일 한 사람씩 어머니를 보게 해주세요." 우리 형제들은 울면서 간곡히 부탁했다.

그러자 담당의가 그럼 한 분만 더 어머니를 뵙고 오도록 조치하겠다고 하면서 간호과장에게 지시를 했다. 막냇동생이 얼른 가서 PCR 검사를 한 후 방역복을 입고 어머니가 계시는 병실로 올라갔다. 그리고 동생이 면회를 마치고 온 지 2시간 후에 어머니께서 운명하셨다. 우리 형제들이 병원을 떠나 둘째 제수씨의 교복점에 모여 이런저런 얘기를 나누고 있는데, 청도 동생에게 전화가 걸려 왔다. 전화를 받던 동생의 얼굴이 흙빛으로 변했다. 담당 의사의 전화였다. 그때가 3월 15일 오후 5시였다.

오호 통재라! 그렇게 어머니는 우리들 곁을 떠나가셨다.

예비된 장례 절차

빈소를 마련하느라 대구 파티마병원과 경북대 의대 병원에 문의해 봤지만 허사였다. 지방에 있는 동생들의 의견을 좇아 대구에 있는 다른 몇 곳의 장례식장도 더 알아봤지만 모두 꽉 차 있었다.

대남병원 행정원장인 이종사촌이 대남병원에 있는 장례식장도 좋은데 왜 자꾸 대구로 가려고 하느냐고 핀잔을 주는 것이 아닌가. 그래서 우리 형제들이 직접 가서 확인해 봤더니 의외로 깨끗하고 방과 홀이 무척 넓었다. 다른 곳을 더 알아볼 필요도 없이 가족회의를 거쳐 청도 농협 장례식장으로 빈소를 결정했다.

그러면서 화장장도 여기저기 알아봤다. 대구, 경주, 밀양 등 모든 화장장이 토요일(19일)까지 꽉 차 있었다. 20일, 주일에는 가능하다고 하는데, 목사님을 모셔서 발인예배와 하관예배를 드려야 하는데, 주일 날 교회 예배를 집전해야 할 목사님을 어떻게 오시라고 할 수 있겠는가! 우리 형제들은 21일(월) 발인하기로 의논했다. 그러면 7일장이 되는 것이다.

그런데 그날 밤 10시 반쯤 대남병원 장례지도사로부터 전화가 걸려 왔다. 혹시 17일 새벽 일찍 발인할 수 있겠느냐, 김천에 있는 화장장에서 새벽 6시에 화장을 해주겠다는 연락이 왔다고 하면서, 그러려면 새벽 4시에는 청도에서 출발해야 한다고 했다. 나는 먼저 청도대성교회 담임목사님께 부탁하여 동의를 구한 다음, 무조건 그렇게 하겠다고 답변했다. 결국 3시 반에 발인예배를 드리기로 했고, 3일장으로 장례 절차를 진행할 수 있게 되었다.

복 받으신 우리 어머니

다음날(3/16) 아침에야 비로소 부고장을 보낼 수 있었다. 3월 15일 향년 95세로 별세, 빈소: 청도농협장례식장, 3월 16일 오후 2시 입관예배, 3월 17일 3시 반 발인예배, 정오에 청도 풍각면 월봉리 선영에서 하관예배로 장사한다는 내용을 간단히 정리해서 SNS 부고장을 띄웠다.

다른 동생들은 제각기 부조를 받는 것으로 했지만, 나는 부고장에 조문, 부의금, 조화를 정중히 사양한다는 문구를 넣었다. 우리 내외는 이전부터 어머니 장례는 장남이 모두 비용을 대고 부의금도 받지 않겠다고 마음먹고 있었다. 이 나이(74세) 되어서까지 모친상 났다고 부조를 받기가 너무 마음에 부담이 되었기 때문이다. 그런데도 많은 분들이 조의를 표해 주셔서 장례비용뿐만 아니라 병원, 교회, 집안에 그동안 신세 진 분들에게 사례도 넉넉히 해드릴 수 있었다.

그러고 보니 우리 어머니는 참으로 복을 많이 받으신 분이라는 생각이 든다. 지난해 12월에 선영에 있는 조부모와 선친의 봉분묘를 평장으로 바꿀 때, 어머니도 아버지와 함께 합장하도록 미리 준비해 두었다. 그리고 돌아가실 때까지 매주 자식들의 문안을 받았다. 우리 내외도 한 달에 한 번씩은 꼭 내려갔었는데, 지방(청도, 대구, 울산, 포항, 밀양 등)에 있는 동생 가족들이 한 달에 한 번씩만 번갈아 와도 어머니께서는 매주 자식을 만나는 셈이었다. 자식들이 자주, 많이 와서 어머니는 병원에서도 복 많은 분으로 소문이 났다.

어머니의 고백

어머니가 교회를 나가시게 된 지는 10년 남짓 된다. 그전에 젊었을 때는 대구 불교조계종 여신도지부장까지 하신 분이다. 그렇게 불도가 깊었던 분이 10년 전에 패혈증이 왔을 때, 본인 스스로 '이제 내가 살려면 교회에 나가서 예수를 믿어야겠구나.' 하는 생각을 하셨다.

우리 내외가 그렇게 전도했는데도 말씀을 듣지 않으시더니, 어머니의 오랜 친구가 암 말기 환자가 되어 고생하다가 교회에 가서 목사님에게 기도 받고 병을 고쳤다는 얘기를 마음에 새겨두고 있었다. 그러다가 막상 본인이 죽을 고비가 되자, 자신의 평소 관습적 신념을 스스로 뒤집으셨던 것이다.

어머니가 패혈증인 것을 알게 된 건 거의 우연에 가까운 일이었다. 당시 대구 아파트에서 독거하고 계시던 어머니가 가끔 병이 나시면 집 앞에 있는 병원에 가서 며칠씩 입원 치료를 받곤 하셨는데, 그때도 그랬다. 어머니가 입원하셨다는 얘기를 듣고 우리 내외는 주말에 대구로 내려갔고 지방에 있는 동생들도 같이 모이게 했다. 오기로 한 형제 가족들이 다 모이자 어머니께서 침대에서 일어나 앉으신 후, 우리를 둘러보시면서 하신 말씀이 평생 잊지 않는다.

"내가 이제부터 예수를 믿어야겠다."

어머니와 함께 산 5년

동네 병원에 입원하신 지 사흘 정도 되었던 날이다. 울산에서 다섯째 동생이 성형외과를 운영하고 있고, 그 다섯째 제수씨는 약사이다. 그런데 어머니가 맞고 있는 수액주사를 살펴보다가 병원에서 곰팡이 치료제를 쓰는 걸 알았던 모양이다. 저녁 늦게 울산에 돌아간 제수씨가 아무래도 찜찜해서 자신의 언니(영남대병원 내과의사)에게 이런 사실을 물어보고 의견을 구했더니, 일성으로 하는 말이 "얘야, 큰일 난다. 빨리 서울에 있는 큰 병원으로 모시고 가라."고 했다는 것이다. 다섯째 동생 이승한 원장(울산 이바담성형외과)이 그 말을 듣고 서울에 있는 셋째 동생 이승건 원장(에피파니치과)과 나의 큰아들 이동엽 원장(참포도나무병원)에게 급하게 의논을 했다. 그리고 큰아들이 이튿날 새벽 일찍 병원에 있는 스타렉스를 몰고 혼자 대구로 내려가서 할머니를 모시고 올라와서는 강남세브란스 응급실에 입원시켰다.

이게 사건(?)의 전말이다. 그러지 않았으면 그때 어머니는 돌아가셨을 것이다. 병원 측 검사 결과가 하루 정도만 늦었어도 상을 당할 뻔했다. 급성 패혈증이었던 것이다. 석 달간 강남세브란스에서 치료를 마친 후 어머니를 양재동 우리 집으로 모셨다. 단독 빌라 1층이 우리 집인데 집 앞에 소공원이 있고, 거기에는 꽃을 피우는 나무들이 제법 많았다. 어머니께서는 공원에 접한 방을 무척 좋아하셨고 거기서 만 5년을 사셨다. 그리고 동네에 있는 교회를 다니셨고, 교회 목사님과 성도들이 어머니를 정성껏 섬겨 주셔서 우리 내외는 그분들 때문에 효도를 다한 셈이 되었다.

외삼촌이 계신 곳으로

만 5년이 지난 어느 날, 어머니는 우리 내외를 보고 이렇게 말씀하셨다.

"너희들하고 같이 있는 것도 좋다마는 고향에 가고 싶다. 동생이 청도대남병원에 있다고 하니 동생 있는 데 가서 지내고 싶다."

몸이 약해지고 거동이 불편해지자 어머니를 근교에 있는 수준급 요양병원으로 옮겨 간병했는데 그곳이 영 마음에 들지 않으신 것이다.

어머니보다 두 살 아래인 외삼촌은, 실은 환자가 아니면서 돌봐 줄 가족들이 아무도 없게 되자(외숙모는 오래전에 돌아가셨고 자녀들도 모두 출가하여 외지에 살고 있다), 병원장 친구에게 부탁하여 2인실에 기거하셨다. 주말에는 밖에 나가 목욕도 하시고 또 친구들과 소주도 한잔하면서 노년을 보내고 계셨다.

어머니께서 그 외삼촌이 계시는 청도대남병원으로 옮겨 가신 지가 꼭 5년이 지났다. 우리 내외는 거의 빠짐없이 매월 한 번씩 문안을 갔다. 지방에 있는 형제 가족들도 저마다 여유가 나는 대로 자주 어머니를 찾아뵈었다. 특히 청도에 살고 있는 둘째 동생(이승무 화백) 내외가 보호자 구실을 하며 늘 가까이에서 어머니를 돌봤다. 그러고 보니 병원 간호사들이 우리 어머니를 보고 가장 복 받은 분이라고 했던 말이 틀린 말은 아닌 것 같다. 그런 어머니가 이제 우리 곁을 떠나셨다.

어머니의 기도

조문객들이 많이 오셨다. 지방에 있는 동생들의 지인, 친척들도 많앉고 서울에서 일부러 먼 길을 다녀가신 분들도 적지 않았다. 나중에 SNS 문자로 그분들께 일일이 감사의 인사를 드렸지만 생각할수록 마음속으로 고맙게 여겨진다. 조문을 정중히 사양했음에도 불구하고 이렇게 찾아 주셨으니 미안하고 민망하기 짝이 없다. 그러나 한국인의 인정이 이런 것이라는 생각도 절로 났다. 조화를 보내주신 분들도 많았는데, 꽤 넓은 장례식장의 홀을 다 채우고 넘쳐서 건물 출입구 바깥 양쪽으로 길게 늘어선 화환을 보고 있노라니, 8남매를 둔 어머니의 음덕이 크시고 이것도 하나님께서 주신 복이라는 생각이 들었다.

장례식장이 농협에서 운영하는 곳이다 보니 생화 대신 '쌀'포대를 매단 조화가 많이 들어왔다. 180개가 넘는 '쌀'포대를 수거하여 절반은 교회로 보내고, 나머지 절반은 청도군청에 보내 무료급식소에 기증을 했다. 어머니가 세상에 남기신 '사랑의 쌀'이라고 여겨진다. 어머니께서 교회를 나가신 후 늘 하신 말씀 가운데 자식들과 손주들에게 좋은 일이 있을 때마다 하신 말씀이 있다.

"너거들 잘 되는 거, 다 내가 기도해서 그런 거다. 알기나 하나!"

어머니의 강하고 담대한 믿음을 나는 인정한다. 교회 출석한 이후 새벽 5시면 일어나 세수하시고 옷을 정갈하게 갈아입으신 다음, 꼬박 한 시간을 기도하시던 어머니가 그립다. 8남매, 16손주, 13증손들의 이름을 불러가며 한 시간을 기도하시던 어머니의 모습이 돌아가신 지 며칠 되지도 않았는데 벌써 그리워진다.

한 줌의 재가 된 어머니

3월 17일 새벽 3시 반에 발인예배를 드렸다. 청도대성교회 방인용 목사께서 입관 예배부터 하관 예배까지 다 집도해 주셨다. 고맙기 그지 없는 분이시다.

발인예배를 마치고 4시에 출발하여 5시 반경 김천화장장에 도착하여 안내를 기다렸다. 6시에 화장을 시작했다. 한 시간 반을 또 기다렸다. 한 줌의 재가 되어 나오신 어머니의 유골을 바라보며 오열이 터졌다. 장례 버스의 앞자리에 아들 이동엽 원장이 영정을 모시고 앉았고, 그 뒷좌석에 장남인 내가 유골함을 껴안고 앉았다. 눈물이 비 오듯 흘렀다. 청도 풍각면 선영까지 가는 데 2시간이 걸렸다.

장지에는 하관 작업을 위해 인부들이 미리 나와 있었다. 집안 어르신들도 장지에 미리 와 계셨다. 특히 대남병원 행정원장으로 있는 이종사촌(전 청도군의회 의장)이 지난 연말에 묘지 정비를 주관해 주었는데 하관 시에도 진두지휘해 주었다. 어머니의 유골을 땅에 묻고 그 위에 시삽을 하면서 흙으로 덮었다. 그리고 미리 제작해 둔 묘비석을 세웠다. 아버지와 합장을 한 것이다. 어머니가 하늘나라에서 아버지와 함께 손잡고 계실 것을 믿는다. 하나님의 품에 안겨 있을 부모님을 생각하니 슬픔이 변하여 큰 기쁨이 된다.

영면에 드신 어머니

목사님의 하관 예배 말씀(고전 15:51-53)이 가슴을 울린다.

"보라 내가 너희에게 비밀을 말하노니 우리가 다 잠잘 것이 아니요, 마지막 나팔에 순식간에 홀연히 다 변화하리니, 나팔 소리가 나매 죽은 자들이 썩지 아니할 것으로 다시 살고 우리도 변화하리

라. 이 썩을 것이 불가불 썩지 아니할 것을 입겠고 이 죽을 것이 죽
지 아니함을 입으리로다."

이보다 더 큰 위로가 없고 이보다 더 아름답고 복된 영생에의 확신
이 없을 것이다. 주님께 감사한다.

하관 예배를 마치고 주위를 둘러보니 월봉리 마을이 내려다보이는
장지 언덕 위에 있는 여러 그루의 매화나무에 꽃이 만개해 있었다. 막
피어난 매화꽃 사이로 성령의 바람이 스쳐 지나가는 것 같다. 모든 장
례를 마치고 청도 읍내로 돌아오는데 봄비가 내렸다. 지금도 일주일 전
그날을 생각하니 이런 시적 감동이 가슴을 또 울린다.

"매화꽃 피는 언덕에서 봄비를 맞는다.
어머니 무덤에 봄비가 내린다.
죽어도 죽지 않는 생명으로 봄비가 흐른다."

STEPPING STONES TO A MEANINGFUL LIFE

마음의 고향

재충전과 만남의 추석 연휴

6일간의 추석 명절(2023년도) 연휴를 맞아 문득 동두천 두레 공동체 마을에 가고 싶다는 생각이 불현듯 일어났다.

곧바로 김진홍 목사님께 전화를 드려 9월 30일(토) 오후에 두레마을에 도착하여 1박을 하고, 다음날 주일예배를 김 목사님이 설교 목사로 계시는 동두천신광교회에서 예배드린 후 돌아오겠다고 말씀을 드렸다. 김 목사님은 "웰컴, 웰컴!" 하셨다.

예전에 어머니가 청도대남병원에서 요양하고 계실 때는 추석이나 설 명절이 되면, 8남매가 모두 청도 둘째 동생 집에 모여 추도예배를 드렸다. 물론 어머니께 문안도 함께 가고 소풍 놀이도 같이하면서 우애를 다졌다.

작년 봄에 어머니가 소천하신 후에는 4월 초 한식일에만 청도 고향에 다 같이 모여 성묘하기로 하고 명절 연휴 때는 각자 직계가족들끼리 명절을 쇠도록 의논했다. 그래서 이번 추석에 나는 2남 1녀 자녀들 식구와 함께 서울에서 명절을 쇠게 되었다.

그러다 보니 왠지 마음 한구석에 고향을 잃어버린 듯한 허전함이 있었다. 동두천두레공동체 마을에 가고 싶다는 생각이 든 것은 서울을 벗어나고 싶은 마음과 어딘가 안식처에 가서 잠시라도 쉼을 얻고 싶다는 생각이 겹쳤기 때문이리라.

동두천 두레마을

김진홍 목사님을 만나는 일은 지방에 있는 형제들을 만나는 것만큼이나 신나고 기쁜 일이었다. 그래서 그런지 들뜬 마음에 김 목사님께 드릴 선물을 와인으로 정했다. 토요일 저녁 무렵 두레마을에 도착하여 목사님을 뵙고 "추석에 목사님께 와인 들고 올 사람은 이승율 장로뿐일 겁니다."라고 말씀드렸더니 그렇게 좋아하셨다.

이렇게 시작된 1박 2일의 재충전을 통해 그곳에서 김 목사님과 좋은 시간을 즐겼지만, 전혀 예상치 못한 분들과의 만남을 통해 특별한 추석 연휴를 맞게 되었다.

참으로 오래도록 기억될 만하다.

귀한 인재와의 만남

우리 내외가 두레마을 식당에서 간단히 저녁 식사를 하고 있는
데, 뜻밖에 거기에서 양영수 대표를 만났다. 그분은 한국기독실업인회
(CBMC) 회원으로 성남에서 기업을 운영하면서 지역사회를 위해 많은
봉사를 하고 있는 분이다. 거의 6년 만에 만났는데 여전히 성남성시화
운동을 위한 비전과 열정으로 가득 차 있었다. 김진홍 목사께서 실버
타운(제3단지) 조성을 위해 TF 팀장으로 일해 달라고 요청하셔서 매주
2회씩 두레 마을에 올라와 업무협의를 하고 있다고 했다.

양 대표와 이런저런 얘기를 나누다가 이곳 두레마을에 사무실을 두
고 있는 중국동포 출신 두 분을 소개하고 싶다고 해서 같이 만나기로
했다.

식사 후 토요 저녁 예배(단기 금식팀 예배)에 참석했다가 먼저 김진
홍 목사님 댁에 가서 와인을 곁들여 정담을 나눈 후, 늦은 시간에 두 분
을 만나러 갔다. 귀한 인재들이었다. 한 분은 일본 도쿄대에서 정치학
박사를 했고, 다른 한 분은 현재 주요 신문사 정치부 기자를 하고 있었
다. 그들은 특히 남북한과 조선족 사회의 교류 및 연대를 통해 한반도
의 새로운 미래를 개척하는 일에 헌신하고 싶다는 결의가 대단했다.

대화 중에 그들은 내가 알고 있는 한국 기독교계 주요 인사들을 대
부분 잘 알고 있었으며, 기독교계 인사들과 함께 통일 학술 포럼 및 세
미나 등을 개최하며 NGO 사역을 감당하고 있었다. 김진홍 목사님께
서 특별히 후원하고 계신다는 말을 들었으며, 양 대표가 그 가교역할

을 하고 있었다.

그들은 이구동성으로 내가 운영하는 동북아공동체문화 사역에 대해 많은 공감을 나타냈다. 이전부터 만나 뵙고 싶었던 분인데 지금 이런 곳에서 만나게 되었다면서 감동 어린 말로 영적 동질감을 피력했다.

이런 분들을 만날 때면 나는 하나님이 인도해 주신 선물과 같이 여겨진다. 역사의식과 올바른 인생관을 가진 인재보다 이 세상에 더 귀한 존재가 있을까? 참으로 귀한 만남이었다.

마음의 고향

다음날 주일 아침에 일찍 일어나 주변을 산책한 후 아침 식사를 두레공동체 단기 금식팀들과 함께했다. 연휴 첫날(9/28)부터 시작하여 3박 4일간 금식 훈련을 마쳤고, 오전에 예배를 동두천신광교회에 가서 드린 후 귀가한다고 들었다. 60명이 참여했는데 다들 표정이 밝고 환했으며 어떤 굳건한 신념과 긍지로 빛나고 있었다.

식사 후 시간적 여유가 충분한 데다가 카페를 관리하시는 분이 신광교회 1부 예배를 다녀오는 동안 마음 놓고 사용하라고 맡겨 주신 카페 빈방에서 한 시간 정도 기도했다. 나라와 민족의 부흥을 위해 기도하는 가운데 두레공동체마을과 이를 이끄는 김진홍 목사님께 하나님의 지혜와 능력이 더욱 크게 임하시기를 기도했다.

9시 반경 카페 관리인이 돌아온 다음, 우리 내외는 김 목사님 댁에 가서 목사님 내외분과 함께 30분 정도 건강에 대한 덕담을 나눈 후 교회로 출발했다. 댁을 떠나기 전에 김 목사님이 우리 내외를 위해 간절히 기도해 주셨다. 평양과기대(PUST) 사역의 어려움을 누구보다 잘 아시는 분이다. 두렵고 힘든 여정, 외롭고 비난받기 쉬운 사역을 감당하고 있는 우리를, 깊은 우정과 믿음으로 격려해 주신 김 목사님의 기도가 참으로 큰 위로가 되었다.

사모님은 친구분의 차를 타고 가셨고, 김 목사님은 내가 운전하는 차를 타고 두레마을 쇠목골에서 약 4 km 떨어져 있는 동두천신광교회로 함께 갔다. 차 안에서 이런저런 얘기를 나누는 중에 자식들 얘기가 나왔다.

차남 이동헌 교수(고대 물리학과)가 양자물리학 센싱(sensing) 분야에서 두각을 나타내고 있다고 전하자, 이번 가을에 두레국제학교에 와서 특강을 해달라고 요청하셨다. 아들을 대신하여 흔쾌히 그러기로 했다.

그리고 두레공동체 마을 3단지 조성사업이 마을 초입에 입지하여 추진된다면, 우리 내외도 입주할 뜻이 있노라고 말씀드렸더니 너무 좋아하셨다. 그러면서 이번 추석 명절에 두레마을에 와서 느낀 감정이 마치 '마음의 고향'을 찾아온 느낌이라고 말씀드렸더니 목사님께서 더없이 기뻐하시며 고맙게 답하셨다.

"믿는 사람들끼리 갖는 마음의 고향은 그 자체가 천국입니다!"

특히 김 목사님과 나는 7살 연차이지만 남북한 통일과 동북아공동체 사역의 진로를 가늠하는 데 있어서 늘 동료의식과 동지애를 느껴왔으며, 미래세대를 위한 희망과 도전에 꿈과 비전을 같이해 온 터이다. 내가 동두천 두레공동체 마을을 '마음의 고향'으로 느끼는 것이 전혀 어색하지 않은 이유다.

오랜만의 해후

동두천 신광교회 주일예배 말씀의 본문은 출애굽기 3장 13절이며, 설교 제목은 "그의 이름이 무엇이냐?"였다.

김진홍 목사님은 말씀을 통하여, "하나님은 스스로 있는 분이시며, 여호와의 이름을 위하여 자기 백성을 버리지 않는 분이시며, 자기 이름을 위하여 의로운 길로 인도하시는 분이심을 잊지 말고 항상 기도하기를 쉬지 말라."고 당부하셨다. 그러면서 결론에 이르러 사도행전 3장 6절 말씀으로, 성전 미문 앞에 앉아 있는 앉은뱅이를 위해 베드로가 하신 말씀, 즉 "은과 금은 내게 없거니와 내게 있는 이것을 네게 주노니 나사렛 예수 그리스도의 이름으로 일어나 걸으라!"라는 말씀으로 마무리하셨다. 평소 잘 아는 본문이지만 그 날따라 그 말씀이 북한 사역을 위해 내가 부르짖어야 할 말씀이 무엇인지를 더욱 깊이 깨닫게 해주었다.

예배 후 광고 시간에 최동묵 담임목사가 우리 내외를 소개해 주셨으며, 연이어 소개한 부부가 있었는데 양승돈 박사팀이었다. 나는 깜짝 놀랐다. 2004년에 연변과기대 생물화공학과 교수로 왔다가 7년 동안 사역 후 칭화대 박사과정 지도교수로 옮겨가셨는데, 얼마 있지 않아 선교사라는 이유로 추방된 분이시다. 근 12년 만에 처음 만나게 된 것이다.

그는 김진홍 목사님의 요청으로 이번 가을학기부터 두레국제학교 교사로 부임하여 학생들을 가르칠 뿐 아니라, 단지 안에 생물연구소를 설립하여 소장으로 일해 달라는 요청을 받은 터라, 이번 주일에 신광교회 새신자로 등록하고 처음 인사를 드리게 되었노라고 말했다.

양승돈 박사에 이어 또 소개된 분이 있었으니 김삼열 회장 (연변한 인회 및 연변한국상회 회장, 연변두레농장 소장)이었다. 나는 또 연거푸 놀 랐다. 내가 연변과기대 대외부총장으로 연길을 오갈 때 CBMC 연길지 회 모임에서 여러 번 만났던 분으로, 연변 두레농장이 경영난에 처해 있을 때 그 대책협의를 위한 모임을 하는 장소에서 가끔 만나곤 했다. 이런 세상에! 이분도 10여 년 만에 동두천 신광교회 주일예배에서 우연 히 만나게 되었던 것이다.

하나님의 섭리하에서의 만남

김삼열 회장은 목사로서 연변지역에서 특이한 사역을 감당해 오신 분이다. 김진홍 목사님이 교회 회중들 앞에 직접 소개하며 인사를 시킨 김 회장은, 10년이 넘는 세월 동안 연변을 오가며 폐쇄 일보 직전까지 갔던 연변 두레농장(연화촌 소재, 130만 평 부지)을 조선족자치주와 소송 을 불사하면서까지 지켜온 장본인이다. 그런데 이제 때가 되어 중국 정 부가 예산을 지원하는 가운데 멸종되어 가는 한우 번식을 위해 5만 평 규모의 축사와 연구소 및 관리동을 세우는 일을 시작하러 곧 중국으로 출국하게 된다는 인사말을 했다. 회중들은 우레와 같은 박수로 김 회 장의 축산사역과 선교사명을 위해 한마음으로 응원했다.

예배를 마치고 우리들(우리 부부와 양승돈 박사 부부, 김삼열 회장 부 부)은 김진홍 목사님과 작별 인사를 한 다음, 동두천 시내에 있는 냉면 식당으로 자리를 옮겨 앞으로 전개될 미래사역에 대해 더욱 진솔하고 희망찬 얘기를 나눴다,

특히 김삼열 회장이 중국 기업과 함께 동업하는 연변 두레농장 종

우 연구소(한우 번식용) 사역은 장차 연변지역과 북한을 잇는 새로운 민족 사업으로 확대될 뿐만 아니라, 중국 내수 시장은 물론 해외 마케팅까지 겸하는 K-축산식품 글로벌사업으로 추진될 전망이다.

중국 정부의 예산 지원이 확정되어 있다는 이 사업이 장차 연변 조선족 사회를 한층 발전시키고 나아가 북한 농가에도 연결되어 마침내 남북한 교류의 한 축으로 작용함으로써 한우축산업 교류를 통해 한반도 통일에 새로운 지평이 열리게 되기를 기대하고 또한 기도한다.

이와 같이 이번 추석 명절은 쉼과 재충전을 찾아온 우리 내외에게 더할 나위 없는 기쁜 소식과 보람을 느끼게 해주었다. 무엇보다 하나님의 사람들이 저마다 각자의 삶의 터전에서 일하다가 우연히 다시 만나 서로 격려하고 우정을 나누게 됨으로써 하나님의 섭리적 은혜와 인도하심을 더욱 깊이 깨닫는 복된 만남의 명절이 되었다.

이런 현상을 두고, 신학자들이 즐겨 쓰는 용어이지만, 하나님을 중심에 모시며 서로를 통해 하나님의 형상이 더욱 드러나는 형성적 공동체(formative community)의 모습이라고 표현하면 어떨까 싶다.

참으로 아름답고 풍성한 가을이 시작되는 동두천 두레공동체 마을에서 동역자들의 사랑과 우정이 더욱 깊게 형성되어 가는 '마음의 고향'을 느낀다.

천사의 섬

결혼 50주년 기념 여행

2024년 새해가 밝았다. 1월 5일은 우리 내외가 결혼한 지 50주년을 맞는 날이다. 그동안 인생 풍파를 많이 겪었고 우여곡절도 많았다. 그러나 돌이켜 보면 지금까지 지내 온 것이 모두 하나님의 은혜요, 뜻을 같이하는 이웃들과의 아름다운 관계로 이루어진 삶이었음을 고백한다.

2남 1녀 자식을 통하여 아홉 손주를 얻게 된 것도 큰 기쁨이려니와, 무엇보다 인생 후반에 연변과기대(YUST)와 평양과기대(PUST)를 중심으로 한민족 미래세대를 키우고, 이를 바탕으로 남북한 통합 및 동북아 공동체사업과 이에 관련하는 국제협력 방안을 우선적으로 연구하고 지원할 수 있었던 게 가장 큰 보람으로 여겨진다.

특히 기업인 신분으로 이런 사역을 감당할 수 있도록 재정적인 뒷바라지를 하며 고락을 같이해 온 아내(박재숙)에게 누구보다 고마운 마음이 들고, 또한 기도와 물질로 동역해 주신 많은 교회와 기독실업인 및 재단 관계자들에게 큰 사랑의 빚을 졌다. 이런 추억과 지난 세월의 발자취를 돌아보며 흔히 말하는 금혼식 여행을 어디로 갈까 많이 생각했는데, 결국 전남 신안군 '천사의 섬'으로 가기로 정한 게 지난 연말이다.

실은 몇 년 전부터 아직 가보지 못한 곳 중에서 가장 의미 있는 여행지로 꼽은 곳이 스페인 산티아고 순례자의 길이었다. 아내가 그걸 원했고, 나도 세계 웬만한 곳은 다 가봤지만, 아직 그곳을 가보지 못했기에 그리하기로 내심 결정하고 있었다.

그런데 2024년 3월 학기 개학에 맞춰 외국인 교수들의 북한 입국 비자 업무가 진행 중이고, 또한 공동운영총장으로서 학사 및 운영관리 준비업무를 앞둔 처지에 3주 이상의 장기 해외여행을 간다는 것은 부담이 되었다. 그래서 차선책으로 하와이를 생각했으나 거기는 산불이 났던 곳이라 환경 여건이 좋지 않을뿐더러, 거리도 멀었다. 가까운 곳에 있는 도쿄로 가서 며칠간 하꼬네 온천장을 다녀오려고 했으나, 최근 일본 전국이 지진으로 난리가 나던 터여서 거기도 갈 수가 없었다. 그래서 최종적으로 선택한 곳이 전남 신안군 '천사의 섬'이었다.

목포로 가서 천사대교 일대를 둘러본 다음, 증도에 있는 엘도라도 리조트에 묵으면서 문준경전도사순교기념관과 12사도 순례자의 길(신안군에서 기독교 대상 관광 루트로 개발했으며 스페인 산티아고를 벤치마킹하여 '섬티아고'로 불리는 곳)을 탐방하는 것이 최종 목적지가 되었다.

3박 4일 '천사의 섬' 금혼식 여행은 이렇게 시작되었다. 그리고 이번 여행에는 한국CBMC 중앙회에서 함께 동역하고 있는 정오봉 회장 내외가 전 일정을 동행했다. 마침 1월 4일이 정 회장의 부인 김복희 여사의 생일이어서 이번 여행이 더욱 풍성하고 기쁨을 더하게 되었다.

천사대교, 퍼플교, 김환기 화백의 고택

1월 3일(수), 용산역에서 8시 20분에 출발하는 KTX를 타고 목포에 도착하는 대로 역 부근에 있는 SK 렌트카에서 승용차를 렌트했다.

맛집(명인집)을 찾아가 점심을 먹은 후 곧장 천사대교로 향했다. 자료에 의하면 이 대교의 길이는 7.22km이며 국내 교량 가운데 4위에 이르고 국도 구간 중에서는 1위라고 한다.

2010년 7월에 착공하여 2018년 10월에 개통한 이 천사대교의 특징은 사장교(1공구)와 현수교(2공구)가 복합적으로 연결되어 있다는 점이며, 특히 1공구 구간인 암태도 측에 있는 비대칭 2주탑 사장교 구간이 1,004m로 설계된 것은 이 지역에 있는 1,004개 섬을 상징한 것이라고 한다.

신안군 일대를 '천사(1,004)의 섬'으로 부르게 된 연유는, 이 지역의 섬 숫자가 모두 1,021개인데 밀물 때 17개 섬이 잠겨 1,004개 섬만 보인다고 해서 그렇게 불렸고, 여기에다 이 지역의 종교적 특징을 덧붙여 천사(天使)의 이미지를 의인화했기 때문이라고 했다.

바다를 가로질러 섬과 섬 사이에 세워진 천사대교의 장엄한 위용은 말할 것도 없거니와, 대교를 중심축으로 삼아 크고 작은 섬들을 감싸 안고 있는 푸른 바다의 풍경은 보는 이로 하여금 어떤 거대한 기반, 즉 '대망의 큰 틀'을 느끼게 한다. 그 '대망의 큰 틀' 위에 천사대교가 우뚝 세워져 있는 것이다. 필자는 그 대교를 지나면서 지금까지 생각해 보지 못한 색다른 큰 꿈('천사의 꿈')을 꾸기 시작했다.

암태면, 팔금면을 지나 안조면에 이르러 섬의 끝자락에 닿으니, 거기에는 유엔세계관광기구(UNWTO)로부터 세계최우수관광마을로 지정된 반월도와 박지도가 넓은 갯벌 지역에 두 개의 대형 돔을 안치해 놓은 것처럼 자리 잡고 있었다. 그리고 그 갯벌 위에 보라색으로 단장한 퍼플교 두 개가 꿈에서나 보는 것처럼 아름답게 두 개의 섬(반월도, 박지도)을 연결하고 있었다.

봄이 오면 이곳은 섬 전체가 보랏빛 섬으로 변하여 퍼플섬이라고 이름 붙여졌는데, 국내 인스타그램의 명소일 뿐 아니라 세계적으로 '한국관광의 별'이라 불릴 만큼 유명해진 곳이다. 우리들은 양쪽 섬을 다 가볼 수가 없어서 짧은 구간인 박지와 두리를 잇는 제1퍼플교(547m)를 건너 박지도로 올라갔다.

한겨울이라 풀과 꽃은 시들고 삭막했지만, 주변 풍경은 가히 목가적 이었다. 봄에는 라벤다, 가을에는 아스타꽃으로 섬 전체를 보라색 꽃 동산으로 물들인다는 안내판 광고를 보며 마음속으로 봄처녀를 노

퍼플교

래했다.

　퍼플교 관광을 마치고 목포로 돌아오는 길에 안좌면 북쪽에 위치한 김환기 화백의 고택을 둘러봤다. 김환기 화백은 1913년 신안군 안좌도에서 태어났고, 일본과 프랑스에서 미술 공부를 했으며, 한국적 추상미술을 창조한 대한민국의 대표적인 화가이다. 그는 동양적인 정신과 서양적인 형식을 조화시킨 독창성 있는 작가라는 평가를 받았다. 그러나 무엇보다 필자가 '예술적 인생의 슬픔'이란 주제로 마음에 큰 격랑을 느끼게 된 것은 그의 작품보다 그의 인생 여정에 숨어있는 한 여인과의 러브스토리 때문이다.

　TV 방영으로도 알려진 사실이지만, 김환기 화백을 사랑하여 재혼한 여인(변동림)은 본디 일제강점기 시절 단편소설 '날개'를 쓴 이상의 아내였다.

　한때 필명을 날린 이상은 건강 악화와 어려운 경제적 여건 등 비참한 현실에서 벗어나기 위해 홀로 동경으로 가서 새 출발을 하려고 했다. 그러나 그곳에서도 안정을 취하지 못하고 자괴감에 빠져 있는 가운데 불령선인(일제강점기 조선인을 불량하고 불온한 인물로 지칭한 용어)이라는 누명까지 쓰고 일본 경찰서 유치장에 투옥된 후, 지병인 폐병이 심해져 1937년 동경제국대학 부속병원에서 숨을 거두었다. 그를 찾아온 변동림의 품에 안겨 마지막 숨을 쉬고 이 세상을 떠났다.

　젊은 나이에 남편을 떠나보낸 변동림은 몇 년 후 지인의 소개로 마침내 운명처럼 이미 딸을 셋이나 둔 이혼남인 김환기를 만나 사랑에 빠졌다. 급기야 이름까지 김환기의 성(姓)을 따라 김(金)씨로 바꾸고 김환기의 아호였던 향안(鄕岸)을 가져다 김향안이란 이름으로 자신의 제2인생을 시작했다. 그녀는 김환기가 파리에서 세계 미술시장에 도전해 보

김환기 화백의 고택

고 싶다고 했을 때 먼저 파리로 가서 준비한 다음 남편을 불렀으며, 그
후 뉴욕에서 작품활동을 하고 싶다고 했을 때도 백화점 점원을 하면서
까지 그의 곁을 지키며 예술가로서 대성하도록 도왔다. 그러나 뉴욕에
서 고행에 가까운 작업량으로 몸을 혹사한 김환기는 1974년 뇌출혈로
생을 마감했다.

일제강점기 시절 여성으로는 드물게 경기여고와 이화여대 영문학
과를 졸업한 엘리트 여성으로서, 천재 작가 이상과 대한민국 근현대
예술에 한 획을 그으며 미술 역사상 최초로 100억 이상의 경매가를 달
성했던 천재 화가 김환기, 이 두 사람의 천재성을 살리기 위해 두 사람
을 보듬고 끌어안아 준 '두 천재의 아내'였던 김향안(변동림)은 1992년
서울 부암동에 '환기미술관'을 개관한 후, 남편이 죽은 지 30년만인
2004년 뉴욕 자택에서 세상을 떠났다.

필자는 유튜브에서 미리 읽었던 이 비극적인 러브스토리를 상기하
며 신안군 안좌도에 있는 김환기 화백의 고택을 둘러보다가 오만가지

생각이 다 떠올랐다. '예술은 원래 이런 슬픈 사랑의 곡예를 거쳐야 위대해지는 것인가!'

김환기 화백의 고택을 설명하는 안내판에 1920년대 백두산에서 옮겨온 목재로 지은 집이라는 문구가 있었다. 그 당시 백두산에서 압록강을 거쳐 서해안을 따라 이곳 안좌도에 이르기까지 뗏목으로 운반했을 목재로 지은 한옥의 기둥을 만져보며, 소금에 절인 목재가 100년을 넘게 가는 것처럼 한 예술 인생의 삶에 소금 절이듯 배어 있는 사랑의 아픔과 슬픔이 그 작품보다 100배나 더 값지고 애절한 감동으로 내 가슴을 저리게 했다.

아! 예술이여! 사랑이여!

목포 해상케이블카, 문준경전도사순교기념관

1월 4일(목), 목포항 부근에 있는 샹그리아비치호텔에서 체크아웃을 한 후 오전에 목포 해상케이블카를 타기 위해 북항 스테이션으로 갔다.

이 목포 해상케이블카는 국내 최장길이 3.23km를 자랑한다. 특히 다도해의 금빛 낙조와 야경을 감상하면서 산과 바다, 섬과 도심을 관통하는 짜릿함을 즐길 수 있는 최고의 명소로 꼽힌다.

프랑스 포마사가 설계했으며 케이블카 주탑 중 5번 타워는 세계 두 번째의 높이로 155m에 이른다고 한다. 물론 국내에서는 최고의 높이다. 케이블카 구간 중간에 유달산 스테이션이 있고 비행 종착지가 고하도다. 우리들은 안내양의 조언을 받아들여 먼저 고하도 스테이션으로 곧장 가서 해안 데크 산책로와 전망대를 둘러본 다음, 돌아오는 길에 유달산 스테이션에 내려 정상을 답사하기로 했다.

우리들은 바닥이 투명한 크리스탈 캐빈을 타고 산과 바다, 섬과 도심을 관통하는 왕복 40분이 걸리는 비행을 시작했다.

하늘에서 낭만 항구 목포와 다도해가 함께 어우러지는, 아름다운 감동의 파노라마를 바라보는 우리의 심장은 터질 것만 같았다. 종착지인 고하도 스테이션에 내려 용오름 숲길과 바닷가에 조성된 해안 데크 산책로(총연장 1.9km)를 걸을 때는 또 어땠는가! 이 세상에서 우리처럼 행복한 사람들이 또 어디 있을까 싶었다. 우리는 우리와 같은 사람이 둘도 없을 것 같다는 표정과 몸짓으로 사진도 찍고 노래도 불렀다.

해안 데크 산책을 마치고 승강장으로 돌아가는 길에 고하도 정상에 세워져 있는 전망대에 들렀다. 고하도 전망대는 이충무공이 명량대첩에서 승리한 후, 전열을 가다듬기 위해 진지를 만들었던 고하도의 정상부에 13척의 판옥선 모형을 격자형으로 쌓아 올린 특이한 건축물이다.

저 멀리 천사대교와 전망대가 보이는 해안 데크에서

전망대 옥상부에 올라가서 사방을 둘러보면 목포 도심과 주변 지역의 섬들과 뱃길이 한눈에 파악되는 지리적 우세를 느끼게 된다. 이 충무공이 이곳을 택하여 마지막 결전(노량대첩)을 준비했을 당시의 비장한 각오와 결기가 느껴진다. 또한 전망대 3층 실내에는 판옥선을 만드는 공정을 그림으로 재현해 놓아서 당시 조선기술의 특징을 살펴보는 좋은 기회가 되었다.

우리 일행은 출발지인 북항 스테이션으로 돌아가는 길에 유달산에 내려 정상을 답사하기로 했으나, 고하도 산책길에서 너무 시간을 소비한 탓에 크리스탈 캐빈에 그냥 앉은 채로 투명한 바닥을 통해 유달산 전경을 내려다보며 사진만 찍고 통과하기로 했다.

북항 스테이션에 도착하여 부근에 있는 식당에서 간단히 요기한 다음, 무안군 국도를 경유해서 다시 신안군 바다 쪽으로 이동했다. 원래 이곳 신안군 일대는 행정구역이 무안군에 속했으나 해양 도서 지역의 범위가 넓은 데다가 섬 주민의 생활 편의와 행정 지원을 위해 별도 행정구역으로 분리할 때 신무안이라 기획하고 그 말을 줄여 신안이라 정했다고 한다.

신안군 지도읍을 지나 증도에 있는 문준경전도사순교기념관에 도착한 시간이 그곳 관장이신 오성택 목사님과 약속했던 오후 4시경이었다. 가까스로 약속 시간에 늦지 않게 도착한 것이다. 거기서 서울에서 온, 사랑의교회 성도들로 구성된 '바이블 로드' 팀을 만나 같이 예배를 드렸다.

예배를 마치고 '바이블 로드' 팀이 떠난 후, 우리들은 기념관 1층과 2층에 전시해 놓은 문준경 전도사의 일대기와 그를 통해 배출된 숱한 목회자와 평신도 지도자들에 대한 자료를 관람했다.

해방 이후 한국 개신교 최초의 여성 순교자인 문준경 전도사 (1891~1950)는 신안군 암태면 출생이다. 아이를 낳지 못한다는 이유로 소박을 당했으나, 이성봉 목사를 만나 그의 인도로 경성성서학원(현 서울신학대학)에서 공부했으며, 그 후 증도에 내려와 많은 어려움과 외면 속에서도 전도의 사명과 박애 정신으로 섬사람들을 개화하는 데 전력을 다해 헌신했다. 차도 없고 자전거도 타지 못하는 처지여서 돛단배를 타고 이 섬 저 섬을 걸어 다니며 전도했는데, 1년에 고무신 9켤레를 바꿔 신었다는 일화가 있다. 그러다가 6.25 전쟁 시 인민군에게 체포되어 옥고를 치렀고, 인민군이 철수하자 옥에서 풀려나왔다. 그때 신도들이 걱정되어 증도로 돌아갔다가 그만 순교하고 말았다.

그는 한국교회를 대표하는 다섯 분의 스승(장석초 목사, 김응조 목사, 이성봉 목사, 이명직 목사, 백신영 전도사)으로부터 신앙생활의 가르침을 받아 다섯 분의 제자(이판일 장로, 이봉성 목사, 김준곤 목사, 이만신 목사, 정태기 목사)에게 희생정신과 순교 영성을 전함으로써, 한국 성결교회

문준경전도사순교기념관

의 성장에 밑거름이 되었다.

신안군 일대에 6개의 교회를 개척했고, 사람들이 사는 섬마다 기도소를 세웠으며, 그 후 제자화 과정을 통해 배출된 목사, 사모, 장로들이 1,500여 명에 이르렀다고 한다. 한 알의 밀알이 땅에 떨어져 썩어짐으로써 백배, 천배의 결실을 거둔다는 교훈이 그대로 실증된 삶을 살다가 가신 분이다. 기적의 행로가 따로 없다. 문준경 전도사가 바로 천국행의 문이 된 것이다.

기념관 내부를 둘러본 후 다시 3층으로 올라가 오성택 관장이 집무하는 회의실로 갔다. 필자는 미리 준비해간 학교 자료와 졸저(『야망과 구원』)를 꺼내 놓고, 1990년부터 연변과기대 설립에 참여하게 된 경위와 평양과기대 현황에 이르기까지의 과정을 요약해서 설명해 드린 다음, 맡은 바 사명의 완수를 위해 특별기도 요청을 했다. 그리고 결혼 50주년 감사헌금도 드렸다.

눈물이 핑 돌았다. 지금껏 30여 년이 넘도록 북방 사역에 집중해 온 한 일원으로서 어쩌면 나 자신도 문준경 전도사의 희생정신과 순교 영성을 본받아 저 땅에서 한 알의 밀알로 썩어져야 하지 않을까 하는 비장함이 엄습해 왔다. 혹여 그 길이 죽음에 이르는 길이라 할지라도 피하지 말고 가야 하는 것이 내가 지켜야 할 신앙의 도리인 듯했다.

순교기념관 탐방을 마친 후 숙소로 예약된 엘도라도 리조트로 이동했다. 가는 도중 해안가에 신안해저유물발굴기념비가 있다는데 구태여 가보지 않아도 될 것 같아 지나쳤다. 주지하다시피 1975년 신안군 증도면 방축리 도덕도 앞바다에서 한 어부의 그물에 걸려 발견된 약 28,000여 점의 해저 유물은 세계학계의 비상한 관심을 받으며 중국, 한국, 일본의 교역사와 동양문화사 연구에 획기적인 공헌을 했다. 발굴

유물은 현재 국립중앙박물관과 국립해양 유물전시관에 전시되어 있는데, 이를 기념하는 비가 증도면 발굴 현장 부근에 세워져 있는 것이다.

날이 어둑해질 무렵 엘도라도 리조트에 도착해 여장을 푼 다음, 곧바로 레스토랑으로 내려갔다. 우리의 초청으로 오성택 관장과 순교 기념관 직원으로 일하는 장로, 권사 두 분도 같이 오셔서 함께 저녁을 먹었다.

그런데 이날 저녁은 특별한 날이었다. 앞에서도 언급했지만, 우리 내외와 동행한 정오봉 회장의 부인 김복희 여사께서 68주년을 맞는 생일이었다. 목포에서 미리 준비해간 생일 케이크에 불을 붙여 놓고 일곱 명이 함께 생일 축하 노래를 불렀다. 바다가 내려다보이는 창가 자리에서 생일 케이크 커팅을 하는 장면을 한번 상상해 보라. 얼마나 멋진가!

거기에 더하여 오성택 목사님의 축복기도가 고맙고 은혜로웠다. 이래서 사람들은 살맛이 난다고 말하는 것이 아니겠는가? 우리들은 아시아 최초의 슬로시티로 명명된 증도에서 느긋하게 생일 파티를 즐기며 몇 번이나 서로를 위해 축복했다. 칭찬은 고래를 춤추게 하고, 이웃을 위한 축복은 메아리가 되어 자신을 더욱 행복하게 만드는 선물임을 깨닫게 된, 아름다운 밤이었다.

사도 순례자의 길(섬티아고), 슬로시티 증도

1월 5일(금), 결혼 50주년 기념일의 아침 해가 수평선 위로 환하게 떠올랐다. 일어나는 대로 우리 두 내외는 베란다로 나가서 푸른 바다와 푸른 하늘이 맞닿은 수평선을 바라보며 손잡고 기도했다. 끝없이 펼쳐진 우주의 기운이 폐부 깊숙이 스며든다. 하나님의 축복이 함께 느껴졌다. 아래쪽 엘도라도 리조트의 해안가에도 데크 산책로가 조성되어 있었다. 파도가 잔잔히 밀려와 산책로 부근 해변 바위를 살짝살짝 할퀴는 모양이 정겹게 보인다. 하늘이 맑고 바람이 거의 없어서 배를 타고 하루 일정을 소화하기에 좋은 날씨였다.

레스토랑에서 조식을 마치는 대로 서둘러 차를 몰아 사옥도를 지나 지도읍 하단에 있는 송도 선착장으로 갔다. 9시에 출발하는 배에 렌터카를 싣고 병풍도로 가서 대기점도까지 이동한 다음, 거기서 다시 차량으로 이동하거나 걷기도 하면서 대기점도, 소기점도, 소악도 세 섬에 흩어져 있는 12사도 기도의 집을 순례하는 코스였다. 결혼 50주년을 맞아 순례자의 심정으로 지난 세월을 돌아보고, 또 새로운 여정을 시작하는 첫걸음을 떼고 싶었다.

송도 선착장을 떠난 배가 25분가량 걸려 병풍도 보기항에 닿을 때까지 항행하는 구간 곳곳에 김 양식장들이 즐비하게 늘어서 있었다. 자료에 의하면, 신안군에서는 '유네스코 생물권 보전지역'인 신안 갯벌에 있는 김 양식장 전체가 ASC-MSC 인증을 받아 신안 김이 세계에서 인정받을 수 있도록 인증 비용 등 행정적인 지원에 최선을 다하고 있다고 한다. 신안군의 지역 대표산업으로 9,601ha의 김 양식 어장에서 504어가(漁家)가 550억 원의 '물김'을 생산하고 있으며, 작년 3월에 지도읍 어의리 등 어장이 전국 최초 김 산업 진흥구역으로 지정되기도 했다. 배를 운항하는 기관장의 말에 따르면, 우리가 지나가는 항행 구간이 신안군 김 산업의 주요 지역 중 한 곳이라고 한다.

보기항은 병풍도 북쪽 상단에 있었다. 배에서 내려 렌터카를 몰고 병풍도 섬마을을 몇 군데 돌아보고 대기점도로 건너가는 노둣길에 이르렀다. 노둣길은 전라도 방언으로 '징검다리'란 뜻이다. 썰물 때 물이 빠지면 이쪽 섬에서 저쪽 섬으로 건너다닐 수 있는 길이다. 그러나 길이 매우 미끄럽고, 물이 들어오고 나가는 '물때'의 시차를 잘 알아야 통행에 어려움을 당하지 않는다. 외지에서 온 관광객들이 특히 유의해야할 점이다. '물때'를 모르거나 이를 무시해서 소악도에 갔던 사람들이 소기점도로 돌아오지 못해 반나절을 지체했다는 얘기도 들었다.

렌터카를 타고 노둣길을 지나 드디어 '섬티아고'가 시작되는 대기점도에 당도했다. 우리 회사 직원이 신안군 관광안내소에서 홍보한 자료라고 준비해준 '섬티아고' 순례 지도를 꺼내 들고 길을 따라가며 세 섬을 차례대로 탐방했다. 기도의 집이 12군데라서 우리들은 한 사람이 세 군데를 맡아 돌아가며 집주인(사도)의 내력과 특성을 아는 바대로 설명하고 기도하는 방식으로 진행했다.

12개 건축물의 총연장 거리는 12km가량 되며 각개 건물 구간 거리

12사도 순례자의 길

는 평균 약 1km 정도로 배치되어 있었다. 그리고 각개 건물의 크기는 5~6명이 들어가 앉으면 꽉 찰 정도로 작은 규모였지만 대부분 이름있는 건축가들이 설계했고, 주변 환경에 알맞은 형태로 지어져 있었다. 세 섬에 흩어져 있는 기도의 집을 순례 지도에 표기된 순서대로 정리해 보면 다음과 같다.

〈대기점도〉

1) 건강의 집 (베드로)

2) 생각하는 집 (안드레아)

3) 그리움의 집 (야고보)

4) 생명 평화의 집 (요한)

5) 행복의 집(필립)

〈소기점도〉

6) 감사의 집 (바르톨로메오)

7) 인연의 집 (토마스)

8) 기쁨의 집 (마태오) : 소기점도와 소악도 사이 노둣길에 위치

〈소악도〉

9) 소원의 집 (작은 야고보)

10) 칭찬의 집 (유다 타대오) : 진섬에 위치

11) 사랑의 집 (시몬) : 진섬에 위치

12) 지혜의 집 (가롯 유다) : 딴섬에 위치

약 4시간 정도 걸리는 '순례자의 길'을 답사하면서 가장 크게 심금을 울리고 숙연해지게 하는 것은 이 사도들 대부분이 순교했다는 점이다.

베드로는 네로 황제가 로마를 불태우고 기독교인들에게 죄를 뒤집어 씌워 처참한 살상극을 벌였을 때, 몸을 피신하던 도중에 주님의 음성을 듣고 로마로 되돌아가 성도들과 함께 거꾸로 매달린 채 십자가에서 순교했다. 베드로의 동생 안드레아는 그리스 아카이아 지역에서 X형 십자가에 못 박혀 순교했다. 야고보는 그리스도의 승천 이후 헤롯 아그립바에 의해 칼에 찔려 죽임을 당했는데, 이는 12사도 중 최초의 순교였다. 필립은 주로 그리스 지역에서 선교활동을 하다 도미티아누스 황제 치하 때 히에라폴리스라는 곳에서 십자가에 못 박혀 순교했다. 바르톨레메오는 아르메니아로 가서 폴리미우스 왕을 기독교로 개종시킨 혐의로 산 채로 살가죽이 벗겨지고 참수되어 순교했다. 토마스는 인도 남서 해안지역인 말리바르로 가서 7개의 교회를 세우고 선교활동을 본격화했으나, 힌두교 사제들에 의해 창에 찔려 순교했다. 마태오는 에티오피아 또는 페르시아에서 순교했다고 전해진다. 작은 야고보는 알패오의 아들로서 전승에 따르면 대제사장 안나스에 의해 순교 당했다고 전해지고 있으나, 이집트 또는 시리아에서 분노한 군중들에 의해 곤봉과 방망이에 맞아 순교했다는 설도 있다. 유다 타대오는 시몬과 함께 레반트와 메소포타미아 등지에서 설교하였고, 이어 페르시아에서 설교 하다가 창에 맞아 순교했다. 시몬은 유다 타대오와 함께 페르시아 지역에 가서 포교활동을 하던 중 우상(신상)을 섬기는 이교도들에게 죽임을 당했는데, 그는 기둥에 거꾸로 매달려 톱으로 육신이 두 동강 나는 형벌을 당하여 순교했다. 가룟 유다는 순교자가 아니지만 예수를 배반한 후 죄책감과 절망감을 느낀 나머지 스스로 목을 매어 죽었는데, 몸이 곤두박질하여 배가 터져 창자가 다 흘러나왔다고 성경은 전

한다.

12사도 중 유일하게 천수를 누리고 자연사한 사도는 요한뿐이다. 그는 예수의 어머니를 끝까지 모시면서 요한복음서와 서신, 요한계시록을 남김으로써 순교와 다름없는 값진 신앙의 유산을 남겼다.

이렇게 정리해서 마음에 되새겨 보니, '섬티아고' 12사도 기도의 집 순례를 다니며 깨닫게 된 많은 생각들 가운데 가장 중요한 포인트는, 인류의 죄를 대속하기 위해 오신 예수 그리스도의 십자가 희생이야말로 사도들의 순교의 모본이 되었을 뿐 아니라, 우리를 영원한 생명으로 구원하는 복음의 본질이며, 하나님의 사랑을 전하는 메시아로서의 마지막 헌신이었음을 가르쳐주고 있다는 점이었다. 할렐루야!

'섬티아고' 순례자의 길을 통하여 깨달은 이 믿음이 결혼 50주년을 넘어 여생 동안에도 변함없는 진실로 불꽃처럼 타오르기를 소망한다.

순례자의 길을 걸으며 마음속으로 계속 노래한 찬송가가 있다. 461장 "십자가를 질 수 있나"이다.

1절 : 십자가를 질 수 있나 주가 물어보실 때
　　　죽기까지 따르오리 성도 대답하였다
2절 : 너는 기억하고 있나 구원받은 강도를
　　　그가 회개하였을 때 낙원 허락받았다
3절 : 걱정 근심 어둔 그늘 너를 둘러 덮을 때
　　　주께 네 영 맡기겠나 최후 승리 믿으며
4절 : 이런 일 다 할 수 있나 주가 물어보실 때
　　　용감한 자 바울처럼 선뜻 대답하리라
(후렴) 우리의 심령 주의 것이니 주님의 형상 만드소서

주 인도 따라 살아갈 동안 사랑과 충성 늘 바치오리다

12사도 순례를 마치고 늦은 점심을 대기도점 입구에 있는 '1004 민박 & 까페'란 팻말을 붙여 놓은 집에서 먹었다. 민박 주인의 요리 솜씨가 좋아서 칭찬했더니, 이분이 동행한 김복희 여사를 빤히 쳐다보다가 하는 말이 "언니, 나 서울로 데려가 줘. 여기 너무 힘들어!"라고 하는 것이었다. 봄, 가을 관광 철에는 '섬티아고'를 찾는 관광객들이 많은 편이지만, 지금 같은 겨울철에는 손님이 없어서 지내기가 보통 어려운 게 아닌 것 같았다.

92세 노모를 모시고 있으면서 구차한 삶을 살다 보니 이곳이 감옥 같다고 푸념을 늘어놓는 50대 중반 여주인의 행태가 그저 안쓰럽기만 하다. 교회에 나가냐고 물었더니 모친은 나가시고 자기는 가다 말다 한다고 했다. 어제 문준경전도사순교기념관에서 들은 바로는 이곳 신안군 증도면 일대의 복음화율은 약 90%에 이르며 특히 12사도 섬 주민들은 100가구 중 두 집만 빼고 전원 교회 신자들이라고 했다. 이 또한 문준경 전도사의 영향이다.

민박집 여주인의 푸념을 들으며 두 가지 생각이 났다. 하나는 이 지역에 살고 계시는 분들이 얼마나 외롭고 힘든 삶을 살고 있나 하는 점과 다른 하나는 오직 주만 의지하며 살아가는 신앙의 힘이 그들에게 얼마나 큰 힘이 되고 위로가 될까 하는 점이었다. 섬사람들의 물리적 경제적 고통이 마음이 아릴 정도로 안타깝게 느껴진다. 감옥 같은 고도의 울타리에서 벗어나려고 몸부림치는 영혼이 안쓰럽기만 한데, 그렇다고 무작정 육지로 나가는 것만이 능사는 아니다. 그렇다면 이곳에서 어떻게 해야 신앙을 지키며 마음의 평강을 얻을 수 있을까? 이런 점에서 신안군 행정 당국뿐만 아니라, 도서 지역주민 생활을 위한 정부 차원의 지원대책이 필요하겠고, 여기에 더하여 육지 대도시에 있는 교회들이 지방 농어촌교회와 격의 없는 교류를 나누면서 물심양면으로 협력하고 후원하는 노력을 배가해야겠다는 생각이 들었다. 이것이 지역을 살리고 나라를 살리는 건전한 신앙생활의 최적화 시스템이 아닐까 싶다. '1004민박' 집을 떠날 때 계속 우리들을 향해 손을 흔들고 있는 여주인의 모습이 차마 잊히지 않는다.

보기항으로 가서 오후 5시에 출발하는 배를 타고 지도읍 송도 선착장으로 돌아왔다. 저녁 6시까지 엘도라도 리조트 사우나에 있는 해수찜 예약 시간에 늦지 않도록 서둘렀다. 돌아오는 길에 증도에 있는 국내 최대 규모의 염전인 태평염전을 둘러보고 싶었으나, 지나는 길가에 있어서 차에서 내리지 않고 차창 밖으로 바라보기만 했다.

예약 시간에 늦지 않게 리조트 사우나실에 가서 해수찜을 했다. 찜질복으로 갈아입은 뒤 부부 두 팀이 들어가면 딱 알맞은 크기의 룸에

엘도라도 리조트

들어갔다. 중앙에 1m x 1m 정도의 해수 온수탕이 구비되어 있었다. 고객의 취향대로 온수탕에 라벤더, 페퍼민트, 오렌지 오일 등 방향유를 타서 찜질을 하게 된다. 해수찜을 처음 경험하는 우리들은 안내원의 조언에 따라 조심스럽게 먼저 두꺼운 수건을 덮어쓰고 뜨거운 해수를 수건에 끼얹어 몸을 덥혔다. 그다음, 수온이 어느 정도 몸에 적응이 되면 수건 없이 찜질복 위에 해수를 끼얹어 찜질을 했다. 이렇게 단계별로 30분씩 하고 나서, 끝 순서로 20분 정도 발과 다리를 아예 중앙에 있는 해수 온수탕에 직접 담그고 좌욕을 했다. 땀이 비 오듯 하고 온수의 뜨거운 열기로 숨이 칵칵 막히기도 했지만, 심신은 묵었던 신체조직이 다 해체되고 오장육부가 모두 허공에 가볍게 붕 뜨는 것같이 상쾌했다. 특별한 체험을 했다. 힐링의 극치를 맛보는 듯한 느낌이었다.

아직 저녁 식사를 하지 못해 룸 안에서 찜질을 하며 컵라면을 시켜 먹었는데 꿀맛이었다. 식사를 하면서 벽에 붙어있는 '슬로시티(slow city) 증도' 광고문을 읽어 보았다. 시간도 쉬어간다는 증도는 유네스코로부터 아시아 청정지역 1호로 지정받았으며, 이 지역의 음이온 수치가 다른 고장에 비해 스무 배나 많다고 적혀 있었다. 해수찜질의 효과로 심신의 힐링뿐만 아니라 신경통, 류마티스 등 치유에 특효라는 문구도 있었다. 가만히 생각해 보니 이 증도는 각종 해산물과 해풍을 받으며 자라는 밭작물이 풍부할 뿐만 아니라, 주변 일대에 넓은 갯벌이 발달해 있고 또한 크고 작은 섬들이 옹기종기 에워싸고 있어서 음이온 생산기지로는 안성맞춤 지역인 것 같았다. 거기에다 섬사람들의 순박한 인심과 공동체 의식 그리고 문준경 전도사를 비롯한 기독교인들의 신실한 신앙생활이 한데 어우러져 고된 현실 가운데서도 하나님으로부터 주어지는 마음의 평강을 누리는 데 남다른 특질을 지닐 수밖에 없는 고장이라고 느껴졌다. 그래서 증도는 가히 하늘나라에 가장 근접한 천혜의 땅이라고 할 만하다는 생각이 퍼뜩 들었다. '슬로시티 증도'를 평생 잊지 못할 것 같은 마음이 상쾌한 심신과 더불어 잘 흐르는 시냇물처럼 내 영혼과 온 전신을 파고들었다. 그래서 그날 밤은 더욱 깊은 잠에 빠져들었다.

꽃게 전문식당 '장터', SRT 속의 환상

1월 6일(토), 여행의 마지막 날이다. 새벽 잠자리에서 일어났을 때 평소보다 조금 다른 느낌을 받았다. 그 어느 때보다 가뿐하고 건강에 자신감이 생겼다. 이 상태 같으면 100세를 살아낼 것 같았다. 해수찜질의 효과와 더불어 '슬로시티 증도'가 주는 행복한 선물로 느껴진다. 엘도라도 리조트 구내 레스토랑에서 뷔페식으로 조식을 마친 뒤 간단한 쇼핑을 했다. 평일에는 단품 메뉴로 손님을 맞다가 주말에는 뷔페를 준비한다고 했다. 겨울철이지만 주말에는 손님들이 제법 많이 오기 때문이다. 연평균 80만 명의 관광객이 다녀간다고 하니 증도가 가지고 있는 흡인력이 보통이 아니라는 생각이 들었다.

서울 2남 1녀 자식들에게 나눠줄, 태평염전에서 생산한 토판천일염 소금과 김 등을 샀다. 여기서 토판천일염이라 함은, 염전 바닥이 시멘트 콘크리트가 아니고 갯벌 흙을 다져서 만든 판 위에 해수를 유입하여 만든 염전이기 때문에 품질이 특별하다고 한다.

증도를 떠나 지도읍을 거쳐 무안군 국도를 경유해서 목포 시내로 들어온 것은 거의 정오가 다 되었을 때다. 김복희 여사께서 꽃게 전문점으로 '장터' 식당을 추천하기에 그곳을 찾아가느라고 시간이 좀 걸렸다. 식당 앞에서 줄을 서서 기다리는데도 30분이 걸렸다. 그만큼 유명한 집이다. 게맛살 양념장으로 밥을 비벼서 먹는 비빔밥인데 진실로, 진실로 일미였다. 아내가 꼭 먹고 싶다고 해서 목포 시내 시장 몇 군데를 뒤져서 찾아간 '장터' 본점 식당이다. 그동안 먹었던 어떤 비빔밥보다 맛있었다. 그 맛을 우리만 먹기가 미안했는지 아내가 서울 자녀 식구들을 위해 기어이 택배 주문해야 한다고 난리(?)를 부렸다. 그러나 본점 식당에서는 일손이 바빠 택배 취급을 하지 않고 전남도청 앞에 있는 체인 지점에 가서 주문을 해야 된다고 했다. 우리들은 2시 정각 SRT를 타도록 예약되어 있었다. 신도시 전남도청 앞까지 갔다가 다시 시내로 돌아와 SK 렌터카에 들러 차를 반납한 다음 목포역으로 가야 하는데 시간을 보니 빠듯했다. 나중에 서울 올라가서 주문하자고 했으나, 아내는 막무가내였다. 다음날 낮에 2남 1녀 온 식구들이 주일예배 후 모두 우리 집에 와서 점심을 먹을 텐데 이 별미를 꼭 먹여야 한다는 거다. 할 수 없이 전남도청 앞 체인 지점에 가서 게맛살 비빔밥 12인분을 주문해서 기다렸다가 찾아서, 그 짐을 싣고 부리나케 시내로 돌아와 렌터카를 반납한 다음, 뛰어서 목포역 승강장에 들어서니 출발 시간 딱 10분 전이었다. 우리는 하나님께 감사했고 서로를 바라보며 그저 웃을 수밖에 없었다.

아무튼 결혼 50주년 기념 여행의 마지막 수순을 게맛살 비빔밥 주문으로 치렀는데, 한편 생각해 보니 매우 의미 있는 짓이었다. 자식들과 손주들을 잘 먹이는 것이 우리 자신을 위해 좋은 것이 아니라, 그들 미래세대의 행복을 위한 일이니 그걸로 우리는 충분히 만족할 수 있다. 좀 바쁘긴 했지만 참으로 기분 좋은 마무리였다.

올라오는 SRT 안에서 살짝 잠이 들었다. 꿈속에서 '섬티아고'에서 만났던 12사도들이 떼를 지어 내 곁으로 오는 꿈을 꾸었다. 그러다가 그들이 천사로 변하여 하늘로 올라가는 모습이 보였다. 꿈속이었지만 너무도 생생하게 하늘 위 구름 사이로 사라지는 모습이었다. 그 아래 신안군 '천사(1,004)의 섬'들이 모두 일어나 박수하는 듯한 느낌이 들어서 깜짝 놀라 눈을 떴다.

SRT 차창 바깥으로 토요일 오후 햇살이 투명한 빗물같이 쏟아진다. 하나님의 사랑과 축복이 임하는 아름다운 여행이었다. 스페인 '산티아고'로 가려고 했던 길이 신안군 '섬티아고'로 바뀌었지만, 그 터닝의 길목에서 결혼 50주년 이후의 여생에 대한 분명한 소명('천사의 꿈')을 깨닫게 되어 참으로 귀하고 복된 여행이 되었다. 할렐루야!

정월 대보름날의 추억

김하민 아뜰리에

그저께(2024.02.24) 토요일 오전 11시에 경기도 송추계곡으로 갔다. 갤러리 '퐁데자르 아트'를 운영하고 있는 정락석 관장의 초대로 김하민 작가를 만나러 갔던 것이다. 정 관장은 프랑스 노르망디에도 레지던시를 겸한 갤러리를 20여 년째 운영하고 있는 베테랑 문화사업가다. 미술 평론가로서 국제언론재단의 임원인 정 관장은 유럽 한인CBMC(기독실업인회) 파리지회 회원이기도 해서 필자와는 오랜 지기이다. 서울과 파리를 오가며 미술계 전반에 걸쳐 폭넓은 전시 및 저술 활동을 해온 국제통 인사로 잘 알려져 있는 인물이다.

이분이 구정 연휴 때 한국에 왔다가 한 달간 체류하는 동안에 그저께 특별한 일을 한 가지 벌였다. 올해 14세 되는 천재 화가 김하민 작가를 공식적으로 후원하는 '김하민 아뜰리에'를 자신의 송추 '퐁데자르 아트' 갤러리에 겸하여 발족하는 일을 벌인 것이다. 서울에 있는 작가, 화랑 주인, 미술 애호가들뿐만 아니라 지방에서도 김하민의 부모님을 위시하여 후원자 여러분들이 참석했는데, 거기에 필자도 함께 초대되어 간 것이다.

주인공 김하민(2010년생, 부산) 작가는 SBS '영재 발굴단'에 선정된 후 7살 나이에 이탈리아 나폴리에서 거리 전시를 펼치며, 현대미술의 거장 밈모 팔라디모와 콜라보로 주목을 받은 천재 화가이다. 지난해 4월 파리 전시 '사랑의 눈빛'에 이어, 5월에는 프랑스 노마드 레지던시에 입주하여 인상파 화가들의 발자취를 탐방하며 작업한 것으로 10번째 개인전을 감동 있게 펼친 바 있다. 지금까지 개인전 10번, 단체전 8번, 4번의 아트페어 참석, 2권의 동화책 에세이집을 출간했으며, 2017년부터 3년간 연속으로 SBS '영재 발굴단' 방송에 참여했다.

김하민 작가를 소개하는 정 관장의 눈빛은 애정과 확신으로 빛났다. 앞으로 6년간 하민이가 20세가 될 때까지 세계적인 작가로 성장하도록 온 힘을 쏟겠다고 하면서, 참석한 분들도 한마음으로 지지하고 후원해 주기를 요청했다.

참으로 귀한 모임이었다. 어린 한 사람의 천재성을 발굴하여 모국에서뿐만 아니라 인류사회에 이바지할 문화예술인으로 키우는 작업이야말로 참으로 거룩한 헌신의 도전이 아닐 수 없다. 정 관장의 비전과 열정에 전폭적인 지지를 보내면서, 필자도 힘닿는 대로 돕기로 마음먹었다.

정 관장의 소개가 끝난 후, 김하민 작가가 직접 갤러리에 전시된 자기의 작품을 설명해 주었다. 피카소의 화풍을 닮은 듯했으나, 작품마다 생각의 깊이가 넘쳐나는 영적 감흥을 느끼게 했다. 아마도 그 심령속에 모태 신앙으로부터 이어받은 영성이 자리 잡고 있기 때문이라 짐작된다.

김하민 아뜰리에 현판식

작품 설명을 마친 다음, 바깥에서 '퐁데자르 아트' 간판 위에 새롭게 만들어 붙인 '김하민 아뜰리에' 표지판을 중심으로 15명이 함께 단체 사진을 찍었다. 그런 후 인근 식당에서 오찬을 나눈 다음, 다시 갤러리로 돌아와 정 관장이 쓴 책 『K 파리지앙』과 여러 사람들의 편지를 모아 엮은 책 『노오란 우체통』, 그리고 김하민 작가가 쓴 동화책 『하민이의 그림 그리고 싶은 날』을 선물로 받은 후 송추를 떠났다.

돌아오는 길에 하민이의 동화책이 너무 궁금하여 휴게소에 들러 잠시 펼쳐 보았더니 이런 글이 그림과 함께 적혀 있었다.

"꿈을 꾸었다/ 물감을 가득 묻힌 손으로 여기저기 색칠하는 꿈, 꿈인 줄 알았는데, 아기 때 사진을 보고 꿈이 아니라는 걸 알았다. 모두 진짜였다/ 내가 그리고 싶은 대로, 좋아하는 것을 마음대로 그려 보았다. 그림을 그리고 나면…/ 모든 것이 생명이 된다."

그리고 싶은 대로 그린 모든 것이 생명이 되는 그림! 이것이 14살 먹은 김하민 작가가 세상을 향해 펼치는 천재성이라 믿어졌다. 참으로 귀한 인재다.

'숯의 화가' 이배 작가

송추계곡을 다녀온 날이 실은 정월 대보름날이었다. 돌아오는 길에 경북 청도에 있는 동생 이승무 화백에게 전화를 걸었다. 며칠 전 2월 21일 자 「한국경제」에서 읽은 기사가 생각나서 급히 통화를 한 것이다. 현재 프랑스 파리에서 작품활동을 하고 있는 이배 작가(67)가 동향지기 청도 출신인 걸 최근에 알게 되었다. 정락석 관장이 일주일 전에 양재동에 있는 필자의 사무실에 들렀을 때, 김하민에 관한 소식과 함께, 프랑스에 있는 몇 분의 유명 인사들을 소개하던 중에 듣게 된 내용이다. 정 관장은 이배 작가가 자신이 출석하고 있는 파리 퐁뇌프교회 장로라고 소개하면서 절친한 사이라고 했다.

그 정도로만 알고 있었는데, 그 며칠 후 「한국경제」 문화 arte 면에 이배 작가에 관한 기사가 크게 난 것을 보고 얼마나 반가운 마음이 들었는지 모른다. 송추에 다녀오는 길에 동생에게 급히 전화를 걸게 된 연유는, 이배 작가가 그날 정월 대보름날 저녁에 청도군민들이 행하는 '달집태우기' 놀이에 참여한다는 기사가 생각났기 때문이다. 동생더러 그 행사에 가서 이배 작가를 만나보고 정락석 관장의 지인인 형님(필자)의 소식도 전하면서 동향지기 화가로서 교제할 기회를 가져보라고 종용했던 것이다. 그러나 아쉽게도 이배 작가의 일정이 변경되어 그날 청도에 가지 못해 두 사람의 만남은 불발이 되었다.

이서고등학교 미술 교사 출신으로 고향에서 후진을 양성하며 작품활동을 계속하고 있는 동생에게는 이배 작가와 같은 명사들과 함께 국제무대에 동반 전시할 기회가 주어진다면 참으로 귀한 기회가 될 것이다. 언젠가 그런 기회가 오기를 바라면서 이배 작가에 대한 「한국경제」 기사를 요약해서 정리해 본다.

이배 작가와 숯 그림

이배 작가는 지난 20일 서울 논현동에서 열린 기자간담회에서 "사라져가는 한국의 전통문화를 세계에 알리고 싶다. 동양 작가들이 세잔과 모네를 공부하듯, 겸재와 추사의 작품세계를 서양 작가들이 이해할 수 있도록 돕고 싶다."며 그 연결고리를 고민하던 중 고향 청도의 '달집태우기'에서 영감을 얻었다고 했다. 이런 의도를 갖고 만든 작품이 드디어 오는 4월 20일부터 '세계 최대의 미술 축제' 베네치아 비엔날레의 공식 부대행사로 선정되어 전시된다고 한다.

'숯의 화가'로 유명한 이배 작가는 성장 과정에 고향인 청도 지방에서 정월 대보름 고유 행사로 소나무 가지를 짚으로 엮은 '달집'에 불을 지피며 소원 성취와 풍년을 기원하는 '달집태우기'에서 인간의 실존적인 희망과 생명력을 깨달았다. 그리고 불에 타고 남은 숯 조각은 사람들에게 행운을 가져다주는 부적으로 이해되어 간직하는 풍습이 있었는데, 이배 작가는 이를 신앙적으로 승화시켜 삶의 가장 고귀한 가치를 '헌신과 희생의 번제물(숯)'로 정의하는 조각을 만들고 숯가루로 붓질 그리기를 시작했다.

결과적으로 1990년대부터 '숯'이라는 재료와 서예를 연합시키는 흑백의 추상을 통해 국제무대에 이름을 크게 날렸으며, 지난해에는 한국 작가 최초로 미국 맨해튼의 심장인 록펠러센터 채널가든에 6.5m 높이의 숯 더미 형상 조각 '불로부터'를 전시하기도 했다.

이배 작가는 기자간담회 인터뷰 끝에 자기의 작품을 두고 "불에서 시작해 숯을 거치고, 물가로 이어지는 전시를 통해 자연의 호흡과 리듬을 느끼셨으면 좋겠다."라고 피력했다. 필자는 이를 이배 작가가 터득한 인간과 자연의 영속성으로 풀이하고 싶은 생각이 들었다. 참으로 뛰어난 영적 작품성을 느낀다.

첫 만남 그리고 60년

필자가 아내를 처음 만났던 날이 60년 전 정월 대보름날이었다. 중학교를 졸업하고 경북고 입학식이 있기 직전 2월 중순경이었으니 올해 절기와 비슷한 때였다. 한창 들뜨고 장난기가 발동하던 때다. 할머니 집안으로 먼 친척이었던 손윤식이 나보다 한 살 아래였는데, 그가 가끔 아쉬운 게 있어서 우리 집에 놀러 올 때면 "우리 아지매가 공부도 잘하고 얼굴도 예쁜데, 나중에 소개해 주겠다."라는 말을 밥 먹듯이 했다. 내심 많이 기다렸으나 이 친구가 끝내 소개해 주지를 않아서, 나는 참다못해 강짜로 손윤식의 친척뻘 되는 그 '아지매 학생'의 집 주소를 알아낸 다음 특별한 기획(?)을 했다.

정월 대보름이 되면 세시풍속으로 윷놀이, 널뛰기, 연날리기, 줄다리기, 쥐불놀이 등 민속놀이를 많이 하는데, 특히 경북 지방에서는 복조리를 사거나 선물하여 복을 비는 풍습이 유행했다. 그래서 복조리장사가 대목을 맞는 때가 정월 대보름이다. 나는 정월 대보름 하루 전날 복조리 한 쌍을 사서 다음날 몇 시에 복조리 값을 받으러 간다는 꼬리표를 붙인 후 복조리를 판잣집 담장 안으로 던져넣었다. 그리고 다음 날 오후에 그 집을 쳐들어가듯 갔다.

　　원래 경북 성주군 수륜면에 있는 순천 박씨 대종가 집 종손댁이 본적이었으나, 아내의 아버지가 해방 후 일본 전후 복구사업에 돈 벌러 간 뒤 한일 수교가 이루어지지 않아 돌아오지 못하던 때라, 어머니께서 하나뿐인 딸자식을 공부시키기 위해서 대구로 데리고 나와서는 단둘이 외롭고, 힘들게 살아가고 있던 집이었다. 그런 형편인 줄을 잘 모른 채 나는 무턱대고 쳐들어가듯 그 집에 뛰어 들어갔던 것이다. 그것이 인연이 되어 10년 후인 1974년에 결혼을 했고, 지난 1월 5일에는 결혼 50주년 기념으로 전남 신안군 '천사의 섬'을 순례했다. 그리고 다녀온 기행문을 본 재단 '감·격·사·회'에 기고한 바가 있다. 아무튼 장난 같은 일로 만났지만, 우리 인생의 첫 만남이 정월 대보름이라 그날이 오면 우리 내외는 약속이나 한 듯 늘 집 마당에 나가 하늘을 우러러보며 둥근 달빛을 마음에 담아 서로의 건강과 평안을 빌어주는, 풍습 같은 기도를 하곤 했다. 그런데 올해 정월 대보름에는 구름이 잔뜩 끼고 비까지 와서 달을 볼 수가 없었다.

　　고향 청도에 있는 동생에게 전화했더니 거기도 비가 오긴 했으나 청도군민을 위한 '달집태우기' 행사를 예정대로 잘 치렀다고 들었다. 이배 작가가 왔으면 좋았을 그 '달집태우기'는 필자도 아련히 기억나는 일이다. 시골 넓은 빈 들에서, 소나무 가지를 짚으로 엮어 만든 '달집'에 복을 비는 여러 가지 내용을 쓴 한지를 매달아 놓고 불을 붙이면 불똥이 튀면서 시꺼먼 화염과 불꽃이 하늘로 용 솟듯 피어오르던 광경이 지금도 눈에 선하다.

우리 내외는 달 없는 검은 하늘을 바라보며 손잡고 서로를 위해 기도했다. 그리고 가족과 형제들의 이름을 불러 가며 함께 기도했다. 정월 대보름 날 복조리를 던져주고 찾아간 그 마음이 하나님의 은혜로 지금까지 조금도 퇴색되지 않은 사랑의 마음으로 이어지고 있음을 무한한 행복으로 느낀다.

나는 아내를 두고 '삼동지간'이라 부른다. 인생의 동반자, 사업의 동업자, 사역의 동역자로 우리는 함께 60년을 살아왔다. 지금도 늘 같이 출근하고 같이 퇴근한다. 그러나 아내를 생각하면 늘 미안하기만 하다. 그동안 고생을 너무 많이 시켰기 때문이다. 그러나 반면에 고난이 유익이라는 말이 있듯이, 세상을 살아가는 동안 하나님을 믿고 바르게 살아가려고 노력하는 과정 가운데 받은 고통과 시련으로 우리를 정제된 일심동체의 관계로, 더욱 아름다운 사랑으로 거듭나게 해주었다. 그러니 이것이 곧 '삼동지간'의 뿌리 깊은 나무에 열리는 복된 열매가 아니겠는가. 그중 가장 복된 열매는 2남 1녀의 자식들이 낳은 아홉 손주라고 감히 말하고 싶다.

숯이 되어 살리라

최근 남북 관계와 국제정세가 심상치 않다. 우크라이나전쟁에 투입된 북한제 포탄과 미사일 등 무기로 인해 남북 관계가 극도로 민감해져 있는 시점에 북한 통전부 산하 대남기관이 모두 폐쇄되었다. 이와 함께 서해 NLL 지역에서의 도발 가능성도 사뭇 높아져서 어떤 군사전문가는 1950년 이후 전쟁이 일어날 가장 위험한 시기라고 공공연히 말하기도 했다. 그런가 하면 4월 10일 총선을 목전에 두고 여·야간에 줄다리기를 하며 벌이는 치열한 대립과 공천 과정의 갈등은 각 진영 내 불신 및 내홍과 복잡하게 겹치며 갈 바를 모르고 달리는 마차와 같이 비탈진 언덕길을 달리고 있다. 국가 경제의 침체와 물가 상승에 따른 서민들의 고통은 물론이요, 청년들의 실업과 저출산의 절망적 수치는 한국의 미래를 발목 잡고 있다. 무엇보다 최근에 벌어진 의대생 증원으로 인한 정부의 강경대책과 전공의들의 집단 반발행동은 국민의 생명과 안전은 아랑곳없이 저희끼리 집단이기주의 샅바싸움을 고집하고 있는 듯한 모습이다. 한마디로 국가공동체의 안정과 질서가 총체적으로 유린되고 있는 듯한 정황이다.

내가 이런 불평과 걱정을 말해본들 무슨 소용이 있을까? 지난해 12월 말에 외국인 교수들의 평양과기대 방문 신청을 해 놓고 여태껏 비자 발급에 대한 통보를 기다리다 보니 속이 타다 못해 숯덩이가 되어 버렸다. 나 자신의 일도 앞길을 가늠하지 못하고 있는 마당에 무슨 말로 남을 탓할 것인가! 생각이 여기에 이르자 엉뚱한 아이디어 하나가 거듭 생각났다. '숯의 화가' 이배 작가의 유튜브를 보고 깨달은 생각이다. 숯이 갖는 윤리는 무엇일까? 어쩌면 자신을 태워 시꺼먼 주검에 이르는 헌신과 희생의 번제물이라고 할 수 있지 않을까? 타다 남은 숯덩이는 마치 회개하는 사람이 자신의 진정성을 드러내기 위해 사랑의 불꽃을 피우고 산화한 모습과 같다고 말하면 너무 지나친 표현일까? 이배 작가는 이런 숯덩이를 다시 가루로 만들어 붓질의 그림 재료로 사용했다. 더구나 숯의 그을음까지 아껴서 아교와 배합해 전통 '먹'을 형상화함으로써 한국 전통문화의 맥을 구현했다고 할 수 있다.

여기서 필자가 배운 교훈은, 숯가루가 붓질하는 그림 재료가 되어 주듯이, 나 자신을 부수고 부수어 가루가 되어야 비로소 누군가 나라와 민족을 위해 그림을 그릴 때 유익한 도구로 사용할 수 있을 것이라는 깨달음이다. 또한 숯의 그을음조차 아교와 배합하여 '먹'을 만들어 모든 문서와 글자를 구현시키는 도구로 사용했던 것처럼, 나 자신의 불평과 걱정조차도 강력한 절대 의지(신의 능력)와 배합하게 되면, 새롭고도 강력한 형상이 빚어져 사람과 세상 앞에 공동체 윤리의 거대한 표상으로 우뚝 서게 될 것이라는 깨달음이다. 나무를 태워 숯덩이를 만들듯이 나의 자아와 욕망을 태운다. 그리고 그렇게 시커멓게 타버린 숯덩이가 죽은 몸처럼 보이지만, 실은 그 어떤 물체보다 오염된 공기와 물을 정화하는 회복력의 매체로 갱신한다. 거기에 더하여 분말처럼 곱게 부서진 숯가루는 붓질로 그림을 그리게 할 뿐 아니라, 마침내 그을음조차 '먹'이라는 공공재로 거듭나게 하니, '숯의 영속성'은 참으로 위대한 사랑의 형상이다. 이것이 인간과 자연을 영속시키는 창조적 원리임을 깨닫는다.

이배 작가가 추구하는 예술의 경지가 바로 이런 수준에 이르고 있음을 동향의 한 사람으로서 참으로 기쁘게 생각한다. 동시에 14살의 김하민 작가가 '그리고 싶은 대로 그린 모든 것이 생명이 되는 그림'이라고 말하는 그 영적 각성이 그저 감탄스러울 뿐이다. 그런 가운데 60년을 한결같이 살아온 우리 내외의 인생도 어쩌면 자신을 죽여 대상을 살리는 삶의 예술가로 변신해 가고 있는 과정일지도 모르겠다는 생각이 든다. 첫 만남의 정월 대보름을 추억하며, 끝없이 이어지는 사랑을 마음속에 간직한다. 그러면서 아내에게 바치는 고백을 한마디로 말하라면 '숯이 되어 살리라!'는 표현으로 정리하고 싶다. 그래도 여전히 의문은 남는다. '아, 인생이란 무엇인가!' 참으로 불가사의가 아닐 수 없다.

소산비경(小山祕境) 탐방기

그림으로 만나본 박대성 화백

집 앞 뜰에 산수유가 노랗게 활짝 피었다. 토요일 아침이 가장 여유로운 편인데, 오늘(3/16, 토)따라 날씨가 화창하여 마음마저도 봄기운으로 설렌다. 아내가 평창동 가나아트센터에서 열리고 있는 '박대성 해외순회 기념전'에 가보자고 했다. 지난 2월 초부터 열리고 있는 이 기념전을 언론을 통해 소식을 들어서 잘 알고 있었다.

박대성 화백이 40년 전부터 가나아트와 인연을 맺은 1호 전속작가이며 또한 이건희컬렉션의 대표적인 작가로도 유명했지만, 나는 그가 경북 청도 출신이기에 동향인으로서 더 큰 관심이 있어 언젠가 꼭 한번 만나 보고 싶었다. 오늘 본인을 직접 만나지는 못했지만 그림을 통해, 작품세계를 통해 박대성 화백을 만나 보는 귀한 시간을 가졌다. 참으로 소중한 체험이었다.

가나아트센터에서 제공하는 유인물을 통해 기념전에 대한 개요를 먼저 살펴보자.

"가나아트는 전통 수묵을 현대적으로 변용하여 동시대 한국화의 세계화를 이끈 소산 박대성(小山 朴大成)의 해외 순회 기념전, 〈소산비경(小山祕境)〉을 개최한다. 이번 전시는 지난 2년간 로스앤젤레스 카운티 미술관(LACMA), 다트머스대학교 후드미술관(Hood Museum of Art at Dartmouth College) 등 총 여덟 곳의 해외 기관에서 한국 수묵화의 확장 가능성을 보여준 소산의 행보를 돌아보며, 순회전을 계기로 확인된 박대성과 한국화의 새 지평을 조망하고자 한다. 순회전 출품작과 최근 완성된 신작으로 구성되는 본 전시는 박대성이 화업 전반에 걸쳐 천착한 주제와 소재의 가장 완숙한 형태를 선보이며 그의 예술 세계에 대한 이해를 돕고, 해외 화단에서 주목한 소산수묵의 독창성을 발견할 자리가 될 것으로 기대된다."

보이지 않는 뿌리를 찾아

필자는 이 글을 쓰면서 제목을 〈소산비경 탐방기〉로 달고 싶어졌다. 이 분야에는 문외한이지만, 박대성 화백의 수묵화를 바라보며 계속 집중하다 보니 어떤 신비한 비경의 세계를 탐방하고 있는 듯한 느낌이 들었기 때문이다. 단순한 흑백의 수묵화를 통해 보이지 않는 여러 가지 색(色)의 세계가 겹겹이 잠복해 있는 듯한 감을 느꼈다. 눈에 표출되어 나타나지 않지만, 그 흑백의 이면에 숱한 의미의 세계가 저마다의 자연적인 색깔(자연으로서의 존재가치)을 품고 내재해 있는 듯하였다. 박대성 화백이 이번 순회전에 대해 "하루아침에 된 것이 아니다. 일평생 '보이지 않는 뿌리'를 찾았기 때문에 관객들이 그 진정성을 느낀 것이다."라며 소회를 밝혔다고 한다. 그 마음과 발언의 요지에 공감이 간다. '보이지 않는 뿌리'는 곧 그가 그림을 통해 평생토록 탐색해온 자신의 인생

박대성 화가와 삼릉비경

에 대한 근원적인 희망과 불교적인 자화상을 의미하는 것으로 이해되기 때문이다.

박대성 화백의 일대기를 보면, 그는 수년간 세계 각지를 누비며 유명한 산천과 전통 시장, 유적지, 시골 마을, 대도시 등을 찾아다녔다. 한국화를 현대화해야겠다는 생각이 움튼 1994년, 박대성은 서양 현대미술에 대해 배우고자 현대미술의 메카인 뉴욕으로 향했고, 아트스튜던트리그(The Art Student League of NY)에서 수학하며 소호에 작업실을 마련했다. 하지만 6개월이 지났을 무렵, 그는 불현듯 뉴욕에서는 현대 한국화에 한 획을 긋지 못하겠다고 판단했고, 가장 한국적인 곳으로 가야겠다고 결심했다. 그런데 그때 떠올린 곳이 한국 전통의 정신을 이어가고 있는 도시, 경주였다. 고향인 청도와 인접해 있는 경주는 박대성에게 제2의 고향이 되었다. 그는 주로 경주의 역사, 문화 유적지를 그렸다. 작가는 작업실 주변에 즐비한 유적지의 진수를 포착하는 동시에, 그에 담긴 역사적 의미와 중요성을 담으려 했다. 중요 유적지를 방문하고 이를 여러 번 그린 후에는 그에 깃든 미학적 진정성을 발견했고 자신만의 구도로 재구성했다.

경주에 작업실을 연 후 2000년대 들어 박대성은 서예 탐구에 열을 올렸다. 1988년 중국에서 이가염(李可染, Keran Li)을 만났을 때, 그가 먹과 서예의 중요성을 강조한 것을 박대성은 마음에 새겼다. 실크로드 여행을 떠났을 때 박대성은 바위에 새겨진 암각화와 상형 문자를 여럿 보았고, 그대로 스케치북에 옮겨 그렸다. 그는 암각화가 글의 원형이라고 여겼고, 글이 그림으로부터 발전했다고 생각했으며, 따라서 그림을 그리는 것과 글을 쓰는 것에는 차이가 없다고 생각했다.

이러한 그림과 글의 영속적인 관계성을 깨우친 그는, 그림을 그리는 작업 속에 글의 본질과 함께 작가로서의 재능과 인격이 융합된 자신만의 고유한 창작 세계를 일구어 가기 시작했다. 이것이 박대성 화백의 작품의 근간인 수묵화의 기법인 동시에 미학이다. 그 후 오랜 숙련의 과정을 거쳐서 오늘과 같은 박대성 해외 순회 기념전, 즉 〈소산비경〉과 같은 경지의 작품세계로까지 발전해온 것이다.

한국화의 새 지평을 열다

놀랍게도 박대성은 왼쪽 팔이 없는 외팔이 화가다. 1945년 경북 청도 운문면 출신으로 7남매 중 막내로 태어났는데, 5살이 되던 1949년 여름, 운문산에 은거하던 빨치산에 의해 왼쪽 팔을 잃었다.

집안이 풍비박산으로 되어 고아가 된 박대성은 정규 교육도 제대로 받지 못한 채 중졸로 학력을 마감했다. 그런 그가 수묵화의 대가로 거듭나 한국화의 위상을 세계화하는 데 선구자적 위업을 달성했으니 그 인간적인 애환을 이겨낸 정신력은 물론이거니와, 작품에 대한 집중적인 열성과 노력은 우리가 감히 상상할 수 없을 정도로 크고 놀랍다. 그래서 필자는 가나아트센터의 방명록에 이렇게 썼다. "오늘 위대한 청도인을 만나고 갑니다. 그 인생과 작품에 담긴 의미를 마음에 깊이 간직합니다."

아! 이렇게 아름다운 사람이 있는가! 왼팔의 부재로 오는 아픔은 나머지 한 손에 잡은 붓으로 천지를 진동시키는 울림으로 영적인 암각화를 그려낸 것이다. 또한 못다 한 배움의 부족은 그 깊이를 알 수 없는 내공의 연마로 하늘로 향한 탑의 형상을 쌓았으니, 그 작품 〈소산비경〉에 깃든 독창적인 천재성은 범인이 가히 상상하지 못할 세계로까지 확장되어 있다.

이번 〈소산비경〉 기념전에 축사한 분들 가운데 다트머스대학교 후드미술관장인 존 스톰버그(John Stomberg)의 평론이 특별하다.

> "박대성의 작업은 한국 미술의 과거와 동시대 미학을 융합한다. 그의 필법과 소재, 그리고 재료 사용은 전통의 방식을 고수하나, 동시에 그가 색채를 표현하고, 작품의 크기와 구성을 결정하는 방법은 현대적이다."

박대성 화백을 평하자면, 그는 전통 수묵을 기반으로 양식에 경계 없는 표현을 시도하여 한국화의 새 지평을 연 선구자라고 할 수 있다. 지난 2년간 독일, 카자흐스탄, 이탈리아, 미국 동·서부를 순회하며 총 여덟 곳의 해외 기관에서 한국 수묵화의 확장 가능성을 보여준 그의 행보는 가히 초인적인 미학의 달인이라 해도 과언이 아닐 것이다. 이런 작가를 간접적인 체험이지만 동향인으로 만났다는 게 필자로선 그저 꿈같고 기적같이 느껴진다. 실로 말할 수 없는 기쁨과 감동의 시간을 즐기며 〈소산비경〉을 탐방하도록 이끌어 준 아내에게도 고맙다는 인사를 잊지 않고 했다.

소산비경의 봄길을 걷다

박대성 해외 순회 기념전 관람을 마친 후, 가나아트센터 부근에 있는 쌈밥 식당에 가서 점심을 먹었다. 북악산이 바라다보이는 창가에서 북악 능선의 아름다운 흐름을 느끼며 쌈밥을 먹고 있는데, 잇달아 식당에 들어오는 손님들 가운데 오랜만에 보는 반가운 얼굴을 발견했다. 오래전에 파리에 있는 OECD 본부에서 고위직으로 근무했으며, 귀국 후 상명대학 대학원장을 역임했던 홍은표 박사를 뜻밖에 만나게 된 것이다. 교회 동료인 세 가족과 함께 구역예배를 마친 후 점심을 먹으러 왔다고 했다. 오랜만에 만났지만, 예전과 다름없이 밝고 활기찬 모습이 보기에 참 좋았다.

우리 내외는 식사를 마치고 떠나기 전에 홍 박사 일행들에게 식당 카운터 옆에 비치되어 있는 쌀 강정과 인절미 과자를 선물로 사드렸다. 홍 박사께서는 우리가 만류하는데도 불구하고 주차장까지 따라 나와 배웅을 해주셨다. 한편, 나는 식당에서 팔고 있던 배다리 막걸리 한 통을 사서 들고나왔다. 집에 가서 아내와 오랜만에 여운 있는 주말을 즐기고 싶다는 생각이 들었기 때문이다.

배다리 막걸리는 제법 유명한 토속주다. 쌈밥집 벽에 붙어있는 홍보전단에 의하면, "박정희 전 대통령께서 1966년부터 서거하신 1979년 당일까지 14년간 '대통령 전용 막걸리(고양 쌀막걸리)'를 별도로 빚어 납품했던 역사적인 술이다."라고 적혀 있었다.

집에 돌아와 낫또로 간단히 저녁을 때운 후 매일 하는 성경읽기와 QT를 마친 우리는 오랜만에 배다리 막걸리로 부부간에 대화의 진미를 나눴다. 배다리 막걸리를 조금씩 음미하면서 가나아트센터에서 구매하여 가지고 온 박대성 화백의 도록(圖錄)과 병풍형 그림책을 펼쳐 보았다. 낮에 봤던 그림들이 연상되면서 마음속으로 끝없는 미학의 심연에 빠져들었다. 술기운 탓일까? 나는 갑자기 눈물이 찔끔 났다. 한 인간의 삶과 영혼이 부챗살처럼 펼쳐지며 호소하듯, 간청하듯 말을 걸어 왔다. 직접 만나 보고 싶었지만 그림으로밖에는 만날 수 없는, 나보다 세 살 위인 동향의 그분이 내게 친절히 말을 걸어오는 듯한 느낌이다.

> "보소, 이 사람아, 나도 열심히 살았다네. 잃어버린 왼팔이 나를 구원했다네. 그 현실적 상실감이 내게 영원으로 잇대는 희망을 불러 일으켜 주었고, 그 외로운 아픔이 이 세상에 있는 모든 아름다운 색깔을 내 수묵의 그림 속에 융화시키는 깨우침으로 채워졌네. 그것이 내 그림이 되었고 글이 되었고 재능이 되었고 마침내 인격이 되었네. 그래서 나는 이제 누구보다 행복하다네. 부처보다 더 깊은 깨우침으로 나를 사랑할 수 있게 되었으니까!"

그는 이렇게 말하며 빙긋이 웃고는 다시 경주에 있는 작업실로 돌아가는 모습이 연상되었다. 술기운으로 느끼는 환상이지만 그 모습은 내게 영원히 잊지 못할 진정한 구도자의 모습이었다. 그래서 나도 덩달아 참으로 행복한 토요일 밤길을 걷고 있다. 사랑하는 아내와 함께 그 위대한 〈소산비경〉의 봄길을 탐방하고 있다.

아! 위대한 인생이여! 위대한 예술이여!

STEPPING STONES TO A MEANINGFUL LIFE

이 모든 것을 너희에게 더하시리라

희망의 빛

연말이다. 한 해(2024년)가 저물어 가고 있다. 한국 사회의 세모를 지켜보는 심경이 참으로 답답하고 우울하다. 경기 침체와 극단적인 시위와 탄핵 정국이 뿜어내는 악순환의 기류가 마치 악령에 홀린 듯하다. 어디 이뿐인가! 북한 병사들이 우크라이나전쟁에 투입되어 떼죽음을 당하고 있다는 기사를 읽으면서, 이 처절한 인권 말살의 비극이 우리 동족에게서 일어나고 있다는 현실에 가슴이 미어진다. 도대체 어쩌자고 이런 일이 계속되고 있는가!

크리스마스와 새해를 앞둔 연말 분위기를 조용히 감내해 본다. 매년 연말이 되면 '다사다난했던 한 해'를 돌아보는 기사와 댓글이 넘쳐나는데, 올해는 정말 끔찍하고도 처참한 사건들이 국내외를 막론하고 너무도 많았다. 이럴 때 그래도 실낱같은 '희망의 빛'이라도 있을까 찾아보는 마음이 간절해지지 않을 수 없다. 그런데 내가 그 지경이 되어 길을 찾다가 마침내 터닝 포인트가 될 만한 귀한 모임에 다녀왔다.

강남구 잠원동에 있는 신반포교회 부설 영생유치원이 주최한 제22회 '어린이 발표회'가 그곳이었다. 12월 19일(목) 오후 5시부터 약 1시간 반 가량 진행한 교회 유치원생들의 '우리들

어린이 잔치에서의 김주연

의 축제'에 파묻혀 나는 손뼉 치고 환호하며 새 생명의 기운을 만끽했다. 2남 1녀 막내딸의 막내딸 김주연(5세, 아홉째 손주)이 다니는 유치원 성탄절 모임에 초청되어 간 것이다. 우리 내외는 12월에 들어와 벌어진 일련의 정치적 파탄을 지켜보면서 어디 한 군데 마음 둘 곳이 없어 속 앓이하던 차에 마침내 사막에서 오아시스를 만난 듯, 죽음 직전에 구원의 손을 잡은 듯, 어린 새싹들이 부르는 노래와 춤과 북소리에 취해 더없이 즐거운 시간을 누렸다.

홍문수 담임 목사의 기도로 시작한 발표회는 김진현 원장의 재치있는 사회와 유치원 교사들의 사려 깊은 봉사로 큰 실수 없이 잘 진행되었다. 5세(병아리반), 6세(토끼반), 7세(기린반)에 이르는 50여 명의 유치원생들이 반별로 돌아가며 프로그램에 따라 옷(공연복)을 갈아입고 나와 유아 발레, 수화 합창, 리듬 합주, 현악기 합주, 밤벨 합주, 노래 합창, 핸드벨 합주, 국악 합주, 성경 암송 등 많은 프로그램을 소화해 냈다. 얼마나 귀엽고 깜찍하고 똑똑한지, 나는 병아리반에서 맹활약(?)을 하고 있는 외손녀의 사진(동영상 포함)을 찍으며 큰 소리로 노래를 따라 부르고 엉덩이를 들썩거리며 덩실덩실 함께 춤을 추었다.

막내딸 현주가 곁에서 너무 행복한 모습으로 아이들의 공연을 지켜보고 있는데, 그 모습 위에 40년 전 비닐하우스에서 살며 어렵게 키웠던 딸의 모습이 클로즈업되어 떠오른다. 세월의 고난과 무상함을 넘어 한 여인의 성장과 성숙함을 느끼는 참으로 묘한 기쁨이 넘치게 솟아난다. 아! 삶의 환희를 느끼는 기막힌 순간(창조적 모멘텀)이 가족이라는 혈류를 타고 온 전신을 엄습한다. 신반포교회 어린이들의 생명잔치, '희망의 빛'으로 가득 찬 어린 생명들의 발표회가 이 어둡고 불순한 시즌에 새 힘을 부어 주었다. 그 '우리들의 축제'가 끝난 후, 우리들은 교회에서 5분 거리에 있는 래미안 원펜타스 아파트로 자리를 옮겼다. 넉 달 전에 입주한 막내딸 현주의 집이다. 아이들이 많아서(4명) 점수를 높게 받아서 운 좋게 당첨된 아파트이다.

집들이 잔치

우리 내외가 자식들이 결혼할 때 조건부로 요청하는 계명(?)이 몇 가지 있다.

첫째, 무엇보다 예수를 잘 믿어라.
둘째, 아이들을 잘 키워라.
셋째, 살 집은 자력으로 구하라.
넷째, 이웃을 선대(善待)하라.

이 가운데 자식들이 가장 어렵게 받아들이고 힘들었던 항목이 집을 자력으로 구하는 일이었다. 장남(자녀 3명)은 제법 큰 병원을 운영하고 있으니 마음만 먹으면 해결할 수 있는 일이었다. 그러나 미국 유학을 마치고 산타바바라대학 연구교수로 있다가 고려대 물리학과 교수로 온 둘째 아들(자녀 2명)은 공부는 잘했지만, 저축한 돈이 없어서 우리 집에 몇 년 같이 살다가 30여 평 전세 아파트로 이사 나가서 지금까지 제집 없이 살고 있다.

셋째 막내딸(자녀 4명)도 고등학교부터 미국에서 공부(코넬공대 토목학과 졸)를 했고, 사위도 스탠포드대학에서 석·박사를 한 후 삼성전자, 맥킨지 등에서 간부로 일했다. 하지만 서울 강남지역에서 다락같이 오른 비싼 아파트를 살 목돈도 없고 추첨에 참여할 엄두도 내지 못해서 지금까지 전세로 살아왔다.

9명 손주들은 금방금방 자라고 해마다 중·고·대학교로 진학을 했다. 아이들을 키우고 공부시키는 일만 해도 보통 일이 아니었다. 그러다 보니 자식들이 집을 마련할 방도가 없어서 3남매 모두 제집 없이 살아가고 있는 게 늘 마음 한구석에 아픔으로 남아 있었다. 집사람은 주일마다 예배를 마치고 우리 집(양재동)에서 손주들까지 모두 모여 열대여섯 명이 같이 점심을 먹는 걸 큰 행복으로 여겼다. 하지만 제집 없이 아이들을 키우고 있는 자식들의 형편을 볼 때마다 안타까운 마음이 들어 가끔은 눈시울을 적시곤 했다.

그랬는데, 기적이 일어났다. 지난 8월 중순 막내딸이 반포동 래미안 원팬타스(입주가 완료된 시점에 조합원들이 몇 채 남겨 놓은) 아파트에 당첨이 된 것이다. 그것도 상당히 큰 평수에 해당하는, 4명의 자녀를 키우기에 너무나 좋은 여건의 집을 갖게 되었다. 그러나 막상 막내딸이 아파트 당첨 소식을 알려오자, 우리 내외는 되레 가슴이 철렁 내려앉았다. (장남은 예외로 하고) 혼자만 제집이 없어서 소외당할 작은 아들네가 더 크게 걱정되었기 때문이다.

그런데 참으로, 참으로 신기하게도 한 달이 채 지나지 않은 9월 초에 둘째도 아파트 추첨에 당첨되었다. 지금 전세 살고 있는 서초동 아파트에서 그리 멀지 않은 방배동에, 2년 후 입주할 대단위 아파트 단지(시행 및 시공사 현대건설)의 중형 아파트에 당첨된 것이다. 참으로 놀라운 일이다! 이건 순전히 하나님의 은혜요 선물이었다.

아! 얼마나 감사하고 고마운지! 인생을 살아오면서 얻는 몇 안 되는 삶의 기쁨을 한 달 사이에 두 번이나 경험했다. 참으로 귀한 일이 연거푸 벌어진 것이다. 그래서 지난달에 이사를 마치고 집안 인테리어와 짐을 정리한 다음, 막내딸 집에서 2남 1녀 온 가족들이 함께 모여 감사예배를 드린 후 밤늦도록 집들이 잔치를 벌였다. 2년 후에는 또 작은아들 집에서 이런 일이 벌어질 걸 생각하니 그저 하나님께 감사할 따름이다!

실로암의 기적

나는 교회에서나 밖에서 2남 1녀 자식들에 대해서 이야기하게 될 때, 학력과 직업에 대해선 잘 언급하지 않는 편이다. 그러나 그들이 내게 '믿음의 선배'가 되어주었다는 사실은 거침없이 자랑한다. 내 인생에 있어서 가장 극적이고 위대한(?) 변곡점을 그들이 만들어 주었기 때문이다.

실은 아내와 장모로부터 전도를 받기는 고등학교 1학년 때다. 경북고 입학(1964년 3월) 직전에 먼 외척 되는 손윤식으로부터 동급생인 그의 아지매(박재숙)를 소개받았으나 좀체 만날 기회를 만들어 주지 않자, 내가 직접 집 주소를 확인한 다음 정월 대보름날 복조리 장사를 가장

하여 그녀(무남독녀)의 집을 쳐들어가서 만났다. 그때 어머니(장모)께서 "니가 교회 나가겠다고 하면 우리 집에 와도 좋다고 허락하마."라고 하셨고, 나는 두말하지 않고 선뜻 "예!"라고 대답한 것이 전도 받은 첫 경험이었다. 그러나 그 후 정작 내가 교회에 나간 건 25년이나 지난 후의 일이었다. 만난 지 10년 만에 결혼했고, 결혼한 지 15년 만에 교회를 나갔으니 나도 어지간히 질기고 강퍅한 사람인가 보다.

그런데 생각지도 않은 대반전이 일어났다. 아버지를 무서워하고 좀체 가까이 오려고 하지 않던 아이들(당시 중2, 초6, 초3)이, 1989년 12월 어느 날 밤늦게 술에 취해 돌아온 나에게 몰려와 무릎을 꿇은 채 강력히 요청하는 것이었다. 바로 '엄마와 함께 기도원에 같이 가자.'라는 간곡한 부탁이었다.

그래서 따라나선 길─1990년 1월 1~3일, 2박 3일간 가족들의 손에 이끌려 경기도 파주군 오산리에 있는 순복음교회 금식기도원에 간 것이 신앙생활의 첫걸음이 되었다. 남들은 다 금식하는데 혼자 담배를 피울 수 없다는 미안한 생각이 들어서, 주머니에 있던 담뱃갑과 플라스틱 라이터를 꺼내 기도원 입구에 있는 논두렁으로 집어 던졌다. 이것이 25년 이상이나 피워 온 담배를 끊는 변화의 모멘텀이 되었다. 기적이 일어나기 시작한 것이다.

우리 가족은 신년 축복 대성회가 열리는 '실로암 성전'으로 가서 순복음실업인선교회 봉사 요원들의 안내를 받아 여장을 풀었다. 거기서 2박 3일간 금식기도 집회에 동참했다. 아내는 순복음교회 신자이면서 실업인선교회 회원이었다. 그러다 보니 믿는 여 집사(박재숙)의 믿지 않는 남편이 왔으니 휴식 시간에 몇몇 장로님들이 번갈아 가며 내게 물도 갖다주고 예배에 필요한 도움말을 해주었다. 그런 가운데 첫날은 그냥 지나갔다.

둘째 날(1/2) 오후 휴식 시간이었다. 장로님 한 분이 오셔서 이스라엘 성지순례 다녀온 얘기를 꺼내기에 질문을 드렸다. "장로님, 이 성전의 표지판을 보니 실로암 성전으로 되어 있는데, 이 실로암이 무슨 뜻입니까? 무슨 암자 이름 같아서요." 그 장로님은 한참을 껄껄대고 웃으시다가 성경 요한복음 9장 1-12절을 꺼내 놓고, 날 때부터 눈먼 소경이었던 사람이 예수님의 도움으로 눈을 뜬 구절을 설명해 주셨다. 침을 뱉어 진흙을 이겨 소경의 눈에 발라준 다음, "실로암 못에 가서 씻어라."라고 하신 예수님의 말씀대로 소경은 실로암 못에 가서 눈을 씻고 밝은 눈으로 돌아왔다는 얘기다.

이 구절의 설명을 듣고 있는데 갑자기 눈앞에 환상이 떠오르며 내가 눈먼 소경이 되어 계곡에 있는 실로암 못을 향해 비탈길을 엉금엉금

실로암 못

기어 내려가는 장면이 연상되었다. 얼굴과 온몸이 돌부리와 나무 그루터기에 긁혀 피가 나고 고통스러웠다. 나의 젊은 날의 고난과 시행착오와 열등감에 빠져 살아왔던 세월이 파노라마처럼 생생하게 떠올랐다. 그런 다음 연못에 가서 눈을 씻었더니 눈이 떠졌다. 눈을 들어 비탈진 언덕 위를 바라보니 예수님이 푸른 하늘 벽공을 배경으로 웃으며 서 계셨다. 그리고 손짓하며 오라고 하시는 것 같았다. 나는 기쁨에 넘쳐 울부짖는 목소리로 "예수님!"을 외치며 그 언덕 위로 뛰어 올라갔다. 그때 복부 깊은 곳에서부터 뜨거운 용암 같은 것이 솟아오르며 눈물이 왈칵 쏟아져 나왔다. 악마에게 목숨을 팔아서까지 진리를 체득해 보겠다고 나선 파우스트가 모든 것을 상실하고 절망에 빠졌을 때, 구원(久遠)의 여인 그레첸의 손에 이끌려 천상으로 올라갔는데, 그때 외친 "저 밑바닥에서 벽공으로!"라는 고백이 나의 고백이 되었다. 위대한 변화, '실로암의 기적'이 일어났다. 부활의 새 생명을 얻은 듯 나의 사고와 감성과 태도가 일변했다.

그다음 주 곧바로 여의도순복음교회에 출석한 이후 지금까지 빠짐없이 주일예배를 드리고 있다. 사람이 완전히 바뀐 것이다. 그 후 나는 집에서 평일에 국민일보의 가정 예배란을 통해 예배를 드릴 때마다 아이들을 보고 "너희들은 아빠의 믿음의 선배야!"라는 말을 늘 버릇처럼 해주곤 했다. 내 자식들이 내 인생의 패러다임을 완전히 바꿔놓은 것이다. 이 모든 변화가 하나님이 주신 은혜라고 믿기에 그동안 25년간을 한결같이 기도해 온 아내의 성실한 믿음에 진심으로 감사한다.

이 모든 것을 너희에게 더하시리라

1990년은 내 인생의 Before와 After를 가르는 분수령과 같았다. 연초에 기도원에 다녀온 후 나는 곧장 교회에 출석하여 순복음실업인 선교회 회원으로 가입했다. 선교회 회원으로 봉사하던 중 6월에 회원 부부 6팀과 함께 중국 여행을 다녀오게 되었는데, 당시 골프장 건설사업을 하고 있던 나는 그 넓은 중국 천지에 북경, 상해 두 군데에만 골프장이 있다는 사실을 알게 되었다. 그것도 일본 사람들이 설립, 운영하는 골프장이라고 들었다. 나는 얼마 있지 않으면 한·중 수교가 될 것이라는 정보를 들었던 터여서 빨리 중국에 들어와 골프장 사업을 해야겠다고 생각했다.

그래서 그해(1990년) 7월부터 매월 2회씩 중국을 방문하면서 대만 기업인들과 함께 공동 투자하기로 하고, 포시즌(4계절) 골프장이 가능한 지역을 물색했다. 최종적으로 산동성 칭다오시가 계획해 놓은 석노인 관광지구 안에 있는 18홀 골프장 부지를 택하여 상담을 하기 시작했다. 칭다오시에서는 행정적으로 적극적으로 지원했으나, 농민들의 토지 보상 문제가 난제로 등장했다. 부득이 중간에 사람을 넣어 당시 국가주석인 양상쿤 주석의 아들 양샤오밍이란 분을 만나기로 약속하고, 10월 초 북경호텔로 갔다. 거기엔 나 외에 다른 한국인 한 분이 더 있었다. 이중으로 약속이 되어 있었던 것이다. 나보다 훨씬 나이가 많아 보이기에, 먼저 말씀하시라고 하고 나는 옆에서 경청했다. 그는 미국에서 무역업을 하면서 대학교수로도 활동하고 있다고 자기소개를 했다. 그런 다음에, 미국에 있는 재산을 가져와 연변조선족자치주 연길시에 기술전문대학을 세워 중국의 과학기술 발전과 조선족 후대를 위해서 봉사하고 싶어서 온 것이라고 했다. 그분이 바로 연변과학기술대학(YUST) 설립자인 김진경 총장이셨다.

나는 돈 벌러 중국에 갔는데, 그분은 자기 재산을 가져와 남을 위해 대학을 세우겠다는 것이었다. 나는 큰 감동과 함께 '선한 찔림'을 느꼈다. 그 후 한국에서 다시 그분을 만나 '내가 뭐 도와 드릴 일이 있겠냐?'라고 물었더니 '당신 같은 건설업자가 조금만 도와주면 큰 도움이 되겠다.'라고 하는 것이었다. 그래서 조금만 돕는다고 시작한 일이 연변과기대뿐만 아니라 평양과기대(PUST) 설립, 운영까지 35년째 해오고 있는 일이 되어 버렸다. 김진경 총장과의 만남에 대해선 한국 교계에 널리 알려진 일이지만, 교회에 입문한 지 채 일 년도 되지 않던 그해(1990년) 가을부터 북방 교육 선교에 참여하고 있다. 이렇게 살아온 지금까지의 인생 후반을 뒤돌아보면, 모든 것이 하나님의 은혜요, 길목마다 '선한 그리스도인들'의 손길이 있었음을 고백하게 된다.

가족과 이웃, 그리고 동역자들과 함께 손잡고 걸어온 35년의 그리스 도인으로서의 생을 돌아볼 때, 지금도 잊지 못할 장면 중 하나가 막내딸의 기도하던 모습이다. 1990년 신년 축복 성회에 가족들 손에 이끌려 갔던 금식기도원에서, 아빠를 위해 두 손을 모으고 눈물을 뚝뚝 흘리며 기도 하던 막내딸(초3)의 모습이 지금도 기억에 생생하다. 그 모습이 가끔 생각나면 나도 모르게 눈시울이 뜨거워진다. 그런 아이가 벌써 40대 중반에 이르고 4남매를 키우며 교회학교 교사로 봉사하는 등, 열심히 행복하게 살아가는 모습을 보고 있노라면 참으로 장하고 감사할 따름이다.

장남 이동엽 원장(참포도나무병원)도 의료선교를 통해 어려운 처지에 있는 병약한 이웃(국내외)을 돌보는 일을 하고 있고, 차남 이동헌 교수도 전공 분야(양자물리학)를 통해 국가 프로젝트를 수행하며 대한민국의 미래기술 발전에 기여하고 있다. 그러니 온 가족의 안녕과 성장이 믿음 안에서 주어진 하나님의 은혜요, 선물임을 다시 한번 깨닫는다.

가족사진

돌이켜 보면, 1990년 오산리 금식기도원에서 '실로암의 기적'으로 예수님을 만났고, 또 우연한 일이지만 김진경 총장과의 만남이 지금의 나를 나되게 했다! 그리하여 중국과 북한이라는 양대 공산 사회주의 국가에 대학을 세우고, 더 나아가 한민족의 국제교육과 남북한이 통합으로 가는 길을 모색하고 있다. 그리고 그러한 일의 하나로 동북아공동체문화재단을 중심으로 인도주의적 공익사업을 하게 된 과정을 묵상해 보면, 이 모든 일이 하나님의 인도하심이 명백하다. 그래서 나는 평소에 좌우명으로 삼으며 확고하게 믿고 있는 이 성경 말씀을 독자들과 함께 나누기를 원한다.

"너희는 먼저 그의 나라와 그의 의를 구하라 그리하면 이 모든 것을 너희에게 더하시리라." (마태복음 6:33)

부족하지만 내게 있는 지식과 시간과 소유와 열정을 바쳐 먼저 하나님의 나라와 의를 위해 헌신했더니, 좋으신 하나님께서 내가 원하는 모든 것을 채워 주고 더하여 주셨다는 고백이, 막내딸의 막내딸 김주연(5세, 병아리반)의 '어린이 발표회'를 보면서 저절로, 흥겹게 흘러나왔다. '희망의 빛'이 가득 찬, 너무나 감격스럽고 행복한 성탄 축하 모임이었다.

제2부

이웃과 함께

김형석 교수의 신간 사인회

소년처럼 들뜬 마음으로 받은 책사인

어제(3/25, 토) 아침 일찍 차를 몰고 서둘러 광화문 교보문고로 갔다. 오후 2시에 김형석 교수님의 신간 도서 『그리스도인으로 백년을』이라는 책 사인회가 있었는데, 그전에 9시 반부터 선착순으로 사인받을 번호표를 나눠주었기 때문이다. 표는 1인 1매로 100명까지 한정되어 있어서 아내와 함께 줄서기 1시간 전에 도착할 요량으로 집을 일찍 나선 것이다.

너무 일찍 도착했는지 사람들이 별로 보이지 않아서 우리 내외는 교보문고 1층 파리크라상에서 브런치를 먹은 다음, 로비에 장식되어 있는 실내 정원을 잠시 둘러보았다. 실은 이 정원은 35년 전 우리 회사에서 일부 시공한, 국내 도심빌딩 온실형 실내 정원 공사의 효시를 이루었던 작품이다.

키가 15m 이상 되는 대나무 군을 배경목으로 그 아래 몇 개의 타원형 화단을 조성했으며, 각 화단에는 동백나무와 같은 상록수, 관엽식물, 초화류 등 다양한 수종들이 군락을 이루고 있다. 관개(irrigation) 시스템이 완벽하게 설비되어 있어서 식물 생장 환경이 좋을 뿐 아니라, 공기 정화 효과도 뛰어나 교보문고를 활용하는 고객들이 즐겨 찾는 명소이기도 하다.

신용호 교보생명 창립자가 빌딩 설계를 맡은 아르헨티나 출신 건축가 시저 펠리에게 특별 주문하여 조성한 이 실내 정원은 교보생명의 기업 이념과 서비스 정신을 공간건축으로 잘 표현한 작품이었다고 평가받아 왔다. 이 일에 자문 및 보수 시공자로 참여한 아내(박재숙, 반도이앤씨 대표)가 자기의 전공을 십분 발휘한 작품이 되었으며, 그 후 강남 교보빌딩 조경까지 의뢰받는 등 인연을 쌓아 왔었다.

9시 반 가까이가 되자, 벌써 수십 명의 고객이 줄을 서기 시작했다. 곧이어 교보문고 측 직원의 안내를 받아 지하 1층 실내로 들어가서 책을 다섯 권(사인받을 책 두 권, 자식들 줄 책 세 권)을 구매한 다음 순번 도장이 찍힌 번호표를 받았다. 우리 내외는 7번, 8번 표를 받아들고 어린 아이처럼 좋아했다. 아침 일찍 와서 두 내외가 단란하게 브런치도 먹고, 오랜만에 우리가 시공했던 정원을 감회 깊은 눈으로 둘러보았고, 또 김형석 교수님으로부터 직접 사인을 받을 수 있는 번호표까지 탔으니, 마치 큰 행운권을 당첨받은 기분이 들었다. 내가 왜 이렇게까지 김형석 교수님을 만나보고 싶었는가 하면, 특별한 사연이 있어서였다.

20대 후반 늦깎이 대학생으로 동국대 불교철학과에 입학(1975년)한 이래, 철학도로서 학과 외에 가장 크게 영향을 받았던 분으로 학교 안에서는 탄허 스님이 계셨고, 외부에서는 책이나 공개 강연 등으로 만난 김형석 교수님과 그의 친구 철학자들, 즉 흔히 삼총사로 불렸던 숭실대 안병욱 교수님, 서울대 김태길 교수님이 계셨다. 그때 마음 한편에 나도 언젠가 저런 훌륭한 철학자가 되어야겠다는 다짐도 여러 번 해봤지만, 그 꿈과 희망은 사라지고 결국 아내의 전공을 살려 건설업으로 뛰어든 게 나의 인생 중반기라 해도 과언이 아니다.

그러다가 김형석 교수님을 개인적으로 접촉하게 된 것은 1990년대 초반 김진경 총장께서 연변과기대 학사 운영 모금 캠페인을 하는 과정에서였다. 그 과정에서 연세대 교수 세미나에 동행하게 되었는데, 그때 김 총장님으로부터 소개를 받고 잠시 인사를 드린 적이 있었다.

그 후 몇 년 전, 2020년 6월 현충일 아침 조선일보에 연재되었던 "김형석의 100세 일기"를 보다가 김진경 총장께서 평양과학기술대 설립 초기에 북한 정부로부터 고초를 겪은 이야기("두 사람의 유언을 통해 내가 배운 것")를 읽고 나도 그냥 앉아 있을 수만은 없었다. 그래서 졸저 『회복의 능력』 296쪽에 "유언을 통해 배우는 교훈"이라는 제하의 글을 쓰게 되었다. 그리고 그 글 속에 김 총장이 겪은 이야기가 남아 있다. 그 글을 썼을 때는 김대중 대통령께서 남기신 노벨상 수상금 및 유산을 두고 김홍업, 김홍걸 형제들 간에 법정 시비가 한창 벌어졌을 때다.

당시 나는 북한 감옥에서 쓴 김 총장의 유언장을 소개하면서 제자 김진경에 대해 극진한 연민의 정을 나타내 주신 김형석 교수님이 너무도 고마웠다. 또한 김 총장의 측근 중 한 사람으로서 김 총장의 유언장 내용 및 경위를 소상히 밝힘으로써 평양과기대 설립 초기에 있었던 비하인드(behind) 스토리와 함께 한 분의 기독교인 지도자가 죽음에 맞서 어떤 용기와 지혜를 갖고 자신의 운명에 대처했던가를 세상 사람들에게 제대로 알리고 싶었던 것이다. 또한 그것이 내가 마땅히 해야 할 도리라고 믿고 있었다.

그러다가 이번에 김형석 교수님의 저자 직접 사인회가 있다는 소식을 들은 것이다. 그래서 두란노서 발간한 책 사인도 받을 겸 김 교수님을 직접 만나 뵙고 싶었다. 그리고 나의 책, 『회복의 능력』과 평양과기대 브로셔 및 현황자료도 전했다. 또한 지금 중국 연길에 혼자 계시는 김진경 총장의 근황과 안부를 전해드리고자 나름 애쓴 것이었다.

얼마나 신경이 쓰였으면, 100명 제한이 넘어 번호표를 못 받을까봐 아침 일찍 집을 나섰을까. 이제 독자들께서도 내가 왜 이렇게 행운권을 탄 소년처럼 들뜬 마음으로 기뻐했는지를 이해하시게 되었을 것이다. 그래서 나는 참으로 행복한 하루를 시작했다.

그리스도인으로서의 아름다운 여생

책과 번호표를 받아든 우리는 양재동 집으로 돌아와서 한참을 쉬었다가 오후 1시경 정장 차림을 한 후 다시 집을 나섰다. 토요일 정오부터 대학로를 비롯해 시내 곳곳에서 시위가 있다고 들었으며, 오후에는 그 시위대가 광화문으로 집결한다는 교통정보를 전해 듣고 있었기 때문에 승용차를 몰고 갈 수가 없어서 택시를 이용했다.

또한 그제(3/25, 토)는 광화문 광장에서 특별행사도 있었다. 오전 11시부터 '2023 국기 태권도 한마음 대축제(대회장 김동기 국기원장)'가 열려 2시간이 넘게 행사가 진행되었다. 2만 명의 태권도인이 도복을 입고 한자리에 모인 연고로 광화문 일대가 행사 참가인원과 구경꾼들이 한데 어우러져 큰 혼잡을 이루었다. 우리가 택시를 타고 가까스로 종로 2가에 진입했을 때, 행사를 파한 청소년 태권도인들이 전국 각지에서 타고 온 관할 버스들이 대기하고 있는 장소로 이동하면서 구호를 외치는 모습을 보게 되었다. 어수선한 대열 가운데서도 매우 신선하고 생기가 있어 보여서 장차 나라의 명운을 짊어질 미래의 힘으로 느껴졌다. 다행히 2시 정각에 교보문고 지하 1층 사인회 장소에 도착했다.

벌써 사람들이 많이 모여 있었다. 김형석 교수님이 테이블에 앉아 사인을 하고 계시는 모습이 보여 그쪽으로 비집고 들어갔다. 사인회 관리를 위해 나온 두란노 측 직원이 순번을 30명 단위로 끊어서 도착한 순서대로 줄을 세우고 있었다. 다행히 우리 내외는 1순위 그룹의 중간쯤에 해당되어 크게 늦지 않게 사인을 받게 되었다. 김형석 교수님과 눈을 마주치며 반갑게 인사를 드린 후, 두 내외가 교수님을 중앙에 두고 양쪽으로 서서 사인하고 계시는 교수님을 찬찬히 바라봤다. 아! 얼마나 단아하고 깨끗한 선비의 모습이신가! 104세의 나이라곤 믿어지지 않을 정도로 얼굴색이 밝고 건강해 보였으며 앉은 자세도 매우 단정하셨다. 나는 아내를 먼저 소개한 후, 교수님께서 신간 두 권을 사인하시는 동안(한 권은 이승율 장로 앞, 다른 한 권은 캐나다에 계시는 아내의 삼촌 박심 목사 앞) 미리 준비해 간 졸저를 꺼내 들었다. 그러고는 "유언을 통해 배우는 교훈"이 있는 페이지를 펼쳐 보여드리면서 평양과기대 김진경 설립 총장의 후임(3대 총장)을 맡게 된 경위와 김 총장의 근황을 간략히 설명해 드렸다. 그런 다음 나중에 시간 나실 때 보시라고 하면서 평양과기대 브로셔 및 학교 현황자료가 든 서류 봉투를 책(『회복의 능력』)과 함께 전해드렸다.

마침 출판사 두란노에서 나온 관리직원 세 명 가운데 팀장급으로 나온 여성이 남희경 부장이었다. 내가 5년 전 한국CBMC 중앙회장을 맡았을 때 도서 출판 관계로 여러 번 만난 적이 있어서 잘 아는 분인데, 뜻밖에 사인회에서 다시 만나게 된 것이다. 남 부장이 배려해 주어서 우리 내외는 김 교수님께 비록 짧은 시간이지만 필요한 말씀은 다 전

김형석 교수

할 수 있었다.

물론 교수님과 사진도 여러 장 같이 찍었다. 두 내외가 교수님 양쪽에서 키를 낮추어 앉은 자세로 찍었다. 출판사에서 나온 사진기자가 아내의 핸드폰으로 여러 장을 찍어 주었다. 줄 서서 기다리고 있는 다른 분들에게 더 이상 폐를 끼치지 않으려고 최대한 빨리 면담을 마친 후, 앉은 자리에서 일어나 교수님의 손을 잡고 작별 인사를 드릴 때, 나는 "선생님, 평양과기대를 잘 키워 보겠습니다."라는 말로 짧은 만남을 마무리하였다. 그 말씀을 꼭 그분께 전해드리고 싶었다. 가슴속에 한 줄기 피눈물 같은 회한의 감정선이 흘렀다. 평양 숭실중학교를 졸업하신 김 교수님께서는 숭실대학교(현재 서울에 있는)가 언젠가는 평양 땅으로 돌아가 기독교 명문대학으로 복원되기를 바라는 마음을 내게 부탁하셨기 때문이다. 아! 이 가슴에 흐르는 혈류를 과연 누가 알아줄 것인가!

지하 1층 교보문고 사인회 장소를 나와 교보생명 빌딩 옆 계단으로 올라오면 종로와 접하는 곳에 녹지대가 있다. 그리고 화단을 따라 가로 놓여 있는 자연석 바위에 이런 글귀가 크게 새겨져 있다. "사람은 책을 만들고 책은 사람을 만든다!" 교보문고 설립자 신용호 회장이 남긴 어록이다. 대한민국 정치 1번지 광화문 네거리에 간판 건물로 등장한 교보생명 빌딩은 건축 당시부터 많은 일화를 남겼다. 경호를 이유로 다 지어진 건물의 층고를 낮추라는 청와대 경호실 고위 간부의 압력에 맞서 신 회장이 박정희 대통령께 목숨을 걸고 그 부당함을 편지로 보내 무마한 일은 인구에 크게 회자했던 바이다.

또한 '천일 독서'로도 유명한데, 어린 시절 어머니가 구해준 고전들을 읽으며 감수성과 상상력을 계발했고, 위인전과 철학 서적을 3년(1,000일)가량 침잠해 읽으면서 '옳은 것이 마침내 승리한다.'라는 믿음을 갖게 되었다는 것이다. 나는 평소 지론으로 우리나라 국가발전의 동력은 인적 자원의 확충에 있고, 그것을 이루는 기본 요체는 국민교육에 달려 있다고 누누이 강조해 왔다.

그 점에서 나는 교보문고가 광화문 네거리에 간판스타로 자리 잡고 있음을 늘 자랑스럽게 여겼다. 그리고 틈만 나면 가서 문고 속에 파묻히는 걸 큰 낙으로 삼았다. 이런 교보문고의 설립 정신과 전통 위에 104세를 풍미하고 계시는 김형석 교수님(1920, 평안남도 대동)으로부터 직접 사인을 받고 격려를 받은 일은 참으로 행복하기 짝이 없는 일이다. 더구나 평양 숭실중학교 출신으로 그가 제자로 삼은 김진경 총장 역시 숭실대학 출신임을 상기할 때, 김 총장의 유언을 조선일보 칼럼에 남기신 것은 '숭실의 꿈'을 알고 있는 많은 후배들에게 큰 교훈과 경종을 울리는 일로 내 마음에 새겨진다.

내게 '영혼 있는 철학자'로 부각되어 있는 김형석 교수님이 열일곱 살 때 평양 송산리교회에서 도산 안창호 선생의 설교를 듣고 "서로 사랑하라. 우리가 서로 사랑하는 것이 하나님께서 우리 민족을 사랑해 주시는 것과 같다."라는 그 말씀을 평생 부여잡고 그리스도인으로 백 년을 살아오신 것같이, 나도 이제부터 그 말씀을 부여잡고 평양과기대를 통해 남은 생애를 참된 그리스도인으로서 아름답게 살아가리라 다짐한 하루였다. 참으로 행복한 하루였다.

김중업 건축가와의 인연

김중업이 설계한 프랑스대사관 원형 되찾았다

한국건축을 이끈 1세대 고(故) 김중업 건축가(1922~1988)가 설계한 원형을 그대로 복원한, 하늘로 치솟은 한옥의 처마와 같은 역동적인 선으로 지붕을 말아 올리듯이 설계한 주한 프랑스대사관이 얼마 전에 개관식을 가졌다.

1962년에 완공된 주한 프랑스대사관의 완공된 건물은 한국의 얼과 프랑스의 우아함이 잘 어우러진 작품이라는 평가를 받아왔지만, 이후 여러 차례 증개축이 이뤄지면서 본래 형태를 잃어갔다. 이에 2015년에 프랑스 외교부는 한·프랑스 관계 위상 강화 등을 목표로 대사관 건물 현대화의 필요성을 발표했다. 이후 설계 원형을 복원하는 작업이 진행되었으며, 지난 4월 15일(2023년) 새롭게 문을 열어서 충정로 신축대사관에서 개관식을 마친 것이다.

이 새로운 주한 프랑스대사관은 2018년 평창동계올림픽을 맞아 당시 장이브 르드리앙 프랑스 외교 장관이 방한했을 때 착수식을 했고,

콜로나 장관이 방한한 지금, 약 5년 간의 공사 끝에 새롭게 문을 열게 된 것이다. 주한 프랑스대사관의 외교 장관 카트린 콜로나는 개관식에서 "원형으로 복원된 이 건물은 이제 서울의 아이콘 중 하나가 될 것이 분명하다."라고 말했다. 한 차례 변형으로 훼손됐던 모습을 설계 원형에 가깝게 복원하여 1층은 바람이 통하는 개방형 공간으로 돌아왔는데, 프랑

고(故) 김중업 건축가

스대사관 측은 이 공간을 '김중업관(Le Pavillion Kim Chung-up)'이라고 이름 짓고 앞으로 다목적 전시실로 활용할 계획이라고 밝혔다.

현대건설을 이기는 길이 내가 살 길이다

젊은 시절, 아내와 나는 건설 분야의 사업 영역을 넓혀보려고 애썼으나, 좀처럼 그 규모를 늘릴 수 있는 기회가 오지 않았다. 그러다가 정말 기적처럼 우연히 1982년, 이명박 전 현대건설 회장의 논현동 자택의 정원 공사를 성공적으로 마치게 되면서부터 현대건설의 크고 작은 조경공사들을 10년간 도맡아서 하게 되었다. 그렇게 우연히 맺게 된 현대건설과의 관계로부터 우리 회사는 희망과 도전, 감사와 회복이 넘치는 새로운 성장의 기회를 잡게 되었다.

그런 가운데 분기점이 될 만한 공사가 주어졌다. 부산시가 발주한 대청봉 공원화 사업의 일환으로 대청봉 꼭대기에 70미터의 충혼탑을 세우는 일에 참여하게 된 것이다. 현대건설 토목부가 도급을 맡았

는데 공사 자체도 힘들지만, 실행예산을 따져보니 이득이 될 것이 없어서 아무도 하청공사에 나서지 않았다. 현대건설로부터 우리 회사에서 이 일을 맡아줄 수 있겠냐는 연락을 받게 되었다. 나는 며칠을 고민하던 중에 "현대건설을 이기는 길이 내가 살 길이다."라는 생각이 퍼뜩 들었다. 나는 자발적으로 뛰어갔다. 그리고 현대건설이 수주한 금액을 100% 달라고 한다면 도둑놈 소릴 들을 테니 90%만 달라고 했다. 그 대신 현대건설은 자재만 대주고 기술적인 문제나 인력 사용에 있어서는 우리 회사가 책임 공사할 수 있도록 해달라는 조건으로 이 일을 맡게 되었다.

우리가 아산화력발전소 건설 당시(1979년) 우리를 도와준 현대건설에 보답하는 길은 이처럼 '어렵고 힘들고 돈도 안 남는' 공사를 선뜻 나서서 누구보다도 잘 마치는 것이라고 믿었다. 나는 지금도 돈이나 명예를 좇기보다는 내가 하는 '일'을 통해 깨닫는 성취감과 인간적 자긍심을 더 가치있게 여긴다. 당시 나는 35세의 나이였지만 이런 삶의 가치관이 그 어려웠던 공사를 성공적으로 마치게 했고, 급기야 이 일은 나의 건설 인생에 커다란 전환점을 만들어 주었다.

이 충혼탑을 설계한 김중업 건축가의 미학적 관점은 크게 남다른 데가 있었다. 그는 한국문화의 속성, 즉 샤머니즘적인 체험과 내면에서 분출된 원초적인 힘, 무한한 생명력을 느끼게 하는 주제를 가지고, 생략적이고 암시적인 건축을 추구했던 건축가로 평가받는다. 설계 자체가 매우 독특하고 난이도가 높은 형태미를 갖춘 부산 충혼탑의 설계가 그의 이런 경향을 대변하고 있었다. 하지만 충혼탑의 건축을 맡은 시공자 입장에서는 참으로 어려운 난공사였다.

부산 충혼탑(높이 70미터)의 규모는 대단하다. 대청봉 정상에 약

1983년 8월 15일 건립된 부산 충혼탑 전경. 탑을 설계한 김중업 선생은 완성된 모습을 바라보고 자신은 그림을 그렸을 뿐 직접 시공을 하라고 했으면 못했을 것이라고 감탄하셨다. 이 충혼탑은 그 후 위기 때마다 나를 일으켜 세워준 '영혼의 촉매'와 같은 작품이 되었다.

400제곱미터 원형의 인공 연못이 조성되어 있고, 그 연못 위로 (여러 방향에서 불어오는 바람의 풍압을 대비하여 설계한) 9개의 콘크리트 벽체(화강석 판석 마감)가 원형 열주(列柱)를 이루고 있으며, 그 열주의 상단에 브래킷으로 9개 벽체를 연결하는 링 콘크리트 구조체가 공중에 붕 떠 있는 형상으로 설치되어 있다(탑신부 39미터). 그리고 그 링 콘크리트 내벽으로부터 9개의 갈빗대 형 철 구조물이 솟아나 하늘을 향해 하나의 꼭짓점으로 모여지고, 다시 그 위에 최상부 철탑이 3층 탑 모양으로 올라선 모습이다(상륜부 31미터). 탑신 아래 연못 중앙에는 위패를 모신 반구형 '돔'의 영령실이 있으며, 다리로 건너가게 되어 있어서 이승과 저승을 연결한다는 의미를 상징했다.

공사 기간에 있었던 에피소드와 무용담을 얘기하자면 온밤을 새워야 한다. 그만큼 사연도 많고 우여곡절도 많았다. 예를 들면, 탑신부 공사를 마친 다음, 상륜부 철탑을 세울 때 헬리콥터를 사용하라고 권하는 부산시 관계자들의 건의를 조정하느라고 애를 먹은 일(헬리콥터로 한강 올림픽 대교 교각 상단에 조각 구조물을 설치하다가 사고가 난 일을 기억해 보라. 얼마나 위험한 작업 방식인가!)도 생각나고, 또 진입로에서 산꼭대기의 충혼탑에 이르는 경사면 돌계단의 기초 작업을 위해 백 개가 넘는 목 파일을 박은 일이며, 무엇보다 탑신 최상부 3층 탑 용접 공사를 하다가 인부 한 명이 떨어져 허공에서 허우적거리다가 9개의 갈빗대 형 철 구조물을 끌어올리기 위해 쳐놓은 와이어 줄에 한쪽 팔이 걸려 살아난 일이 아직도 기억에 선명하다.

1983년 8월, 충혼탑 준공식이 성대하게 열렸다. 마침 8.15 광복절과 겹쳐 무슨 잔칫집 행사처럼 흥겨웠다. 부산시장과 국회의원들의 축사에 이어, 시공회사 현대건설 이명박 회장과 설계자 김중업 선생이 감사패를 받았다. 준공식 마지막 순서로 테이프 커팅을 마친 후, 행사 참석자들이 앞다투어 돌계단을 밟고 대청봉 정상으로 올라갈 때 나도 함께 올라갔다.

김중업 선생은 공사 도중에 공사 진척 상황을 살피고자 두 차례 다녀가셨다. 그때마다 나는 시공을 실질적으로 수행하는 책임자 입장에서 시공 방법과 공정에 대해 브리핑했던 터라 김중업 선생과는 안면이 있었다. 그날 대청봉 정상에 올라가 충혼탑을 하늘로 올려다보면서, 허공에 붕 떠 있는 링 콘크리트를 손으로 가리키며 하신 말씀을 나는 아직도 기억한다. "내가 설계했지만, 너무 어려운 설계를 했어요. 이 사장이 나보다 더 실력 있는 것 같아요. 나는 종이 위에 그림을 그릴 줄은

알지만 이렇게 시공하라고 하면 못할 것 같소."

그날 준공식에서 받은 인사말 중에서 가장 큰 위로를 받은 대목이다. 그 한마디가 후일 어떤 어려움을 만나고 위기가 닥쳐도 흔들림 없이 정면 대결하는 용기와 담력을 갖도록 만든 '영혼을 춤추게 하는 촉매'가 되어 주었다. 이런 뜻에서 지금, 이 순간, 고난과 역경을 당하고 있는 분들께 '영혼을 춤추게 하는 촉매'가 될 만한 몇 마디를 조언하고 싶다.

첫째, 긍정의 힘을 믿어라. 그 믿음을 굳게 지켜라.
둘째, 아무리 힘들어도 사회적 관계의 끈을 놓치지 말라.
셋째, 일 자체를 즐기고 Know—Why에 치중하라.
넷째, 감사하라. 감사하면 더 좋은 일이 생길 것이다.

나누고 싶은 소식들

ISF(국제학생회) 3대 이사장 취임

ISF(국제학생회)는 1997년 3월 국내 기독 교수들이 한국에 온 외국인 학생과 가족, 교수, 연구원의 한국 유학 생활을 지원하기 위해 창립되었다. 필자는 연변과기대 대외부총장 자격으로 이 사역에 기초 멤버로 참여했으며, 그 후 27년간을 함께 동역해 왔다. 2000년에 손봉호 서울대 명예교수를 1기 이사장으로 하여 공식 이사회가 조직되었으며, 2008년에 서울시 비영리 민간 단체로, 2011년에는 외교부 비영리 사단법인으로 등록하였으며, 2015년 이태식 전 주미대사께서 2기 이사장으로 취임하여 외교부와 함께 공공외교 차원에서 많은 사역을 감당해 왔다. 최근 2024년 2월 21일, 그동안 ISF 부이사장으로 봉사해 왔던 필자가 3기 이사장으로 취임하여 업무를 승계하게 되었다.

ISF는 현재는 물론 앞으로도 한국에 온 외국인 학생과 가족, 교수, 연구원들을 기독교의 무조건적인 사랑으로 섬기고, 이들이 미래에 글로벌 리더가 되어 한국과의 관계에서 중요한 교량 역할을 할 뿐 아니라 자기 나라와 국민, 교회를 섬기는 일에도 훌륭한 지도자가 되도록 최선을 다해 지원할 것이다.

ISF 사역을 떠받치고 있는 네 가지 기본정신은 무조건적 사랑(Unconditional Love), 우정 전도(Friendship Evangelism), 협력 사역 (Co-operation and Networking Ministry), 복음주의 중심의 사역(Evangelical Centered Ministry)이다. 이러한 사역을 수행하기 위해 전국 대학 200여 개 캠퍼스 가운데 50여 개 캠퍼스에서 기독 교수가 팀장이 되고 기독 학생들이 스탭이 되어 조직적으로 각종 프로그램(한국어 교실 운영, 유학생 부인들을 위한 프로그램, 공공외교 활동, 창업 아카데미, 친구되기 프로그램, 한국인 가정방문 및 홈스테이, 유학생 멘토링 & 캠프, 명절 및 성탄절 파티, 비무장지대 방문, 한국명소 여행, 장학금 지원, 의료 서비스, 인턴십 및 취업 연결, 외교부 장관상 한국어 말하기 대회, 청소년 다문화 교육, 유학생 도서 번역 및 출간 등)과 같은 다양한 사업을 펼치고 있다.

몽골 에나꼬레여자선교배구단이 참포도나무병원 방문

ISF에 대해 유학생들이 갖는 감사와 연대 의식 및 펠로우십에 대한 긍정적 평가는 공공외교 차원뿐만 아니라, 장차 국내 이민정책에도 큰 초석으로 자리매김하게 되리라 본다. 대한민국 미래의 한 축을 그들, 외국인 청년들과 함께 협력한다는 사실이 매우 고무적인 일로 느껴진다.

몽골 에나꼬레여자선교배구단 환영 모임

지난 3월 4일, 몽골 청년 여성으로 구성된 에나꼬레(ENACOREE) 여자선교배구단이 1주간의 제주도 여행을 마치고 서울에 와서 참포도 나무병원(이동엽 병원장, 이승율 이사장)을 방문했다.

이 배구단을 창단한 장지홍 단장은 2002년 사업차 몽골에 가서 '에나꼬레'라는 갤러리와 액자 공장을 운영하던 중, 북방선교에 대한 소명을 깨달았다. 그러고는 척박한 몽골 땅에 하나님의 꿈과 비전을 실천하겠다는 일념으로 전국을 순회하며 체력과 기량이 우수한 선수들을 모집하여 에나꼬레여자선교배구단을 결성하였다. 그 후 2009년도 후반에 몽골 국내 대회뿐만 아니라 국제대회에 참가함으로써 그 지경을 확연히 넓혀가기 시작했다. 그 대표적인 성과로 2009년 7월 러시아 '세르비아 베오그라드'에서 개최된 제25회 하계 유니버시아드 대회에 참가한 후, 곧 뒤이어 그해 10월 태국 방콕에서 열린 제1회 아시아 여자대학 배구선수권대회에 출전한 일이 있다. 당시 이 선수단은 몽골 구기 운동 사상 첫 동메달을 획득함으로써 명실공히 몽골 최고의 여자배구단으로 승격하였다.

몽골판 '공포의 외인구단'이라 불려도 좋을 만큼 성장한 이 여자배구단은 그동안 숱한 어려움과 시련이 많았지만, 이제는 몽골 여자배구단 중 국가 대표 격으로 자리매김하게 되었다. 무엇보다 입단 심사기준이 까다로운 이 배구단은 선수 전원이 모두 세례 교인으로 구성되어 있으며, 창단 목적에 부합하는 하나님의 선한 도구가 되기를 늘 기도하며 훈련하고 있다. 특히 북한 선교와 러시아 선교, 에나꼬레스포츠비전센터 건립을 위하여 맹렬히 기도하고 있다.

지난해 12월 초 피어선 장학재단 조천석 이사장으로부터 소개를 받고 처음 만났던 장지홍 단장은, 한마디로 하나님의 비전과 열정에 불타는 청년 노인이었다. 70을 훌쩍 넘긴 그 연세에 청년의 마음으로 사역을 감당하고 있는 그에게서 '불사조의 스피릿'을 느꼈다.

양재역 부근 엘타워 뷔페식당에서 한국을 방문한 20여 명의 몽골 청년들과 함께 오찬을 대접하며 느낀 감정은, 한마디로 한국과 몽골은 지구상에서 어느 민족보다 더 가깝게 우정을 나누며 동행할 수 있으리라는 것이었다. 우리 한국 청년들이 그런 동류의식을 갖고 몽골 청년들과 함께 동북아 시대의 새역사의 물꼬를 터 나가는 일에 분야별로 드림팀을 구성하여 지속적으로 발전해 가기를 바라는 마음이 강하게 들었다.

『하나님이 사용하신 10가지 도구』 출간

문서 선교 차원에서 지난 한 해 동안 준비해온 작업이 있다. 신·구약을 막론하고 성경을 읽을 때마다 하나님께서 시대에 따라 사람을 세우시고 그들을 사용하셔서 당신의 목적을 이루어가는 경우를 많이 본다. 그런 일련의 과정에 때마다 특징 있는 도구들이 등장하고, 그것이

『하나님이 사용하신 10가지 도구』

사용된 사례들을 보면서, 필자는 언젠가 이 특징 있는 도구들을 통해 하나님께서 어떻게 역사를 운행하고 성취해 오셨는지에 대한 영적 이해를 높이는 책을 쓰고 싶었다.

그러나 나 혼자 감당하기에는 너무 벅찬 일이고, 또한 전문 분야의 식견과 문해력이 있는 분들이 참여해야 가능한 일이라서, 이름있는 네 분의 목사님을 추천받아 그들과 함께 다섯 명이 신·구약 꼭지 하나씩을 맡아 저술하기로 했다. 그런 다음 그 원고를 돌려가며 퇴고(推敲)한 후, 필자가 총괄 편집하여 책을 내기로 협의하였다. 그렇게 기획, 편집한 책이 『하나님이 사용하신 10가지 도구』란 제목으로 지난 3월 25일 출간되었다.

구약과 신약에서 발췌한 10가지 도구는 이렇다.

- 구약시대: 노아의 방주, 모세의 지팡이, 기드온의 횃불과 나팔, 다윗의 물맷돌, 다윗의 비파와 시와 춤
- 신약시대: 베드로의 그물, 소년이 가진 오병이어, 골고다의 십자가, 바울의 로마 시민권, 교회

나는 서문 머리말에 이렇게 썼다.

"집필진 5명(이승율 장로, 이세형 교수, 심광섭 교수, 김윤환 시인,

이순임 대표)이 10가지 도구의 속성을 탐색한 결과로 깨달은 영적인 가치는 한마디로 '구원에 대한 선교적 이해'라고 정리할 수 있다. 하나님의 말씀에 불순종했던 인간이 하나님의 은혜로 그 죄의 함정을 극복하고 주님이 계시는 푸른 벽공의 언덕 위로 기어오르는 과정에 맛보는 자유와 기쁨의 노래가 이 책의 지향점이다."

새로운 길(신작 출간)을 떠날 때의 가슴 두근거림으로, 기계화 문명과 인공지능의 발전이 인류의 운명을 잠식하고 있는 이 시대에 영적인 새로운 도전과 거듭남을 통해 청년들을 살리고 국민을 계도하는 창조적인 신질서(creative new normal)가 세워지기를 바라는 마음 한량없다.

숭실대학교 글로벌선교센터 창립 감사예배

1897년 평양에서 개교하여, 1938년 일제의 신사참배에 맞서 자진하여 순교적 폐교를 택한 후, 한국전쟁 다음 해인 1954년 서울에 재건한 숭실대학교가 올해 '서울 세움' 70주년을 맞이했다. 그동안 수많은 고난과 역경이 있었음에도 믿음의 선진들과 숭실 동문들의 눈물 어린 기도와 헌신과 열정의 결과로 오늘날 대한민국 최고의 기독 명문사학으로 발전하였다.

이런 과정에 지난 3월 1일, 캠퍼스 선교의 새로운 장을 열기 위해 글로벌선교센터를 창립하고, 얼마 전, 3월 28일 콘래드 서울호텔(여의도)에서 창립 감사예배를 드렸다. 그날 창립 감사예배에서 학원 복음화협의회 상임대표이신 장승익 목사께서 "비를 준비하시는 하나님"이란 제목으로 말씀을 전해 주셨고, 필자는 한국CBMC 명예회장 직분으로 대표기도를 했다. 기도 가운데 나는 특별히 이 대목을 강조했다.

"숭실대학교는 평화통일을 위한 선도대학으로 국내인뿐만 아니라 세계인을 품고 남북한 분단 극복의 훈련도장으로 도약해 왔습니다. 이러한 영적 수련과 국제협력을 통하여 언젠가 하나님의 때에 저 땅, 저곳, 동양의 예루살렘이라고 불렸던 평양에 숭실대학교가 수복되는 역전의 대장정이 벌어지기를 기도합니다."

나는 온 마음을 다해 간절히 기도했다. 그리고 언젠가 하나님의 때에 남북한 통일과 함께 숭실대학교가 원위치로 돌아갈 날이 반드시 오리라고 믿는다.

그날 장범식 총장에 이어 홍정길 목사의 축사가 있었고, 대학 재단 이사장이신 오정현 목사와 지구촌교회 원로 목사인 이동원 목사의 영상 축사가 있은 다음, 2부 순서로 글로벌선교센터의 김유준 센터장께서 자문위원 위촉식과 사역 소개를 진행했다. 평양과기대 외방측 총장으로 재임하며 외국인 교수들과 함께 북한 학생들의 국제화 교육과 실용주의적 인재 양성을 위해 매진해 오고 있는 필자는, 나라와 민족의 미래에 대한 남다른 희망과 숙원사업이 있기에, 그날 창립 감사예배를 통해 하나님이 하늘 문을 여시고 은혜의 단비, 복음의 큰비를 내려 주실 줄 믿고 큰 감사를 드렸다.

(사)국무령이상룡기념사업회 이사장 취임

지난 토요일(3/30) 경북 안동에 있는 임청각을 다녀왔다. 안동 지킴이 관리사무소에서 (사)국무령 이상룡기념사업회 2024년 정기총회가 열렸는데, 필자가 제2대 이사장으로 취임하게 되었다.

국무령 이상룡 영정 사진

대한민국 노블레스 오블리주의 상징적 인물로 추앙 받아온 석주 이상룡 선생은 필자의 고성(固城) 이씨의 선조가 되시는 분이다.

1910년 국권이 찬탈되자, 그다음 해인 2월, 종손 의 신분으로 500년 가까이 대대로 물려받은 임청각(조선시대 민간가옥 중 가장 큰 규모의 양반가 주택 99칸 건물)을 처분하고, 이를 군자금으로 삼아 집안 가솔 50가구를 이끌고 서간도 화인현 향도천으로 떠났다. 그곳에서 이동녕, 이시영, 이회영, 김대락 등과 같이 경학사를 세워 항일 민족 독립운동을 본격화했다. 독립운동의 방략에 있어서 산업, 교육 우선주의와 군사 중심주의를 병행하여 장기적이고 지속가능한 항일전략을 세우는 일에 주력하였다. 1919년 3.1운동 뒤 한족회를 바탕으로 군정부가 조직되자 총재로 추대되었다. 또 같은 해 신흥중학교(신흥강습소 후신)를 신흥무관학교로 개칭해 독립운동 간부를 양성하는 기관으로 발전시켰다. 1925년 9월 대한민국임시정부 초대 국무령(국가수반)에 취임하셨으며, 그 후로도 계속 남만주 일대에서 무장 독립운동을 지원하는 등 맹활약을 하셨다. 그러다가 1932년 5월 병으로 길림성 서란에서 순국하셨다. 1962년 대한민국 건국훈장 독립장이 추서되었으며, 1990년 9월 유해를 한국으로 봉환하여 대전현충 원으로 모셨다가 1996년 국립 서울현충원 임시정부 요인묘역에 안장 했다.

2015년 10월, 이종주 전 대구시장 종친께서 (사)국무령이상룡기념 사업회를 창립하고 지금껏 운영해 오시다가 지난해 갑자기 작고하시 는 바람에 그 후임으로 부족한 사람이 대임을 맡게 되었던 것이다. 동 북아 공동체문화재단에서 8년 전에 안동 국립국학원에서 "석주 이상 룡 선생의 생애와 업적"을 살펴보는 세미나를 개최한 바가 있고, 그 후 재작년에 서울프레스센터에서 "석주 이상룡 선생의 독립정신을 우리 시대 통일정신으로!"라는 제목으로 국내 전문가들을 모시고 통일포럼 을 열었던 것이 문중에서 필자를 2대 이사장으로 선임한 연유가 된 것 같다.

흉포한 일제가 임청각 99칸 주택의 절반을 훼손하고 민족정기를 끊 기 위해 중앙선 철도를 집 안마당으로 지나가게 하는 등 만행을 저질 렀으나, 문화재관리청 예산으로 철로를 이설하고 일부 건물을 복원하 는 등 공사가 진행되고 있다. 이 공사가 완료되는 2025년 개원 기념사 업으로 국내 청년들뿐만 아니라, 해외 코리언 디아스포라 청년들을 초 청하여 석주 이상룡 선조의 얼과 애국·애민 사상을 통일교육으로 연 결하고 승화시키는 작업을 하려고 한다. 이런 대회를 해마다 개최하여 청소년들에게 한반도 통일정신을 함양하는 것이 앞으로 필자가 해야 할 가장 크고 중요한, 미래지향적인 과업이라 유념하고 있다.

김경래 장로님 97회 생신 감사 만찬회

70세 나이로 일찍 돌아가신 선친과 동갑이신 김경래 장로님(한국기독교100주년기념사업회 부이사장)을 필자는 늘 아버지같이 여기며 영적 스승으로 모시고 있다. 나는 1990년 교회 입문 후 중국 칭다오에서 골프장 건설사업을 추진하는 과정에 북경에서 우연히 김진경 총장을 만나 연변과기대 사역에 동참하게 되었다. 그 후 얼마 안 되어 기독교계 중진들을 여러분 만나 뵙게 되었는데, 김경래 장로님도 그때 만난 분이시다.

실은 김 장로님은 김진경 총장의 마산고 선배로서, 김 총장이 숭실대 신문사 학생기자로 활동할 때 경향신문 편집부장이었기에 개인적으로 많은 도움을 주셨다고 한다. 그런 김 총장이 스위스, 영국 유학을 마친 후 미국에 자리 잡고, 대학 교수도 하고 기업인 활동도 하시면서 돈을 벌었다. 그런데 그렇게 성공한 자금으로 중국 연길에 연변과기대를 설립하고자 동분서주하실 때였다. 당시 한국기독교100주년기념사업회 상임이사로 봉사하셨던 김경래 장로님이 남한산성에 계시는 이사장 한경직 목사님(영락교회 원로 목사)께 김진경 총장을 소개하고 북한 선교를 위한 전초기지로 연길에 대학 세우는 일에 동참할 만한 목사님들을 추천받아 알선해 드린 것이 연변과기대 설립을 위한 첫걸음이 되었다. 그때 합류하신 분이 소망교회 곽선희 목사님과 사랑의교회 옥한흠 목사님이시며, 이 두 분이 나중에 연변과기대 후원재단 이사장(옥한흠 목사), 평양과기대 설립 및 운영재단 이사장(곽선희 목사)을 맡아 오늘에까지 이르렀다. 옥한흠 목사님이 2019년 소천하신 후, 오정현 목사가 그 후임을 맡고 있다.

이런 과정(연변과기대, 평양과기대 양교 설립 및 운영 과정)에 필자는 김경래 장로님을 지근거리에서 섬기게 되었으며, 김 장로님께서는 나를 아들같이 아껴 주셨다. 1994년 8월, 필자가 연변과기대 교수들과 함께 연길에 중국 최초의 한인기독실업인회(CBMC)를 창립할 때 한국CBMC 중앙회 대표로 참석해 주셨다. 그뿐만 아니라 그다음 해 어느 날, 나를 불러서 같이 간 곳이 양화진 외국인 선교사 묘지였는데, 그 후 필자는 그곳 외국인 선교사 묘지를 성역화하는 일에 기초역할을 하게 되었다. 그럼으로써 개인적인 친분을 넘어 김 장로님을 영적 스승으로 섬기는 계기가 마련되었다.

그때 김 장로님의 인도로 필자가 공헌한 부분은, 인근에 있는 천주교 절두산 성지와 기독교 외국인 선교사 묘지를 하나의 종교공원묘역으로 연결, 소통하도록 마스터플랜을 짜고 이에 관련된 사업 예산 및 공정을 기획하여 청와대 부속실에 건의하는 실무 역할이었다. 결과적으로 김영삼 정부, 김대중 정부에서는 성사되지 못한 일을 오랜 세월이 지난 후 이명박 서울시장 때 서울시 예산 70억, 마포구청 예산 60억, 기

양화진 선교사 묘원

김경래 장로님 생일모임 가족사진

독교계 헌금 10억을 합쳐 140억 예산으로 이 성역화 사업을 완성할 수 있었다. 그러니 양화진 외국인 선교사 묘원 조성사업이야말로 필자의 신앙 간증 사례 중 최고의 의미를 갖는 일이 아닐 수 없다.

이런 인연과 선한 관계를 맺고 있는 김경래 장로님의 97회 생신 자리에 참석한 것이 지난주 주일(3/31), 더플라자호텔 3층 중식당 '도원' 만찬회였다. 김 장로님은 슬하에 2남 6녀 자녀를 두셨는데, 그 자녀들이 모두 각자의 분야에서 국제적으로 유명인들이 되어 있다. 큰아들이 아프리카 말라위에서 교도소 선교사역을 하는 등, 집안 전체가 하나님의 은혜와 축복으로 충만한 대가정을 이루셨다. 만찬회에 참석하신 15명의 가족들과 기독교100주년기념사업회 임원진을 대표하여 하이패밀리 대표 송길원 목사께서 축복의 말씀을 전했고, 필자는 식사 기도를 담당했다. 그런데 기도 중에 하늘에서 큰 빛이 쏟아져 내리는 듯하여, 나 자신도 모르게 숨이 막힐 것 같은 감동을 느꼈다.

김경래 장로님은 경향신문 편집국장 재임 시 박정희 대통령께 가나

안 농군학교 김용기 장로를 소개하여 새마을 운동을 시작하도록 했으며, 그런 인연으로 청와대 고위직에 요청받았으나, 끝끝내 재야 언론인으로서의 절개를 지켰다. 그 후 박 대통령과 개인적으로 사신을 주고받을 정도로 우정을 지속하여 나눌 뿐만 아니라, 국사를 논의한 일은 대한민국 역사상 흔치 않은 귀한 일로 생각된다. 이는 곧 한평생 하늘나라를 위해 헌신해 오신 장로님께 부어 주신 하나님의 한량없으신 은총이요 보상이라 믿어 의심치 않는 바다.

장로님! 사랑합니다. 존경합니다. 백 세를 넘어 천수를 누리시기 바라며, 이 나라와 민족의 앞날을 지키고 가르치며 이끄는 영적 대장군이 되어 주소서.

손 아무개가 기증한 마지막 작품

잠 못 이루는 그리움으로

추사 김정희(1786~1856)의 대표작인 국보 '세한도(歲寒圖)' 등 숱한 중요 문화유산을 기증한 문화유산 수집가 손창근 씨가 지난 6월 11일 별세한 사실이 뒤늦게 알려졌다. 고인(향년 95세)은 세상을 떠나면서 문화유산과 땅을 기증했던 국립중앙박물관과 산림청에도 죽음을 알리지 말아 달라는 당부를 자식들에게 했고, 자식들도 그 유지를 따라 조용히 가족장으로 치렀다고 한다.

언론에 따르면 손창근 씨는 1929년 개성에서 태어나 서울대학교 섬유공학과를 졸업하고 개성의 부호였던 부친 손세기 씨와 함께 광산업 등 사업을 했던 분이시다. 그는 2012년 경기도 용인의 임야 200만 평(서울 남산의 2배 면적)을 난개발하는 것을 막기 위해 그 땅을 국가에 기증한 것을 시작으로, 2017년 KAIST에 50억 원 상당의 건물과 1억 원을 기부했다. 그리고 2018년 '손세기·손창근 컬렉션' 기증식을 통해 '용비어천가' 초간본과 추사의 난초 걸작 '불이선란도' 등 문화유산 304점을 기증했다.

평소 남 앞에 나서거나 자신을 나타내기 싫어했던 손창근 씨는 2018년 구순을 맞아 처음이자 마지막으로 참여한 기증식에서 이렇게 소회를 밝혔다고 한다.

> "한 점 한 점, 정도 있고 애착이 가는 물건들입니다. 죽을 때 가져갈 수도 없고, 고민하다가 박물관에 맡기기로 했습니다. '손 아무개 기증'이라고 붙여 주세요. 나는 그것으로 만족하고 감사합니다."

그 이상 인터뷰는 마다했다. 그리고 마침내 2020년 1월, 부친 손세기 씨로부터 물려받은 보물 같은 작품, 곧 "이것만은 섭섭해서 안되겠다."고 배놓은 작품이 '세한도'였다. 그런데 이 마지막 한 작품까지 끝내 국가와 국민 앞에 내놓았던 것이다. 그러면서 기부도, 죽음도 알리지 말라고 했던 손창근 씨! '손 아무개 기증'이란 한마디 말로 족히 자신의 모든 것을 대변하고 떠난 인물! 나는 일면식도 없는 분이지만, 그분에 관한 기사를 읽고 '잠 못 이루는 그리움' 같은 벅찬 심정으로 이 글을 쓴다.

세한의 고난 속에 깃든 추사의 영령

필자가 제주도 서귀포 대정읍에 있는 추사관을 탐방한 것은 약 9년 전인 2015년 여름이다. '세한도' 특별기획전을 한다고 해서 제주도 여행 중에 아내와 함께 갔다. 작품을 소장하고 있는 분(손창근 씨)의 배려로 영인본 전시를 했다. 제주 추사관은 추사 김정희가 유배되어 있었던 고장(서귀포 대정읍)에 2010년 문화재청에서 승효상 건축가를 지명하여 설계했으며, 총공사비 75억을 투입하여 건축한 역사문화 기념관이다. 승효상 씨는 김정희가 소나무 두 그루와 측백나무 세 그루 사이에 그려놓은 집 모양을 그대로 형상화하여 설계했는데, 그 건축선이 너무 단순하고 겉보기에 창고 같아서 지역 주민들이 불만스러워했다는 뒷말이 나올 정도였다.

그러나 작가의 관점은 서로 교감하는 것일까? 지하로 내려가는 계단과 램프웨이 주 출입구는 진입 공간에서부터 추사의 세한(歲寒: 한겨울의 혹독한 추위)의 고난을 연상케 하듯 깊이 침잠하는 고립감을 느끼게 했다. 또한 인테리어 장식 요소와 기교가 절제된 4개의 전시실에는 '세한도' 외에도 기증받은 김정희의 작품 100여 점이 전시되어 있었다. 역사의 간극을 뛰어넘는 지혜와 학문의 깊이를 깨닫게 해주었다. 지하의 전시를 다 보고 나면 추사의 유배지로 가는 길이 연결되어 있는데, 걸음을 옮길 때마다 9년간(헌종 6년, 1840~헌종 14년, 1848)의 유배생활을 통해 짊어졌어야 할 인간적 고통과 외로움이 나 자신의 것인 양, 감정이입이 되었다.

무지한 나조차도 이러한데, '세한도'를 직접 본 중국과 조선의 문인들이 남긴 발문(跋文)과 찬문(贊文)을 살펴보면, 그 깊은 우정과 의리, 덕을 숭상하는 인문학적 조예는 시대를 뛰어넘는 '거룩한 교감'으로 평가할 만하다.

추사가 귀양 중이던 시절 제자 이상적(1804~1865)이 북경에서 '황조경세문편(皇朝經世文編)'이라는 120권 79책짜리 서책을 구해와 유배지 제주도까지 가져다주었다. 따라서 '세한도'는 그가 보여준 제자도의 아름다운 절개와 섬김에 감동하여 자신의 처지(한겨울 혹독한 추위와 같은

세한도

　'세한도'를 선물로 받은 이상적은 이 그림을 챙겨 들고 일곱 번째로 떠난 중국 출장길에 당시 친하게 지내던 청나라 문인 장요손(1807~1863)이 주최한 모임에 가서 사람들에게 보여주었다. 이후 그 그림을 본 청나라 문인 16명이 '세한도'에 있는 송백(소나무와 측백나무)의 절개와 의기를 숭상하는 내용으로 감상 글을 적어준 것이 댓글로 남아 있다.

　김정희가 제자 이상적에게 준 '세한도'는 이후 이상적의 제자 김병선이 소장하다가 그의 아들인 김준학에게 전해졌고, 이후 민영휘, 민규식이 소장했다가 1932년에는 경성제국대학교 교수로 있으면서 김정희의 학문적 성과를 최초로 연구한 일본인 학자 후지쓰카 지카시(1879~1948)의 손에 넘어갔다. 그리고 그는 정년퇴임 후 '세한도'를 비롯한 여러 자료를 가지고 일본으로 돌아갔다. 이러한 사실을 뒤늦게 안 진도 출신 서예가 손재형 씨(1902~1981)가 태평양전쟁 말기인 1944년 여름에 도쿄에 있는 후지쓰카 지카시 교수를 찾아가 석 달이 넘도록 간청하고 또 그림값으로 거금을 지급한 뒤 '세한도'를 되찾아 왔다. 이때 후지쓰카 지카시 교수가 "지금까지 보인 그 정성을 보니 나보다 당신이 이 그림을 갖는 것이 더 좋겠다."라고 하면서 손재형 씨의 진정성에 탄복했다는 전설 같은 뒷얘기가 남아 있다.

손재형 씨는 그 후 정계에 진출하면서 돈이 궁해지자 '세한도'를 개성 출신의 수장가인 손세기 씨에게 팔아넘겼고, 그 후 오랜 기간 손세기 씨가 소장하던 그림을 아들 손창근 씨가 물려받았다가 앞서 말한 대로 2020년 1월 국립중앙박물관에 기증한 것이다.

그림이 그려진 지 176년 동안 여러 곳을 흘러 다니다가 마지막 피난처와 같은 박물관에 몸을 눕힌 '세한도'의 기구한 운명과 여정을 되돌아보면, 그 속에 어떤 냉혹한 찬 바람이 불어닥쳐도 꼿꼿이 절개와 의기를 지킨 송백(소나무와 측백나무)처럼 '세한의 고난'을 이겨낸 추사의 영혼이 지금도 변함없는 생기로 살아 숨 쉬고 있음을 느낀다. 참으로 기묘하고 상서로운 그림이다.

시(詩)로 그린 세한도

13년 전인 2011년 봄에 추사 김정희와 그의 대표작 '세한도'를 소재로 시인 53명의 시 63편을 모은 '시로 그린 세한도'가 출간되었다. 과천 문화원에서 출간한 이 책은, '문단의 마당발'로 통하는 시인 이근배(당시 69세) 씨가 그동안 추사와 '세한도'를 기린 시를 유난히 많이 창작했다는 점에 착안, 수작들을 모아 펴낼 것을 제의해 이뤄진 일이다. 이 시집에 이름을 올린 시인에는 오세영, 서정춘, 유안진, 정희성, 조정권, 정호승, 황지우, 곽재구, 도종환 씨 등이 포함되었다. 이들 가운데 몇 분의 시(詩)의 중요 부분을 찾아보았다.

이근배: "부작란—벼루읽기"

다시 '대정'에 가서 추사를 만나고 싶다/ 아홉 해 유배살이 벼루를 바닥내던/ 바다를 온통 물들이던 그 먹빛에 젖고 싶다. (이하 생략)

유안진: "세한도 가는 길"

(앞부분 생략) 누구의 눈물로도 녹지 않는 얼음장 길을/ 닳고 터진 알 발로 뜨겁게 녹여 가라신다. (이하 생략)

정호승: "뒷모습"

(앞부분 생략) 내 뒷모습에 가끔 함박눈이 내리고/ 세한도의 소나무가 서 있고/ 그 소나무에 흰 눈꽃이 피기를 기다려 왔으나/ 내 뒷모습에도 그믐달 같은 슬픈 얼굴이 있었다. (이하 생략)

도종환: "세한도"

(앞부분 생략) 폭설에 덮인 한겨울을 견디는 모든 것들은/ 견디며 깨어 있는 것만으로도 눈물겹게 아름답다/ (중략)/ 발아래 밟히며 부서지는 눈과 얼음처럼/ 그동안 우리가 쌓은 것들이 무너지고 부서지는 소리/ 대륙을 건너와 눈을 몰아다 뿌리는/ 냉혹한 비음의 바람 소리/ 언제쯤 그칠 것인지 아직은 예측할 수 없다/ (중략)/ 그대 이름을 불러 보리라/ 이 싸늘한 세월 천지를 덮은 눈 속에서/ 녹다가 얼어붙은 빙판이 되어 버린 숲길에서.

그렇다면 수많은 시인들이 김정희의 '세한도'에 빠지고 심취하는 이유는 무엇일까? 유안진 씨는 '세한도'는 추운 계절을 그린 그림이라는 뜻이지만, 여기서 추위는 단순한 계절이 아닌 엄혹한 시대적 상황을 말한다고 풀이했다. 당시 반체제 인사로 유배되었던 추사가 언제 사약이 내려올지 모르는 절망적인 상태에서도 작품 제작에 몰두했듯이,

"시인은 마땅히 세상으로부터의 고립을 자초하는 유배의식을 가진 존재"라고 정의하면서 "춥고 서럽고 억울하고 분통 터지면서도 한 편의 시(詩) 쓰기에 매달린다."라고 했다. 그런 면에서 추사의 삶과 예술에 대한 태도가 시인들에게 하나의 본보기가 되기 때문에 추사에 빠져들지 않을 수 없다는 것이다. (블로그 '국어공부'에서 인용)

필자는 위에서 언급한 몇 분의 시(詩) 가운데 도종환 씨의 '세한도'에 있는 "견디며 깨어 있는 것만으로도 눈물겹게 아름답다."라는 표현이 유배의식에 점철되어 있는 작가 정신을 가장 예리하게 드러낸 대목이라고 여겨진다. 그리하여 이 대목을 김정희의 처지(한겨울 추운 날씨의 유배지)와 공감하는 메타포로 이해하면서 여러 번을 숙독했다.

이렇듯 수많은 시인들로부터 본보기가 되어온 추사의 '세한도'를 그 시인들 못지않게, 아니 그들보다 훨씬 더 깊이 있게 사랑하고 인생의 귀감으로 삼아온 기업인이 있었다. 그는 다름 아닌 '세한도'를 박물관에 기증하고 말없이 떠난 '손 아무개' 즉 손창근 씨다.

노블레스 오블리주의 문화 기부왕

'손 아무개가 기증한 마지막 작품', 추사 김정희의 '세한도'! 그토록 애지중지해 왔던 그림을 2020년 1월, 국립중앙박물관에 기증했을 때의 그의 심경은 어떠했을까? 어쩌면 자기 수중을 떠나 멀리 외딴섬으로 유배되어 가는 자식같이 여겨지지는 않았을까? 또는 유안진 시인이 노래했듯이, "누구의 눈물로도 녹지 않는 얼음장 길을/ 닳고 터진 알 발로 뜨겁게 녹이며 가야 하는 길"에 연인을 떠나보내는 심정은 아니었을까?

송창근 씨

나 같았으면 도저히 멀리 자식을 유배시키거나, 닳고 터진 알 발로 연인을 떠나보내는 일 은 하지 못했을 것이다. 그런데도 '손 아무개' 그분은 그렇게 떠나보 냈다. 다시는 돌아오지 못할 먼 유배지(?)로 '세한도'를 떠나보냈다. 그리고 이제 그 자신마저 돌아오지 못할 길을 떠나고 말았다.

"기부도 죽음도 알리지 말라… '세한도'처럼 떠났다." 중앙일보 6월 17일자 2면 '문화 기부왕 별세'라는 이슈 페이지 전면에 게재된 기사를 읽고 나는 속으로 한없이 울었다.

아! 우리나라, 우리 시대에도 이런 의인이 있었구나! 이 시대 최고의 덕목을 갖춘 노블레스 오블리주로 평가하기에 조금도 부족함이 없을 문화 기부왕, 그는 내게 '초인(超人)의 기상'을 가르쳐주셨다. 죽음조차도 알리지 말라며 죽음까지도 넘어선 거룩한 초인이시다. 그래서 '손 아무개'가 기증한 마지막 작품 '세한도'는 이제 김정희의 '세한도'나, 도종환과 유안진의 '세한도'로 그치는 것이 아니라, '손 아무개'의 그림이요 시(詩)로 영원히 남겨질 것이다. 그렇다. "손 아무개의 세한도" ―죽어서 남기는 이름에 이보다 더 명예롭고 값진 이름이 또 어디 있으랴!

노래와 인생

아침이슬

'아침이슬'의 작사, 작곡자 김민기 씨가 며칠 전(7월 21일) 세상을 떠났다. 필자가 '잃어버린 10년'이라고 자탄하는 젊은 날의 방황 시기에 절절이 애곡하며 불렀던 노래다. 67학번으로 들어가야 할 대학을 75학번으로 입학하기까지, 그 지난한 고통의 좌절감과 열등감의 질곡에서 헤맬 때, 무엇보다 위로가 되고 마음의 상처를 싸매주는 역할을 그 노래가 했다.

1971년 어느 날, 양희은의 목소리로 세상을 울린 그 노래가 질풍노도같이 내 가슴을 쳐 왔을 때, 데모꾼들이 호도하여 부른 군사독재에 저항하는 이념의 부르짖음이 아니라, 내게는 한 영혼을 뜨겁게 껴안아 주는 친구의 '지극한 우정' 같은 감정으로 폐부 깊숙이 들려왔다.

"태양은 묘지 위에 붉게 떠오르고/ 한낮에 찌는 더위는 나의 시련일지라"라는 가사는 내 속에 펄펄 끓는 아픔의 열기를 대신해 주는 듯했다. "나 이제 가노라 저 거친 광야에/ 서러움 모두 버리고 나 이제 가노라"라는 대목은 '차라리 모든 것 다 잊고 나와 함께 죽으러 가면 어때?'라고 묻는, 연민과 동정심으로 미혹하는 목소리같이 들리기도 했다. 만일 그 미혹의 강을 건너 저세상으로 떠났다면, 내 짧은 인생에 남은 족적은 무엇이었을까? 다시 돌이켜 봐도, 내 맘에 알알이 맺힌 설움을 달랠 길 없어 죽음까지 탐했던 기억이, 지금도 마음 깊숙한 곳에 쓴 뿌리처럼 남아 있다.

그러고 보면 나보다 세 살 어리게 태어난 김민기(1951년 3월 31일생) 씨가 확실히 나보다 더 큰 사람이다. 그 숱한 사회적 부조리에 저항하는 '설움'을 안고 살면서도, 그는 아침 동산에 올라 '작은 미소'를 배우는 도량으로 자신을 추스르면서 노래로, 예술로 자신을 승화시켜 나가지 않았던가!

필자는 참으로 우둔했다. 대입 삼수까지 하다가 고3 때 같이 하숙을 하며 공부를 도와준 친구의 자살로 슬픔을 이기지 못해 세상사 다 잊으려고 군에 뛰어 들어갔었다. 제대 후, 고 1때 만나 10년을 지켜준 여자친구와 결혼하고, 애 낳고, 다시 서울로 올라와 종로학원에서 입시 공부할 때, 하도 심심하고 외로워서 놀러 간 조계사에서 탄허 스님을 만났다. 그리고 그 스님을 만나 면담한 후 '진리를 체득한다.'라는 심오한(?) 뜻을 품고 불교대학 철학과에 입학하게 된 젊은 날의 그 피어린 세월이 지금 다시 생각해도 그저 괴롭기만 하다. 그 암울했던 70년대를 지날 때, "나 이제 가노라." 하며 어디론가 떠나 버리고 싶었던 기억이 불화살처럼 가슴을 되새겨 파고든다.

이제 "긴 밤 지새우고 풀잎마다 맺힌/ 진주보다 더 고운 아침이슬처럼" 그렇게 살다가 떠난 김민기 씨가 벌써 그리워진다. 사람들은 그 노래를 정치적으로 이용하여 운동권의 군가로 불렀지만, 내게는 정신

가수 김민기

적 선물이었다. 아무에게도 말하지 못한 채 입술을 깨문 그 아픈 사연의 '설움'을 달래준 노래였다. 그는 마음으로부터 우러나오는 위로와 격려로 사람의 마음을 감동시킨, 공감 능력이 뛰어난 시인이었음을 감사로 고백한다.

한국경제(7/25)에 보니 고등학교 때부터 대학까지 함께 지낸 '친구'였던 김영세 이노디자인 대표의 평가가 마음에 가장 크게 와 닿는다.

"한마디로 김민기를 표현하면 김민기는 천재적 예술가로 태어나 세상과의 타협보다는 자신의 진심을 세상에 알리기 위한 창작에 인생의 열정을 아낌없이 쏟아부은 아티스트, 그리고 우리나라의 문화에 뿌리를 내린 소중한 선구자입니다."

필자는 여기에 한마디 더 덧붙이고 싶어진다.

"그가 노래한 '아침이슬'의 진심은, 슬피 울며 자신을 학대했던 한 청년의 분노를 정화시켜 주었을 뿐 아니라, 억압받고 혼탁해진 세상의 굴레 속에서 허덕이는 대한민국의 많은 국민들에게 위대한 카타르시스의 진정성을 선물로 주고 간 국민 영웅이다."

참으로 아름다운 예술적 인생을 살다 간 창작인이다.

선구자

눈물을 찔찔 흘리며 목 놓아 따라 불렀던 '아침이슬'의 언덕을 넘어, 역사의 새로운 지평의 능선 위로 올라간 대전환의 시기가 있었다. 1990년 10월 초 북경아시안게임이 시작되기 직전의 어느 날, 북경 호텔에서 우연히 만난 김진경 총장과 함께 연변과기대 설립을 준비할 때였다. 그 후 대학 건설업무에 동참하면서 연길에 갈 때마다 용정, 명동(윤동주 시인의 고향), 훈춘, 두만강 유역을 돌아다니며 조선족 사회의 뒤안길에서 느낀 조선 민족의 기상과 회한의 감정은 내게 민족의식과 역사의식을 동시에 일깨우는 '각성의 노래'로 이어졌다. 그 노래가 '선구자'다.

가곡 '선구자' 노래에는 두 가지 명암이 있다. 하나는 친일 행적으로 논란이 있는 윤해영이란 분이 자작시 '용정의 노래'를 조두남에게 주고 작곡을 부탁했는데, 광복 이후에 노래 제목과 가사를 바꾸어 오늘에 이르게 되었다고 한다. 다른 하나는 '선구자'란 노래에 나오는 일

송정과 해란강은 19세기 간도로 이주해간 조선인들이 개척한 땅을 상징하는 민족공동체로서의 실체이며, 그 노래를 들을 때마다 느끼는 숙연함과 웅지는 곧 한민족의 기상과 꿈을 드높이는 노래란 점이다.

필자는 두 가지 명암이 주는 엇갈림을 어떻게 해석해야 할 것인가 보다는, 실제로 그 땅에서 일송정과 해란강을 바라보며 목이 터져라 노래를 부르다 보니 자신도 모르게 노래 자체가 주는 감동의 공명이 너무나 컸다. 그래서 나는 연변에서 조선족 사람들을 만날 때마다 이 노래를 빼놓지 않고 불렀다. 그리고 이 말도 빠뜨리지 않고 덧붙였다.

> "여러분은 '선구자의 땅'에 사는 귀한 분들입니다. '해동의 나라' 한민족의 독립과 부흥을 위해 먼저 이 땅에 오신 선구자들의 후예들입니다. 힘내시고, 희망의 노래를 우리 함께 부릅시다!"

나는 늘 이렇게 격려하며 그들과 함께 손잡고 떼창을 부르는 게 그렇게도 좋았다. 지금도 한잔 술을 나누며 함께 불렀던 '선구자의 노래'가 눈에 선하고 귀에 쟁쟁하다.

> "일송정 푸른 솔은 늙어 늙어 갔어도 / 한줄기 해란강은 천년 두고 흐른다. 지난날 강가에서 말달리던 선구자 / 지금은 어느 곳에서 거친 꿈이 깊었나."

1절 가사만 몇 번이나 되새겨 부르며, 필자는 일제강점기에 독립과 민족 부흥을 위해 헌신한 선구자들의 후예가 지금 (중국이라는 제도권

일송정 정자

안에서) 조선족으로 살아가고 있다는 역사적 사실을 각성하며, 그들과 함께 남북한을 아우르는 새로운 융합의 역사를 기대해 본다.

　　연변과기대가 추구하는 핵심 가치는, 그 조선족 후예들의 자식들에게 예수 그리스도의 복음을 전하여, 그 복음의 능력으로 남북한을 뛰어넘는 새 시대를 열어가는 리더십, 즉 디지털 노마드 시대를 이끌어가는 21세기형 영적 선구자들이 되도록 가르치고 장학하는 일이다.

　　혹여 누가 '지금은 어느 곳에서 거친 꿈이 깊었나'라고 물으면, 나는 이렇게 대답하리라. 연변과기대 캠퍼스(연길시 공동묘지 터를 대학 부지로 개발했음)가 바로 그 '거친 꿈'이 깊게 자라고 있는 '선구자의 땅'이요, 그 땅, 죽음의 땅에서 흘러내린 생명수가 두만강, 압록강을 넘어 평양에까지 이른 것이 평양과학기술대학이라고 담대히 대답할 것이다. 연변과기대 설립과 운영을 지원하면서 각성한 이러한 민족의식과 역사의식의 흐름은, 이후 어느 때까지나 내 인생에 큰 물줄기가 되어 도

도히 흘러가리라! 우리의 인생은 이렇게 늙어 가도, 그 '각성의 흐름'은 천년을 두고 흐르는 해란강의 넋이 되어 다음 세대로 넓게 깊게 이어지리라 믿는다.

사랑으로

연변과기대 사역을 하면서 교수진, 학생, 학부모들 그리고 지역주민들의 마음을 하나로 만드는 데 가장 큰 공헌을 한 행사가 몇 가지 있다. 입학식 또는 졸업식이라든가 교내 체육대회와 음악회 등을 치를 때, 우리는 매번 '하나됨'을 경험하는 큰 감동이 있었다. 그리고 그때마다 집중적으로 사람들의 마음을 정점으로 이끌어준 노래가 있었으니 그게 '사랑으로'이다.

'사랑으로'는 해바라기 히트곡 중 하나로 1989년에 발매한 해바라기 6집 앨범의 타이틀곡이다. 이주호 씨가 작사, 작곡했고 현재까지 5백만 부 이상 판매되었다. 이주호 씨가 작사를 완성하는 데는 남다른 감동의 일화가 있었다고 한다. 1986년 서울 아시안게임 때 발표하려 했으나 하지 못했고, 1988년 서울 올림픽 때도 마찬가지였다. 그러다 1989년 2월 말, 서울 강서구 공항동에서 부모가 집에 없는 사이에 4자매가 생활고 등을 이유로 음독자살을 시도하는 사건이 발생했다. 어머니의 발견으로 병원으로 옮겨져 막내딸은 사망, 첫째부터 셋째까지는 중태에 빠졌다가 나중에 회복해서 퇴원하게 되었는데, 이 사건을 신문에서 보고, 채 2분도 걸리지 않아 가사를 완성했다는 숨은 스토리가 있다.

연변과기대가 이 노래를 비공식 교가로 채택한 데도 비화가 있다.

1992년 8월 24일에 한·중수교가 있었고, 그다음 달, 9월 16일에 연변과기대 개교식이 있었다. 그 후 교내 여러 가지 학사 활동 및 행사가 있을 때마다 교가가 필요했는데, 중국 정부가 이를 허용하지 않아 부득이 찬송가를 개사하여 부르다가 이것마저 말썽이 되었다. 그때 열띤 반응으로 국내 가요계뿐만 아니라 교회 청년들에게도 널리 애창되었던 '사랑으로'를 교가 대신 부르자는 제안을 어느 교수가 했고, 이를 교수진 전체 회의에서 채택하여 비공식 교가로 부르도록 했다. 이 노래는 그 후 30년이 지난 지금까지도 연변과기대 사역의 스피릿과 비전을 상징하는 노래로 애창되어 왔다.

> "내가 살아가는 동안에 할 일이 또 하나 있지/ 바람 부는 벌판에서 있어도 나는 외롭지 않아/ 그러나 솔잎 하나 떨어지면 눈물 따라 흐르고/ 우리 타는 가슴 가슴마다 햇살은 다시 떠오르네/ 아아 영원히 변치 않을 우리들의 사랑으로/ 어두운 곳에 손을 내밀어 밝혀 주리라."

필자는 이 노래의 위력을 잘 안다. 졸업식 때 교수들과 학생들이 서로 손잡고 함께 부르며 눈물바다가 되었던 그 장면을 잊을 수 없다. 조선족 학부모들이 한국과 외국에서 학교를 후원해온 학교 방문단 일행들과 함께 손잡고 부둥켜안고 울던 장면을 지금도 떨리는 가슴으로 생생히 기억한다. 꼭 큰 행사가 아니더라도 학과별 소그룹 미팅이나 야외활동 시에도 모임을 마칠 때는 으레 다 같이 손잡고 원을 그리며 이 노래를 합창했다.

어디 그뿐인가! 필자가 가장 가슴 깊이 감동하며 느낀 한 사람의 눈물이 있다. 분기마다 한 번씩 학교 현장을 찾아보던 어느 해 11월, 오후 5시경 수업을 파하고 시내로 가는 스쿨버스를 기다리며 본관동 앞에 대기하고 있던 어느 젊은 교수가 있었다. 언덕 위 교정에서 분지(盆地)인 연길 시내 곳곳에 석탄 때는 저녁연기가 피어오르고, 서쪽 먼 산으로는 해가 뉘엿뉘엿 지며 하늘을 노을로 물들이고 있는 광경을 바라보며 눈물을 흘리던 그의 모습을 잊을 수가 없다.

노을의 빛이 얼굴에 비쳐 붉게 채색된 그 눈 가장자리에서 주루룩 흘러내리던 한줄기의 눈물은, 내가 여태껏 보아온 어떤 성인(聖人)의 얼굴보다 빛났다. 또한 내가 그토록 기다리며 찾았던 그 어떤 위로의 메시지보다 더 따뜻하고 고결한 사랑의 메시지로 내 마음에 전해져 왔다. 나는 아무 말도 묻지 않았지만 40대 중반의 그 젊은 교수는 나의 물음을 이심전심으로 느낀 듯 눈물 젖은 얼굴로 나를 찬찬히 바라보며 이렇게 말했다. "회장님, 저는 외롭지 않습니다. 저는 참 행복해요, 제가 여기 이 벌판에 서 있다는 사실 하나만으로도 충분히 즐겁고 기쁩니다. 하나님의 은혜입니다."

이런 고백이 어디 이분 한 분뿐이랴! 인생의 가장 중요한 한 토막을

연변과기대 졸업식 장면

아낌없이 헌신하며 자비량으로 주님과 학생을 섬기던 연변과기대 교수진들의 얼굴이 지금도 영화의 파노라마처럼 떠오른다. 그들이 학생들과 함께 손잡고 부르던 '사랑으로' 노래 속에 담긴 진정한 사랑의 나눔과 섬김, 그 아름다운 인류애적인 긍휼의 공감 능력은 우리들 마음속에 꺼지지 않는 불꽃처럼, 영원한 구원의 희망이 되어 살아 있으리라!

노래와 인생

인생을 살아가며 노래로 감동받고, 노래로 한을 풀었던 적이 어디 한두 번뿐이겠는가! 또한 그런 노래가 어디 한두 곡뿐이겠는가!

40년 전에, 부산 시내 대청봉 정상에 70m 높이의 충혼탑 공사를 마치고, 혼자서 그 산꼭대기에 올라가 밤바다를 바라보며 눈에 보이지 않는 오륙도를 향해 '돌아와요 부산항에'를 수없이 불렀던 때가 있다. 공사하기가 너무나 힘들고 돈도 남지 않는 적자 현장이라는 소문이 나서 어떤 작업반도 하청을 하겠다고 나서지 않았을 때였다. "현대건설을 이겨야 내가 산다."라는 일념 하나로 자청해서 도급을 맡아 마침내 사람 하나 죽이지 않고 안전하게 모든 공사를 잘 마쳤다. 내일이면 준공식을 해야 하는 그 전야제 자축파티라도 하듯, 혼자서 목이 터져라 불렀던 노래 '돌아와요 부산항에'는 지금도 내가 가장 좋아하는 애창곡 중의 하나다.

"우리 만남은 우연이 아니야 그것은 우리의 바램이었어"로 시작하는 노사연의 '만남'도 너무나 좋아하는 노래고, 나훈아의 '사랑'은 가사 자체가 하나의 명시(名詩)로 내 마음을 흔들어 놓았다. 그래서 노래방에 가면 으레 부르는 노래가 나훈아의 '사랑'이었다. 그 외에도 가요뿐만 아니라 팝송 같은 곡도 듣기를 좋아한다. 특히 최근에는 임영웅의 찐 팬이 되어 그의 노래를 들으며 힘들고 어려운 일을 당할 때마다 큰 위로를 얻기도 한다.

그러나 기독 신앙을 가진 크리스천으로서 나는 이런 가요나 팝보다 더 크게 은혜받기는 역시 찬송가와 복음성가다. 대부분 찬송가의 가사가 성경 구절을 기초로 하여 작곡되어 있어서 언제 들어도 은혜가 된다. 또 최근에 많이 보급되고 있는 복음성가는 현대적 감각으로 젊은 이들의 기호에 맞는 시적 표현이 많아서 그 또한 특별한 기쁨과 열정으로 우리들의 영혼을 풍요롭게 하고 있다. 그런 가운데 잊을 수 없는 한 분을 소개하자면 윤형주 장로이다. 그는 나보다 한 살 위인 1947년생으로 가수 겸 작곡자로서 싱어송라이터, 방송인으로도 여전히 맹활약 중이다. '서시'를 쓴 윤동주 시인의 육촌 동생으로도 유명하지만, 한국 음악계에 포크 열풍을 일으킨 조영남, 이장희, 송창식 등과 더불어 윤형주는 '쎄시봉 가수' 시절부터 '통기타 포크 가수의 전설'이라고 불릴 만큼 유명했다. 특히 김세환을 아끼고 평생토록 음악 활동을 함께해온 터라 그들을 보면 '노래와 인생'이 한 몸으로 연결된 짝꿍 동지애로 가득 차 있다.

그런 윤형주 장로 가족과 우리 가족이 내일(7/28) 아침 비행기로 참포도나무병원 의료봉사팀 38명과 함께 몽골 여행(5박 6일)을 떠난다. 장남(이동엽 원장)이 경영하는 참포도나무병원의 고문이기도 하고, 또한 병원 CM송을 만들어 준 장본인으로 이번에 함께 의료봉사 활동을 하게 된다. 그리고 돌아오기 전날(8/1) 밤에는 울란바토르에서 한인 동포 초청 '윤형주 토크 콘서트'를 개최할 예정이다. 고재형 이사장과 허에스더 교장이 운영하는 '몽골밝은미래학교' 신축 강당에서 약 300명 정도가 모인 가운데 음악회를 하게 될 터인데, 나는 마음속으로 이렇게 기도하고 있다.

'남북한 양국과 등거리 외교를 하는 몽골을 베이스로 하여 남북한이 하나 되는 음악회를 연다거나 환경 분야 학술대회 및 전람회 같은 것을 공동 주최하여 남북한이 제3지역에서 소통하고 교류 협력하는 기회를 자주 갖는 것이 장차 통일 사역에 큰 도움이 되게 해주소서.'

이때 '노래와 인생'이라는 테마가 국경을 뛰어넘고 정치적, 이념적 한계를 극복하는 인류 보편적인 공동체 의식을 회복하는 기재(機材)가 되어 동북아지역에서 미래 판도를 바꾸는 위대한 촉매 역할을 하게 되기를 소망한다.

여기까지 기록해 온 여러 가지 이야기를 되돌아보니, 내 인생에 있어서 어떤 노래보다 크게 영향력을 끼친 노래가 '아침이슬', '선구자', '사랑으로'임을 스스로 깨닫는다. 며칠 전 타계한 김민기 씨의 '아침이슬'을 깊이 묵상하다가 그 고통과 시련의 언덕에서 우리 한민족 역사의식의 새로운 지평을 열어준 '선구자'의 노래를 상기하게 되었다. 그리고 그 땅, '선구자의 땅'에서 오랫동안 헌신해온 연변과기대 교수진들이 학생들과 함께 '사랑으로'를 부르며 미래로 향해 손잡고 나아가는 모습이 뮤지컬의 한 장면처럼 환상으로 떠오르는 것을 느끼는 특이한 경험을 했다.

그 흐름 위에 이제 내일부터 시작하는 몽골 선교여행을 통해 또 어떤 '노래와 인생'이 펼쳐질지 자못 궁금하고 큰 기대가 된다. 그래서 '인생'은 살아볼 만한 충분한 가치가 있는 곡예이며, 그 속에서 '노래'는 천하의 그 무엇과도 비교할 수 없을 만큼 중요한 콘텐츠와 스토리텔링을 공급하는 창조적인 자원임을 깨닫게 된다. 오늘(7/27), 파리올림픽 개막식이 막 열리고 있는 이 시간에 글을 마감하며, 마음속으로 다시 한번 기대하는 것은, "아! 살아있음을 찬양하라. 세계는 하나다. 살아있는 모든 인생에 평화와 행복이 넘치게 임하기를 주님의 이름으로 기도한다."라는 고백이다. '노래와 인생'은 참으로 위대하다.

보길도 가는 길

　　보길도 황칠나무 농장을 탐방하기로 약속한 일은 사전에 미리 계
획한 것이 아니었다. 지난 9월 9일 여의도 국회의원회관에서 '신아시아
산학관 협력포럼'을 마친 후 포럼을 주관했던 '신아시아산학관 협력기
구'(이하 '신아시아협력기구')임원들이 패널 및 내빈으로 참석했던 한국
여성벤처협회 회장단들과 같이 뒤풀이 저녁을 먹다가 우연히 합의한
일이다.

　　'신아시아협력기구'의 3대 이사장을 역임했던 나도성 원장(중소 기
업 정책연구원)의 광주일고 후배인 김한호 총괄 대표(비지니스 디자인 그
룹)가 시니어 건강 관련 비즈니스 아이템을 이야기하게 되었다. 그는
자기가 잘 아는 분이 전남 완도군 보길도에서 황칠나무 농장을 운영
하고 있는데, 황칠의 효능과 특징은 가히 세계적으로 홍보할 만한 의
약 및 도료 소재라고 소개했다. 다들 귀가 쫑긋하여 듣고 있다가 급기
야 '보길도 가는 길'에 동의하게 되었다. 그리고 일정 계획과 프로그램
을 전적으로 김한호 대표에게 위임하기로 했다. 그래서 10월 14~15일

1박 2일 코스로 보길도를 다녀오게 되었다.

해산토굴(한승원 문학관)

14일(월) 용산역에서 8시 20분에 출발하는 KTX를 탔다. 여행팀은 도합 9명(남 6명, 여 3명)이었다. 광주 송정역에 내려 9인용 스타렉스를 타고 보길도까지 다녀오는 왕복 여행이다. 여행 희망자가 여러 명 더 있었지만, 탑승 인원이 한정되어 있어서 선착순으로 인원을 조정했다. 그런데 KTX를 타자마자 가족석에 마주 앉았던 네 사람(이승율, 김광선, 김한호, 임동구) 주요 멤버들이 여행 코스 변경을 위해 긴급회의를 열었다.

며칠 전(10일) 노벨문학상을 수상한 한강 작가의 아버지 한승원 작가의 문학관('해산토굴')이 해남으로 가는 길 도중에 있다는 정보를 김한호 대표가 꺼냈기 때문이다. 보길도로 가려면 해남 땅끝마을 항에서 배를 타야만 한다. 그런데 해남으로 가기 전에 장흥군 안양면에 있는 한승원 소설가(85)의 집필실에 먼저 들렀다 가면 어떻겠느냐는 제안이었다. 우리들은 무조건 좋다고 했다. 원래 예정에 없던 일이지만 한강 작가(54)의 수상 소식을 들은 직후여서 한강 작가의 문학적 고향이라고 해도 과언이 아닌 '해산토굴'을 방문하고 싶은 마음이 불같이 일어났다. 들뜬 기분에 나는 "왕대밭에 왕대 난다고 한강 작가도 한강 혼자서 자란 게 아니라 그 아버지의 문학적 토양에서 자랐을 것이니, 해산토굴에 가서 노벨상을 배출시킨 문학적 기운을 한번 깊이 느껴 봅시다. 한승원 선생이 계시면 행운이고, 안 계시더라도 작업실 구경이라도 하고 옵시다."라고 목소리를 높여 말했다.

해산토굴 앞에서 김광선 이사장과 함께

　좌석이 달라서 뿔뿔이 흩어져 있던 나머지 다섯 분들도 광주 송정역에 내려서 모두 동의해 주어서 우리 일행은 설레는 마음으로 장흥군 안양면 율산리로 향했다.

　12시 다 되어 한승원 소설가의 거처가 있는 마을에 도착했다. 마을 입구 여러 곳에 한강 작가의 노벨문학상 수상을 축하하는 현수막이 걸려 있었다. 그리고 마을 뒤편에 기념관 형태의 건물에 '달 긷는 집'이라고 쓴 현판을 걸어둔 '한승원문학학교'와 적벽돌 벽체에 빨간 기와를 올린 한옥 '해산토굴(海山土窟)' 집 두 채가 바다가 내려다보이는 산기슭에 아늑한 분위기로 자리 잡고 있었다. 집주인은 출타 중이라 만나 보지 못했지만, '달 긷는 집'이라는 이름의 '한승원문학학교'와 집필실 '해산토굴' 사이에 있는 정자에 올라서 멀리 남해 바다를 바라보니 저절로 '바다 너머로 떠오른 흰 달'이 보이는 듯했다. 그래서 한승원 소설가는 그 정자에 '견월정(見月亭)'이라고 쓴 목판을 난간에 붙여 놓았는

한강 작가 노벨문학상 수상

지도 모르겠다. 갑자기 나도 시인이 된 양, 시상이 떠오르고 감성이 벅차올랐다. '아! 한강 작가가 어릴 적 방구석에서 온갖 공상을 즐기며, 그림을 그리듯, 시를 읊듯 소설을 쓰기 시작한 곳이 바로 이곳이었구나.' 하는 공감대가 느껴졌다. (신문에서 본) 흐트러져 내린 그의 긴 머리카락이, 느리지만 조용하고 섬세한 문학적 감성으로 달빛에 젖어, 얼굴로 흘러내린 듯한 느낌으로 다가왔다.

　노벨상 수상 소식 직후 신문사 기자들이 이곳에 몰려와 '해산토굴' 앞 정자에서 아버지 한승원 소설가에게, 작가 한강을 한 문장으로 표현해 달라고 요청하자, '시적인 감수성을 지니고 있는 좋은 젊은 소설가'라고 답했다고 한다. 그러한 시적인 감수성의 태반이 이 '달 긷는 집'의 정서와 '견월정'에서 바라보는 밤하늘의 달빛에 맞닿아 있는 듯했다. 또한 온통 책으로 묻혀 있는 아버지의 집필실('해산토굴')에 감도는 문학의 향기가 한강 작가의 30년 집필 인생에 그대로 투영된 것이 노벨문학상을 타도록 만든 원천이구나 하는 생각이 들었다.

　마을을 떠나 바다 쪽으로 내려가면 '정남진' 기념탑이 있고, 거기서 해변을 따라 약 1km가량 '한승원문학산책로'가 조성되어 있다. 군데군데 한승원 작가의 시(詩)가 오석(벼루나 비석에 주로 쓰는 검은 돌)에 새겨져 여러 모양으로 길가에 비치되어 있다. 산책로의 초입에 한승원 작가를 소개하는 비석(글씨 이봉준)이 있다. 그 첫 문장이 이렇게 적혀 있다. "그의 문학에서 고향은 하나의 운명, 하나의 원죄, 하나의 근원, 하나의 원형으로 다가온다."

　그날 이후 (보길도 여행을 다녀온 이후) 나는 며칠 동안 이 비문을 마음에 되새기면서 많은 생각을 가졌다. 그 이유는 수상 소식과 더불어 신문에 쏟아지고 있는 한강 작가의 작품에 대한 비평을 이해하는 데 이 비문이 어떤 해결사적인 단초를 제공하는 듯한 감을 느꼈기 때문이다. 2016년 맨부커 국제상을 수상했던 『채식주의자』에 나오는 여주인공이 육식을 거부하면서 식물의 본성에 천착하려고 했던 것처럼, 한강 작가의 여타의 작품들도 (비평가들의 평을 들어 보면) 각자의 존재론적 본성에 가까이 다가가려고 애를 쓴 순수함이 있어, 둘이 공통점을 지닌다고 할 수 있다.

　1980년 5월 광주에서 신군부의 무력 진압과 무고한 시민들의 희생을 다룬 작품 『소년이 온다』와 제주 4.3 사건 이후 실종된 가족들을 찾기 위한 생존자의 길고 긴 투쟁의 이야기가 담긴 작품 『작별하지 않는다』도 예외가 아니다. 다만 이 책들은 읽는 사람들의 정치적 입장과 관점에 따라 많은 논란이 있을 수 있고, 또 실제로 보수, 진보 간의 견해 차이도 크다. 그러나 나는 한강 작가의 작품을 '문학 이상도 아니고 문학 이하도 아니다.'라는 순수 이성의 비판적인 시각으로 읽어야 한다고 생각한다.

왜냐하면 그가 추구한 문학적 진실은 정치적인 목적이 아니라, 인간의 실존적 본성을 탐색하려는 노력이 핵심이었기 때문이다. 역사적 현실을 기록하되 그 현실을 뛰어넘는 인간과 사회의 항구적인 본질(인간 본성에 대한 탐색)에 접근하려는 작가의 의도를 존중해 주어야 할 것이다. 스웨덴 한림원에서도 한강 작가의 그 점을 높이 평가하여 노벨문학상 수상자로 선정했다고 한다. 즉 "역사적 상처에 직면하고 인간 삶의 취약성을 노출시키는 한강의 시적 산문"을 선정 이유로 밝혔다. 이런 점에서 필자는 한강 작가의 작품을 이해하는 데 큰 도움이 되는 관건(일종의 명제)으로, 바로 위에서 인용한 한승원 작가의 소개문에 나오는 '문학적 고향에 대한 의식'을 들고 싶다. 다시 말해 인간의 내면에 잠복해 있는 실존적 본성, 즉 인간의 운명, 원죄, 근원, 원형에 대한 진지한 탐색으로 표출된 것이 한승원의 문학이고, 이러한 문학적 자질과 영성이 그대로 한강 작가에게도 전염되어 있다고 확신한다.

나는 한승원 작가와 한강 작가가 1988년과 2005년에 공히 이상 문학상을 수상했던 그 내면에도 이러한 공통적인 의식의 흐름('인간 삶의 취약성에 대한 시적인 감수성')이 존재한다고 본다. 이들 부녀간의 인격적인 교감과 정서적 공감이 문학이라는 연결망을 통해 나타난 기념비적인 성과가 바로 노벨문학상이라고 확신한다. 그렇기에 나는 장흥군 안양면 율산리의 '해산토굴'을 탐방한 이후, 한강 작가뿐 아니라 한승원 소설가의 작품도 겸하여 읽어야 한다는 각성이 생겼다. 2024년 노벨문학상 수상 소식이 있은 지 일주일이 지나기도 전에 100만 부가 팔렸다는 한강 작가의 신드롬(syndrome)이 그저 놀랍기만 하다. 하지만 '해산토굴 (한승원문학관)'을 통해 흘러넘치는 가족문화적인 문학의 향기가 한국을 넘어 세계 여러 곳으로 퍼져 나가, '인간의 진실'을 살피는 더 멋진 문화로 승화되기를 바라는 마음 그지없다. 이런 기대와 요청은 우리 한국인 모두에게 참으로 귀중한 문학적 체험이 되고 또한 자랑이 되리라 믿어 의심치 않는다.

황칠나무 황금농장

'해산토굴(한승원 문학관)' 견학을 마친 후에, 우리 일행은 장항읍에 도착하여 장흥 갯마을 식당에서 점심 식사를 마치고는 곧장 해남 땅끝마을로 달려갔다. '땅끝항'은 해남군의 유일한 연안항으로 갈두항으로 불렸다. 그러나 2014년 9월 땅끝리 행정마을 명칭과 일치하도록 '땅끝항'으로 개명하였다고 한다. 이곳 '땅끝항' 여객센터미널에서 차(9인승 스타렉스)를 배에 싣고 30분 정도 가면 완도군 노화도 산양항에 도착한다. 거기서부터 보길도까지는 스타렉스를 타고 이동하게 된다. 한려수도의 풍광이 기가 막히게 아름답다. 크고 작은 섬들이 올망졸망 모여 있는 내해에 전복과 김 양식장들이 바다 위에 큰 바둑판을 펼쳐 놓은 것같이 보인다. 노화도를 지나 보길대교를 건넌 다음 예송리에 있는 황칠나무 황금농장에 도착했다. 해 질 무렵 섬마을에서 바라보는 노을 진 하늘이 너무나 인상적이었다.

황칠나무 황금농장 대표이자 황칠문화연구원 원장을 겸하고 있는 김종훈 원장(72)께서 반갑게 우리 일행들을 맞아 주었다. 날이 곧 어두워졌다. 기역 자 한옥으로 지어진 연구원에 손님맞이용 방이 몇 개 있고 작업실, 자료실 및 부엌과 창고가 연결되어 있었다. 우리들은 모두 한 방에 모여 연구원에서 제공하는 저녁을 먹기에 바빴다. 많이 시장하기도 했지만, 보길도 양식장에서 갓 잡아온 전복을 넣어 걸쭉하게 끓인

전복죽이 별미였다. 물론 빼놓을 수 없는 게 '황칠주' 반주다. 황칠나무 즙(원액)을 소주에 담아 숙성시킨 술인데, 약간 쓴맛이 나면서도 감칠맛이 있었다. 우리들은 잔을 주는 대로 사양하지 않고 다 받아마셨다.

저녁 식사를 마치는 대로 1부 순서로 '사상체질' 건강 전문가로 유명한 임동구 박사(Dr. Yim's 체질라이프스타일연구소 소장)가 '사상체질'에 대해 특강을 했다. 그리고 강의 내용에 따라 참석자 8명의 체질을 일일이 진단해 주었다. 임동구 박사는 한국생명공학연구원(KRRIB: 한국과학기술원 부설 유전공학센터가 대덕연구단지로 이전한 뒤 이름을 바꿈)에서 미생물 계통분류에 관한 연구를 했다. 그러다가 생물자원 국가인 브라질로 건너가 박사학위를 받았으며, 학위 취득 후 잠시 귀국하여 박사 후 과정을 거친 다음, 다시 브라질로 건너가 미생물 분야 연구에 10여 년간 종사했다. 그런 과정에 한의학(이제마의 동의수세보원)과 접목된 사상체질학을 체계화하여 브라질 의료기관과 공동연구 활동을 하는 등 많은 실적과 임상 경험을 쌓았으며, 이스라엘에서도 사상체질학을 배우러 왔을 정도로 국제적으로 큰 관심을 받은 건강 전문가이다. 『체질을 알면 건강이 보인다』, 『미래를 바꾸는 유전자 지도의 비밀—EIGHT GENES』 등 여러 권의 저서를 저술한 임동구 박사는 명실공히 동서양 통섭 학자로서 자기 분야의 정점을 찍은 인물이라고 해도 과언이 아니다. 임동구 박사가 강조하는 사상체질에

황칠나무 농장

관한 내용을 네 가지로 정리해 보면 다음과 같다.

1) 사람은 일평생 바뀌지 않는 오장육부의 대소, 강약을 지니고 태어난다.
2) 이 차이는 신체 구조와 외관에 영향을 주어 체질별로 독특한 외모를 갖게 한다.
3) 체질에 따라 생리/병리 현상은 물론, 성격과 행동 기질도 다르게 나타난다.
4) 체질에 따라 질병에 따른 약물 등의 물질에 다르게 반응하고, 사물에 대한 정신적 반응도 각기 다르다.

그날 저녁에 필자는 태음인 2형으로 분류되었다. 사상(四象)이라 함은 태양인, 소양인, 태음인, 소음인을 일컫는데, 각 체질마다 차이가 나는 두 가지 특징이 있어서 이를 1형, 2형으로 분류한다. 그럼으로써 흔히 8상이라 부르기도 한다. 태음인 2형으로 진단된 필자의 체질의 특이성을 공개한다.

1) 병리/생리학 : 과체중 위험이 높으며 심장병, 고혈압, 피부 트러블이 예상된다.
2) 식생활/건강 : 체력이 좋으며, 소화를 잘 시키고 술도 잘 마시는 편이며, 건강을 위해 식사량을 조절해야 한다.
3) 성격/특징 : 자유롭고 인자, 화가 나면 가장 무서운 성격, 보수적이고 변화를 싫어하는 경향, 욕심과 추진력, 승부욕이 강하다.

이상 진단을 받고 나서 스스로 반성해 보니, 임동구 박사의 체크 리스트의 대부분이 맞는 것 같아서 속으로 탄복했다. '누구나 자신의 체질을 알고, 그 특이성에 맞는 라이프 스타일(Life Style)로 인생을 사는 것이 가장 건강한 삶을 사는 방법이 되겠구나.' 하는 특별한 배움을 가졌다.

2시간에 걸쳐서 열강한 임동구 박사의 특강 및 체질 진단이 끝나고 나서, 다시 상을 차려와 간식(라면)과 '황칠주'로 2부 순서를 준비했다. 곧이어 황칠문화연구원 김종훈 원장께서 본격적으로 '황칠나무의 효능과 문화적 가치'에 대한 특강을 시작했다. 잘 알려진 바대로, 황칠나무는 한국과 일본, 중국 등 동아시아 지역에 자생하는 나무로, 고대부터 전통적인 염료와 약재로 사용되어 왔는데, 특히 한반도 남쪽 전남, 경남, 제주 지역에서 자생하는 황칠나무의 수액(황칠)을 상등품으로 평가해 왔다. 그래서 조선시대에는 중국에 대한 조공 품목으로 황칠이 인기 품목이었고, 이런 공납을 관리하는 지방 관리들의 횡포가 심하여 백성들에게 고통을 주는 나무라는 나쁜 인식이 팽배할 정도로 그 희귀성과 효능이 뛰어났다. 최근에는 황칠 수액을 다량으로 얻기 위해 여러 곳에서 농장 재배를 하고 있는데, 0.5g 정도의 수액을 채취하는 데도 생장 기간이 최소한 15년 이상 걸린다고 한다. 이러한 '황칠'의 주요 성분과 효능을 살펴보면 다음과 같다.

1) 사포닌 성분이 풍부하여 체력 증진과 면역력 강화에 도움을 주며, 항염 및 항균 작용을 통해 염증을 줄이고 감염을 예방한다.
2) 항산화 물질이 있어서 oxidative stress를 줄이고, 세포의 DNA 손상을 예방하고, 노화 및 만성 질환의 발병 위험을 감소시킨다.

3) 황칠의 항균 및 항바이러스 성분은 특히 감염 예방에 효과적이며, 체내 염증 반응을 조절하여 건강한 면역 환경을 조성한다.

4) 항염증 작용과 항산화 효과 덕분에 피부 염증, 여드름, 노화 방지에 도움이 되며, 화장품과 스킨케어 제품 개발에 유용한 재료로 쓰이고 있다.

5) 화장품 및 의료용 소재로 쓰일 뿐 아니라, 고급 가구나 나무 조각 및 식기 등에 방부제 도료로 쓰이는데, 여러 번 칠을 하고 나면 밝고 투명한 황금색이 비친다.

김종훈 원장은 특강을 마무리하면서 자신의 농장 이름을 '황칠나무 황금농장'이라고 정한 사유를 덧붙였다. 보길도의 기층 암반이 맥반석으로 되어 있어서 이곳에서 자라는 황칠나무가 다른 지방에서 자란 나무에 비하여 그 성분과 효능이 훨씬 좋은 고품질 상품이기 때문에 과감하게 황금농장이라고 이름을 달았다고 했다. 주먹을 불끈 쥐며 기염을 토하는 김종훈 원장의 몸에서 황칠 기운이 보이지 않는 연기처럼 훅 뿜어져 나오는 것 같았다.

그는 내일 날이 밝으면 연구원에서 보유하고 있는 황칠의 원액을 보여주겠다고 했다. 그리고 아침에 시간이 되는대로 연구원 위쪽 산지에 개발해 놓은, 황금농장이라 이름을 붙인 만여 평의 황칠나무밭에 같이 가보자고 제안했다. 이로써 황칠나무에 대한 2부 순서도 모두 마무리되었다.

첫날 저녁 프로그램을 모두 마치고 우리 일행들은 밤 10시가 넘어서 인근에 있는 황토한옥펜션으로 이동했다. 2인 1실 온돌방에서 임동구 박사와 함께 잠자리를 같이했다. 실은 내가 그를 안 지는 2년이 넘는다. 2022년 7월에 미국을 거쳐 브라질 상파울로에 출장을 갔을 때다. 평양과기대(PUST) 국제협력 업무로 맥켄지대학을 방문하고 브라질 교회와 기독 기업인을 만나는 과정에 임동구 박사에 관한 얘기를 들었다. 필자는 우리 학교(PUST)에 농생명학부가 있으니 졸업생들을 브라질에 유학(석·박사과정)을 보내거나, 아니면 생물자원 연구 관련 기관과 공동 연구할 수 있는 길을 알아봐 달라고 여러 사람에게 부탁했었다. 그때 한국대사관에서 소개한 한의사 한 분이 브라질에서 박사학위를 했던 임동구 박사에 대한 정보를 주면서 연락처를 알려주셨다. 그래서 귀국 후 곧바로 만나 보았고, 또한 저서(『미래를 바꾸는 유전자 지도의 비밀 —EIGHT GENES』)도 한 권 선물로 받았다.

그 후 몇 번인가 통화를 했지만, 임 박사가 최근 국내 활동의 대부분을 '사상체질과 건강'에 대한 기업 세미나 혹은 강연 행사에 두고 있어서, 너무 바쁜 사람이라서 만나보자고 말할 엄두가 나지 않았다. 그러다가 거의 우연처럼 이번 '보길도 가는 길'에 동행하게 된 것이다. 그는 최근에 김종훈 원장의 '황칠'과 브라질 특산물인 '프로폴리스'를 섞어서 건강식품과 화장품을 개발하는 일을 시작했다고 한다. 그래서 몇 번 보길도를 다녀가기도 했는데, 이번에는 신아시아협력기구 임원들의 여행에 특별히 초청받아 동참하게 된 것이다. 내가 이번 여행을 더욱 귀하게 여긴 것도 임동구 박사의 동행에 큰 비중을 두었기 때문이다. 그런 그가 잠자리에서 코를 골아 다소 불편한 점도 있었지만, 내게 가르쳐준 태음인 2형의 특징을 고맙게 여기면서 이런저런 생각을 하다가 어느새 깊은 잠에 빠졌다.

다음 날 아침, 일찍 일어나 마을 앞 바닷가로 나갔다. 임동구 박사는 당일 오후 2시에 광주 교육청 건강세미나 특강이 있어서 일찍 펜션을 떠나야 했기에 나도 덩달아 6시에 일어났다. 그리고 그를 배웅한 다음 바닷가로 나갔다. 때마침 김광선 이사장(신아시아협력기구 4대 이사장)도 아침산책을 나왔다가 나를 만나 함께 바닷가로 갔다. 이번 여행에 동행한 여성벤처협회 회장단 세 분을 신아시아협력기구 이사로 추대하는 일을 의논하면서 마을(예송리) 앞 바닷가로 갔는데, 나는 거기서 참으로 신비한(?) 체험을 했다.

지난밤에는 어두워서 볼 수 없었던 곳이었다. 아침에 보니 그 바닷가 해변은 모래사장이 아니라, 온통 까만색 갯돌(둥근 모양의 조약돌, 현지 주민들은 몽돌이라고 부름)로 가득 채워져 있는 것이 아닌가. 약 1.4km가량 된다고 유튜브에 소개되어 있는 그 예송리 갯돌 해수욕장의 갯돌 위로 파도가 밀려와 물결이 지날 때마다 '사그락 사그락' 하는 소리가 들렸다. 멀리 동이 트는 새벽하늘 아래, 신비로운 자연 음악이 연주되고 있는 갯벌해수욕장을 맨발로 걸으며 느끼는 그 묘한 감흥은, 이제껏 세상 어디에서도 느껴 보지 못한 떨림으로 온몸에 전율이 흘렀다. 참으로 멋진 새벽이었다.

펜션으로 돌아와서 샤워를 한 다음, 식당으로 가서 펜션 주인댁이 준비해준 아침상을 받았다. 이 또한 자연산 야채와 전복죽, 미역국으로 맛깔스럽게 차려져 있었다. 아침 식사를 배불리 먹은 후 다시 황칠문화 연구원으로 돌아와 김종훈 원장께서 보여주신 '황칠' 원액을 자세히 관찰했다. 색깔이 검은 진황색이고 자연산 꿀을 오래 보관해 놓은 듯했다. 김 원장이 원액의 성분과 용도를 또 한 번 요약해서 설명해 준 다음, 우리 일행들 모두에게 '황칠' 원액을 물과 섞어 만든 수액을 한 대롱씩 선물로 주셨다. 나중에 집에 가서 2리터들이 생수병에 수액을 조금씩 타서 마시면 장 기능 관리에 큰 도움이 될 거라고 했다. 특히 여성 회원들에게는 이 수액을 스프레이용으로 사용하거나 마스크 팩에 이용하면 미백효과가 뛰어나다고 강조했다. 그러자 여성 벤처 기업인답게 어느 한 분이 이걸로 '황칠 마스크 팩'을 만들어 보겠다고 즉석에서 비지니스 아이템을 공약하기도 했다. 아무튼 특별한 소재로 연구 개발할 만한 가치가 있는 유익한 물질이다. 황칠나무가 그렇게 귀하고 소중한 자원이라는 것을 새삼 깨달았다. 더구나 보길도의 황칠나무가 최고 품질이라서 '황금농장'이라는 이름까지 붙였다고 하니, 이번 보길도 여행은 문자 그대로 대박을 친 셈이다.

윤선도 원림

시간 관계상 '황칠나무 농장'까지는 올라가지 못하고 황칠문화연구원 앞마당에 있는 황칠나무밭을 잠시 둘러본 후, 우리 일행은 예송리 마을을 떠나 고산 윤선도 유적지가 있는 부황리로 이동했다. 완도군에서 홍보용으로 발간한 보길도 관광지도에 보면, 윤선도 유적지 일대를 '보길도 윤선도 원림'으로 표기해 놓았다. 흔히 '섬 속의 낙원'으로 불리는 윤선도 원림(園林)의 주요 유적지는 윤선도문학관, 세연정(명승 제34호), 곡수당, 낙서재, 동천석실 등으로 조성되어 있다.

윤선도와 보길도의 '만남'은 특별하다. 송시열과 함께 효종의 스승이었던 윤선도의 삶은 순탄치 않아 16년이 넘는 기간 동안 유배 생활을 했다. 그 후 해남에 칩거해 있던 윤선도(1587~1671)는 병자호란이 일어났다는 소식을 듣고 강화도에 도착했다. 그러나 인조는 이미 남한산성에서 적에게 항복한 이후였다. 울분을 참지 못한 고산은 육지에 사는 것을 부끄럽게 여기고 제주도로 가던 중 풍랑을 맞아 보길도에 일시 정박하게 되었는데, 보길도의 자연 풍광이 너무나 아름답고 운치

윤선도 원림 세연정

가 있어서 이곳에 정착하기로 마음먹게 되었다고 한다.

이런 연유로 보길도에 정착한 윤선도는 보길도의 제일 높은 봉우리인 격자봉(格子峯)을 중심으로 하여 동북 방향으로 아름다운 계류가 흐르고 있는 이곳 지형이 자궁형 꽃부리와 같다고 하여 부용동(芙蓉洞)이라 이름 지었다. 그리고 이 일대에 세연정(洗然亭)과 연못을 축조했다. 윤선도 원림의 혈(穴) 자리로 불리는 세연정 연못은 물과 바위와 대(臺)와 소나무, 대나무 등을 이용한 조경 공간이 뛰어나 호남 3대 명승지로 이름이 높다. 그 계류를 따라 올라가면 물이 굽이 돌아드는 곳에 가족들이 생활했던 곡수당(曲水堂)이 있고, 그 상부에 윤선도가 85세로 사망할 때까지 거처로 사용했던 낙서재(樂書齋)가 있다. 그래서 자연과 위락과 독서와 창작이 함께 어우러진, 신선 같은 삶을 살다가 간 선비였다고 해도 과언이 아니다.

특히 부용동 정원(세연정 연못)은 윤선도가 직접 조성한 생활 공간이자 놀이공간으로 조선시대의 대표적인 별서정원에 해당한다. 누정이 누각과 정자를 아울러 이르는 말이라면, 별서는 농장이나 들이 있는 부근에 한적하게 따로 지은 집을 말한다. 그런데 고산 윤선도의 '어부사시사'는 이 같은 별서를 배경으로 창작되었다.

윤선도 원림의 입구에 윤선도문학관이 자리 잡고 있는데, 그 실내 초입에 "고산, 보길도를 만나다"라는 제목의 소개문 판넬이 전시되어 있다. 부제로는 '물외가경(物外佳境)에 물외한인(物外閑人)'이라고 적혀 있는데, 이를 풀이한 고산의 글이 연결되어 있다.

> "산이 사방으로 둘러 있어 바닷소리가 들리지 않으며 천석(泉石, 물과 돌)이 참으로 아름다워 물외(物外)의 가경(佳境)이요 선경(仙境)이라."

그리고 그 아래로 다음과 같은 긴 해설문이 또 연이어 적혀 있다.

> "고산 윤선도가 격자봉에 올라 보길도의 수려한 자연을 찬탄한 말이다. 물외(物外)란 세속을 초월한 경지를 이르는 말이니, '세상 밖인 듯 아름다운 경치'를 품은 물외가경(物外佳境)의 보길도에서 고산은 물외한인(物外閑人)의 삶을 살고자 하였다."
> "세상의 헛된 욕심에 갇히지 않으면 비로소 '한가로운 사람(閑人)'이 될 수 있는 것이니, 부귀와 명예를 탐하는 헛된 분주함일랑 내려놓고 '세상 밖에 사는 듯 한가로운 사람(物外閑人)'으로 자연 속에 소요한 고산은 '물외(物外)에 좋은 일이 어부(漁父) 생애 아니런가'의 그 마음을 담아 국문학사에 길이 남을 '어부사시사'를 빚어냈다."

동천석실

다소 어렵게 설명한 글이지만 '어부사시사'를 쓴 윤선도의 생애와 기품을 잘 표현했다고 여겨져 인용한다. 이처럼 윤선도는 당쟁으로 시끄러운 세상과 멀리 떨어진 자신의 낙원에서 마음껏 풍류를 누렸으며, 여기에서 그는 자연과 더불어 살아가는 어부의 소박한 생활을 창의적으로 그려내고 있다.

낙서재와 곡수당의 건너편 산 중턱 절벽 바위에 한 칸으로 지은 정자—동천석실(洞天石室)이 있다. 신선이 거주하는 '동천복지'에서 유래하는데, 윤선도 스스로 신선이 머무르는 곳이라 칭하였다고 한다. 우리 일행은 시간에 쫓겨 그곳에 올라가 보지는 못했지만, 김종훈 원장의 설명에 의하면, 동천석실의 위치가 꽤 높은 편이라고 한다. 바위 위에 지어졌기 때문에 시야를 가릴 것이 없어 부용동 전경이 한눈에 들어온다고 한다. 또한 석실 아래에는 윤선도가 차(茶)를 우리던 차 바위, 침실(아궁이 온돌 구조) 등이 있어서 윤선도가 이곳에 올라가 신선놀음을 했던 것 같다고 웃으며 말했다. 이 말을 듣고 윤선도의 심경이 되어 상상해 보니, 윤선도문학관의 초입에 적혀 있던 '물외가경(物外佳境)에 물외

한인 (物外閑人)'이란 말이 더욱 실감나게 느껴졌다. 그래서 윤선도 원림을 탐방한 소감을 한마디로 적어 보라면 이렇게 글을 남기고 싶다.

> "누군가가 '어부사시사'의 속편으로 '신선사시사'를 창작해 주면 윤선도의 풍모와 문학적 기개를 더 높이, 더 깊게 이해하는 길이 될 것이다!"

보길도 여행은 이번이 두 번째다. 10년 전에 중국 연변대 전신자 교수 내외가 휴가차 왔을 때 전남 지역에 있는 전통적인 예향을 찾아보고 싶다고 해서 간 곳이 보길도였다. 그때의 행로는 이번 코스(해남군 땅끝항-완도군 노화도 산양항)와 달리, 나주—강진을 거쳐 완도 섬에 도착하여 청해진 장보고 유적지를 둘러보았다. 그런 다음 화흥포항에서 배를 타고 노화도 동천항으로 와서 윤선도 원림 일대를 구경했다. 그리고 돌아갈 때는 해남 땅끝항으로 가서 대륜산 대흥사에서 1박을 한 다음 나주로 돌아가 렌터카를 반납하고 KTX 편으로 서울로 돌아왔다. 그때는 2박(완도읍, 대흥사) 3일 일정으로 두 가족 네 명이 매우 오붓한 여행을 다녔다. 다만 안내자 없이 우리끼리만 다녔기에 역사적 자료나 설명을 제대로 접하지를 못했는데, 이번에는 하나여행(주)에서 17년간 일본 투어를 책임졌던 여행 전문가 양진모 대표가 안내했다. 그래서 가는 곳마다 구체적으로 지방문화(맛집 포함)와 특산물 및 역사의 뒷얘기를 듣는 등 무척 재미있고 유별난 여행이 되었다. 내년 8월에 중국 민박회(중앙민족대학 소수민족 박사동학회) 아이니족 교수들이 단체로 오면 4박 5일 일정으로 한려수도를 중심으로 전남 및 경남 지방문화와 역사 유적지를 탐방하도록 여행 계획을 세워야겠다는 생각이 물밀듯 일어

낮다. 생각만 해도 즐거운 일이 벌어질 것 같은 예감이 든다. '온고지신 (溫故知新)'이라는 말이 있는데, 옛것을 돌아보면서 새로운 미래 지평의 길을 찾아가는 이러한 여행은 참으로 즐겁고 복된 길이 아닐 수 없다.

지방 문화관광 특화전략

'보길도 가는 길'을 정리하다 보니 그냥 기행문 수준에서 그칠 것이 아니라는 생각이 들었다. 이번 여행의 중요한 테마는 세 가지로 압축된 다. 해산토굴(한승원문학관) 견학/ 황칠나무 황금농장 답사/ 윤선도 원 림 탐방이다. 이 세 곳의 이야기를 중점적으로 정리했지만, 어디 여행 의 재미나 에피소드가 이것뿐이겠는가!

말로, 글로 다 표현할 수 없는 백반 기행 이야기와 왁자지껄 웃음소 리와 기상천외한 조언과 서로 등 두드려 주기 등 수없는 돌출 발언과 행태가 여행하는 도중에 분수처럼 솟아 나왔다. 카페리 여객선 갑판 위 에서 막춤을 추고, 황칠주에 취하여 시를 읊고, 윤선도 원림의 정자에 올라 온갖 포즈로 사진을 찍는 등 나이 불문, 남녀 불문, 직업 불문하 고 스스로 운명공동체의 일원이 되어 객기를 풀어내는 회원들의 모습 이 결코 잊히지 않을 것이다. 원래 여행이란 이렇게 하는 거다. 그래서 필자는 둘째 날 오후, 해남읍 천일식당(백 년 가게로 소문난 집, 3대째 주 인 오현화 대표)에서 점심 식사를 마치고 광주 송정역으로 돌아오는 차 안에서 일행들에게 다음과 같은 유명한 명언(?)을 남겼다.

"내가 70 중반 인생을 살아보니 이런 생각이 듭니다. 한 번의 여행 은 열 권의 책을 읽는 것만 못지않고, 한 권의 책을 읽는 것은 열 사 람을 만나는 것만 못지않습니다. 그래서 여행은 참으로 재밌고 유익한데, 다만 한 가지, 가장 중요한 것은 누구와 여행하느냐 하는 것입니다. 이번 보길도 여행이 참으로 신나고 좋은 것은 바로 여러분들과 함께 손잡고 동행한 길이라서 너무나 즐겁고 행복합니다."

말을 마치자 와 하고 박수가 터져 나왔다. 나는 그동안 여러 사람들과 여러 형태로, 여러 지역을 많이 돌아다닌 사람들 중의 하나일 것이다. 내가 기획해서 가기도 하고, 남이 짜놓은 스케줄대로 따라가거나 단체 여행도 참 많이 다녔다. 그런 가운데 기억에 남는 여행이 수두룩하지만, 이번 '보길도 가는 길' 여행이 더없이 좋았다.

그래서 나는 과감하게 이런 제안을 지방정부 자치단체에 한 번 권해 보고 싶다.

각 지방에는 타지방과 구별되는 많은 명승지와 문화(먹거리 포함)와 역사 유적지가 있을 것이다. 이를 여행객들이 각자 알아서 찾아가는 방식으로 산발적으로 홍보할 것이 아니라, 1박 2일 코스, 2박 3일 코스, 3박 4일 코스 등 각 지역의 명소와 먹거리를 테마별로 묶어서 홍보하면 좋을 것 같다. 예를 들면, 학술조사팀, 사진 촬영팀, 맛집 탐방팀, 종교 순례팀, 골프 연계팀, 바다 낚시팀, 지역 인사 방문팀, 트래킹 및 등산팀, 학교 동창팀, 독서 포럼팀, 각종 동호회팀 등 맞춤형 소그룹 여행 프로그램을 엮어주는 기획 문화관광 사업을 장려했으면 좋겠다는 생각이 든다. 물론 여기에는 각 코스마다 스토리 텔링을 개발하고 문화해설가를 양성하여 (여행객들이 이전에 뻔히 알았던 내용이지만) 더 재미있고 알찬 문화 체험을 할 수 있도록 유도하는, '감동 관광' 행정과 전문적인 소양을 가미할 필요가 있지 않을까 생각해 본다. 이곳 전남 지역만 해도 테마별로 여러 가지 스토리 텔링 코스를 기획할 수 있을 것 같다.

이번에 우리들이 여행한 코스도 특별했지만, 예를 들어 남원 춘향제와 주변 지역, 강진 도자기 축제와 주변 지역, 영암 농업 박물관 및 주변 지역, 여수 빅오션 해양 축제와 주변 지역, 이청준 생가 및 주변 지역, 목포 유달산 봄축제 및 주변 지역, 신안 섬티아고(12사도 기념관) 및 주변 지역, 대흥사 템플 스테이 및 주변 지역, 순천만 습지와 주변 지역 등 전라남도에서만 찾아봐도 수많은 볼거리와 먹거리가 혼재하는, 마치 보물찾기하듯 '속살' 여행을 할 수 있는 고장이 전남이다. 또한 호남의 중간지역에 위치하는 무안국제공항을 잘 활용하여 중국, 동남아, 중앙아시아 내륙에 있는 잠재 고객을 한류 문화와 연동시켜 적극 유치하면 더 큰 시너지를 올리는 국제 문화관광 시장(국제 아울렛 파크 포함)이 될 전망이다.

이와 같이 국내외를 막론하고 테마별로 '즐겁게 찾아가는 여행'을 홍보하는 특화전략을 세울 필요가 있다. 이럴 때 시즌에만 몰리는 홍보를 할 게 아니라, 지방 문화예술인들이 참여하는 연극, 사물놀이, 음악회, 문학 교류(특히 한강 작가의 노벨문학상 연계) 등을 장려하여 연중 프로그램으로 발전하도록 기획하면, 지방 문화산업 육성에 큰 도움이 되지 않을까 생각해 본다. 물론 각 지방자치 단체에서 온갖 아이디어와 정성을 기울여 지역 발전을 위해 많은 노력을 하고 있는 것을 뉴스를 통해 잘 알고 있다. 다만 필자는 수렵과 탐험을 위해 돌아다니기 좋아하는 인간의 본성적 행태('여행')에 문화라는 사회적 콘셉트를 얹어 더욱 포괄적이고 생동감 있는 문화관광 정책이 활성화되기를 바라는 마음뿐이다. 이로써 우리 한국이 보유하고 있는 각 지방문화가 한류의 흐름을 타고 세계 여러 나라 사람들에게도 더 큰 영향력으로 확대 재생산되기를 기원한다. 이것이 이번 '보길도 가는 길'에서 깨달은 나름대로의 문화 의식이요 애국심이라 믿어 마지않는다.

마침 이 글을 마감하려고 하는데 오늘 아침 조간에서 "장흥군, 한 승원 작가 생가 '문학 특구 거점' 만든다"라는 기사를 읽었다. 나는 눈을 지그시 감고 일주일 전에 견학했던 '해산토굴(한승원문학관)'을 마음에 되새기면서, 언젠가 이 프로젝트가 완성되면 다시 한번 가족들(2남 1녀 자녀와 아홉 손주)을 모두 데리고 가기로 마음먹었다. 그래서 노벨문학상을 배출시킨 가족문화적인 정서를 깊이 호흡하며 대한민국의 젊은이들로서 더 큰 포부와 열정을 갖고 자기 앞의 인생을 살아가도록 가르치고 싶다. 정치권력의 그 어떤 강제와 압력보다 더 큰 문학의 힘으로 '인간의 진실'을 고양하고 보살피는 인도주의적 문화 역량이 한반도의 새로운 미래 지평을 열어가는 큰 강이 되고 높은 산이 되기를 바라며 글을 마친다.

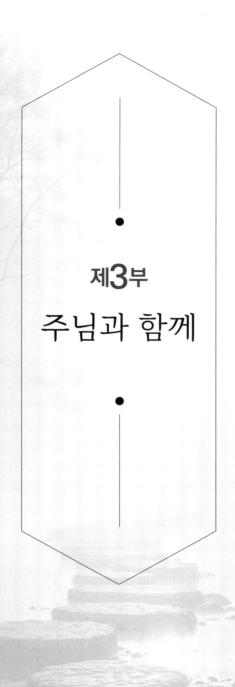

제**3**부

주님과 함께

신앙의 힘

히말라야의 슈바이처, 강원희 선교사

오늘(2023.05.27.) 아침 조간을 보면서 필자는 우리 인생에 주어진 '신앙의 힘'에 대해 다시 한번 깊이 생각하는 시간을 가졌다. '신앙이란 무엇인가?'라는 문제보다 '인간의 신념과 행동을 지배하는 근원적이고 본질적인 힘은 어디에서 오는가?'라고 생각할 때, 불가사의할 정도로 가장 힘 있고 지속적인 성향을 보이는 것은 '신앙 그 자체의 힘'이란 점에 주목하게 된다.

조선일보에 두 분의 신앙적 삶에 관한 기사가 실렸다.

먼저 지난 26일(금) 향년 89세로 별세하신 강원희 선교사에 대한 기사를 인용해 보자.

'히말라야의 슈바이처'로 불렸던 그는 1961년 연세대 의대를 졸업한 이듬해, 강원도 무의촌에서 병원을 개설하고 의료봉사를 하다가 청년 시절 꿈꾸었던 선교 인생의 꿈을 버리지 못해서 1982년 49세의 늦은 나이로 네팔 해외선교의 길을 떠났다.

그 후 40년 가까이 네팔, 방글라데시, 스리랑카 등 저개발국가이며 불교가 성행하는 지역에서 남다른 헌신을 해왔다.

낮에는 환자들을 돌보고 밤에는 잠잘 시간을 쪼개 현지 언어를 배우는 등 열정적이었으며, 더구나 현지 극우 불교 신자들로부터 생명에 대한 위협을 받으면서도 초지일관 인도주의적 박애와 겸허한 태도로 위기를 넘긴 일이 한두 번이 아니었다.

또한 그는 의사로서 실력이 없으면 환자를 치료할 수 없다는 생각에서 틈나는 대로 귀국해 모교와 대형병원에서 새로운 의료기술을 익힘으로써 후배 의료선교사들에게 귀감이 되었다.

연세대 간호대 출신으로 캠퍼스 커플로 만난 최화순 여사가 "우리도 남들처럼 그냥 보통 사람들처럼 살 수 없느냐?"라고 했을 때, "꼬리도 머리도 아닌 인생의 가운데 토막을 하나님께 드리고 싶다."라고 하면서 자신의 소명을 재확인했다는 이야기는 해외선교사들의 집회 시에 자주 등장했던 유명한 말이다.

필자가 대외협력부총장으로 사역했던 연변과학기술대학(중국 연길, YUST)에 교육선교사로 왔던 젊은 교수들이 한결같이 간증하며 인용한 말이 바로 이 '인생의 가장 중요한 가운데 토막을 하나님께 드린다'는 말이었다. 어쩌면 필자도 젊은 교수들의 그 한마디에 이끌려 그들의 '소명의식'에 동화되고, 또한 그들의 꿈과 비전을 차마 외면할 수 없었기 때문에 그들과 함께 지금껏 30여 년이 넘는 세월 동안 중국(YUST)과 북한(PUST)을 넘나들며 교육자로서의 길을 계속해 왔는지도 모르겠다.

2011년 4월 당시, 여든을 앞둔 강원희 선교사를 주인공으로 한 다

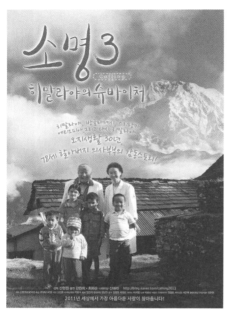
소명3—히말라야의 슈바이처

큐 영화 "소명 3—히말라야의 슈바이처"(감독 신현원)가 개봉되었다. 의료 선교의 의미를 삶으로 증명한 모습은 기독교인들뿐만 아니라 일반인들에게도 큰 감명을 주었다.

이 영화는 3만 명이 넘게 본 관객들에게 우리들의 인생에 있어서 '신앙의 힘'이 얼마나 위대한 능력으로 작용하는지를 가르쳐주었다.

필자도 그 영화를 보고 참으로 소중한 영적 되새김을 공감했다. 자기 피를 뽑아 환자에게 수혈하여 죽어가는 생명을 살리는 등, 강원희 선교사가 베푼 이러한 이타적 헌신의 '이웃사랑'은, 그 후 어떤 역경을 만나도 조금도 변질됨이 없이 하나님께 대한 믿음과 함께 '거룩한 섬김과 나눔'으로 승화되었다. 그리하여 이 시대 우리들에게 선한 영향력의 표본이 되어 주고 있다.

이제 '히말라야의 슈바이처' 강원희 선교사님을 떠나보내며, 그의 선교적 유업이 끝없이 솟아나는 생명수가 되어 희망을 잃고 방황하는 젊은이들과 병약한 취약 계층에게 소망의 빛으로 거듭나기를 기원한다. 뿐만 아니라 우리 '죽은 자 같은 기득권자들'의 '오만과 이기심'의 벽을 허물고, 세상을 새롭게 변화시키는 '거룩한 힘(Divine Power)'으로 거듭나게 되기를 소망한다. 한량없는 존경과 사랑의 마음을 담아 조의를 표한다.

참빛그룹 이대봉 이사장

"학폭에 아들 잃고, 그 학교 인수해 키웠다… 용서가 복수 앞서더라." 조선일보 월요(2023.05.29.) 인터뷰의 제목이다. 다름 아닌, 지난 26일 서울 평창동에 있는 서울예술고등학교 개교 70주년을 맞아 개관한 서울 아트센터 이대봉 이사장에 관한 기사다.

100인조 오케스트라가 설 수 있는 무대와 1,084 객석과 최첨단 음향시설을 갖춘 서울아트센터는 예술의 전당, LG아트센터에 버금가는 강북권 명소가 될 전망이다. 이 건물이 서기까지의 사연이 드라마틱하다.

2010년 도산 위기에 빠졌던 서울예고와 예원학교를 인수한 이대봉(82) 참빛그룹 회장의 심중에는 남다른 각오와 결단이 있었다. 그는 서울예고 성악과 1학년에 다니던 16세 아들을 학교폭력으로 잃었다(1987). 그럼에도 불구하고 그는 아들이 다니던 학교가 부도 위기에 처하자, 그 아들의 꿈이 자라던 학교를 문 닫게 내버려 둘 수가 없었다. 그리고 가톨릭 신자로서 '원수를 사랑하라'는 하나님의 말씀을 실천하고자 가족을 설득하여 끝내 쓰러져 가는 학교를 되살려 놓은 신앙인이기도 하다. 그때 상황을 묻는 기자에게 이 회장은 이렇게 답변했다.

"다들 미쳤다고 했지요. 아들을 죽인 원수의 학교에 왜 돈을 투자

참빛그룹 이대봉 이사장

하느냐고… 그러나 나는 우리가 죄짓지 않고 바르게 살기 위한 일
이라고 가족을 설득했습니다."

그는 '아들의 꿈'을 되살리기 위해 나중에 아들의 이름을 딴 '이대
웅 음악장학회'를 설립해 지금까지 35년 동안 3만여 명 학생들을 도왔
으며, 대웅 군의 학폭 사건 이후로 서울예고를 학폭이 급감한 모범 학
교로 세우는 데 일등 공신의 역할을 했다. 또한 서울대에 가장 많이 진
학하는 학교로 매년 1위를 차지하고 있을 뿐 아니라, 실력 이전에 훌륭
한 인성을 가진 연주자가 되고 건강한 체력을 겸비하도록 가르쳐서 전
인적인 예술인으로 키우는 데 늘 앞장서 왔다. 이런 연고로 된 일일까?
세계에 이름을 드날린 조성진, 임윤찬, 박세은 등 수많은 인재들을 배출하였으며, 그들은 이대봉 회장께 잃어버린 아들에 대한 꿈을 되살린 거룩한 열매들이 되었다. 이러한 일은 미래세대를 위한 희망과 '신앙의 힘'이 아니고는 도저히 이룰 수 없는 불가사의한 일이라 여겨져 그의 행보에 저절로 고개가 숙여진다.

손양원 목사님(1902~1950) 역시 1948년 발생한 여순사건으로 두 아들을 잃었다. 두 아들 손동인과 손동신은 우익 학생 단체 중 하나인 전국학생연맹에서 활동하고 있었는데, 이를 좋지 않게 보던 반란군 세력이 기독교도라는 사실을 빌미 삼아서 두 사람을 순천의 동천 인근에서 살해한 사건이다. 두 아들의 장례식을 치른 후, 그는 두 아들을 죽인 원수(안재선)를 용서하고 양자로 삼겠다고 선포했다. 이를 말리거나 격분한 애향원 환자들과 가족을 설득하여 마침내 예수 그리스도의 십자가 고난과 부활을 몸소 실천하는 거룩한 사랑의 도를 보여주셨다.

그 후 1950년 6.25 전쟁이 터지고 북한군이 호남지역으로 진격해 왔을 때, 모두들 피난을 준비하는 동안에도 손양원 목사는 환자들을 내버려 두고 갈 수 없다면서 끝까지 애향원에 남았다. 그 후 그는 북한군에 의해 모진 고문을 당했으며, 1950년 9.28 인천상륙작전 직전에 옥에 갇혀 있던 사람들과 함께 총살당했다.

필자는 서울아트센터 이대봉 이사장의 기사를 보면서 언뜻 손양원 목사님을 떠올렸다. 상황과 사건의 형태는 다르지만, 아들을 잃은 어버이의 심경을 갖고 이를 어떻게 극복하고 이겨냈는가 하는 관점에서 볼 때, 공통분모가 있어 보인다. 그것은 놀라울 정도로 순화되고 승화된 '신앙의 힘'이 그 바탕에 있었다는 것이다. 조선일보 기자는 끝으로 짓궂은(?) 질문을 던졌다.

"아드님이 살아 있다면 52세일 텐데, 그 아들을 잃은 슬픔과 분노는 얼마나 잦아들었나요?"

"어느 땐 자다가도 벌떡 일어나 내가 내 몸을 때리며 울어요. 아이를 생각하면 그날의 울분이 지금도 용솟음치죠. 그래도 저는 용서하는 마음이 복수하는 마음을 앞선다고 믿어요. 그래서 우리가 지금 살아가고 있는 거라고, 어려운 이웃을 도울 수 있게 돈을 벌 수 있는 거라고, 대웅이도 천국에서 기뻐할 거예요."

지면을 통해 참으로 눈물겨운 간증을 보고 또 신앙심을 배웠다. 필자는 연변과기대 사역을 지원하는 가운데, 연변조선족자치주 관계자들이 참빛그룹 이대봉 회장께서 백두산 천지 입구에 호텔을 세우고 또 해란강 강가에 36홀 골프장을 건설하여 연변조선족자치주 성립 이래 가장 큰 규모의 사업 건을 투자한 기업인으로 평가해온 사실을 잘 알고 있다.

필자가 언젠가 연길에서 연변조선족자치주 성립을 기념하는 한 행사장에서 이대봉 이사장을 만났을 때, 잠시 만나 인사드린 것이 유일한 대면이다. 하지만 그 후 중국에서, 또 한국에서 그의 위명을 접하게 될 때마다 동시대를 살아가는 기업인으로서 귀감으로 삼을 만하여 자랑스럽게 여겨왔다.

고향인 경남 합천에서 고등학교 1학년까지 다니다가 집안 형편으로 그만둘 수밖에 없었다. 그 후 부산에 가서 신문 배달, 부두 하역, 고물상 같은 막노동 일을 했던 그가 마침내 항공화물업(동아항공 화물)을 하면서 큰돈을 벌게 되었다. 그러고는 참빛가스산업 등 에너지 분야로 사업을 확장하여 중국 조선족자치주뿐 아니라 베트남에도 진출하여 호텔, 골프 리조트를 운영하는 등 입지전적인 인물로 부각했다. 그러나 이제 와서 다시금 생각해 보니, 그의 '인간승리'와 '명문 인생'은 그의 마음속 깊은 곳에서부터 우러나는 진정한 의미에서의 '신앙의 힘'이 그 비결임을 깨닫게 된다.

　부산에서 막노동하던 열아홉 살 때 "성당에 가면 옥수수떡을 준다." 라고 해서 찾아갔던 그 길이, 아들을 죽인 원수 같은 학교를 인수하여 마침내 세계 일류음악학교로 거듭나게 했으며, 나아가 국내 최고급의 서울아트 센터를 세워 후진을 양성하는 데 희망과 믿음의 그루터기가 되도록 인도해 주었다. 이는 참으로 불가사의한 인생의 서사(敍事)요, '거룩한 헌신'의 여정을 드높이는 일이라 하지 않을 수 없다. 이대봉 이사장님의 남은 인생에 더 큰 영광과 '참 빛'이 임하시기를 기원한다.

STEPPING STONES TO A MEANINGFUL LIFE

최경주 아일랜드

54번째 생일에 이룬 쾌거

세계 최초로 '최경주 아일랜드'가 생겼다. 위치는 제주도 핀크스CC 18번 홀 개울 안이다. 최경주는 지난 5월 19일 끝난 SK텔레콤 오픈 마지막 날 연장 1차전에서 두 번째 샷이 이 섬에 안착하면서 극적으로 KPGA 투어 최고령 우승을 완성할 수 있었다. 그날은 특별히 최경주의 54번째 생일이었다. 5타차 단독 선두로 출발한 그는 이날 버디 2개, 보기 5개로 3타를 잃었다. 최종 합계 3언더파 281타, 3라운드까지 7타 뒤처졌던 박상현(41)이 따라붙어 동타를 만들었다.

18번 홀에서 다시 열린 연장 1차전, 최경주가 친 세컨드샷이 그린 옆 개울로 날아갔다. 다들 '끝났네'라고 생각했다. 그런데 탄성이 터졌다. 개울 중앙 작은 섬 잔디 위에 공이 떨어져 한 번만 살짝 튀고 안착한 것이다. 행운이었다. "완도다. 완도!"란 감탄사가 나왔다. 최경주는 전남 완도 출신이다. 최경주는 그 작은 섬(잔디 구역 기준 가로 2m, 세로 1.5m) 위에 올라가 59도 웨지를 잡고 굴리는 샷을 했다. 이 샷이 홀 가

최경주 아일랜드

까이 멈추면서 극적으로 파를 기록했다. 승부를 연장 2차전으로 끌고 갔다.

2차전 티샷을 하기 전 독실한 기독교 신자인 그는 '정말 우승하고 싶다.'라고 하나님께 기도했다고 한다. 그 결과로 그는 KPGA 투어 최고령 우승 기록을 19년 만에 새로 썼다. 종전 기록은 최상호(69)가 2005년 매경오픈에서 작성한 50세 4개월 25일이었다. 최경주가 세운 이 날 KPGA 투어 우승은 통산 17번째, 11년 7개월 만이다. 미국프로골프(PGA) 투어에선 2002~2011년 통산 8승을 거뒀다. 2020년부터는 만 50세 이상이 참가하는 PGA챔피언스투어에서 뛰며 2021년 한차례 우승했다.

최경주는 지난 20일 출국해 23일 미국에서 개막하는 시니어 PGA 챔피언십에 출전한다. 그는 한국을 떠나면서 본인이 운영하는 '최경주 재단'을 통하여 기적처럼 공을 받아준 '작은 섬' 곁에 기념석을 세우고 거기에 'K J CHOI 아일랜드'란 이름을 새겼다. 그리고 눈물을 흘리며 이런 고백을 덧붙였다.

"그 쪼그만 아일랜드는 평생 잊지 못할 겁니다. 정말 저는 우승하고 싶었어요. 그래서 그 아일랜드가 거기 있었는지도 몰라요."

하나님께 감사드린다. 하나님의 은혜가 아니고서는 어떤 것으로도 설명할 수 없는 우승이다. 기적의 섬 '최경주 아일랜드'는 이렇게 탄생했던 것이다.

최경주 프로에게 배운 네 가지 덕목

나는 최경주 프로에게 크게 신세를 진 사람이다. 지난해 7월, 평양과기대 펀드레이징을 위해 브라질과 파라과이를 다녀오는 길에 달라스에서 그를 처음 만났다. 마침 영국에서 시니어 PGA 골프대회를 마치고 돌아온 다음 날이었다. 운 좋게도 그를 만났다. 달라스 부근에 있는 YM 훈련원의 아시아 담당 책임자인 이승종 선교사의 도움으로 그를 만났다. 나는 솔직하게 도움을 청했다. 평양과기대 학사 운영을 위한 모금 운동을 하고 있는데, 최경주 프로가 모금 이벤트를 열어 주었으면 좋겠다고 부탁했다. 그는 흔쾌히 돕겠다고 했고, 자기의 말대로 11월 말, 시즌이 끝날 때 한국에 와서 내가 준비한 두 팀의 기독실업인 골퍼들과 함께 라운딩(11월 29일, 오렌지듄스 영종 골프클럽)을 해주었다. 한 팀씩 나인 홀을 동행하면서 그립 잡는 것부터 시작하여 스윙 폼을 교정해 주었을 뿐만 아니라, 퍼팅 요령과 마인드 컨트롤에 대한 비법(집중력)을 전수해 주기도 했다. 그러면서 즐거운 시간을 함께 가졌다. 그때 동행한 분들이 5천만 원을 모아 평양과기대 장학 후원금으로 기탁해 주었으며, 이에 고무된 최경주 프로가 다음 해에는 1억 목표로 자선 골프대회를 갖자고 제의했다. 참으로 고맙고 감사했으며, 눈물이

최경주 프로 초청 라운딩

나도록 순수한 동지애를 느꼈다. 그런 최경주 프로에게서 내가 배운 점을 정리해 보면 다음과 같은 네 가지 덕목이 있다. 신앙심/ 집중력/ 끊임없는 투지/ 배려(이웃사랑)이다.

이웃사랑의 실천

첫째, 최경주 프로는 결혼 초기에는 부인(김현정 여사)의 신앙심에 많이 의존했다. 부인의 치마폭 뒤에 숨어 교회를 따라다녔다. 그러나 그 자신이 스스로 마음 문을 열고 하나님께 간절히 기도하기 시작했는데, 바로 PGA대회 우승을 하고 난 뒤부터였다. 그는 티샷을 할 때는 물론, 매홀 마무리 버팅을 할 때도 매번 마음속으로 하나님께 간절히 기도했다고 한다. 그리고 자신이 원했던 것보다 게임이 더 잘 풀릴 때는 비로소 하나님이 자신과 동행하고 계신다는 자신감과 안정감을 갖고 침착하게 우승 고지를 향해 나아갈 수 있었다. 이번 SK텔레콤 오픈 연장전에서도 똑같은 마음으로 임했다. 그리고 우승하고 싶다는 자신의 간절한 기도가 그대로 이루어지자, 하나님의 은혜가 아니고서는 어떤 것으로도 설명할 수 없는 감동을 느끼면서 하나님께 영광을 돌렸다. 최경주의 신앙심이 최경주를 최상의 플레이어로 만든 것이다. 탱크와 같은 모습으로 묵묵히 우승 고지를 향해 나아가듯, 신앙의 길에서도 그는 마치 탱크와 같이 앞에 있는 핏대만 바라보고 전진해 왔다. 그런 그가 지난해 12월 2일 온누리교회 장로로 장립을 받았다.

둘째, 지난해 11월 말 평양과기대 후원 행사를 할 때, 본인에게 직접 들은 얘기다. 최경주 프로는 애초에 골프를 배우기 이전에 역도를 먼저 시작했다고 한다. 시골 완도에서 자신이 성공할 수 있는 길은 스포츠 분야이고, 역도가 체격에 가장 잘 맞는 운동이라 생각했다. 역도를 하면서 그는 바벨을 들어 올릴 때 힘의 집중이 무엇보다 중요하다는 것을 깨달았다. 그리고 자기 나름대로 집중력 훈련을 위해 벽에 점을 찍어 놓고 그 점을 뚫어지게 바라보면서 모든 체력과 정신력을 일시에 한 점으로 집중시키는 훈련을 부단히 했다. 역도를 하면서 깨닫고 훈련된 집중력이 나중에 골프 선수로 전향한 후, 다른 선수보다 훨씬 더 정확하고 강력한 임팩트로 볼을 타격하는 기본기를 갖추게 된 것이다. 그가 드라이브 샷을 하는 모습을 보면, 볼이 타격될 때 볼 모양이 이그러질 정도로 임팩트의 집중력이 뛰어남을 알 수 있다. 이러한 집중력은 어디 골프에만 해당하겠는가? 세상만사를 꿰뚫는 힘은 바로 이러한 집중력이 필수 불가결하다는 점을 최경주 프로에게서 배운다.

셋째, 최경주 프로의 우승을 향한 근성은 남다르다. 그는 아들뻘인 20~30대들과 나란히 겨룰 수 있는 체력을 위해 건강한 식단과 체계적인 트레이닝에 집중하고 있다. 전문가 검사를 통해 코어와 하체가 약하다는 지적을 받고 하루도 거르지 않고 근육운동을 한다. 그리고 술과 탄산음료, 커피 등 세 가지를 끊은 지가 벌써 3년째다. 또한 매일 연습량도 대단하다. 하루 500개씩 샷 연습을 한다. 젊었을 때는 하루 1,000개씩 쳤다. 벙커 샷부터 아이언 샷, 어프로치까지 매일 연습하지 않으면 근육이 약해진다고 판단하여 부단히 일정한 연습량을 채운다. 이런 최경주를 보고 기자들이 "남은 골프 인생의 목표는 뭔가?"라고 물으면, 그는 햇볕에 그을려 까매진 얼굴에 순박한 웃음꽃을 피우며 이렇게 대답한다. "우승은 넘어야 할 능선에 불과하다. 끝까지 가지 않고선 아직 끝나지 않았다." 이런 신념과 투지력으로 이번 SK텔레콤 오픈에서 우승한 후 기자들이 또 다음 목표를 묻자, 그는 활짝 웃으며 이렇게 대답했다.

"이제 PGA 투어 500경기 출전에 두 경기만 남겨 놓고 있다. 그건 금방 이룰 수 있을 것 같다. 올 시즌 목표는 PGA챔피언스 투어 상금 랭킹 10위 안에 드는 건데, 전에 세계 5위까지 해봤지만, 상금 10위 안에 든 적은 없다. 그걸 시니어 무대에서라도 이뤄보려 한다. 이렇게 목표가 확실하니 은퇴는 아직 멀었다."(조선일보 5월 22일자 인용)

넷째, 최경주 프로가 이끄는 '최경주 재단'은 SK텔레콤과 함께 2014년부터 11년째 공동 장학사업을 통해 학생 300명을 후원해 왔다. '장학 꿈나무' 육성 사업은 전국의 저소득층 가정 대학생과 대학원생을 대상으로 연간 15~20명을 선발, 장학금을 지원하는 후원사업이다. '장학 꿈나무' 5기 출신인 김성욱 씨는 최근 독일 괴테 극장에서 모차르트의 마술피리 오페라 부지휘자로 발탁되어 화제가 되기도 했다(연합뉴스 5월 24일자 인용). 또한 이와 함께 SK텔레콤에서는 최경주 재단이 주최하는 미국 주니어골프협회(AJGA) 뉴저지대회를 공식 후원하고 있다. 이 대회는 골프 산업 활성화는 물론, 국내 골프 꿈나무들의 미국 진출 발판 마련에 중요한 밑거름이 된다고 평가받고 있다. 이외에도 매년 SK텔레콤 오픈 본대회에 앞서 열리는 '재능 나눔 행복 라운드'의 시작도 최경주 프로가 함께했다. 특히 이 프로그램은 프로 골퍼들이 주니어 선수들에게 골프 기술과 자기 경험, 노-하우 등을 전수하는 자리이기도 하다. 최경주 프로는 2017년부터 3년간 주니어 선수의 멘토를 자처했다. 이와 같은 최경주 프로의 후학을 위한 봉사와 섬김은 인간적인 배려와 함께 이웃을 사랑하는 기독교적 사랑의 실천으로 더욱 돋보인다.

최경주 아일랜드

한마디로 말해, 이번 SK텔레콤 오픈 연장전에서의 우승은 우리들에게 하나님의 살아계심을 확인시켜 주었다고 해도 과언이 아니다. 최경주 프로가 평소 일관해 왔던 신앙심과 집중력, 끊임없는 투지와 어린 꿈나무 들을 향한 사랑의 실천이 함께 어우러진 기적의 산물이라 해도 과언이 아니다.

나는 4월 26일부터 시작되었던 북미·남미 출장을 거의 마치던 지난 19일, 워싱턴DC에서 최경주 프로의 우승 소식을 듣고 나도 모르게 '할렐루야'를 외치지 않을 수 없었다. 눈물이 핑 돌았다. 그 노구(?)에 젊은 후배들 틈바구니에서 기적 같은 우승을 연출해낸 그의 실력도 물론 대단하지만, 그보다 그의 54번째 생일날에, 그것도 거의 절망적인 샷으로 개울에 빠뜨린 볼을, 그 '작은 섬'이 받아주었다는 것이다. 그럼으로써 마침내 그를 우승의 고지로 구원해낸 하나님의 역사가 참으로 신묘막측하다. 그래서 필자는 이 글을 쓰면서 하나님은 살아계신다는 것을 다시 한번 확신하면서, 그리고 하나님은 저 절망 가운데 빠져 있는 북녘땅에도 기적의 작은 섬(평양과기대)이 그들의 새로운 미래를 받아주고 있다고 확신하게 되었다. '최경주 아일랜드'가 상징하는 이 아름답고 놀라운 사건을 나는 평생토록 잊지 않을 것이며, 올해 11월 말에 또 그와 함께 라운딩할 자선 골프대회를 벌써 마음에 그리며 가슴이 터질 것 같은 희망과 행복감을 느낀다.

아름다운 동행

지난 7월 28일부터 8월 2일까지 몽골로 아웃리치(outreach)를 다녀왔다. 참포도나무병원(이동엽 원장)이 주관하고 현지에 있는 나섬 공동체 몽골지부(허성환 선교사)가 실무를 담당한 의료봉사 활동이다. 강북삼성병원 신현철 병원장 내외분과 한국 헤비타트 윤형주 이사장 내외분, 그리고 우리 내외(이승율, 박재숙)를 포함하여 도합 38명으로 구성된 봉사단이 5박 6일간의 일정을 소화하고 무사히 잘 다녀왔다. 참으로 의미 있고 즐거운 '아름다운 동행'이었다. 더구나 나로선 큰아들 내외(이동엽, 강민정)와 손주 2명(이지민, 이준영), 그리고 작은아들의 딸(이다은)과 막내딸의 딸(김나연)까지 합쳐 한 가족 3대 8명이 함께 '선한 경험'을 공유하는 특별한 여행이 되었으니, 개인적으로 얼마나 행복하고 뜻깊은 행사인지 모른다.

첫째 날(7/28, 주일)

몽골로 가는 KAL 비행기의 출발 시간이 오전 8시 10분이라 인천공

몽골 아웃리치 출발, 공항에서

항 집결 시간이 새벽 5시로 정해졌다. 그 전날 밤에 손주 두 명(이다은, 김나연)이 우리 집에 와서 잤다. 새벽 3시에 일어나 세수를 하고 떠날 채비를 갖춘 다음 4시에 집을 떠났다. 38명의 군단이 한마음으로 떠나는 몽골 의료봉사 선교여행이다.

울란바토르 신공항(칭기즈칸 국제공항)에 도착한 후, 병원 팀들은 의료봉사 현장으로 곧바로 가서 다음날부터 할 일들을 미리 세팅하러 떠났다. 우리 내외와 윤형주 이사장 내외는 별도의 승용차로 울란바토르 시내 서울레스토랑으로 가서 뭉흐 목사(새생명교회 담임, 쥬빌리 통일기도회 몽골지부장)와 몽골리언 CBMC 창립을 준비하는 몽골 기독실업인 네 분과 이들을 돕고 있는 '몽골밝은미래학교' 고재형 이사장과 허에스더 교장을 같이 만났다. 서울레스토랑은 개장한 지 20년이 넘는 몽골 최초의 한식당으로, 몽골을 방문했던 한국의 역대 대통령들과 VIP들이 주로 이용했던 고급 식당이다. 레스토랑 앞에 넓은 공원과 한국 전통 정자가 조성되어 있는데, 한국에서 공사비 전액을 지원했다고 한다.

점심을 먹으면서 9월 5일 개최 예정인 몽골리언 CBMC 창립에 대한 협의를 모두 마친 다음, 우리 일행들은 한국대사관 옆에 있는 코퍼레이트 호텔로 가서 여장을 풀었다. 그리고 저녁에는 윤형주 이사장(온누리교회 장로)께서 '몽골밝은미래학교' 실무 관계자들을 초청하여 식사 대접을 하면서, 그들이 몽골에서 사역해온 노고를 치하하고 격려하는 시간을 가졌다. 원래 이 학교는 20여 년 전에 서울에 있는 온누리교회가 재정 지원을 하여 몽골 청소년 교육을 위해 세운 중·고등 교육기관이다. 그 동안 여러 뜻있는 독지가와 선교 단체들이 후원해 왔는데, 장남이 운영하는 참포도나무병원에서도 지원을 했고, 또한 최근에는 에터미(주)가 Bio318 지구에 신축하고 있는 밝은미래학교 '청소년훈련원' 건립을 위해 지원해 주었다.

저녁 모임에서는 주로 이번 몽골 여행의 마지막 날인 8월 1일(목) 저녁에 Bio318 '청소년훈련원'에서 공연할 '한인동포 초청 윤형주 토크 콘서트' 준비사항과 프로그램에 관해 대화를 나누었다. 주지하다시피 윤형주 장로는 윤동주 시인의 6촌 동생이며 '쎄시봉' 포크송 가수로 유명했다. 이뿐 아니라, 국내 및 개도국 빈민 지역에 집짓기 운동을 보급하는 한국 헤비타트의 이사장으로서 국제사회에 평화와 복음을 전하는 훌륭한 인텔리 가수이자 전도자이다. 참포도나무병원의 고문이기도 하여, 이번 의료봉사 활동에 참여하는 기회에 울란바토르에 있는 한인 동포 및 주재원, 선교사들을 위로하고 격려하는 토크 콘서트를 기획한 것이다.

병원 팀들은 이틀간 의료봉사 후, 나머지 이틀은 현지 문화체험을 위해 울란바토르에서 400km 떨어져 있는 고비사막 차강소브라가로 관광을 떠나게 된다. 윤형주 장로 내외와 우리 내외는 버스로 8시간 이상 걸리는 먼 길을 동행할 수가 없어서 나머지 이틀 동안도 울란바토르에 남아 있으면서 현지 한인회 리더들과 몽골 주요 인사들을 만나 공동 관심사에 대해 친교 모임을 하기로 했다. 특히 몽골에 처음 온 필자로서는 울란바토르에 있는 대학 및 의료기관을 둘러보고 평양과기대(PUST)와 교류할 만한 사항이 있는지 알아보는 일이 더 중요하고 궁금했다.

몽골에서 가지는 일련의 활동, 즉 의료봉사와 CBMC 창립 준비 및 윤형주 장로의 '토크 콘서트'와 PUST 관련 업무가 자못 기대되고 기다려지는 첫날 밤을 지냈다. 가슴 벅찬 몽골 투어가 시작되었다.

둘째 날(7/29, 월)

아침 7시에 아마르사이칸 바자르 박사가 호텔에 와서 신현철 병원장, 윤형주 이사장과 같이 조식을 들면서 우의를 나누었다. 아마르사이칸 박사(치과의사)는 어제 서울레스토랑에서 몽골리언 CBMC 관계자로 만났지만, 만나고 보니 이미 PUST와 깊은 인연을 가졌던 분임을 뒤늦게 알았다. 코로나 팬데믹 직전인 2018~2019년 두 해 동안 PUST 치과대 학생 20여 명이 몽골국립의과대학(MNUMS) 치과대에 와서 인턴을 했는데, 그때 대학 연구개발부 부총장 겸 치과대학장을 역임했던 분으로, PUST 학생들을 많이 도와주신 분임을 알게 된 것이다.

신실한 크리스천으로서 PUST 사역에 함께 동역했던 분임을 뒤늦게 알고, 나는 하나님의 인도하심이란 생각이 들어 깊은 감동을 느꼈다. 그래서 이날 아침 조찬에 일부러 그를 초청하여 강북삼성병원장이신 신현철 박사께 소개해 드린 것이다. 왜냐하면 한·몽 간 의사들의 관계 증진도 필요하겠지만, 신현철 병원장이 평소에 남북 관계가 정상화되면 PUST 의과대학에 가서 봉사하겠다는 뜻을 수시로 표명했기 때문에 두 분의 만남을 의도적으로 주선한 것이다.

아마르사이칸 박사는 이날 오전 11시 비행기로 중국 출장이 잡혀 있었는데도 불구하고 조찬 모임에 참석하여 상호 간 공동 관심사에 대해 많은 유익한 정보와 대화를 나누어주었다. PUST를 공동 운영하고 있는 필자에게 큰 도움이 되었다. 내가 그분께 프로필을 요청해서 나중에 메일을 받아보니, 그는 쿠바 하바나의과대학에서 치과학 학사를, 일본 도쿄치과의과대학에서 박사학위를 취득했다. 귀국 후 30년 동안 몽골 국립의과대학교(MNUMS)에서 교수, 치과대학장, 대학원장, 부총장을 역임하면서 몽골 의료 부문 발전에 눈부신 활약을 해온 분이셨다. 물론 영어도 완벽했고, 스페인어, 일어, 러시아어도 완벽하게

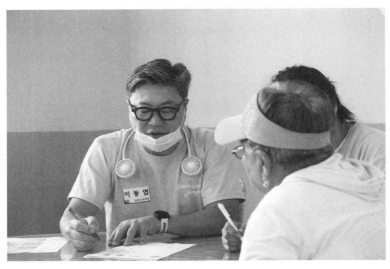

몽골 의료봉사, 이동엽 원장 진료 모습

구사하여 모국어를 포함하여 5개 국어에 능통한 인재였다. 나는 그에게 내년 2025년부터 PUST 치과대 학생들뿐만 아니라 의과대 학생들도 MNUMS에 와서 인턴을 재개할 수 있도록 도움을 요청했다. 또한 PUST 매 학기 특강 의뢰와 함께 치의학 부문 공동연구 국제자문위원으로 위촉하고 싶다는 뜻을 전했다. 그도 내 뜻을 흔쾌히 받아들였다. 참으로 유익하고 유쾌한 조찬 모임이었다.

우리 참포도나무병원 일행들은 조찬을 마친 후 8시에 호텔을 떠나 봉사 현장으로 출발했다. 출발하는 버스 안에서 병원 원목으로 계시는 구현우 목사께서 단원들을 축복하고 하루 일정을 잘 진행할 수 있도록 기도해 주셨다.

봉사 현장은 울란바토르시 날래흐구 가러더크동에 있는 교회 건물과 나섬공동체 평화센터 건물에 마련되었다. 교회 건물은 어린이 사역반과 약재실로, 평화센터 건물은 진료실 및 의료상담실로 사용했다. 그리고 건물 앞 넓은 잔디마당 세 군데에 텐트를 쳐놓고는 이발소, 사진찍기, 쉼터 등 임시시설로 마련했다. 9시경 도착하는 대로 곧바로 봉사 활동을 시작했는데, 이미 많은 사람들이 몰려와서 줄을 서서 대기하고 있었다.

어제 세팅해 놓은 대로 의료팀/ 약재팀/ 접수팀/ 이·미용팀/ 사진팀/ 어린이팀으로 구분해서 봉사 인원을 적정하게 배치했다. 그리고 각 팀마다 한국어에 능통한 몽골인 통역자들을 붙여서 진행에 차질이 없도록 최대한 신경을 썼다. 나섬공동체 허성환 선교사가 사역 현장을 총괄, 관리해 주셨고, 병원 측 양경혜 진행팀장이 허 선교사와 손발을 맞추어 각 팀이 사역하는 데 불편함이 없도록 이리 뛰고 저리 뛰면서 전령 역할까지 해주었다.

신현철 병원장 내외분과 이동엽 원장은 진료실에서 환자들을 돌보았고, 나와 윤형주 장로는 진료실에서 간호부장을 보조하며 접수 및 안내를 맡았다. 며느리 강민정 대표는 약재실에서 봉사했고, 윤형주 장로 부인과 신현철 병원장의 딸(신재경)은 어린이팀에서 부모를 따라온 중·고·대학생 10여 명과 함께 몽골 아이들에게 바디 페인팅, 에코백 그림 붙이기, 장난감 만들기 등을 보조하며 코치를 했다. 이외에도 어린이 사역으로 사진 찍어주기, 축구 놀이 등을 병행했는데, 특히 사진 찍어주기가 가장 인기 높은 사역이 되었다.

　　가족사진뿐 아니라 아이들 한명 한명을 정성을 다해 잘 찍어 주려고 애쓴 사진작가 한상무 씨와 박세원 사장(웹툰 게임 '마법 천자' 사업가)은 이동엽 원장과 청담고등학교 1기 동창생으로 매년 참포도나무병원 아웃리치에 동참해 왔는데, 그들의 수고가 돋보였다. 나중에 서울에 돌아가서 사진 찍은 어린이들 백여 명에게 개인별로 사진첩을 만들어서 보내 준다고 하니 말만 들어도 그저 고마울 따름이다. 참으로 귀한 일을 돕는 천사 같은 젊은이들이다.

몽골 어린이 단체 사진

아내 박재숙 권사는 구현우 목사, 온누리교회 이형석 순장과 조를 짜서 이·미용 사역을 했다. 세 사람 모두 기량이 좋아서 고객들이 대만족을 했다. 이와 같이 38명의 단원들이 팀별로 사역을 잘 진행했으며 오전만 해도 어른 50여 명, 어린아이 120여 명이 다녀갔다.

현지 지역주민들은 여러 곳에서 모여들었다. 대부분 30분 이상 걸어서 왔고, 가족들끼리 어머니를 따라 한꺼번에 몰려오는 바람에 다소 혼잡을 빚기도 했다. 그 가운데 특별히 마음에 남는 광경은, 이발소에 온 몽골 어린아이들이 자기보다 키가 반밖에 안 되는 동생 손을 붙잡고 와서는 이발을 하게 하면서 '이렇게 깎아 주세요, 저렇게 깎아 주세요.' 하며 동생을 돌보았다. 그 순진무구하고 친밀한 형제 사랑을 잊을 수가 없다.

이 외에도 윤형주 이사장은 한국의 유명 축구선수들이 사인한 축구공 3개를 몽골 어린이들에게 기증했으며, 우리 내외는 (사)올피플의 김종두 이사장(만화가)이 제작한 몽골어판 만화 전도 책자 300권을 교회학교에 기증하여 자라는 어린이들에게 영적 양식이 되기를 기원했다.

단원들은 도시락으로 점심을 때운 후에 잠시도 쉴 틈 없이 오후 사역을 동일한 방법으로 진행했다. 지역주민 이용자들은 소문이 퍼져서 그런지 오전보다 더 많은 인원이 몰려왔다. 오후 5시까지 진료와 어린이 사역 등을 모두 마감한 후 지친 모습으로 시내로 돌아왔다. 시내로 진입하는 교통 여건이 너무 불편한 데다가 시간마저 많이 걸렸다. 호텔로 가기 전에 먼저 샤브샤브로 유명한 '더 불' 체인식당에 가서 저녁을 먹을 때는 평소보다 두 배 이상 먹었을 정도로 푸짐한 만찬으로 즐거운 시간을 가졌다. 고되지만 참으로 보람 있는 하루를 보냈다.

셋째 날(7/30, 화)

이날 오전에도 어제와 똑같은 요령으로 의료봉사 및 어린이 사역을 했다. 다만 이날은 오전 봉사만 하고 오후에는 국립공원으로 떠나는 일정이 잡혀 있어서 사역을 시작하기 전에 교회 본당에서 병원팀과 현지인 신자들이 모두 모여 함께 예배를 드렸다. 구현우 목사님이 말씀을 전하신 다음, 몽골 어린이 여섯 명이 나와서 율동과 찬양으로 감사한 마음을 전해 주었다. 사역팀 배치에 있어서 어제와 달라진 점은 진료를 담당하는 신현철 병원장이 빠졌다는 것이다. 그는 오전 중에 울란바토르를 떠나 서울로 돌아가야 했다. 이틀 후 8월 1일(목) 오전에 강북삼성병원 3년 연임 병원장 취임식에 참석해야 하기 때문이다. 그랬다가 그날(8/1) 오후에 다시 울란바토르에 돌아와 저녁 7시부터 시작하는 윤형주 장로의 '토크 콘서트'에 참석하기로 했다. 그때는 혼자 오지 않고 연세대 동문 합창단('세노야')과 같이 와서 윤형주 장로의 공연에도 참여하고, 그 후 '세노야' 팀과 같이 3박 4일간 일정으로 바이칼호 탐방을 갔다가 서울로 귀환할 예정이란다.

대단히 바쁜 스케줄이지만, 그런 가운데도 참포도나무병원 의료 사역과 윤형주 장로의 '토크 콘서트'에 동행하면서 끝까지 본인이 해야 할 도리를 다하는 모습은, 신현철 병원장의 신앙심뿐만 아니라 인격과 우정의 깊이를 더하는 일로 주변 사람들에게 큰 감동을 불러일으켰다. 더군다나 3,800명 이상이 근무하는 강북삼성병원과 같은 큰 조직의 수장을 3년 연임한다는 것은 매우 특별한 경우가 아닐 수 없다. 이는 곧 삼성그룹 지도부로부터 그만큼 신임을 얻고 있다는 방증이기도 하다. 필자는 그가 연세대 신경외과 교수 출신으로 전 의무부총장이셨던 윤도흠 박사의 수제자인 동시에 또한 아들 이동엽 원장의 스승이기도 하다. 이러한 특수 계보를 잘 알고 있기에 평소에도 존경해 왔지만, 그보다 참포도나무병원에서 개원 후 매년 실시해온 해외 아웃리치에 일곱 번이나 참석해준 그 사실 하나만으로도 신앙은 물론 인간적으로도 타의 모범이 되기에 충분한 분임을 알 수 있다. 부모의 관점에서 바라볼 때, 이렇게 제자의 앞길을 잘 보살펴 주고 동행해 주는 스승이 이 세상 어디에 또 있겠는가!

오전 사역을 모두 마치고 뒷정리를 한 후, 현지 교회 신자들과 동네 어린이들이 못내 아쉬워하는 모습을 뒤로 하고 길을 떠났다. 테를지 국립공원으로 가는 도중에 한국인이 여름 관광철에만 운영하는 한식당으로 가서 점심을 먹었다. 다들 이제 좀 살 것 같다는 표정이다.

몽골 여행은 한여름 6~8월에 집중되기 때문에 그 기간 중 항공편 예약과 호텔 잡기가 용이하지 않은 나라다. 또한 전 지역이 해발 1,400 미터 이상이라 병약한 사람이 장시간 트레킹을 할 때는 어지럼증으로 구토를 할 경우가 있어 조심해야 한다. 그러나 이런 반면에 온 천지가 녹색공간으로 확 트인 광활한 초원을 바라보면 폐부 깊은 곳에서 시원한 바람이 불어오는 듯 쾌적한 기분이 들게 해준다. 또 야간에 시내를 멀리 떠나 초원에 나가면 밤하늘의 별들과 은하수가 손에 잡힐 듯, 쏟아질 듯 가깝게 보여 몽골 여행의 진미를 한껏 맛보게 하는 신비로운 땅이기도 하다.

특히 몽골 초원을 바라보는 관점이 그림이나 사진에서 봤던 것보다 더 실감있게 느껴진 점은 '곡선의 미학'에 대한 '새로운 발견'이었다. 사람들은 대부분 직선형으로 빠르게, 최단 코스로 나아가려는 경향이 크다. 사물과 사물을 연결하는 최단 거리가 '직선'이기 때문이다. 그런데 몽골 초원의 능선을 바라보면 모두가 곡선으로 연결되어 있다. 이

'곡선'의 미학적 가치를 나는 현장 경험을 통해 이전에 느끼지 못했던 새로운 감성과 영성을 깨닫게 되었다. 우리 인간의 사회구조는 직선형을 추구하지만, 하나님의 창조 세계는 이 모든 직선들을 모아 한 덩어리의 거대한 '곡선의 자연체'로 만들어 놓으셨다는 각성이 든다. 이런 각성에 가장 근접한 건축가가 "직선은 인간의 선이고, 곡선은 신의 선이다."라고 말했던 스페인의 천재 건축가 안토니 가우디이다. 나는 그를 인류 역사상 최고의 건축가라 생각한다. 2026년에 완공될 예정인, 사그라다 파밀리아(성 가족성당)를 비롯하여 놀라운 상상력과 창의력으로 만든 수많은 건축물들은 그 구조미가 곡선의 연결체로 구성되어 있다. 독실한 가톨릭 신자였던 그는 "자연은 신이 만든 건축이며, 인간의 건축은 그것을 배워야 한다."라고 말한 바 있다. 광활하게 펼쳐진 몽골 초원의 능선에서 이러한 '곡선의 미학'을 깨닫게 되니, 마음속으로 드높고 위대한 창조주의 신비를 다시 한번 찬양하게 된다.

테를지 국립공원에서 거북이를 배경으로 손자 준영과 함께

테를지 국립공원(Tereji National Park)은 울란바토르에서 약 2시간 정도 동쪽에 위치해 있다. 트레킹 코스로 유명하며 한국인뿐만 아니라 세계 많은 관광객들이 즐겨 찾는 곳이다. 병원팀 일행은 국립공원 초입에 있는 독수리체험

장에서 지주목 위에 앉아 있는 독수리 곁에서 사진을 찍거나 독수리를 한쪽 팔로 번쩍 들어 올리는 자세로 동영상을 찍으며 생소한 경험을 즐겼다. 버스를 타고 공원지구 안의 여러 곳을 다니다가 강가에 양 떼가 몰려 있거나 주변 경관이 빼어난 곳에서는 하차하여 단체 사진을 찍었다. 특히 '거북바위'가 있는 명소에는 쇼핑센터가 있었는데, 대부분 일행들이 쇼핑점에 들러 토속상품을 구경하거나 선물을 구입하는 등 즐거운 시간을 가졌다.

그러나 필자는 마냥 즐거울 수만은 없었다. 지난 5월 20일에 몽골 출장(울란바토르 한인 CBMC 비전 스쿨 특강)을 왔다가 이곳 테를지 국립공원에서 새벽기도를 하려고 산에 올라갔다가 실족하여 타계한 김창성 장로가 생각났기 때문이다. 그는 20대 말부터 45년 이상을 한국 CBMC 발전을 위해 헌신해 왔으며, 최근까지 아시아 CBMC의 대표로 비즈니스 세계에 복음을 전하는 일을 누구보다도 열심히 수행해 왔던 분이다. 특히 필자가 1990년대 중반부터 10년 동안, 중국과 중앙아시아에서 한인 CBMC, 조선족 CBMC, 한족(중국인) CBMC, 고려인 CBMC 등을 세우고 기업가정신 교육 및 복음을 전파하는 일에 몰두했을 때, 한국CBMC 중앙회 총무로 재직하면서 많은 사역을 함께 협력해준 분이다. 필자보다 한 살 어리고, 아직도 할 일이 많이 남아 있는 분인데, 이렇게 도망가듯 빨리 떠났으니 아쉽고 안타까운 마음 그지없다.

테를지 국립공원 관광의 마지막 코스로 말타기를 했다. 몽골 말은 체구가 크지는 않지만, 힘이 좋고 지구력이 뛰어나 옛날부터 칭기즈칸 군대가 중국과 중앙아시아 대륙을 정복해 나갈 때 가장 중요한 군마용으로 사용된 말이다. 병원팀 일행들이 모두 말을 타고 초원의 능선을 넘나들며 길게 대오를 지어 주행하는 모습은 참으로 장관이었다. 여성들도 나이의 고하를 막론하고 전혀 겁 없이 깔깔대며 말타기를 즐겼다. 그런 다음 게르(천막집) 여러 채가 군락을 이루고 있는 광장 휴게소로 가서 저녁 만찬을 즐겼는데, 특히 갓 잡은 양고기 바비큐가 일품이었다. 그 전에 식사 준비를 하는 동안, 30분 정도의 여가 시간이 있었다. 쉼터 광장의 카페에서 차도 시켜 먹고, 청년들은 배가 고픈지 간식으로 라면을 시켜 먹기도 했다. 윤형주 장로 내외와 우리 내외가 잔디밭 안락의자에 앉아 쉬고 있는데, 미국에 있는 조카한테서 전화가 왔다고 하면서 전화를 받던 윤 장로님의 아내 김보경 권사가 뛸 듯이 기쁜 목소리로 외쳤다. "네가, 네가 세계은행 부총재가 됐다고!"

자초지종이 이랬다. 김보경 권사의 (돌아가신) 오빠의 아들인 김상부 전 구글 컨슈머 공공정책 아시아·태평양 총괄(52)이 세계은행(WB) 그룹의 디지털전환 부총재에 선임된 것이다. 한국인이 세계은행 그룹 최고위급인 부총재로 발탁된 것은 한국이 세계은행에 가입한 1955년 이후 처음 있는 일이다. 이전에 김용 총재가 있었지만, 그는 미국 시민권자였다. 신설된 디지털전환 부총재직은 개도국 발전에 필요한 디지털-데이터 인프라 구축-제고, 사이버 보안, 디지털 정부 등 디지털 경제 기반 구축을 이끄는 핵심 역할을 담당하는 직책이다. 참으로 중요하고 특별한 직책인데, 이를 김보경 권사의 조카 김상부 씨가 맡게 되었고, 그 첫 소식을 (아버지가 안 계시기 때문에) 한국에 있는 고모께 전달해온 것이다. 참으로 기쁘고 감사한 일이다. 한 집안의 경사일 뿐 아니라 국가적으로도 큰 경사가 벌어진 것이다. 그날 저녁 게르에서 만찬을 시작할 때, 나는 이 기쁜 소식을 병원팀 전원에게 알리면서 축하 건배 제창을 했다. 참으로 아름답고 행복한 만찬 동행이었다.

테를지 국립공원에서 시내로 돌아오는 길도 여전히 밀리고 막히고 엉망이었다. 점잖은 윤형주 장로께서 울란바토르의 교통을 '악명높은 교통지옥'이라고 말할 정도였으니, 그 상태가 얼마나 지긋지긋했을지 독자들의 상상에 맡기겠다. 그런데 꽉 막혀 있는 도로에서 나는 이상한 점을 하나 발견했다. 예전에 한국산 승용차 신차와 중고 버스가 몽골에 많이 팔려 호황을 누렸다는 뉴스를 듣곤 했는데, 지금은 눈 씻고 봐도 한국 차는 별로 없고 거의 대부분 일제 차였다. 내가 이 점을 이상히 여기고 앞자리에 앉아 있는 허성환 선교사께 물어봤더니 충격적인 얘기를 들려주었다. 몽골이 구소련 체제에서 독립한 이후 개방정책으로 전환했을 때, 초기에 가장 활발하게 무역 거래를 한 나라 중의 하나가 한국이었다고 한다. 생필품은 대부분 중국 내몽고에서 수입했지만, 차량이나 기계 설비 등은 한국산 중고를 많이 도입했다고 한다. 또 승용차 신차도 부유층의 수요가 있어서 가격이 비쌌지만, 수입을 많이 했다고 한다. 그런 가운데 몽골에 진출한 한국 딜러들이 몽골인 수입업자들과 짜고 한국산 중고 승용차를 신차로 둔갑시켜 팔아먹다가 고발당해 감옥에도 가고 큰 벌금을 내는 사건이 벌어졌다는 것이다. 그 후 일본 차가 전략적으로 대거 진출했으며, 일본 자동차 기업에서는 특가로 싸게 팔았고, 몽골 정부도 관세 인하 조치를 해주어 대부분의 수입차가 일제로 바뀌었다고 했다. 이 말을 듣고 속이 얼마나 쓰리고 기분이 나빠졌는지 모른다. 일부 악덕업자가 파렴치한 일을 저질러 결과적으로 국격을 떨어뜨리고 해외 시장판도를 크게 훼손한 일이 못내 마음을 아프게 했다. 시내 교통이 막혀 힘든데 이런 얘기까지 들으니 하도 마음이 답답해서 그날 밤은 늦게까지 잠을 이루지 못했다.

넷째 날(7/31, 수)

홍영휘 다솜치과 기공 대표

울란바토르 신공항에 새벽 4시 반 도착하는 비행기로 한국에서 손님이 한 분 오셨다. 홍영휘 다솜치과 기공 대표다. 필자가 초청했으며, 그는 한국CBMC 회원으로서 필자와는 오래전부터 몽골을 중간 거점으로 하여 북한 치과사역에 협력할 뜻을 갖고 계신 분이다. 그러다가 필자가 몽골리언 CBMC 창립을 협의하는 과정에 뭉흐 목사로부터 울란바토르에서 치과병원을 세 곳이나 운영하는 치과의사가 있다는 말을 듣고는 그를 만나보고 싶었다. 그리고 홍영휘 대표가 여기에 와서 이분을 만나면, 몽골 진출(3D 치과기공재료 사업)과 앞으로의 북한 치과사역에 큰 도움이 될 것이라는 생각이 들어서 급히 초청한 것이다. 바로 그 의사가 앞에서 언급했던 아마르사이칸 바자르 박사였다. 그런데 그저께 중국 출장을 떠나버려 자못 아쉬웠다. 하지만 우리 일행이 울란바토르에 있는 기간중에 아마르사이칸 박사가 미리 소개해준 몽골 국립 의과대학 부속 치과병원을 나와 같이 견학하기 위해 홍영휘 대표가 새벽 비행기를 타고 온 것이다. 설명이 길었지만, 장차 홍영휘 대표와 함께 동역할 북한 치과사역의 로드맵을 이해하는 데 도움이 될 것이다. 또한 이틀간이라는 짧은 체류 기간에도 우리가 얼마나 많은 사람을 만나고 업무적인 어프로치를 했는지를 알리고 싶은 생각이 들었다.

몽골민족대학 방문

병원팀들은 아침 일찍 현지 문화를 체험하기 위해 8시간이나 걸린다는 차강소브라가로 떠났다. 윤형주 장로 내외는 호텔에서 쉬기로 하였고, 홍영휘 대표와 우리 내외는 대구보건소장을 역임하고 있는 김정용 박사의 추천으로 오전 10시에 몽골민족대학(MYHC)을 방문했다. 김정용 박사는 개성공단이 한창 잘 돌아갈 때 공단 내에 북한 근로자들을 위해 세운 '협력병원'에서 8년간이나 무보수로 원장직을 수행한 분이다. 그 후 남북 관계가 동결된 이후에도 간간이 휴가를 내어 6년간이나 울란바토르 의료기관들과 교류를 하며 북한 의료사역을 간접적으로 지원해온 분이다. 그런 분이기에 그를 믿고 몽골민족대학에 가서 이사장과 의무 담당자를 만나보았는데, PUST 의과대 학생들이 와서 인턴을 할 수 있는 교수진과 의료 설비 및 여건이 태부족하였다. 따라서 지금 단계에선 더 이상 협의할 필요가 없다고 판단되어 상담을 중단하기로 했다.

앤드류 변호사, 바산후 변호사 미팅

호텔에 돌아와 나를 기다리고 있던 앤드류 변호사(몽골국제 CBMC 회장)를 만나서 그가 소개하는 대로 바산후(Baasankhuu) 변호사 사무실로 갔다. 물론 아내도 동행했고, 홍영휘 대표도 동행했으며, 자가용을 가져온 통역인(여)도 한 명 동행했다. 원래는 국회의사당에 가서 간밧 국회의원을 만나 북한과 몽골 간에 진행되고 있는 기후·환경문제와 관련해 PUST가 공동연구로 참여할 만한 일이 있겠는지를 협의하려 했으나, 그가 며칠 전 일본 출장을 다녀오는 길에 심한 독감에 걸려 집에서 쉬고 있다고 해서 만나지를 못하게 되었다. 바산후 변호사도 종전까지는 국회의원이었으나 지난 6월 총선에서 낙선했다. 간밧 의원은 재당선이 되었다. 이 두 분이 모두 PUST에 관심을 갖고 남북 간 교량역할을 하고 싶어 하는 분들이라 작년에 한국 오셨을 때 만나본 터였다.

바산후 변호사 사무실에 갔더니 벽에 '질주하는 말들'을 주제로

100호 이상 되어 보이는 큰 그림들이 여러 개 걸려 있었다. 누구 그림이냐고 물어보았다. 바산후 변호사의 부인 노민투야(Nomintuya) 가 직접 그린 그림들이었다. 그녀도 몽골 법학회 회원으로서 변호사이며, 평양에 변호사 사무실을 개설하여 북한 인력 양성 및 해외 송출을 자문한 적이 있다고 했다. 몽골에서의 북한 노무인력 상황에 관해 관심이 가는 일이지만, 매우 조심스러운 일이라 더 이상 묻지 않았다. (나중에 안 일이지만, 몇 년 전까지만 해도 5천 명가량의 노무자들이 몽골에서 일했는데, 트럼프 대통령의 요청과 규제 조치로 인해 모두 북한으로 돌아갔고, 지금은 한 명도 남아 있지 않다고 한다. 다만 유학, 연수, 공무 출장 등의 체류는 허용된다고 들었다.)

30분 정도 담소를 나누다가 인근 식당으로 자리를 옮겨 오찬을 같이 했다. 앤드류 변호사는 일본 와세다 대학에서 법학을 전공했으며, 영어와 러시아어, 중국어까지 완벽하게 소화하는 인재로서 그동안 국회의원들을 보좌하며 국제협력을 지원하는 일을 해온 분이다. 바산후 변호사는 국내 활동에 치중하여 일찍부터 정치적 꿈을 안고 자수성가하신 분이다. 이분들과 대화하는 데 아무래도 통역이 필요할 것 같아 허성환 선교사로부터 추천을 받았는데 공교롭게도 참포도나무병원 의료봉사팀에서 이동엽 원장의 진료를 도와주었던 온드라(한국명 이지연)였다. 그래서 나는 아주 마음 편하게 할 말, 안 할 말을 가려가면서 한국어로 대화를 이끌었다. 필자가 이렇게 표현하는 이유는 몽골이 남북 간의 중간 거점 지역이고 완충지대가 될 만한 곳임이 틀림없으나, 오랜 기간 공산 사회주의 체제에서 길들여진 문화적 습관이 남아 있고, 또한 지정학적으로도 여전히 러시아와 북한, 중국에 의존하거나 경도된 입장을 취할 수밖에 없는 처지임을 감안했기 때문이다. 다만 한 가지 감사한 일은, 함께 자리한 여섯 명이 모두 크리스천이란 점에서 대화의

아마르사이칸 바자르 박사

공감대를 높이는 데 큰 도움이 되었다.

몽골국립의과대학 부속 치과대학병원 방문

점심을 마친 후 우리는 오후 2시까지 약속 장소로 갔다. 몽골국립의과대학(MNUMS) 부속 치과대학병원은 두 개의 큰 건물로 구성되어 있었다. 한 건물은 연구시설동으로, 다른 건물은 대민 진료실로 운영되고 있었다. 병원 운영을 책임지고 있는 CEO 빌군 엔크타이반 박사(여)와 실무자 두 사람이 나와 영접했으며, 그들은 한 시간가량 연구시설동의 각종 설비와 검사 장비를 일일이 소개하며 정성을 다해 우리를 안내해 주었다. 아마르사이칸 바자르 박사께서 중국 출장을 떠나기 전에 미리 실무적으로 대응조치를 지시해놓고 간 것이 역력하게 느껴졌다. 참으로 고마웠다. 그리고 CEO와의 대화가 매우 유익했다. 앞으로 이 치과병원을 통해 PUST 치과대 졸업생들이 인턴을 할 수 있도록 협의했고, 또 그럴 경우에 치과기공재료 3D 제작 연구 분야도 같이 수행하기로 홍영휘 대표가 협의해 주었다.

UB 오스템 치과병원 방문

참으로 희한한 일이 벌어졌다. 아침 조찬 시에 윤형주 장로가 굳은 표정으로 입을 벌려 보였다. 앞니 하나가 빠져 있었다. 엊저녁 숙소에 돌아와서 양치질할 때 느낌이 좀 이상하여 손가락으로 살짝 건드렸는데 그만 앞니가 툭 부러졌다는 것이다. 나도 지난봄에 정덕구 전 산자부 장관(NEAR재단 이사장)과 중국 식당에서 갈빗살을 뜯어 먹다가 식사 중에 앞니가 부러져 얼마나 당황했는지 모른다. 윤 장로께 어떻게 할 거냐고 물었더니, 아침에 한국에서 진출한 치과병원을 한 군데 소개받아 놓았다고 하면서 거기 가서 응급조치를 하겠다고 했다. 다음 날 저녁에 '토크 콘서트'를 해야 할 판에 이런 일이 벌어졌으니 얼마나 당혹스러웠겠는가!

그런데 그런 윤형주 장로의 일이 우리에게는 큰 도움이 되었으니 참으로 희한한 일이었다. 원래는 몽골국립의과대학 부속 치과대학병원을 다녀온 다음에 몽골인 치과의사가 운영하는 개인 치과병원을 방문하여 울란바토르 치과 사업 현황을 살펴보려고 했다. 그러나 연계가 잘 안 되어 어떻게 할까 하다가, 마침 윤형주 장로가 다녀온 한국인 치과병원이 생각나서 연락을 취했더니 언제든지 방문해 달라고 했다. 오후 4시에, 한국에서 10년 전에 진출한 UB 오스템 치과병원을 방문했다. 병원 위치가 시내 중심(한국 이마트 백화점 부근)에 있어서 교통이 매우 편리했다. 건물은 신축한 지 얼마 안 된 데다 인테리어 시설도 서울 못지않게 잘 구비되어 있어서 한눈에 봐도 고급스런 치과병원이었다. 최병숙 사장(CEO)과 이동훈 원장께서 반갑게 맞아 주었으며, 몽골의 치과 수준 및 사업 환경과 그들이 앞으로 준비하고 있는 비즈니스 로드맵까지 자세히 설명해 주었다.

홍영휘 대표는 다른 어떤 몽골인 치과보다 이 분들을 만나게 된 것이 천만다행이라고 표현하면서 매우 만족스러운 상담을 했다. UB 오스템에서도 최근에 한국으로부터 치과 기공 재료를 업그레이드하여 도입하고 병원 전체를 디지털 시스템으로 전환하려는 시점이라고 설명하면서, 홍영휘 대표를 만나게 된 것을 무척 고맙게 생각했다. 더구나 이동훈 원장은 윤형주 장로를 언젠가 수원에 있는 침례교회 공연에 왔을 때 한번 만나본 적이 있다고 했다. 그러면서 오전에 오셨을 때 치료를 잘해 드렸다고 자기소개를 했다.

결과적으로 홍영휘 대표는 울란바토르에 진출하는 데 있어서 아주 좋은 파트너를 만난 셈이다. 그는 UB 오스템 치과병원을 업그레이드하는 데 도움을 주면서, 이곳을 베이스로 하여 울란바토르 상위권 환자(한국에 가서 치료하려는 부유층)를 타겟으로 하는 경영전략까지 협의했다. 앞으로 사업 파트너로 동행하기를 바란다는 제안까지 했다. 참으로 진기한 일이 벌어진 것이다. 나는 마음속으로 "하나님께서 우리를 늘 감찰하고 계시다가, 때를 따라 우리의 갈 바를 인도하시고, 그때마다 우리의 필요를 채워 주시는 참으로 좋으신 분이구나."라는 생각을 다시 한번 갖게 되었다.

UFE 대학 김영래 교수 미팅

저녁 6시 샤브샤브 체인식당인 '더 불'에 늦지 않게 도착했다. UFE (University of Finance & Economics) 대학에서 한·몽개발연구소 소장을 역임하고 있는 김영래 교수 가족을 반갑게 만났다. 3주 전에 한국적정기술연구회 소그룹 세미나에서 만났던 포항공대 장수영 교수(산업경영공학과)께서 내가 몽골에 의료봉사 간다고 했더니, 울란바토르에 있는 재경대학(UFE)의 뭉크바야르 총장과 김영래 교수를 소개해 주면서 만나면 큰 도움이 될 거라고 전해 주셨다. 이렇게 해서 김영래 교수를 만나게 되었는데, 뭉크바야르 총장은 휴가차 외국에 나가 있어서 만나지를 못했다. 그래서 필자는 9월 5일 몽골리언 CBMC 창립대회 때 다시 울란바토르에 오게 되니 그때 만나 뵙겠다고 했다.

그날 저녁 모임은 참으로 화기애애했다. 실은 동석한 홍영휘 대표는 치과 기공 엔지니어링 사업도 하지만 본질적으로 시인이다. 59세인 그는 그동안 수천 편의 시를 썼고, 그날 즉석에서도 시상을 떠올리며 문학적 감성과 지성을 유감없이 발표했다. 더욱이 윤형주 장로께서 '쎄시봉' 이야기와 싱어송라이터 경력 및 1,400편의 CM송을 작사, 작곡하면서 겪었던 에피소드를 말하자, 두 분의 대화만 해도 두 시간을 넘겼을 정도다. 이렇게 재밌고 유익한 문화예술의 밤을 또 어디에서 찾아볼 것인가 할 정도로 대화의 꽃을 피웠다. 김영래 교수와 동석한 부인도 우리 내외처럼 말 한마디 않고 그저 듣기만 했지만, 그 얼굴에 홍조 띤 기쁨과 즐거운 표정은 선교지에서 오랜만에 느끼는 찐한 감동으로 충만했다.

PUST에 관한 얘기는 다음 기회에 하자고 하면서 헤어졌는데, 그래도 김영래 교수는 미안한지 우리 세 사람을 자기 차에 태우고 호텔까지 바래다주면서 이런 말을 잊지 않고 했다. (윤형주 장로 내외는 김영래 교수의 부인이 택시로 모셨다)

"총장님, 코로나 직전에 평양과기대 폴 송 교수란 분이 찾아오셔서

UFE와 PUST 간에 MOU를 하고 교수 인력 교류와 학생들 유학을 추진해 보자고 해서 뭉크바야르 총장님께도 보고한 적이 있었어요. 코로나 때문에 더 이상 추진하지 못했지만, 지금부터 잘 의논하면 내년에 양교가 교류하는 일이 가능할 것 같습니다. 저는 한·몽 개발연구소를 운영하면서 몽골 지역개발 사업에 주력하고 있습니다. 이런 경험이 후일 북한에도 적용될 수 있다고 보고, 저도 최대한 돕겠습니다. 다음에 9월에 오시면 그때 총장님도 뵙고 또 이사장님도 인사드리시지요. 실은 이사장님은 몽골 국무총리 출신입니다. UFE가 원래는 국립대학이었는데, 이사장님께서 사립대학으로 전환하여 학교를 이만큼 발전시켰습니다. 북한의 경제 시스템이 바뀌어야 한다는 건 누구나 잘 알고 있습니다. 그걸 누가 어떻게 추진하느냐가 관건인데, 몽골 국제금융, 국제경제 전공 학자들이 상당한 영향력을 끼칠 수 있다고 봅니다. PUST에도 국제금융 경영학부가 있으니, 앞으로 함께 교류하면서 많은 역할을 할 수 있으리라 기대됩니다."

참으로 고맙고 힘을 얻는 조언이었다. 내게 큰 용기와 지혜를 주는 것 같아서, 호텔에 돌아와 헤어질 때 김 교수의 손이 떨어져 나갈 정도로 굳세게 힘주어 악수했다.

다섯째 날(8/1, 목)

벌레 소동과 은하수

아침 일찍 허성환 선교사로부터 카톡 전화가 왔다. "이사장님, 걱정 많이 하셨지요? 차강소브라가에 간 팀들이 모두 탈 없이 잘 지내고 있고, 어젯밤에는 은하수까지 봤다고 합니다."라는 연락을 해주셨다. 아내는 이 전화를 받은 후 곧바로 손주들에게 전화를 걸었다. 그러자 손주들이 까르르 웃으면서 전화를 받았다. "할머니! 우리 별 봤어요! 은하수도 봤구요!" 들뜬 목소리로 신이 나서 큰 소리로 말하는 걸 아내 곁에서 들었다.

어제 아침에 몽골의 '그랜드캐년'이라고 불리는 차강소브라가에 관광을 떠난 병원팀들이, 가는 도중에 큰비를 만나서 고생했다는 전갈을 여러 차례 받았다. 그래서 밤새 걱정했는데 아침 일찍 이런 반가운 소식을 들으니 우리 내외는 또 하나님께 감사 기도를 드릴 수밖에 없었다. 나중에 자세히 얘기 들었지만, '그랜드캐년'과 같이 생긴 협곡을 일행들이 탐방할 때는 날씨가 좋았다고 한다. 그런데 숙소로 정해진 게르 관광촌으로 가는 도중에 갑자기 폭우가 쏟아져서 휴게소에 있는 CU 마켓에 물건 사러 갈 때는 바지를 걷고 건너가야 할 정도로 도로 배수 상태가 엉망이었다고 한다. 자연히 버스 주행 시간도 한 시간이나 지체되어 관광지에 도착했다. 그러다가 또 언제 비가 왔나 싶을 정도로 날씨가 개어서, 숙소에 도착해 짐을 정리한 다음, 저녁을 먹고 난 이후에는 밤하늘에 뜨기 시작하는 숱한 별들을 보면서 흥이 나서 캠프파이어도 하고 팀별로 노래도 부르며 신나게 놀았다고 한다.

그러다가 10시가 넘어 다들 잠자리에 들었는데 갑자기 큰 소동이 벌어진 것이다. 이번에는 비가 아니라 벌레들이 게르 천장에서 일행들의 머리와 얼굴 위로 떨어지는 바람에 모두 혼비백산한 상태로 게르 바깥으로 뛰쳐나왔다고 한다. 그때부터 다들(특히 젊은이들이) 잠을 자지 못하면서 새벽 2시까지 게르 바깥에서 침대 이불(담요 같은 얇은 천 이불)을 들고나와 몸에 두른 채 오손도손 모여 '이야기꽃'을 피우며 놀았

몽골 초원의 밤하늘 은하수와 게르

다고 한다. 그런데 그 바람에 그들은 한밤중에 숱한 별들과 별똥별도 많이 보았지만, 검은 창공에 은하수가 큰 강을 그린 듯 선명하게 띠를 띠고 있는 광경, 자연의 신비를 황홀하게 관람하는 특이한 경험을 누렸다. 특별한 행운이 아닐 수 없다.

왜냐하면, 날씨가 갠 날에는 도시에서 한두 시간 이상 떨어진 곳, 도시 불빛의 영향을 받지 않는 곳이면 몽골 초원의 대부분 지역에서는 밤하늘에 뜬 별들을 가깝게 볼 수 있다. 그러나 은하수를 보려면 지역마다 조금씩 편차가 있어서 도시에서 멀리 떨어져 나온 곳이면 대개 한밤중 11시부터 새벽 3시 사이라야 선명히 볼 수 있다고 한다. 병원팀들이 캠프파이어를 하면서 밤하늘의 별을 노래하고 신나게 놀기까진 했으나 그때까지는 은하수를 뚜렷하게 보지 못했다. 그랬다가 잠자리에 든 다음 벌레 소동으로 모두 게르 바깥으로 뛰쳐나왔을 때, 비로소 밤하늘에 길게 띠를 띠고 있는 은하수를 선명하게 본 것이다. 할렐루야! 참으로 아름답고 감사한 축복의 시간이었다. 다들 게르에는 들어가지 않고 세 시간 이상 은하수와 함께 수많은 별들과 별똥별을 보면서 신비한 하나님의 창조의 세계를 만끽했다고 한다. 그동안에 진행팀들과 통역원(나샤)이 힘을 합쳐 게르 안에 있는 벌레를 약을 뿌려 대충 정리한 다음에 다시 잠자리에 든 시간이 새벽 2시였다.

아침에 서성환 선교사로부터 연락을 받고 손주들에게 전화했을 때, "할머니! 우리 별 봤어요! 은하수도 봤구요!"라고 하면서 신이 나서 큰 목소리로 전화를 받던 손주들의 목소리가 지금도 귀에 쟁쟁하다. 나는 그때, '하나님은 아이들에게 자신이 창조한 자연의 신비를 선물로 주시기 위해 벌레까지도 사용하시는 분이로구나.' 하는 생각이 들었다. 아내도 똑같이 그런 생각이 들었다고 말했다. 참포도나무병원 아웃리치팀을 위해 축복하신 하나님의 은혜요 참으로 멋지고 행복한 몽골 초원의 심야 축제였던 것이다.

이런 소식을 듣고 다소 들뜬 기분으로 호텔 3층 조찬장으로 내려갔다. 윤형주 장로도 이미 병원팀의 소식을 듣고 있었다. 우리 두 가족은 서로 낄낄대며 얼마나 행복한 아침밥을 먹었던가! 그렇게 활짝 웃는 윤장로의 하얀 이빨이 그날따라 유난히 빛나 보였다.

에르덴 목사 미팅

오전 중에 그동안 며칠 지내면서 있었던 일들을 노트북에 정리한 다음, 11시까지 로비 커피숍으로 내려갔다. 앤드류 변호사가 몽골인 목사님 한 분을 모시고 왔다. 실은 어제 바산후 변호사와 점심을 먹은 뒤 헤어질 때 앤드류에게 이곳에 있는 목사님들 가운데 지도자급 되시는 목사님들 몇 분을 만나보고 싶다고 부탁했었다. 원래는 세 분을 모시고 오겠다고 했는데, 갑자기 부탁한 일이라 선약 등으로 두 분이 못

오시고 한 분만 오신 것이다. 그런데 오신 분을 보자마자 어디선가 만나봤던 분같이 얼굴이 눈에 익었다. 그분도 그런 표정이었다. 얼마 있지 않아 몇 마디 말을 나누자, 나는 금방 기억이 났다.

2019년 12월 5일, 캄보디아 프놈펜에서 '빌리 그래함 전도협회'가 주최한 프랭클린 그래함 목사의 집회 장소에서 만났던 분이었다. 그때 필자는 한국CBMC 중앙회 회장 자격으로 그 모임에 참석했었는데, 방문 목적은 프랭클린 그래함 목사를 만나 평양과기대 캠퍼스 안에 국제학교를 하나 건립해달라는 부탁을 하기 위해서였다. (당시 나는 프랭클린 그래함 목사의 어머니, 즉 빌리 그래함 목사의 아내이신 루스 벨 그래함 여사가 1930년대 평양에서 여자중학교를 졸업했다는 사실을 상기시키면서, PUST 구내에 루스벨 그래함 여사를 기념하는 국제학교를 세워달라는 요청을 하러 갔다.) 그때 그 집회에 한국인 목사들도 많이 참석했지만 멀리 몽골에서 오신 목사들도 여럿 있었다.

그 이유는, 2019년 캄보디아 프놈펜에 이어 2020년 9월에는 한국 서울에서, 2021년 9월에는 몽골 울란바토르에서 각각 프랭클린 그래함 목사 초청 '빌리 그래함 전도대회'가 연차적으로 계획되어 있었기 때문에 미리 견학차 방문한 것이다. 그러나 그 계획은 코로나 팬데믹으로 인해 무기한 연기되었다. 그랬다가 재작년 2022년 9월 10~11일 울란바토르 스텝 아레나(Steppe Arena)에서 2만 명이 참가한 전도대회가 열렸고, 뒤이어 2023년 6월 3일 서울 상암동 월드컵경기장에서 8만여 명이 참가한 가운데 '빌리 그래함 전도대회 50주년 기념대회'가 열렸다. 그날, 6월 3일, 필자도 참석했다. 그리고 용기를 내어 진행 본부석에 찾아가서 프랭클린 그래함 목사께 다시 한번 PUST에 국제학교를 세워달라는 요청을 했다. 지금 생각해도, 나도 참 못 말리는 사람이구나 싶다.

5년 전에 프놈펜 집회 때 만났던 에르덴 목사를 이렇게 뜻밖으로 다시 만나다니 참으로 신기했다. 그는 내게 그때 프놈펜에서 나랑 같이 찍었던 사진을 핸드폰에서 찾아 보여주었다. 내가 몽골 목회자 여섯 분의 가운데 서서 찍은 사진을 보니 너무나 감동이 되어 몸에 전율이 흘렀다. 그리고 그 사진에 유일하게 홍일점으로 찍힌 여자 목사 한 분이 눈에 띄어 에르덴에게 물었다. "이분은 한국어를 참 잘하신 분이셨는데, 지금 어디서 무엇을 하고 있느냐?"라고 물었다. 그랬더니 그 여자분, 즉 울지 목사는 지금 울란바토르에서 목회를 하고 있으며 몽골 목회자협회 간부로 일하고 있다고 했다. 나는 대뜸 울지 목사께 전화를 걸어 보라고 했다. 통화가 연결되었다. 참으로 반가운 통화를 했다. 통화 끝머리에 오늘 저녁 7시에 윤형주 장로 토크 콘서트가 있는데 혹시 오실 수 있겠느냐고 물었다. 선약이 있어서 어렵다고 했다. 나는 약간 실망했지만 양해한다고 말하면서, 내일 낮에 출국하니 9월 초에 다시 울란바토르에 올 때는 꼭 만나보자고 하면서 통화를 끊었다. 아무튼 에르덴 목사를 만나면서 앤드류 변호사와의 대화도 무척 풍성해졌다. 그랬다가 그는 11시 30분경에 먼저 일어나 자리를 떴다.

12시 점심시간에 프랑스 핵물리학자 한 분을 만나서 몽골 원전 건설에 대해서 협의해야 한다는 것이었다. 그런 다음 내가 원하면 오후 4시까지 다시 호텔로 오겠다고 했다. 그렇게 하기로 하고 우리들도 호텔 인근에 있는 한식당으로 이동하여 오찬을 같이 나누었다. 우리 내외, 홍영휘 대표, 통역인 온드라(이지연)까지 합쳐 다섯 명이 즐거운 시간을 가졌다. 오찬 후 에르덴 목사와 헤어진 다음, 호텔로 돌아와 잠시 쉬었다가 오후 2시까지 또 새로운 약속 장소로 갔다. 아내가 힘들어 죽겠다고 푸념했다. 그러나 나는 "모처럼 해외에 나와 볼일을 보는데, 시간을 쪼개 사람을 만나는 게 도리가 아니겠는가?"라고 하면서 이해해

달라고 부탁해서 겨우 진정을 시켰다.

롬보 대사 미팅

호텔 방에서 나와 로비에서 홍영휘 대표가 내려올 때까지 잠시 기다리고 있는데, 갑자기 군부대 의장복을 입은 수십 명의 요원들이 우르르 호텔 로비로 몰려와 대기 상태에 들어가는 모습이 보였다. 무슨 일인가 궁금하기도 했지만, 굳이 알 필요가 없어서 우리 일행들은 곧 통역인 온드라(이지연)의 차를 타고 2시 약속 장소로 갔다. 우리가 만난 롬보(J. Lombo) 대사는 특별한 분이셨다.

허성환 선교사의 소개로 만난 이분은, 김일성종합대학에 유학했고 북한 주재 몽골대사관에서 20년간 근무했으며, 대사직으로 퇴임했다. 그 후 한·몽골 수교(1990년) 후 한국 주재 몽골대사관을 개설하는 임무부터 시작하여 영사부장, 참사관을 거쳐 대사로 퇴임할 때까지 한국과의 우호 증진을 위해 많은 역할을 해오신 분이다. 특히 그는 2020년 4월 『대한민국과 몽골 관계 30년』이라는 저서를 발간하여 한·몽골 간 외교 및 경제협력의 진행 과정을 잘 정리해 주셨다. 그 책의 서문에 강경화 전 외교부장관(당시 한·몽의 원친선협의회 회장)의 축사가 실렸다. 그를 만났을 때 먼저 내게 불쑥 내밀듯 선물로 주신 책이 그 책이었다.

롬보대사와 함께

아무튼 롬보 대사는 줄잡 아 50년 가까운 세월 동안 북과 남의 외교관으로 재직하면서 남북한 문제를 몸소 체득해 오신 분으로서, 한반도 통일이 동북아 국제관계를 발전시키는 데 매우 중요한 관건이 되리라는 소신을 지닌 분이셨다. 나는 롬보 대사에게 PUST 브로셔를 펴놓고 학교 소식을 자세히 설명했으며, 미리 준비해간 3분짜리 동영상도 보여드렸다. 그는 PUST에 대한 풍문은 자주 들었지만, 학교 요인으로부터 직접 설명을 듣기는 처음이라고 하면서 큰 관심을 보였다. 대화가 한참 무르익자, 그는 내게 몽골과학기술대학(MUST)을 소개해 주겠다고 제안하면서 체류 일정이 어떻게 되느냐고 물었다. 내일 출국 한다고 하자 무척 섭섭해하는 눈치였다. 그래서 9월 초에 울란바토르에 볼일이 있어서 다시 올 테니 그때 MUST를 방문하여 총장도 만나고 필요하면 MOU도 맺자고 했더니 무척 좋아했다.

한 시간 남짓 대화하는 가운데 나는 롬보 대사가 손님에 대한 예의로 그냥 듣기 좋으라고 말하는 게 아니라 진정으로 남북한 화해와 통일을 지지하는 분임을 느꼈다. 자신이 공직을 은퇴한 다음 '백두산연구회'를 만들어 뜻있는 지식인들과 함께 남북한 문제를 객관적으로 분석하고 유효한 대안을 만들어 보려고 애쓰고 있다. 그 이유는, 남북한 문제가 한반도에 국한되는 것이 아니라 중국이나 러시아, 그리고 몽골에도 매우 큰 영향을 미치는 일이기 때문이라고 강조했다. 그래서 자신은 어떻게 하든지 남북한이 서로 평화적으로 소통하고 협력하는 민족공동체 사회로 거듭나는 일에 조금이나마 도움이 되고자 노력한다고 하면서 내 등을 툭 쳤다. 인간미와 친근감이 넘치는, 참으로 귀한 분을 만났다는 생각이 확 들었다. 나이를 물어보지 않을 수 없어서 물어봤더니 나보다 두 살 아래(1950년생)였다. 작별 인사를 할 때 "우리, 친구로 가깝게 지냅시다."라고 하면서 내가 먼저 손을 내밀었다. 롬보 대사는 다음에 오면 자기 집에 초청하겠다고 하면서 카페 건너편에 있는 고급 아파트를 손으로 가리켰다.

앤드류 변호사의 제안

롬보 대사와 헤어진 후 호텔로 돌아오는데 시내 교통이 너무 막혀 애를 먹었다. 가까스로 4시까지 도착하여 로비에 들어섰더니 앤드류 변호사가 먼저 와서 기다리고 있었다. 그는 약간 상기된 얼굴로, 오늘 낮에 토니 블링컨 미국 국무장관이 울란바토르에 왔다가 2시간 체류한 다음 돌아갔고, 비올라 암헤르트 스위스 대통령도 이곳에 왔는데, 낮에 이 호텔에서 고위급 행사가 있었다고 전했다. 몇 시간 전, 의장대 요원들이 호텔 로비에 우르르 몰려 들어오던 광경이 망막에 되새겨졌다. 내가 무슨 일로 VIP들이 오셨냐고 묻자, 앤드류 변호사는 잘 모르겠다고 고개를 저으면서도 조심스럽게 자신의 의견을 말했다. 우크라이나 전쟁과 관련하여, 러시아와 북한 간의 군사 무기 거래 및 병력 지원에 대한 미국의 견제 조치일 가능성이 높다고 했다. 그리고 중립국인 스위스가 몽골과 함께 우크라이나전쟁을 종식시키기 위해 배후에서 러시아와 모종의 협상을 진행하고 있는 게 아닐까 하는 생각이 든다고 했다.

나는 더 이상 묻지 않았다. 불확실한 사실을 갖고 불확실하게 판단하는 것만큼 어리석은 일이 없다는 걸 잘 알기 때문이다. 나는 다른 아이템으로 화제를 돌렸다. 나는 대뜸 앤드류를 푹 찌르듯 말했다. "프랑스가 몽골 원전 건설에 참여한다고 들었는데, 맞나요?" 그는 고개를 끄덕이며, 아마도 그렇게 될 거라고 말했다. 나는 최근에 한국이 24조 원 규모의 체코 원전 건설사업을 수주했다는 말을 들려주고, 한국이 개발한 신형 경수로(APR1400) 모델이 안전성, 경제성이 높은, 세계 최고 수준의 모델이라고 설명했다. 그러면서 필자가 운영하는 건설회사도 예전에 한국 내 여러 곳 원자력발전소 건설에 대기업의 하청을 받아 일부 공사에 참여했던 적이 있다고 말해 주었다. 그러면서 '지금 몽골에서 추진하고 있는 소형 원자력발전소 건설도 한국이 참여했으면 좋을 텐데.'라고 말했다. 그랬더니 앤드류 변호사가 무척 조심스러워하는 눈치를 보였다. 그가 몽골 원자력에너지위원회 일원으로 참여하고 있기 때문에 나의 건의가 부담스러웠던 것이다. 나는 전혀 다른 이야기로 또 화제를 돌렸다. 간밧 의원이 유엔 SDGs 사업 건으로 북한에 출장 간다고 하지 않았느냐, 언제쯤 갈 거냐고 물었다. 앤드류는 간밧 의원이 국회에서 아직 대외업무 공식 직함을 맡지 않아서 언제 갈지는 모른다고 했다. 하지만 만일 그가 북한에 가게 되면 학교(PUST)를 방문하고 싶어 한다고 말했다. 그럼 언제 서울에 올 기회가 있느냐고 또 물었다. 앤드류는 10월 초에 인도네시아에 가는데, 돌아오는 길에 한국을 방문할 수 있다고 했다. 그때 앤드류 본인도 동행할 거라고 하면서 다음과 같은 제안을 곁들여 말했다.

"올해 초에 한국에 가서 정부 부처와 몇몇 대학을 방문하고 유엔 SDGs에 관하여 한국·몽골 간에 학술교류 및 사회단체 교류를 제안했는데, 아직 특별한 진전이 없다. 혹시 동북아공동체문화재단에서 이 일을 같이 논의할 생각은 없느냐, 만일 있다면 10월 초에 인도네시아에 갔다가 돌아오는 길에 서울에서 관련 주제를 갖고 간담회 형태의 포럼을 가졌으면 좋겠다. 이게 가능한가?"라고 물었다. 나는 가능하다고 답했다. 뭔가 새로운 일이 벌어질 것 같은 느낌이 들었다. 그는 오늘 저녁 7시에 개최하는 윤형주 장로의 토크 콘서트에는 선약이 있다고 양해를 구하며 자리를 떴다. 참 좋은 사람이고, 나와 뜻이 맞는 몽골인 크리스천이다. 떠나기 전에 나는 그를 위하여, 그가 한·몽 간에 더 큰 역할과 선한 영향력으로 좋은 일을 할 수 있도록 기도해 주었다.

윤형주 장로의 토크 콘서트

늦어도 오후 5시에는 출발해야 한다고 해서 앤드류 변호사를 보낸 다음, 서둘러 '토크 콘서트' 행사장으로 떠났다. 울란바토르 근교 Bio 318번지에 있는 '밝은미래학교 청소년수련원'으로 차를 몰았다. 운전 하는 통역인 온드라의 운전 솜씨가 좋았음에도 불구하고 그곳까지 가 는 데 큰 고생을 했다. 그것은 다름 아니라 비가 억수같이 쏟아졌기 때 문이다. 평소보다 두 배나 시간이 걸려 가까스로 7시 직전에 행사장에 도착했다. 윤형주 장로 내외는 우리보다 훨씬 일찍 출발했는데, 3시간 걸려 행사장에 도착해서 조금 전에 리허설을 마친 후 식사를 하고 있었 다. 우리 내외와 홍영휘 대표 및 온드라도 서둘러 식사를 했다. 호스트 인 고재형 이사장과 허에스더 교장이 그 시간에 도착한 여러 손님들 가 운데 특별히 한인회 박호선 회장과 도현웅 목사(울란바토르선교사협의회 회장)를 우리들에게 소개했다.

행사장 현장이 시내에서 길이 멀고 그 시간에 폭우가 쏟아져 콘서 트에 오려고 했던 많은 분들이 참여하지 못한 아쉬움이 컸다. '한인동 포 초청 윤형주 토크 콘서트'라는 공식 행사명을 내걸고 '몽골밝은미래 학교' 측에서 현지 한인사회에 홍보를 많이 했지만, 당일 날씨가 불순 하여 참여도가 떨어졌다. 여기에 더하여 엎친 데 덮친 꼴로, 공연 시작 30분 전에 엄청나게 큰 천둥소리와 함께 멀지 않은 곳에 벼락이 떨어지 면서 변압기를 쳤는지 Bio 318번지 일대가 전기가 끊어져 암흑천지가 되고 말았다. 그래서 식당에서 저녁을 먹을 때도 등불을 켜놓고 먹었 다. 고재형 이사장이, 실무자를 시켜 수련원에 있는 임시발전기를 돌리 려고 준비하고 있으니 조금만 기다려 달라고 오신 분들께 양해를 구했 다. 그러나 좀체 불은 들어오지 않았다.

윤형주 콘서트

콘서트 장소는 수련원 3층 강당이었다. 곳곳에 등불과 손전등, 조명용 라이트를 켜 놓고 오신 손님들끼리 서로 인사하면서 3층으로 올라갔다. 약 80명가량 참석한 것 같았다. 대부분 한국에서 관광을 왔거나 여러 곳에서 단체로 선교여행을 온 교인들이었다. 30~40대 젊은이들 이 많았고, 시니어들도 부부 동반으로 여럿이 참석했다. 이토록 기후 불량한 날씨에도 불구하고 이만큼이나 참석해 주신 분들이 눈물이 날 정도로 고맙게 여겨졌다. 다들 말은 하지 않았지만, 여전히 비가 쏟아지는 가운데 정전까지 되었으니 내심으로 얼마나 불안하고 걱정이 되었을까! 그러나 호스트인 고재형 박사 내외와 윤형주 장로 내외를 위시하여 참석한 대부분의 사람들이 조금도 흔들리지 않는 믿음의 자세로 조용히 기도하며 개회를 기다리는 모습이었다. 역시 신앙을 가진 사람들의 독특한 배짱, 즉 하나님을 믿는 믿음이 얼마나 귀중하고 용기를 주는 일인가를 다시 한번 깨닫게 해주었다.

저녁 7시 개회 시간이 되어, 사회자가 등단하여 정전 사태로 빚어진 일련의 상황에 대해 먼저 양해를 구하는 발언을 했다. 그리고 3층 강당 출입구 벽에 붙어있는 전기 판넬을 열어 임시발전기와 3층 강당으로 연결되는 전선을 점검하고 있는 젊은 청년들에게 수고와 감사의 박수를 보내자고 제의했다. 우리들은 큰 박수로 그들을 격려했다. 나중에 소개받았지만, 그들은 대전에 있는 과학기술학교 신우회에서 온 젊은 교사들이었다. 그중에 전기공학을 전공한 분이 두 명 있어서 이들이 전기 판넬을 살펴보며 전깃불을 살려 보려고 애썼다. 그러나 개회 시간이 15분가량 지나도 호전되는 기미가 없어서 윤형주 장로는 고재형 박사에게 그냥 순서를 진행하도록 종용했고, 사회자도 이를 받아들여 정식으로 개회를 선언했다.

먼저 고재형 이사장의 개회사가 있었고, 그다음 순서로 한인회 박호선 회장의 축사가 있었다. 그다음에 필자를 참포도나무병원의 이사장으로 소개한 뒤 덧붙여 평양과기대 총장으로 소개하면서 축사 요청을 했다. 나는 마이크를 잡고 이번 행사를 주관해 주신 고재형 이사장과의 관계(고재형 박사의 어머니 백사라 목사는 여의도순복음교회 순복음실업인 선교회 뿔라성가대의 지휘자이셨는데, 내가 1990년 교회 입문했을 때부터 나를 위해 기도하고 신앙상담을 해주셨던 영적 어머니와 같은 분이셨다.)를 간단히 소개한 뒤 축하와 감사의 인사 말씀을 먼저 드렸다. 그런 후 수련원 화장실 벽에 비치되어 있었던 성경 구절(예레미야 29장 11절)을 상기하며, 정전 사태로 인해 우리들의 마음이 다소 불안하고 걱정이 앞섰지만, 우리를 향하신 하나님의 뜻은 결코 재앙이 아니라 번영과 미래 희망을 주시려고 하는 것이니, 우리 모두 믿음의 능력으로 윤형주 장로의 토크 콘서트를 마음껏 즐기자고 발언했다. 그런데 이게 웬일인가! 기적이 일어난 것이다. 필자의 발언이 끝나자마자 강당에 전깃불이 확 들어왔다. 강당 안이 대낮처럼 환하게 밝아졌다. 우레와 같은 박수와 환호가 터져 나왔다. 전기 판넬을 점검하던 기술진들이 드디어 일을 해낸 것이다. 할렐루야!

그 후 순서로 연세대 동문회 합창단('세노야')의 멋진 합창이 있은 다음, 윤형주 장로가 등단하여 기적을 연출하신 하나님께 찬양의 기도를 했다. 그런 다음 재미난 토크와 빼어난 노래로 90분을 이끌어간 윤형주의 토크 콘서트 현장을 독자들께서 한번 상상해 보시라! 가히 천국 잔치처럼 흥이 있고 신나는, 아름답고 행복한 성령 축제의 한마당이 되었다. 한 마디로 기적의 한마당이 된 것이다.

나는 윤형주 장로의 노래(히트곡 10곡, CM송 여러 곡))를 따라 부르면서 속으로 얼마나 울었는지 모른다. 불안과 걱정으로 하나님을 원망했던 자신의 믿음 약함을 회개하며 울었고, 회복과 부활의 주를 생각하며 너무나 감사해서 울었고, 윤동주의 '별을 노래하는 마음'이 너무나 애절하고 공감이 되어 울었고, 또한 노래하는 윤형주의 모습이 너무나 멋지고 부러워서 울었다. 그리고 끊임없이 솟구쳐 오르는 성령의 기쁨과 즐거움의 눈물이 폐부 깊은 곳을 물이 바다를 덮음같이 충만하게 채워지는, 특별한 행복감으로 스스로 감동하며 울었다. 참으로 놀라운 영적 부흥과 승리를 맛본 기적의 밤이었다.

> "죽는 날까지 하늘을 우러러 한 점 부끄럼이 없기를,
> 잎새에 이는 바람에도 나는 괴로워했다.
> 별을 노래하는 마음으로 모든 죽어가는 것을 사랑해야지
> 그리고 나한테 주어진 길을 걸어가야겠다.
> 오늘 밤에도 별이 바람에 스치운다." ('서시')

윤동주의 모든 시는 이 '서시'에 나오는 '별을 노래 하는 마음으로부터' 왔다고 해도 과언이 아닐 것이다. 윤동주는 별을 사랑했고, 별을

노래했고, 별과 함께 살았고, 죽어서 별이 되고자 했다. 그날 밤 윤형주 장로의 '토크 콘서트'를 보며 윤동주 의 '서시'를 조금이나마 더 가깝게 공감하게 되어 얼마나 행복했는지 모른다. 나아가 윤동주의 '별을 노래하는 마음으로' 평생을 살아가고 싶다는 거룩한 충동이 일어났다. 저 북녘땅, 죽어가는 사람들을 끝까지 사랑하며 나에게 주어진 이 사명의 길을 꿋꿋이 걸어가야겠다는 거룩한 분노 같은 충동과 다짐이 엄습했다.

윤동주

아! 그 비바람 불던 Bio 318 청소년수련원에서의 정전과 기적의 전깃불과 윤형주의 노래를 나는 평생 잊을 수 없을 것 같다. 내 마음속으로 한 줄기 별빛이 비바람에 스치우며 지나간다.

눈으로 볼 수 없어 마음으로만 보는 별, 비바람이 몰아치는 밤에도 '저 별'을 향해, '저 별은 나의 별, 저 별은 너의 별'이라고 손짓하며 노래를 따라 불렀고, 윤형주의 노래와 조크에 함께 울고 웃으며 우리들은 '별 헤는 밤'의 깊은 의미를 공감하며 서로가 한 몸이 된 것처럼 우정을 나눴다.

공연이 끝난 다음 고재형 이사장이 등단하여 광고한 대로, 많은 사람들이 1층에서 윤형주 장로의 CD를 구입하고, 윤형주 장로와 함께 사진도 찍고 직접 사인을 받아 가는 모습이 너무나 행복해 보였다. 나는

3층 강당에서, 행사장에 늦게 도착하는 바람에 공연 시작 전에 인사를 나누지 못했던 몇 분들을 찾아가 인사를 드렸다. 먼저 참포도 나무병원팀과 같이 의료봉사를 왔다가 그저께 서울에 가서 강북삼성병원 3년 연임 취임식을 마치고 오늘 다시 윤형주 장로의 토크 콘서트에 참석하기 위해 달려오신 신현철 병원장께 축하 인사와 함께 마음을 다한 감사의 인사를 드렸다.

그리고 5년 전에 캄보디아 프놈펜에서 만났던 울지 목사가, 오늘 아침에 통화할 때는 선약이 있어서 어렵다고 했는데, 나를 만나보려고 모든 약속을 팽개치고 달려와 준 것에 대해 너무나 고맙고 기특해서 그를 힘껏 껴안아 주었다.

그리고 또 UFE 재경대학의 김영래 교수 부부가 두 딸(새잎, 지우)을 데리고 전 가족이 출동해준 것에 대해 너무 감사하여 여러 번 아이들의 머리를 쓰다듬어 주며 칭찬하고 격려했다. 특히 홍영휘 대표가 '새잎, 지우'를 위해 쓴 시를 카톡으로 전해 주며 그들을 위해 축복기도를 해 주는 모습이 보기에 참 좋았다. 그 외에 연세대 '세노야' 합창단원들과도 인사를 나누었고, 대전에서 온 과학기술학교 교사들께도 온 마음을 다해 고맙다는 인사를 드렸다.

끝으로 1층에 내려와 한인회 박호선 회장과 몽골 선교사협의회 회장 도현웅 목사께도 작별 인사를 한 다음, 손님들께 사인을 해주느라 정신이 없는 윤형주 장로 내외분께 성공적인 토크 콘서트에 대한 감사와 축하의 인사를 드린 후 먼저 행사장을 떠났다. 고재형 이사장과 허에스더 교장이 비가 오는데도 주차장까지 따라 나와 배웅을 해주셨다. 참으로 아름답고 행복한, 기적을 맛본 '별 헤는 밤'이었다. 잊을 수 없는 몽골의 별빛이 비바람에 스치운다.

그날 밤 공연을 마친 다음 우리 일행들이 밤 11시 넘어 호텔에 도착했지만, 차강소브라가에 갔다가 돌아온 병원 팀은 우리보다 훨씬 더 늦은 밤 12시가 다 되어 호텔로 귀환했다. 돌아오는 길이 멀기도 했지만, 오는 도중에 비가 많이 와서 버스가 제 속도를 낼 수 없었다. 더군다나 울란바토르 시내로 진입하는 데도 2시간 이상 걸렸다고 한다. 13시간이나 버스를 타고 왔으니 얼마나 힘들고 고생이 되었겠나! 윤형주 장로 내외와 우리 내외는 행사장에서 돌아온 다음 호텔 방에 들어가서 잠시 쉬었다가 허성환 선교사의 연락을 받고 다시 호텔 로비로 내려갔다. 병원 팀이 도착하기를 기다렸다.

드디어 버스가 도착했다. 버스에서 내리는 봉사대원들을 일일이 껴안아 주면서 수고했다, 고생했다 칭찬도 하고 격려도 해주었다. 거의 녹초가 되어 돌아왔는데도 불구하고 그들의 얼굴에는 어떤 긍지와 보람감이 차 있었다. 마치 큰일을 수행하고 돌아온 승전 부대 같았다. 차강소브라가의 밤하늘에 빛나는 별빛과 은하수의 기운이 그들 마음속에 특별한 생기를 불어넣어 준 것 같았다. 아마도 그들에게는 평생 잊을 수 없는 추억이 될 것이고, 그런 청년들을 껴안아 주는 기쁨으로 우리들도 함께 한마음 동지가 된 것 같았다. 우리가 할 수 있는 행동은 그것밖에 없었지만, 그러한 진정 어린 교감은 우리들 노인(?)의 심령을 더욱 젊게 하고 행복하게 만들어 주었다. 참으로 귀한 소통과 공감이다.

여섯째 날(8/2, 금)

출국하는 날 아침이다. 대원들이 어젯밤에 너무 늦게 도착해서 그런지 아침 조찬장에 빠진 인원들이 제법 되었다. 호텔 출발 시간을 조금 늦춰 주어서 대원들이 모두 식사를 하고 출발하도록 안배했다. 진행팀이 허성환 선교사와 상의하여 오전 10시에 개장하는 캐시미어 매장에 가기로 했다. 그동안 쇼핑할 시간이 없었는데 마지막 날 출국 직전에 선물을 구매할 시간을 허락해 준 셈이다. 몽골산 캐시미어는 세계적으로 평판이 있는 상품이다. 나도 내심으로 한번 둘러보고 싶었던 곳이다. 상호 브랜드가 '고비(GOBI)'였다. 매장 규모가 엄청나게 컸고, 내부 인테리어나 상품 진열 상태가 해외 여느 백화점 못지않게 세련되었다. 허성환 선교사로부터 얘기를 들어보니, 초창기 투자 및 설비, 디자인, 기술교육 등은 모두 일본인들이 와서 했고 몽골인들은 생산 인력 공급과 국내 마케팅을 담당했다고 한다. 그러다가 몽골인들의 기술과 경영 능력이 향상되자 일본기업으로부터 경영권을 인수하여 지금은 몽골기업이 전적으로 생산, 가공, 유통까지 전담하고 있다고 한다. 아내도 가족들 몫으로 쇼핑을 했다. 비싼 외투나 스웨터는 사지 못하고 갖가지 컬러의 머플러로 통일해서 구매했다.

이영선 이사장, 윤형주 장로와 함께

캐시미어 쇼핑을 마친 후 오전 11시까지 신공항(칭기즈칸 국제공항)에 도착했다. 오후 1시 출발 비행기(KAL)에 탑승하기 위해서였다. 허성환 선교사님의 눈물 젖은 배웅을 받은 뒤,

출국 수속을 마친 후에 게이트 앞에서 출국 시간을 기다리고 있었다. 그런데 거기서 뜻밖에 반가운 두 가족을 만났다.

먼저 조선일보 '통일과 나눔(UNI KOREA)'의 이영선 이사장 가족을 만났다. '유니 코리아'는 잘 알려진 바와 같이, 남북한 통일을 준비하기 위해 모금 운동을 하는 재단법인으로서, 통일 사업에 관련하는 많은 단체와 학술 및 연구기관에 후원금을 제공하는 기관이다. 우리 PUST 에서도 지난 4년간 상당금의 지원을 받아 두 명의 학생이 영국 옥스퍼드대학 석·박사과정에 들어갔다. 그들의 학위논문은 '췌장암 치료에 대한 생물학적 바이오 연구'였다. 지난해 12월에 학위를 마치고 평양으로 귀환했는데, 몇 개월 전에 옥스퍼드대학 생명공학부 연구원으로 다시 초청되어 북한 당국으로부터 승인을 기다리는 중이다. 참으로 고맙고, 감사한 일을 지원해 주신 이영선 이사장이시다.

그는 예전에 한림대 총장도 역임하셨는데, 10여 년 전인 당시에 우리 동북아공동체문화재단에서 개최한 '동북아 미래 포럼'의 기조연설자로 초청한 바가 있다. 그런 이영선 이사장님을 몽골 공항에서 뜻밖에 만났으니 그 반가움이 얼마나 컸겠는가! 아내 및 아들 내외와 손주들 한 가족이 여름 투어(2박 3일)를 오셨다가 우리 다음 비행기(아시아나)로 귀국하게 된다고 하셨다. 이렇게 반갑게 만나 인사를 나누고 있는데, 저쪽에서 윤형주 장로가 다가오더니 이영선 이사장과 함께 두 분이 서로 부둥켜안으며 반갑게 인사를 하는 게 아닌가. 알고 보니 두 분이 대광중학교 동기동창이었다. 윤형주 장로는 경기고를 거쳐서 연세대 의학과에 진학했고, 이영선 이사장은 대광고, 서울대를 거쳐 메릴랜드대학교 대학원 경제학 박사를 취득한 것이다. 서로 가는 길은 달랐지만, 두 분의 우정은 중학교 시절의 모습 그대로 순수하고 진솔했다.

나 또한 두 분과의 관계가 긴밀한 만큼 우리는 참으로 반갑고 기쁜 만남을 가졌다.

또 다른 한 가족은, 내가 농담 삼아 말했지만 정말 '외나무다리'에서 만난 것과 같은 둘째 사돈댁 부부이셨다. 다른 일행들과 같이 21명이 몽골 트레킹을 위해, 우리가 출발한 그다음 날(7/29) 출국하여 오늘 우리 비행기(KAL) 다음 비행기(아시아나)로 입국하게 된 것이다. 그러지 않아도 둘째 며느리(김수현)가 열흘 전에, 정확한 날짜는 모르겠지만 부모님들이 우리 일정과 비슷하게 몽골 여행을 가실 예정이라고 했는데, 이렇게 공항에서 뜻밖에 만난 것이다. 실로 6년 이상 한 번도 만나지 못했으니, '외나무다리'에서 만난 것 같다고 농담한 말이 틀린 말은 아니었다. 그리고 내친김에 한마디 더 짓궂게 놀려 먹었다.

바깥사돈께서 4박 5일 동안의 트래킹 중에 날씨가 좋지 않아 밤하늘의 별과 은하수를 제대로 보지 못했다는 말을 듣고 내가 진한 농담을 했다. 몽골에 와서 밤하늘 은하수를 못 본 사람이나 백두산에 올라갔다가 천지를 보지 못하고 내려온 사람은 둘 다 똑같이 수양이 부족한 사람들이라고 놀렸던 것이다. 그러자 약이 오른다고 하면서도 일리가 있는 말이라고 머리를 끄덕였다. 우리들은 이렇게 허물없이 지내는 사돈 간이다(아들 결혼 전, 상견례 때 만나 얘기하다 보니 사돈 마님이 아내의 고등학교 한해 후배였다.) 그런데 코로나 핑계를 대며 그동안 너무나 오랫동안 보지 못한 것이다. 나는 탑승 게이트 부근에 여기저기 흩어져 앉아 있는 이동엽 원장 가족과 손녀들을 오라고 손짓해서 사돈댁 어르신들께 인사를 드리도록 했다. 참으로 반갑고 흐뭇한 장면이었다.

윤형주 장로 내외가 이영선 이사장 가족과 한참 얘기를 나눈 뒤, 우리 내외가 앉아 있는 자리로 다가오셨다. 나는 윤형주 장로께 바깥 사돈(김종우 회장)을 소개해 드렸다. 소개를 하면서 사돈이 윤 장로와 같은 연세대 출신이라고 말했더니, 서로 입학 연도와 학과를 확인하니 똑같은 66학번이었다. 두 분은 너무 반갑다고 한 번 더 굳게 악수를 하셨다(그들은 모두 나보다 한 살 위인 1947년생이다.) 윤 장로는 연세대 의학과에 입학했으나 나중에 '쎄시봉' 연주 활동을 하다가 경희대로 옮겼고, 사돈은 연세대 경영학과에 입학하여 나중에 졸업한 후 두산 그룹에 취업했다. 거기서 평생을 근속하며 계열회사 사장으로 퇴임했다. 아무튼 세상이 가깝고 묘하다 하더니 또 이런 만남이 있었다. 윤 장로는 반갑다고 몇 번이나 인사를 하면서, 마지막 남은 본인의 찬양 CD를 사돈께 선물하셨다.

비행기 안에서 눈을 감고 지난 5박 6일의 행보를 되돌아보았다. 참으로 아름다운 동행이었다. 여러 사람들과 만남의 축복이 있었다. "동행의 축복"—마치 무슨 소설의 제목같이 들린다. 그렇다. 틀린 말이 아니다. 동행은 곧 우리들의 만남을 통해 이루어지는 사회적인 축복의 걸음이다. 그 길을 동행한 참포도나무병원 팀이 너무나 귀하고 대견했다. 그리고 그 과정에 울란바토르 곳곳에서 만난 분들의 이름이 두고두고 잊히지 않을 것 같다.

비행기는 정시에 인천공항에 도착했다. 우리 내외는 의료봉사 단원들과 일일이 악수하며 그들의 수고를 칭찬했다. 아름다운 동행의 마지막 인사였지만, 내년에는 또 어디론가 새로운 곳으로 의료봉사를 떠날 것이다. 그때 또 우리 다시 만났으면 좋겠다는 생각이 벌써 간절해진다.

그런 뜻에서 한국에 돌아온 일주일 후(8/9), 국민일보 지면에 실린 참포도나무병원 아웃리치 기사를 첨부하면서 이 글을 마치려 한다.

후기 (국민일보 기사)

"참포도나무병원은 개원 12주년을 맞아 7월 28일부터 8월 2일까지 몽골 울란바토르 외곽의 가러더크 지역에서 해외 의료봉사를 실시 했다."고 9일 밝혔다.

참포도나무병원은 매년 7월 25일 개원 기념일을 맞아 몽골, 라오스, 캄보디아, 필리핀, 중국 등지에서 해외 의료봉사를 꾸준히 진행하고 있다. 2024년 몽골 의료봉사는 2015년, 2017년에 이어 세 번째로 진행됐다. 참포도나무병원은 지난 4월 나섬공동체와 상호협력을 위한 업무협약을 맺고 몽골 의료지원 및 해외 봉사를 준비해 왔다.

이번 봉사활동에는 이동엽 원장을 비롯한 4명의 전문의와 병원 직원 그리고 각 분야의 지인들까지 약 40명이 참여해 진료, 약 처방, 이·미용, 창작 활동, 사진 촬영, 선물 증정 등의 프로그램을 진행했다.

특히 이번 봉사에는 동북아공동체문화재단 이승율 이사장, 한국 해비타트 윤형주 이사장, 강북삼성병원 병원장 신현철 교수, 위더처치 구현우 목사, 플렉서블 배리어 테크놀로지 이형석 대표, 포토그래퍼 한상무 작가, XO플레이 박세원 대표이사 등 다양한 분야의 전문가들이 의료 및 문화 재능기부로 참여했다.

이동엽 원장은 "우리 병원은 수년 전부터 차세대 리더 육성에 중점을 두고 해외 의료봉사를 진행하고 있다."며 "단순한 치료를 넘어, 다음 세대에 꿈과 희망을 심어주고 지속적으로 지원함으로써 그 지역이 스스로 성장할 수 있도록 돕는 것이 근원적인 해결책이라고 생각한다."고 말했다.

이어 "이에 공감해 힘을 합쳐주신 많은 분들, 특히 어린이와 청소년 봉사단원, 허성환 선교사님과 스태프 여러분께 진심으로 감사드린다."면서 '앞으로도 참포도나무병원은 질병 치료를 넘어 세상을 변화시키는 데에 최선을 다할 것'이라고 덧붙였다. (박재구 기자)

제4차 로잔대회

제4차 로잔대회

전 세계 복음주의 권 올림픽이자 최대 선교 행사인 "2024 서울·인천 제4차 로잔대회"가 9월 22일 개막하여 28일 폐막했다.

"교회여, 함께 그리스도를 선포하고 나타내자!(Let the Church Declare and Display Christ Together!)"를 캐치프레이즈로 내걸고 인천 송도 컨벤시아 센터에 모인 200여 개국 5,000명의 참석자들은, 22일 저녁 개회식 행사를 시작할 때 "교회여, 함께 그리스도를 선포하고 나타내자!(Let the Church Declare and Display Christ Together!)"라는 로잔대회의 주제가 대형 스크린에 뜨자, 환호와 박수로 개막식 을 열었다. 140년 남짓의 기독교 역사를 가진 대한민국에서 세계선교의 새로운 청사진과 이정표를 제시하는 것이었다. 그런 점에서 제4차 로잔대회는 한국 기독교의 기념비적 사건이자 세계 기독교 역사의 한 획을 긋는 모임이 되었다.

공동대회장인 온누리교회의 이재훈 목사는 "1910년 스코틀랜드 에

든버러에서 세계선교대회가
열렸을 때, 사무엘 마펫(Samuel
A. Maffett) 박사가 당시 한국에
서 일어난 평양 대부흥을 보고
하면서 한국이 영적 강국이 될
것임을 선포했다."라고 말하면
서, 한국을 향한 그의 소망과
사랑의 실현이 이번 제4차 로
잔대회로 이어졌으며, 초연결,
다중심적 시대에 복음주의 권
이 어떻게 주님의 대위임명령
을 이루어야 할지를 나누는 시
간이 될 것이라고 강조했다.

제4차 로잔대회

마이클 오(Michael Oh) 국제로잔 총재는 "왜 우리가 여기 모였는가
를 깊이 생각해야 한다. 적극적으로 그리고 겸손하게 참여해 세계 복
음화 전략을 모색하자."라고 강조했다. 그는 "분명한 말과 행동으로 그
리스도를 선포하고 나타내자!"라고 말하면서 "한국교회가 성장한 것은
행함이 있었기 때문이며, 그 배경엔 외국 선교사들의 복음 전파와 병
원, 학교를 통한 섬김이 있었다."라고 술회했다.

로잔대회는 복음주의 권의 거장 빌리 그래함(Billy Graham) 목사
와 존 스토트(John Stott) 목사를 주축으로 1974년 스위스 로잔에서 처
음 열렸다. 이어, 제2차 마닐라대회(1989년)와 제3차 케이프타운대회
(2010년)를 거쳐 지난 50년간, 전 세계 복음주의 운동 발전에 기폭제 역
할을 해왔다. 이번 대회에는 200여 개국의 목회자, 선교사, 기업가, 정

치인, NGO 활동가 등 5,000명이 현장에 참석했다. 1차 대회 2,700명, 2차 대회 3,000명, 3차 대회 4,700명을 훌쩍 뛰어넘는 역대급 규모다. 28일까지 이어진 대회는 매일 사도행전을 본문으로 '성령강림', '선교 공동체', '핍박과 선교', '일터사역과 세계선교', '섬기는 리더십', '땅끝까지 왕 되신 예수님을 전하자'를 일별 주제로 정하고 성경 강해, 주제 강의, 소그룹 토의(850개), 12개 지역별 모임, 25개 이슈 트랙 토의, 저녁 집회 등을 병행했다. 또한 '문서운동'으로도 불리는 로잔대회에서는 이번 제4차 대회를 통하여 3개의 문서(서울선언문, 대위임령 성취를 위한 보고서, 협력과 행동을 위한 느헤미야 선언)가 발표되었다.

주요 프로그램

필자는 22일 개막식부터 27일 오후 프로그램까지 연 6일간 양재동 집에서 출퇴근하는 방식으로 대회에 참여했다. 오전에는 메인 홀에서 대회 주제에 관련된 각국 대표들의 강의 및 간증이 주로 발표되었고, 오후 시간에는 25개 트랙(GAPs)을 중심으로 지역별, 이슈별로 사역을 소개하고 토론하는 프로그램이 진행되었다. 이런 여러 가지 프로그램 가운데 특별히 관심을 갖고 참석한 프로그램은 화, 수, 목 3일간 오후 1시 반부터 2시 반까지 제한적으로 열린 'North Korea Interesting Group'과 월, 화, 수, 목, 금 5일간 오후 3시부터 5시까지 연속적으로 열린 'GAPs 6' 미전도 종족에 대한 선교적 대안 세미나였다.

미전도 종족에 관한 토론은 주로 지역별 대표들의 발표 후에 참석자들이 언어별로 6명씩 소그룹으로 모여 5일간 5단계 프로세스(The Collaborate Process)를 거쳤다. 매일 한 단계씩 토론하며 각자의 생각과 경험을 나누고, 이를 큰 종이에 기록하여 제출하는 방식으로 진행되었다.

이에 반하여 북한 관련 세미나에서는 그동안 북한에서 장기간 사역했거나 북한 실정을 잘 아는 기관에서 현황을 설명한 후, 이들이 제안하는 기도 제목을 중심으로 합심해서 중보하는 순서로 진행되었다. '선양 하나회'의 조이윤 대표, 'Christian Friends of Korea'의 하이디 린튼 (Heidi Linton) 대표, '(사)네번째강(Fourth River)'의 벤 토레이(Ben Torrey) 신부와 강원도 태백 FRCRC(네번째강문화연구원)에서 훈련받은 바야라 몽골 선교사 등이 대표적인 발표자였다.

특히 이 'North Korea Interesting Group'에는 필자가 잘 아는 팀들이 여럿 참가하여 전략적 연대감과 우정을 더욱 공고히 하는 계기가 되었다. 이 외에 메인 홀에서 열린 각종 주제 강의와 발표 시간에도 빠지지 않고 참석하려고 노력했다. 그 가운데 필자가 가장 중요하게 인식한 프로그램이 로잔대회 본부에서 선포한 '서울선언문'과 26일(목) 저녁 집회에서 '140년 선교로 이어진 한국교회 역사'를 12개 사건의 영상으로 재현한 '한국교회의 열두 돌'이었다.

이번 제4차 로잔대회는 "동성애는 하나님의 창조 질서 섭리를 거스른 죄"라고 천명했다. 26일 국제로잔은 홈페이지에 '서울선언문'을 공개했다. '서울선언문'은 지난 1~3차 로잔대회와 달리 동성애에 대한 성경적 관점을 확고히 했다. 동성애, 동성혼을 비롯한 반기독교적 물결이 전 세계에 거세게 밀려드는 가운데 복음주의의 정체성을 공고히 하겠다는 입장을 분명하게 했다. 이외에도 '서울선언문'은 세계에서 분쟁 중인 민족들의 평화를 위해 그리스도인이 화해의 역할을 할 것을 독려했으며, 특히 한반도 평화를 위해 기도할 것을 다짐하며 북한 내 기독교인에 대한 박해가 종식되고 인권이 유린되지 않도록 세계 복음주의

권 단체가 함께 노력할 것을 당부했다.

그리고 로잔대회 닷새째를 맞은 26일(목) 저녁 집회는 '한국인의 밤'이라 일컬어도 좋을 만한 특별 공연이 진행됐다. 140년의 선교 역사를 지닌 한국교회의 역사를 '한국교회의 열두 돌'이라는 제목의 영상물로 재현했다. 이를 기획한 추상미 감독은 현장에서 열린 기자회견에서 "한국 교회사에서 하나님이 행하신 12개 사건을 골라서 공연으로 구현했다."라고 하면서, "한국교회의 과제와 도전 등을 성찰하는 시간으로 기획했다."라고 설명했다. 한 시간 반 동안 참석자들을 압도한 이 영상 기획물을 보면서 필자는, 한국 교회사의 미래 흐름을 남북한 평화와 한반도 통일에 두어야 하며, 이를 위한 각종 장애와 진영 간의 장벽을 뛰어넘는 회개 운동이 먼저 일어나야 한다고 반성했다. 나아가 새로운 한반도 역사의 부흥을 위한 일에 한국기독교뿐만 아니라 세계 기독인들이 한마음으로 협력하고 행동함으로써, 세계 교회사에 새로운 물결—21세기 느헤미야 운동이 일어나기를 간절히 기도했다.

아름다운 만남

제4차 로잔대회가 열린 송도 컨벤시아에서 만난 분들을 다 열거하자면, 몇 페이지가 더 필요할 것이다. 주요한 몇 분들과의 만남을 소개하고 그런 만남 속에서 새롭게 깨닫고 작정한 바를 몇 가지 적어 본다.

인도인 로이(Roy) 목사

미전도 종족 선교를 위한 'GAPs 6' 테이블에서 만난 인도 캘커타 출신 로이(Roy) 목사는 한국에 유학을 온 케이스다. 아세아연합신학대학교(아신대학교)는 한국에서 유일하게 대학원 영어 과정이 있다. 인도에서 신학교를 마치고 아신대학교 신학대학원에 입학한 후, 한국어를 배우며 신학박사 과정을 이어가던 중, 한국인 여인과 결혼했다. 그 후 인도에 돌아가 캘커타에서 20년간 목회를 해온 분이다. 'GAPs 6' 테이블에 함께 자리하여 대화를 나누던 중, 나는 그의 딸이 폴란드 의과대학을 졸업한 내과 전문의라는 얘기를 들었다. 그리고 지금 아버지가 로잔대회에 참여하는 동안 3주간 휴가를 얻어 어머니와 함께 서울에 체류 중이라는 소식을 들었다. 나는 로이 목사의 가족사를 듣고 있다가 별안간 그에게 질문을 했다.

"혹시 따님이 선교사로 나갈 뜻이 있느냐?"라고 물었더니 있다는 것이다. 또 영어 강의가 가능하냐고 물었더니 가능하다고 했다. 폴란드에서 영어로 수업을 받았다고 한다. 나는 짓궂게 다시 한번 질문했다. "혹시 북한에 선교사로 갈 의향이 있을까요?"라고 물었더니, 로이 목사

로이 목사 가족과 함께

는 잠시 나를 빤히 쳐다보다가 갈 수 있다고 담담하게 대답했다. 북한에 갈 수 있다는 대답을 듣고서 나는 가방에서 평양과기대(PUST) 브로셔를 하나 꺼내 그에게 주면서 학교 명함도 같이 주었다.

그러고는 낮은 목소리로 "오늘 집에 가거든 가족들과 의논해 봐요, 만일 따님이 그럴 의사가 있다고 하면, 로잔대회 끝나고 나서 우리 따로 만나 깊이 의논합시다."라고 했더니 씩 웃으며 그리하겠다는 것이다. 그리고 그다음 날 로이 목사의 딸이 PUST에 가서 사역할 뜻이 있다고 전해 주었으며, 나는 그들 가족과 10월 8일(화) 점심시간에 양재동 필자의 사무실에서 만나기로 약속했다. 참으로 좋은 일이 일어날 것 같은 예감이 든다.

CFK(Christian Friends of Korea) 하이디 린튼(Heidi Linton) 대표

필자는 몇 달 전부터 미국 노스캐롤라이나 블랙 마운틴에 있는 린튼 가(Linton 家)의 대표적 사역자, 하이디 린튼과 이메일로 교신하면서 북한 사역을 위해 몇 가지 의논해온 바가 있다. 린튼 가는 한국에서 4대째 사역해온 선교 명문가다. 맏형 스티브 린튼(Stephen Linton)이 북한 결핵 사업을 장기간 해 왔으며, 막내 존 린튼(John Linton, 한국명 인요한)은 연세대 의대 교수를 역임했고, 지금은 정계에 나가 국민의힘 최고위원으로 활약하고 있다. 이런 린튼 가를 대표하는 사역자인 하이디 린튼 여사가 로잔대회 발표자로 온다는 소식을 북한 세미나 관계자, 제이미 킴(Jamie Kim)으로부터 듣고 얼마나 기뻤는지 모른다. 그래서 22일 저녁, 메인 홀에서 열린 개회식 행사 때 그녀의 자리로 찾아가 첫 인사를 했고, 다음 날 저녁 만찬을 같이 하기로 약속했다.

그리고 23일 송도 컨벤시아 부근에 있 는 경북궁 한정식당 에서 만

찬을 대접하 면서, 여러
가지 의견을 허심탄회
하게 나누었다. 이 자리
에는 정원주 실장이 통
역자로 참여했으며, 나
는 또 한 분의 귀한 손
님을 초청했다. 그는 미
국 시민권자로 미시건

하이디 린튼과 함께

대학과 하버드대학에서 공부했고, 미국 정부와 한국 정부에서도 일한
바 있다. 지금은 서울대에서 AI연구원 팬데믹 인텔리전스센터장을 맡
고 있는 전영일 박사다. 이분은 PUST 개교 후 초기에 2년간 R & D 사
역을 지원했던 분이시다. 그 후에는 하이디 린튼 대표도 잘 알고 지내
고 있으며, 특히 북한 보건의료 사역을 많이 협력해 오신 분이다.

그날 참으로 아름답고 유쾌한 만찬을 즐겼다. 그동안 코비드 팬데
믹으로 중단되었던 PUST 제5차 국제 컨퍼런스를 내년 2025년 10월에
재개하는 일부터 시작하여 여러 가지 대학 장기 발전계획 및 보건의료
지원사업에 대한 새로운 일을 의논하고 기획하는 매우 창의적인 대화
를 나누었던 자리가 되었다. 아직은 잘 알 수 없지만, 북한에 새 길이
열릴 것 같은 희망이 솟구친다.

조명환 회장, 곽수광 목사, 한미미 부회장

메인 홀의 좌석 배치는 로잔대회 본부에서 임의로 국가별, 지역별
로 적절히 배정했다. 필자의 좌석 번호는 H65였다.

첫날(22일) 저녁 개회식 행사에 참석하기 위해 바삐 서둘러 찾아간

자리에서, 나는 일찍이 만나보고 싶었던 조명환 회장(한국 월드비전)을 만났다. 그는 미국 유학 후 건국대 교수로 봉직하면서 아시아·태평양 에이즈 학회를 이끌었고, 특히 CBMC(기독실업인회) 회원으로서 필자와는 오랜 지기였다. 그러다가 3년 전에 9대 한국월드비전 회장을 맡아 국내외에서 많은 구제사역을 감당하고 있다. 필자가 PUST 공동운영총장으로서 그를 찾아가 북한 사역에 대한 공동관심 분야와 협력 사항을 의논하고 싶었지만, 워낙 일이 많고 바쁜 자리라 부담을 드릴 것 같아 차일피일 미루다가 이번에 로잔대회에서 극적으로 만난 것이다. 그러니 우리가 얼마나 반갑게 만났겠는가!

그런데 그 자리에는 평소 늘 한 달에 한 번씩은 꼭 만나는 분을 우연한 일처럼 또 만나게 되었다. 필자가 회원으로 있는 CBMC 서울 영동지회의 지도목사인 곽수광 목사님이시다. 그는 국제푸른나무재단 이사장으로 북한 장애인 사역을 오래 해오신 분이다. 2012년 제14회 런던 패럴림픽 때 북한 선수들이 처음으로 국제경기에 나가도록 지원했던 분이다. 그런 곽 목사께서 내가 앉아 있는 자리(H65)로 오시더니 "우리가 여기서 또 만나는 건 우연이 아니라 하나님의 섭리입니다."라고 하면서 손이 아플 정도로 꽉 잡아주셨다. 그 외 세 분(목동 예수다솜 교회 박진구 목사, 필리핀 민다나오에서 오신 엘리자베스 선교사, 광주보건대학 김정선 교수)이 더 앉았는데, 우리 팀은 다른 어느 자리보다 화기애애하고 의사소통이 잘 되는 것 같았다.

이렇게 5일간 오전 프로그램을 동일한 자리에서 같이 모임을 하다 보니, 우리 모두 오랜 지기처럼 친해졌고 점심때도 특별한 약속이 없으면 다이닝 홀에 가서 같이 식사했다. 그런 중에 곽수광 목사의 소개로 점심시간에 같이 동석한 분들이 몇 분 있었는데, 그 가운데 한미미 부

회장(국제푸른나무재단)이란 여성을 알게 되었다. 부군께서 영화 제작을 한다고 했고, 어릴 때부터 미국에서 자라서 영어가 퍼팩트했다. 우리가 여럿이 모여 식사를 하다 보니 자연히 남북한 관계 이야기가 주종을 이루었는데, 한미미 부회장이 특별한 제안성 발언을 했다. 자기는 해외뿐 아니라 국내에서도 남북 관계 발전에 대한 포럼에 참석하게 되면, 남북한 분단의 상징인 비무장지대 DMZ(Demilitarized Zone)을 세계인들이 함께 모여 꿈을 만드는 DMZ(Dream Making Zone)으로 기획하자는 주장을 많이 한다고 했다. 나는 이 말을 듣는 순간, 귀가 크게 열리고 숨이 막힐 정도로 격한 감동이 일어났다. 아! 그렇다. 이거다. 우리가 만일 Demilitarized Zone을 Dream Making Zone으로 바꿀 수만 있다면, 적대적 관계로 분리, 대치하고 있는 남북한 문제를 평화통일로 탈바꿈시키는 가장 효과적인 미래 대안을 만들 수 있겠다는 생각이 번쩍 들었던 것이다.

로잔대회에서 곽수광 목사, 한미미 부회장, 예수원 벤 토레이 신부 내외와 함께

그날 이후 나는 한미미 부회장이 제안했던 Dream Making Zone을 NK 미션의 근간으로 삼고 집중해서 숙고하는 버릇이 생기고 말았다.

또 하나의 DMZ

26일(목) 저녁 집회, 제4차 로잔대회의 하이라이트라고 해도 무방할 '한국교회의 열두 돌' 공연을 보면서 느낀 점이 크다.

140년에 이르는 한국교회사를 뒤돌아볼 때, 12개 사건의 고비마다 해외선교사들이 한국을 위해 지원하고 협력해온 역사적 사실이 역력했고, 그런 과정에 바쳐진 모든 헌신과 공로는 '오직 예수'를 믿는, 믿음 안에서만 가능한 복음의 능력이 원천적 힘이었다. 이러한 복음의 능력을 중심으로 세계 교회와 단체를 대표하는 5,000명이 서울-인천에 모여 한목소리로 선포한 '서울선언문'은 장차 한국교회와 세계 선교역사의 발전을 위한 일에 영적 부흥의 새로운 기초를 제공할 것이다. 또한 동참한 모든 이들에게 실천적 행동과 협력을 요청하는 영적 각성의 부담으로도 작용할 것이 틀림없다. 이런 점에서 필자는 '서울 선언문'을 단순한 문서적 합의로만 보지 말고 이번 로잔대회에 참석한 모든 세계 교회와 단체가 실질적으로 추진하는 전략적 대안의 캐치프레이즈로 'Dream Making Zone'을 잇대어 채택해 주기를 바라는 마음이 간절하게 생겼다.

어느 시대, 어느 지역에서나 우리들 인간사회에는 늘 적대적 관계로 분리되고 대치하는 집단 간의 단절이 있어 왔다. 국내의 정치 이념적 분화 현상과 계층 간, 소득 간 빈부 격차뿐만 아니라 세계적으로 종교 및 민족(인종) 간 갈등, 글로벌 노스-사우스 간의 양극화 현상, 즉 선진국과 개발 도상국(후진국) 사이의 경제적·정치적 격차로 인해 발생하는 문제 등으로 세상은 늘 대립하고 충돌하는 가운데 서로 넘나들지 못하게 비무장지대(Demilitarized Zone)를 설정해 놓고 각축하는 형국이다. 이러한 현상을 타파하고 변화시키는 데 가장 순전하고 윤리적이며 지속가능한 파워는 무엇일까? 나는 그것을 '복음의 능력'에서 찾을 수 있다고 믿는다. 주후 2천 년의 인류 역

DMZ

사를 돌이켜 보면, 그나마 이 정도로까지 세계를 순화하고 지탱해온 데는 기독교적 복음의 능력이 그 기초를 이루어왔기 때문이라고 할 수 있으며, 그런 과정에 목숨을 바쳐 헌신한 숱한 순교자들의 피와 땀이 인류의 인간적·인격적 가치를 존귀한 상태로 고양할 수 있었다고 나는 믿는다.

이번 제4차 로잔대회를 통하여 내가 느끼고, 공감하고, 깨달은 바를 집약해서 한마디로 말하라면, 이제껏 모든 사물과 현상을 대치적 대립 관계에서 분쟁 해결의 실마리를 찾으려고 했다. 그런데 그 생각을 바꾸어 누구나 서로 소통하고 대화함으로써 함께 연대하고 융합할 수 있다는 상호호혜적 긍정적 관점을 갖고 내가 먼저 손을 내밀어 상대방의 약점을 보살펴 주는 것이 모든 분쟁 해결의 실마리가 되어야 한다는 것을 배웠다고 말하고 싶다. 이러한 깨우침과 믿음을 제4차 로잔대회

에 오신 5,000명 대표들과 함께 한 마음으로 기도하며 소통하게 되기를 소원한다. 그것이 '한국교회의 열두 돌'을 새로운 한반도 역사의 터 위에 세우는, 평화통일로 나아가도록 만드는 '길목에 세우는 이정표'가 될 수 있을 것이다. 또한 그렇게 우리는 서로 손잡고 함께 길을 걸어갈 때 더 좋은 생각과 더 아름다운 뜻으로 서로를 사랑하며 기쁨공동체적 삶을 나누게 될 것이다. 이는 궁극적으로 대립과 분쟁을 넘어서 화해와 용서의 길, 생명의 길로 우리를 인도하는 '보이지 않는 힘'이 작용하는 또 하나의 DMZ(Dream Making Zone)의 세상이 될 것임이 틀림없다. 나는 이렇게 꿈꾸며 내게 주어진 역사적 사명을 위해 남은 인생을 오롯이 살아가고 싶다.

남 주자학(學) 개론

요즘 들어서 아내가 잘하는 일 중의 하나가 '아껴서 남 주는 일'이다. 옷이나 물건을 아껴서 교회의 이웃돕기 행사에 기증하거나 '굿윌 스토어(Goodwill Store)' 같은 곳에 가져다주기도 한다. 또 주일마다 예배 후 자식들과 손주들이 우리 집에 모이면 점심도 같이 먹지만, 그때마다 아이들에게 "시간을 아껴서 공부해야 한다, 물건을 아껴 쓰고 음식물도 남기지 말고 깨끗이 먹어야 한다."라는 등 잔소리를 자주 한다. 그래도 자식들이나 손주들이 큰 불평 없이 잘 듣고 순종하는 모습을 보면 참 고맙기도 하다.

어젯밤에도 집사람과 이런저런 얘기를 하다가 '아껴서 남 주는 일'에 대해 의논했다. 다음 주에 일본(11/12~14)에 다녀온 후, 곧바로 몽골(11/15~18) 출장이 있는데, 몽골에 갈 때 집에 있는 물건을 챙겨서 지인들에게 선물로 주면 어떻겠느냐는 얘기였다. 나는 백번 좋은 일이 라고 찬성했다. 그러다가 옛날 20여 년 전(1992년 5월) 한국CBMC 서울 영동지회 전도 초청 모임에 갔다가 그 단체의 지도목사로 계시던 김동호 목

❖ Spirit-Oriented Person

공부해서 남주자
돈벌어서 남주자
출세해서 남주자

김동호 목사, 이태석 신부(아프리카 수단), 도산 안창호, 남강 이승훈

사에게 들었던 말씀이 생각나서 급기야 글을 쓰게 되었다.

다름 아니라 김 목사께서 창세기 1장 27-28절을 본문으로 말씀(제목 : '고지를 점령하라')을 전하던 중에 느닷없이 '공부해서 남 주자', '돈 벌어서 남 주자', '출세해서 남 주자'라는 메시지를, 참석자들을 향해 큰 소리로 외치는 게 아닌가! 나는 평소 들어보지 못한 말이라 잠시 어리둥절했지만, 그 후 인생을 살아가면서 그 말씀이 계속 반복적으로 되새겨지며 아직도 가슴에 깊이 박힌 못처럼 남아 있다. 어젯밤에도 몽골이야기 중에 아내가 '아껴서 남 주자'라는 말을 하기에 옛일이 생각났고, 그래서 김 목사께서 하신 말씀에 덧붙여 네 가지 항목의 '남 주자학(學) 개론'을 정리함으로써 내 나름대로 '인생의 고지'를 점령하는 데 중요하다고 생각하는 신념과 소회를 밝히고자 한다.

공부해서 남 주자

어느 시대, 어느 사회를 막론하고 자녀 교육이나 학습의 진전을 위해 신경 쓰지 않는 나라가 어디 있겠는가? 성리학을 국가 이념으로 세운 이씨 조선이 과거 제도를 통해 엘리트를 양성하고 선별하여 국사를 이끌도록 조치한 학문 중시의 전통은, 그 후 500여 년을 넘어 현재의 한국에까지 고시제도와 각종 자격증 시험으로 그대로 계승되고 있다. 그만큼 우리의 인생에 매우 중요하고 실질적인 기능을 부여하는 요건이 성공을 위한 '공부'다.

그런 '공부'를 태만하게 하거나 무시하는 사람은 결국 사회에서 낙오하고 도태되는 경우를 많이 본다. 그런 만큼 우리는 자녀 교육을 엄중히 관리하면서 자식이 '공부벌레'가 되기를 원하는 부모들이 적지 않다. 극단적인 예로 대학 입시 공부를 위해 초등학교 때부터 사설 학원에 보내는 등 경쟁적으로 심혈을 기울이고 있다. 여기에 문제가 있다. 그렇게 자란 아이들이 나중에 좋은 대학에 들어가고, 또 사회에 진출하는 데 남다른 성공 가도를 달린다고 치자. 그런 아이가 장차 '의미 있고 행복한 인생'의 주인공이 될 수 있을까? 다시 말해 우리가 추구하는 진정한 교육, 즉 인격과 실력이 겸비된 인재로서 이웃과 사회로부터 존중받는 리더십을 갖추는 데 있어서 그것만으로 충분할 수 있을까? 나는 아니라고 본다.

세속적인 성공에 따른 필요조건은 될 수 있을지 모르지만, 인생 전체를 두고 '삶의 의미와 행복을 추구하는 길'에는 결코 충분한 조건이 되지 않는다. 오히려 그렇게 성장한 인물은 '자기 의(義)'에 갇혀, 자기 중심적이고 이기적인 삶에 치우치다가 자신도 모르게 외곬의 함정에 빠지기 쉽다. 그리고 그 여파로 마침내 편파적이고 폐쇄적인 삶을 살게

됨으로써, 이웃과 사회를 매사 불평하고 비판적인 시각으로 보는 상태로 전락하기 쉽다. 나는 이런 분들을 종종 경험한다.

그렇다면 이런 모순된 성공 방식의 함정을 뛰어넘어 진정한 의미와 행복을 찾으려면 어떻게 하는 게 좋을까?

내 경험으로, 가장 쉽고 확실한 방법으로, 김동호 목사께서 외친 "공부해서 남 주자!"를 실천하면 된다고 본다. 자신이 배우고 공부한 것을 이웃과 미래 세대에게 조건 없이 나눠줄 수 있다면, 아무런 반대급부 없이 무상으로 나눠 줄 수 있다면, 그 후 그는 이전에 경험하지 못한 참으로 기쁘고 감사한 마음의 경로를 통해 더 멋지고 아름다운 인생의 보람을 얻게 될 것이 분명하다. 이것을 두고 이타적 행위로 거두는 선순환적 보상이라고 말한다.

나는 이런 인생을 살아가는 분들을 여러 곳에서 만나 보았다. 미국이나 캐나다, 유럽 등에서 유학을 마치고 돌아온 고급 인력들이 어린 자녀들을 데리고 일 년의 절반이 얼어붙는 동토의 땅 중국 연변에 가서, 아무 대가 없이 자신의 지식과 경험과 희망을 나눠주는 분들이다. 바로 조선족 후예들을 위해 헌신해 온 연변과학기술대학(YUST) 교수들이다. 또한 외국인 신분으로 평양과학기술대학(PUST)에 들어가서 희생적인 삶으로 자신의 모든 것을 베풀며 가르치고 있는 외국인 교수들도 있다. 그분들의 순수한 박애 정신과 겸손한 미덕을 생각하면 참으로 눈물이 날 정도로 고맙고 귀하게 여겨진다.

어디 이분들뿐이겠는가?

남다른 비전을 품고 자신을 연마한 다음, 그 능력과 성과를 타인을 위해 인생을 사는 분들이 적지 않다. 그 가운데 국내에서 가장 잘 알려진 분으로 한동대학교 초대 총장을 역임하셨던 고(故) 김영길 총장을 들 수 있다. 1995년에 개교한 후, "Why not Change the World?"라는 기치를 내걸고 28년간 한마음으로 달려온 김 총장의 좌우명이 있다.

바로 그 유명한 "배워서 남 주자!"이다.

그는 이 세상을 떠났지만, "배워서 남 주자"는 가르침을 따라 열심히 공부했던 한동대 학생들은 지금 세계 여러 곳에서 인격과 실력을 겸비한 인재로 활약할 뿐 아니라, 배우고 공부한 것을 이웃과 약자들을 위해 나누고 베푸는 삶을 통해 선한 영향력을 끼치고 있다. 그들이 가장 존경하는 스승은 두말할 것 없이 김영길 총장이다. 그런 면에서 김영길 총장은 참으로 의미 있고 행복한 삶을 살다가 가신 지성인인 동시에 미래세대의 정신적 스승이 되기에 부족함이 없는, 신실하고 의로운 교육자였다.

그래서 나도 후학들에게 이렇게 조언하고 싶다.

첫째, 공부를 열심히 해라. 할 수 있는 모든 힘을 다 기울여 공부해라.

둘째, 배우고 익힌 지식을 아무 조건 없이 남들과 나누고 소통하는 선한 매개물로 사용해라.

셋째, 남을 이롭게 하면 언젠가 남들이 당신을 존중하고 스승으로 대접하며 끝까지 따를 것이다.

연변과기대(1992년 9월 개교)의 자매학교로 한동대학이 1995년 5월에 개교했을 때, 그동안 대학 설립을 위해 동분서주하며 숱한 고생을 겪

고(故) 김영길 총장

었던 김영길 총장을 위로하고 축하하기 위해 찾아간 적이 있다. 그 자리에서 담담한 어조로 "배워서 남 주자!"라는 신념을 갖고 학생들을 가르치겠다고 다짐하던 그분의 모습이 지금도 눈에 선하다. 그리고 똑같은 의미로 "공부해서 남 주자!"라고 외치던 김동호 목사의 목소리가 오늘따라 더욱 귀에 쟁쟁하다. 참으로 귀하고 존경해 마지않는 분들이다.

돈 벌어서 남 주자

세상에 돈 싫다는 사람이 있을까?

돈을 적게 벌고 이것으로 충분하다고 생각하는 사람도 드물 것이다. 역사를 뒤돌아볼 때, 욕심을 내어 재화를 탐하기보다 가난을 운명으로 받아들이며 편안한 마음으로 도를 즐긴다는 '안빈낙도'의 삶이 존중받던 시대가 있었다. 특히 공직자로서 청렴결백하고 검소하게 사는 것을 즐기며 '청빈낙도'의 삶을 누리는 것이 조선의 선비들이 추구해야 할 최고 덕목으로 평가되던 시대도 있었다. 이러한 생활 윤리는 불교와 유교(성리학)의 영향을 이어받은 지식인들이 자신의 심신을 안정시키고, 세상의 지탄을 받지 않도록 겸허하게 살아가려는 노력을 기울이게 했다. 그리고 그러한 노력의 일환으로 일종의 정결 의식에 가까운 '자정의 윤리'를 삶의 기준으로 삼았다고 해도 크게 틀린 말은 아닐 것이다.

그러나 기독교 특히 한국의 개신교(프로테스탄트) 교회에서는 좀 더 적극적인 방법으로 직장과 기업을 통해 돈을 벌고 그 돈을 자기뿐만 아니라, 이웃과 사회에 환원하는 과정을 통하여 세상을 더욱 아름답게 변화시켜 가고자 애쓰신 분들이 적지 않다. 이를 두고 '청부 사상' 또는 '청부 신앙'이라 하기도 하는데, 이런 노력에 최선봉 역을 자청하며 '깨끗한 부자' 운동을 일으킨 분이 계시니, 그가 다름 아닌 김동호 목사다. 김 목사는 "돈벌어서 남 주자!"를 외치며, 열심히 일하고 선한 욕심을 갖고 신나게 사업을 하여 큰돈을 벌라고 독려한다. 그러나 돈을 버는 과정과 방법은 성경적이어야 할 뿐만 아니라, 사회적으로도 깨끗하고 정직해야 한다고 전제한다. 그런 다음, 그렇게 번 돈을 자기 혼자서만 먹지 말고 많은 사람들, 특히 가난하고 병든 약자들을 위해 베풀고 나누는 수준까지 나아가야 진정한 '청부 신앙인'이 된다고 가르친다.

요한복음 6장에 보면 보리떡 다섯 개와 물고기 두 마리(오병이어)로 오천 명을 먹이신, 예수님이 행하신 기적의 현장에 대해 기록한 말씀이 있다.

벳새다 광야에 모인 군중들이 저녁이 되어 모두 허기져 있을 때, 어린 한 소년이 자신이 먹으려고 가지고 왔던 도시락을 예수님 앞에 내놓는다. 그러자 예수님이 그 '오병이어'가 든 도시락을 들고 하늘에 축사한 다음 군중들에게 나눠 주었는데, 어른만 쳐도 오천 명이 넘는 무리가 모두 배불리 저녁을 먹었다는 얘기다.

김동호 목사는 이 말씀을 자주 인용하면서 내게 있는 작은 것이라도 예수님께 드리면 오천 명이 먹고도 열두 광주리가 남는 '나눔의 기적'이 일어난다고 설교하였다. 그러면서 기독실업인들이 저마다의 재능과 기술로 최선을 다해 열심히 일하여 돈을 번 다음, 그것을 예수님께 드려 오천 명을 먹이고 살리는 일에 쓰임 받도록 하라고 권면 해왔다. 다시 말해, "오천 명분을 먹어 치우는 사람이 되지 말고, 오천 명을 먹이는 사람이 되라."는 것이 가르침의 요지다.

이러한 '깨끗한 부자' 운동은 책으로도 발간되었고, 그 후 오랜 기간에 걸쳐 한국의 기독실업인들에게 큰 영향을 미쳤음은 물론이다. 그리하여 나 또한 그 운동의 한 동역자로서 CBMC(기독실업인회)를 통해 이웃과 사회적 약자를 돌보는 일에 참여하는 '선한 일꾼'들을 많이 배출할 수 있도록 권면하고 격려하는 일에 힘써 왔다.

이러한 선행('아름다운 나눔')과 이웃을 향한 사회적 가치를 실현한 분들이 어디 기독교인들뿐이겠는가? 다른 종교인들 가운데도 훌륭한 사례가 많으며, 설혹 신앙을 지니고 있지 않은 분들 가운데서도 종교인들 보다도 더욱 아름다운 행동으로, 큰돈으로 선행을 베풀고 떠난 분들이 적지 않다.

내가 아는 분 가운데 대표적인 사례로 정문술 회장을 들고 싶다.

'김경묵 칼럼'의 대표이신 김경묵 선생이 지난 6월 중순에 타계하신 정문술 회장을 기리며, 마음 아파하며 올린 글을 읽어보면 가슴이 뭉클해지는 대목이 한두 군데가 아니다. 중앙정보부 출신의 늦깎이 창업으로 많은 시행착오와 고통이 있었지만, 이를 슬기롭게 잘 이겨냈을 뿐 아니라, 회사명 그대로 '미래 산업'을 위한 새로운 기술과 트랜드에 천착하면서 누구보다 열심히, 정직하게 노력한 끝에 그는 남들보다 앞선 분야('라이코스' 인터넷기업 국내 도입, 반도체 검사장비 '핸들러로' 시장 개척

정문술 장학금, KAIST에 전달

등)에서 크게 성공했다. 김경묵 대표는 당시 정문술 회장을 인터뷰했을 때, "정직한 경영으로 돈을 번 우리나라 최초의 기업을 만들고 싶다." 라는 포부를 밝혔다고 한다.

그는 이후 공장에 있는 직원들과 대화하면서 세습하지 않겠다는 약속을 했고, 그 후 소유와 경영을 철저히 분리하는 경영관리를 통해 전 직원의 사기와 긍지를 높였다. 또한 디지털경제에 맞는 기부 문화를 정착시키겠다고 공언하면서 그에 걸맞는 기부를 통 크게 했다. 카이스트(KAIST)에 거액을 기부한 것도 그의 이러한 "돈 벌어서 남 주자."라는 기부 의식이 실천적으로 드러난 사례다. 나아가 그는 은퇴 후에도 재능 있는 인재들을 키우고 돕는 일에 아낌없이 헌신했는데, 대표적으로 현 카이스트 이광형 총장이 그 대상 인물 가운데 뛰어난 사례라고 할 수 있다. 나는 정문술 회장을 직접 알지는 못했지만, 필자가 2021년 3월 평양과기대(PUST) 3대 공동운영총장으로 선임된 후, 제일 먼저 만나 자문을 구한 분이 바로 이광형 총장이었다. 그때 이 총장은 정문술 회장께서 카이스트와 자신에게 베푼 선행을 자랑하면서 극한 존경의 뜻을 표하는 걸 보았다. 당시 표현은 하지 않았지만, 내심으로 얼마나 부럽고 감사한 마음이 들었는지 모른다.

이외에도 크고 작은 선행을 통해 세상인심을 훈훈하게 만들고, "세상은 살아볼 만한 곳이야."라는 식으로 상대방의 기운을 북돋워 주는 사례가 적지 않다. 신문과 뉴스에서는 늘 사건 사고나 사회의 부정적인 면을 드러내는 데 힘을 쏟고 있는 듯한 인상을 줄 때가 많다. 그러나 나는 단언컨대, 눈에 보이지 않고 귀에 잘 들리지 않지만, 이 세상에는 악한 사람들보다 착한 사람들의 수가 더 많다고 생각한다. 그리고 자기도 힘들지만, 자신이 벌어서 가진 적은 돈을 쪼개어 자기보다 더 어려운 이웃을 위해 나누고 베풀고 돌보는 사람들이 의외로 많다는 사실을 깨닫는다. 그러한 분들께 감사의 기도를 한다.

마침 오늘(11/8) 아침 '조선일보' A25면에 아름다운 미담 두 개가 실려 반갑게 읽었다. 하나는, 울산 남구 신정동에서 열린 소프트웨어 교육시설인 '종하이노베이션센터' 준공식 기사다. 3대를 이어 330억 원이라는 통 큰 기부를 한 가족 얘기다.

이주용(89) KCC정보통신 회장은 47년 전 부친 고(故) 이종하 선생이 기부해 지은 실내체육관인 '종하체육관'이 낡아지자, 아들(이상현 부회장)과 함께 체육관을 허물고 이노베이션센터를 지은 것이다. 이날 준공식에 참석한 김두겸 울산 시장은 '당신은 울산의 자랑스러운 시민'이라고 새긴 감사패를 전달하면서 청년 창업의 '꿈 터'가 생겼다고 치하했다. 이 회장은 2017년 KCC정보통신 창립 50주년을 맞아 "내가 가진 예금, 주식 등 1,200억 원 중 절반을 사회에 기부하겠다."라고 했는데, 이번에 이노베이션센터를 준공하면서 7년 만에 약속을 지킨 것이다.

또 하나는, 서울 동대문구 경동 시장에서 3평 남짓한 도라지 가게를 운영하는 이승숙(64) 씨의 미담이다. 그는 43년째 도라지를 팔아서 한 푼 두 푼 모은 5천만 원을 지난달 4일, "형편이 어려워 공부하지 못하는 학생이 없게 해달라."며 동국대에 기부했다. 독실한 불교 신자인 이씨는 남편을 일찍 여읜 후 시동생 삼 형제를 돌보며 경동 시장에 터를 잡고 도라지, 더덕을 까며 매일 200~250원씩을 악착같이 모았다고 한다. 그 악착같이 벌어서 모은 돈을 "나도 형편이 어렵지만, 나보다 더 힘든 사람들을 도울수록 내 마음이 풍요로워진다."라고 하면서 아낌없이 쾌척했다.

참으로 아름다운 얘기다. 이래서 세상은 살 만한 곳이고, 또 살맛 나는 세상을 만들어 후대로 이어주어야 할 사회적 책임이 우리들에게 있음을 다시 한번 깨닫게 한다. 그렇다, 우리 모두 '돈벌어서 남 주는 일'에 죽기 살기로 한번 도전해 보자.

출세해서 남 주자

세상에는 우리가 존경할 만한 많은 위인들과 훌륭한 리더들이 있다. 그들의 성장과 행적 및 실적을 다 알 수 없지만, 그들이 출세한 배경과 내력을 살펴보면 유의미한 특징을 발견하게 된다. 이를 파악하는 방법으로 직업과 사회적 역할 범위를 구분하여 정리해 본다.

첫째, 어려운 성장 과정을 거쳤지만 이를 극복하고 출세한 이후에 이웃과 사회, 나아가 국가와 세계를 위해 자신의 재량과 능력을 크게 발휘한 지도자형 리더들이 있다. 이런 분들은 대개 정치 분야에서 탁월한 역할을 많이 했다. 에이브러햄 링컨 대통령이 가장 위대한 사례가 될 수 있겠다.

또한 흑인으로서 최초의 미국 대통령이 된 오마바 대통령도 빼놓을 수 없는 인물이다. 한국 정치사에서도 청년 시절의 고난을 딛고 애국심과 국가 비전을 가슴에 품고 불굴의 의지로 나라와 국민을 위해 전 생애를 바친 이승만, 박정희, 김대중 대통령 등의 리더십을 돌아보면, 그들이 저마다 당면한 시대적 정의를 위해 얼마나 큰 역할과 영향력을 미쳤는지 알 수 있다. 이외에도 국회의원이나 선출직으로 출세한 지자체 단체장들이 정치적 리더로 성공한 분들이라고 평가할 수 있는데, 이들이 선공후사(先公後私)의 리더십으로 각자가 맡은 임무와 사명에 충실할 때, 국리민복(國利民福)의 터전이 확장되고 지역과 사회가 더 큰 미래를 보장하며 발전할 수 있을 것이다.

둘째, 평범한 가정에서 태어났지만, 자라는 과정에 국가 또는 사회가 정해 놓은 기존 교육 시스템대로 공부하고 성공한 다음, 후일 자기의 경험과 비전을 부하들과 타인들에게 전수하는 방법으로 사회적 리더 역할을 하는 분들이 제법 많다. 법조계 인사, 교수, 학자, 연구원, 고위급 공무원 같은 분들이 여기에 속한다. 국내외적으로 이 분야 리더들은 다른 분야보다 이름은 덜 알려졌지만, 영향력 면에서는 매우 지적이고 실질적인 대안을 조언하는 오피니언 리더들이다. 행동거지도 매우 겸허하게 처신하는 바람에 옆에 있는 사람들조차 그들이 무슨 일을 하고 있는지 모를 때가 많을 정도다. 그러나 실질적인 면에서 그들은 사회 각 분야에서 조용하지만 매우 유니크한 영향력을 발휘하며 사회에 크게 기여하고 있다. 이런 분들의 전문성과 솔선수범하는 영향력은 마

허준이 교수

치 잘 조합된 모듈처럼 조직의 생산성을 강화하고 체계화하는 데 큰 역할을 담당하게 된다.

2년 전에 한인으로서는 처음으로 '수학계 노벨상'이라고 불리는 필즈상(Fields Medal)을 수상한 미국 프린스턴대학교 허준이 교수도 이 범주에 속할 수 있겠다. 그는 지금 유명 인사가 되어 있지만, 국내에서 고교를 중퇴하고 검정고시를 통해 서울대 물리학부에 진학한 후 미국으로 유학을 간 특이한 경력을 지닌 인물이다. 내성적인 성격으로 평소에 말없이 자기 일에만 몰두한 타입이지만, 필즈상을 수상한 지금은 국내뿐만 아니라 세계 여러 지역의 꿈나무들을 향해 엄청난 영향력으로 등대 역할을 하고 있다.

셋째, 학교 성적에 매달리기보다 자기가 좋아하고 잘하는 강점에 집중하고 이를 잘 훈련해서 출세한 분들이 많다. 이런 분들은 문화, 예술, 스포츠, 게임 등 특기 분야에서 남다른 독창적 실력과 업적을 쌓으며 큰 인기를 얻고, 가는 데마다 많은 팔로우들을 거느리며 큰 영향력을 미치는 분들이다. 영화인, 가수, 스포츠 맨(야구, 축구, 농구 등)은 말할 나위 없고, 소설가, 화가, 성악가들 가운데도 많은 분들이 출세했다. 한국 출신의 젊은이들만 따져도 최근에 세계적으로 각광받는 인물들이 많이 배출됐다. 최고의 축구 스타로 손꼽히는 손흥민(32), 세계가 주목하는 피아니스트 임윤찬(20), 조성진(30), 한국을 대표하는 세계적 성악가 조수미(62), 국내는 물론 세계적으로 한국 화단을 대표 하는 서울대 김병종 교수(47), 봉준호 감독에 이어 올해 미국 아카데미상(오스카상) 작품상과 각본상 후보에 오른 한국계 캐나다인 셀린 송(36) 등 K-컬처와 한류의 흐름을 타고 세계 여러 지역에서 한국의 위상을 드높이는 인물들이 산재해 있다. 거기에 더하여 올해 노벨문학상을 수상한 한강 작가(54)까지 합치면 정말 대단한 영향력을 가진, 한국을 빛낸 위대한 인물군이다.

넷째, 한국을 대표하며 세계적으로 이름난 기업인들을 꼽아 보라면, 재벌급 인사들뿐만 아니라 벤처 및 스타트업에서도 크게 성공 가도를 달리는 젊은이들이 많다. 삼성, 현대, SK, LG 등 재벌 총수들이 한마디 인터뷰하면 주가가 급등하고 경제 판도가 달라질 정도로 영향력을 미친다. 하지만 오히려 어떤 면에서는 젊은 다크호스 기업인들이 미래 세대의 흐름을 이끌어 가는 조타수 역할을 하고 있다고 해도 과언이 아니다.

미국 포보스 지(誌)가 선정한 '2020년 아시아 30세 이하 300인 리더'에 선정된 한국인 25명 중 스타트업 CEO 21인이 포함되어 있어서 국내 여론을 뜨겁게 달군 적이 있다. 그리고 작년 6월에 한국에 온, 생성형 인공지능(AI) 챗 GPT 개발사인 '오픈 AI'의 올트먼 최고 경영자

(CEO)가 한국 스타트업의 기술 수준과 기업 경영 능력을 높이 평가하여 러브콜을 보내왔다. 이러한 사실에 미루어 앞으로 국내뿐만 아니라 국제사회에서도 한국의 젊은 기술집약형 리더들이 얼마나 큰 영향력을 미칠지는 상상할 수 없을 정도다. 참으로 놀라운 한국의 미래지향적 위상이다.

다섯째, 이 시대의 트랜드 가운데 미디어 분야가 점하는 역할과 영향력은 지대하다. 그저께 끝난 미국 47대 대통령 선거만 봐도 여론 조사와 심층 분석을 이끈 미디어의 영향이 얼마나 컸는가! 따라서 방송 및 언론 분야에 종사하는 리더들이 갖는 대중적 인기와 관심도는 연예인 이상이다. 그만큼 사회 각 계층에 큰 영향력을 끼치며 여론을 형성하고 그 흐름을 이끌어가는 향도적 역할을 하는 인물들이 적지 않다. 내가 개인적으로 좋아하고 존중하는 방송인과 논설위원, 기자들이 있지만 그들의 이름을 거명하는 것은 큰 실례가 될 것 같다. 다만 한 가지, 그들에게 바라는 것은 그들이 정치적 여론을 이끌고 형성하더라도 결코 진영 논리에 빠져 편견에 치우치는 일이 없도록, 명실공히 건전 사회를 계도하는 중도적인 태도와 잣대로 일하기를 당부하는 것이다. 국가를 흥하게도 하고 좌절시키기도 하는, '실체를 드러내지 않는 권력'이 그들의 입과 손끝에 달려 있기 때문이다.

이상 다섯 분야의 직업과 사회적 역할 범위에서 '출세한 인물들의 영향력'을 살펴보았다. 이분들이 사회적으로 출세하고 영향력을 끼치는 만큼, 나는 이분들께 마지막으로 한 가지 결론적으로 부탁하고 싶은 게 있다.

직언해서 말하자면 '출세해서 남 주는 일'에 신경을 써 달라는 부탁이다. 실제로 그런 일을 구상하고 실천해서 이 어둡고 각박한 사회에 등대와 같은 역할을 해주기를 바라는 마음 간절하다. 각자의 분야에서 열심히 공부하고 일해서 출세하도록 노력하는 것은 기본이며, 그렇게 출세해서 지명도가 높아지면, 그때 조금만 더 자신을 낮추고, 가슴을 열고, 겸손한 태도로 이웃과 사회를 따뜻이 보듬어 주는 섬김 형 리더들이 되어 달라는 부탁이다. 그렇게만 된다면 이 세상은 한층 더 살 맛 나는 세상으로 바뀌고, 대한민국에서 사는 게 천국 다음으로 행복한 삶이 되지 않겠는가!

아껴서 남 주자

김동호 목사께서 우리와 같은 기독실업인들에게 요청한 삶의 윤리는 기본적으로 "공부해서 남 주자!", "돈 벌어서 남 주자!", "출세해서 남 주자!"이다. 이 세 가지 덕목에 "아껴서 남 주자!"라는 항목을 덧입혀 '남 주자학(學)'의 4상(象) 개론을 마무리하고자 한다.

우리가 무엇을 아낀다고 할 때, 무엇을 아끼면 좋을까? 시간을 아끼고, 돈을 아끼고, 옷이나 물건을 아껴서 사용하고, 음식물을 아껴서 먹는 일이 실생활에 매우 유익하다. 이것을 나쁘다고 할 사람은 없다. 다만 이것을 제대로 실천하기가 어려울 따름이다. 이 가운데 내가 가장 지키기 어렵다고 여기는 것은 시간을 아끼는 일이다.

옷이나 물건은 나이가 들면서 거의 예전 것을 그대로 사용하고 있으니 아끼고 말고가 없다. 음식물도 적당한 양으로 먹고, 또 음식물을 남겨서 버리는 일이 없도록 조심한다. 여기에 더하여 시간을 정해 놓고 습관적으로 운동하는 것이 노년에 건강을 지키는 기본적인 비결이다. 실은 돈도 절약해서 아끼며 쓴다. 아끼려고 마음먹으면 얼마든지 아끼며 살 수 있다. 솔직히 고백하면, 나도 자신의 호의호식을 위해 쓰는 돈은 거의 없다. 아내도 이런 검소한 생활에 익숙해 있고 오히려 나보다 더 여물게 돈 관리를 한다. 이는 나이가 들어가면서 자연스럽게 익혀진 '습관적 절약'이다. 그런데 정말 맘대로 잘 안되는 것이, 내 경우에는 시간 관리다.

시도 때도 없이 찾아오는 손님도 많거니와 이런저런 일들로 여전히 바쁜 일정이다. 바쁘다는 핑계로 때를 잘 분별하지 못하고 시류에 흔들리고 있는 자신을 생각하니 마음이 무척 답답해진다. 이럴 때일수록 마음을 다잡아서 '맡겨진 일'을 잘 수행해야 할 텐데 묘안이 떠오르지 않는다. 그래서 성경을 펴놓고 이곳저곳 살펴보다가 '세월을 아끼라'는 대목을 찾아 읽었다. 에베소서 5장 15-16절 말씀이다.

"그런즉 너희가 어떻게 행할지를 자세히 주의하여 지혜없는 자같이 하지 말고 오직 지혜있는 자같이 하여 세월을 아끼라 때가 악하니라."

이 말씀을 묵상하고 있는데 갑자기 섬광처럼 '지혜의 빛'이 번쩍한다. 이건 내가 억지로 생각을 짜내서 된 게 아니라 오직 은혜로 주어진 생각이다.

"세월을 아끼는 자가 지혜로운 자요, 지혜로운 자는 세상에서 벌어지는 악한 일을 결국 이기게 된다."라는 생각이 번쩍 들었다. 그리고 그렇게 악한 일을 이기는 방법으로, 열심히 공부해서 남 주는 일이 곧 세월을 아끼는 일이고, 정직하게 돈 벌어서 남 주는 일이 곧 세상을 이기는 일이며, 또한 최선을 다해 노력한 끝에 출세한 다음 그 권위와 능력을 남을 위해 사용하는 것이 악한 시대를 극복하는 창의적인 대안이 된다는 것을 깨달았다.

시간을 아끼고 세월을 아끼는 일이 따로 떨어져 있는 게 아니라 공부해서 남 주는 일과 돈 벌어서 남 주는 일, 그리고 출세해서 남 주는 일에까지 함께 적용될 뿐만 아니라 공통분모로 역사(役事)한다는 사실을 깊이 깨닫게 되었다. 이것을 한마디로 묶어 보면, "지혜로운 인생, 즉 의미 있고 행복한 삶을 살아가는 지혜로운 자의 의(義)"라고 정의할 수 있지 않을까. 다시 말해 '인생의 고지'를 점령하는 탁월한 결단과 용기와 행동이다.

글의 제목을 '남 주자학(學) 개론'이라고 써놓고 보니, 혹자는 이 글을 마치 중국 남송(南宋)의 성리학자 주희(朱熹)를 연구한 글이 아닐까 오인할 수도 있겠다는 생각이 든다. 그러나 "남 주자"에 배울 학자를 붙였으니, 이는 '남 주는 일'에 대한 개념을 정리한 것에 불과하다.

이제는 글을 마쳐야 할 시간이다. 지금 내가 가장 쉽게 시간을 아끼는 방법은 여기서 글을 마치는 일이다. 그러나 끝으로 한 가지 소식만 더 전하고 싶다. 내가 존경해 마지않는 김동호 목사님(73)에 대한 최근 뉴스다.

그가 날마다 아카이브의 유튜브(최근 조회수 약 33만 명)로 팔로우 들에게 말씀을 전하는 '날기새(날마다 기막힌 새벽)'를 통해 들은 소식 이다. 5년 전(2019) 폐암 수술을 받았던 김 목사는 그 후 해마다 늦가을부터 겨울 동안 캄보디아에 체류하면서 건강 관리를 해왔다. 그런 중에 NGO 재단을 설립하여 세계 각지로부터 기탁한 성금을 갖고 쓰레기로 가득 찬 마을 한복판에 학교를 세웠다. 그런 후 불우한 어린아이들을 무상으로 가르치는 교육 사업을 꾸준히 지원해 왔다. 많은 뜻있는

캄보디아 딩카오 마을에 세워진 학교

기독인들의 헌금과 자원봉사자(교사)들의 헌신으로 지금은 100여 명이
공부하는 근사한 정규 학교가 되었다. 얼마 전에 전해 들은 기쁜 소식
은, 거기서 배출된 학생들 가운데 두 명이 프놈펜에 있는 유수 기업에
취업했다는 것이다. 그들은 거기서 은행원이 받는 봉급만큼이나 큰돈
을 벌고 있을 뿐만 아니라, 스스로 매월 일정액을 정하여 학교를 위해
헌금을 보내주고 있다는 것이다.

　나는 이 소식을 들으면서, 그가 20여 년 전에 우리들 앞에서 외쳤던
"공부해서 남 주자!", "돈 벌어서 남 주자!", "출세해서 남 주자!"라는 말
씀이 캄보디아 아이들을 통해서 그대로 실현되고 있다는 사실에 감동
하지 않을 수 없었다. 이와 동시에 내가 더욱 기쁘고 감격스럽게 여긴
것은, 이런 사역을 지원하고 이끌어 가고 있는 김동호 목사 자신이 '남
주자학(學)'의 산 증인이요 영적 실체가 되어 주고 있다는 사실이다. 더
구나 그는 암 환자가 아닌가! 그럼에도 불구하고 그는 세월을 아끼며,
악한 시대의 사선을 넘어 낮은 곳으로 가서 '찬란한 지혜의 빛'을 발하

며 캄보디아의 새로운 미래를 위해 헌신하고 있다. 짧은 인생을 영원한 시간에 잇대어서 자신의 인생을 참으로 아름답게, 의롭게 살아가는 지혜로운 분임이 틀림없다. 그래서 나는 이 글을 마무리하면서, 그가 그립고 보고 싶어서 눈물이 날 지경이다.

김동호 목사님, 사랑하고 존경합니다. 내내 건강하소서!

STEPPING STONES TO A MEANINGFUL LIFE

한국의 동쪽, 한동대

'한동, 은혜와 응답의 밤'

지난 11월 19일(화) 저녁에 앰배서더 서울 풀만호텔에서 한동대학교가 주최한 캐피털 캠페인 기금 안내를 위한 'Seize the Divine Moment' 행사가 있었다.

초청받은 내빈과 후원자 및 대학 관계자들 약 300명이 모여 대학의 현황과 미래 발전계획을 공유하며 한마음으로 축복하는 자리가 되었다.

주영훈 MC(가수, 작곡가, 새롭게 하소서 MC)가 전체 사회를 맡았으며, 한동대 미래위원회 이병구 공동위원장(네패스 대표이사 회장)께서 "다음 세대를 위해 투자하는 것이 가장 큰 가치"라는 요지의 축사를 한 다음, 이철우 경북지사, 이강덕 포항시장, 김성근 포스텍 총장, 미네르바 스쿨 Ben Nelson 설립자, 영락교회 김운성 목사의 축하 영상이 뒤따랐다. 그런 다음 "한동의 열매, 세상을 변화시키다"라는 제목으로 졸업생들 4명이 나와 학창 시절과 사회에서의 역할을 비교하면서 꿈과 좌절,

한국의 동쪽, 한동대   267

회복과 성취에 따른 한동인으로서의 삶을 나눈 토크 쇼(타운홀 미팅)를 진행했다.

주영훈 사회자가 "배가 고프니 이젠 밥 먹으면서 일하자!"라고 익살을 떠는 바람에 홀 안에 폭소가 터지기도 했다. 만찬을 시작하면서 최도성 총장께서 참석하신 분들에 대한 그룹별 소개가 있었고, 뒤이어 또 한 분의 미래위원회 공동위원장이신 이인용 전 삼성전자 사장께서 등단하여 한동인들에게 "한국 사회의 빛이 되어 달라!"는 당부의 격려사를 했다. 그런 다음 한동대가 배출한 대표적인 사회적 기업 ㈜향기내는사람들의 임정택 대표이사가 학교를 졸업한 후, 15년 동안 전국에 35개의 매장('히즈빈스 카페')을 열기까지 200명이 넘는 장애인들과 함께 꿈꾸며 삶을 나눠온 이야기를 감동적으로 전해 주었다.

만찬이 끝난 후 최도성 총장께서 다시 무대에 올라가서, 한동대가 지난 9월 교육부가 추진하는 '글로컬대학 30사업'에 최종 선정되었다

한동대학교 '글로컬대학 30'에 최종 선정

는 소식을 전하면서 한동대가 구상하는 글로컬대학의 비전으로 'HI인재(Holistic Intelli- gence, 전인지능 인재)를 중심으로 한 'HI 칼리지'를 제시했다.

이는 세 가지 핵심 전략 곧 글로벌 'HI College', 'HI Alliance', 'HI Accelerator'로 구성된 것을 바탕으로 한다고 밝혔다. 향후 5년간 1,000억 원의 정부 지원분만 아니라, 경상북도와 포항시가 매칭 펀드로 지원하는 1,500억 원을 합쳐 '글로컬 한동대'의 장기 플랜을 준비하고 있다고 보고했다. 그러나 이와 별도로 캐피털 캠페인 기금을 조성할 필요가 있다고 하면서, 그것은 기독 인재를 양성하는 데 있어서 정부나 지자체가 지원하는 예산을 사용할 수 없기에 순수한 기독교적 헌신과 헌금으로 한동인의 탁월한 리더십(지성과 인성과 영성이 결합된 리더십)을 육성하고 후원할 수 있도록 계속 이끌어야 한다는 부탁이었다. 그는 "Why not Change the World!"를 모토로 삼고 진군하는 '한동(한국의 동쪽)'의 미래를 믿고 한국 기독교계가 힘을 합쳐 동행해 주기를 바란다고 요청했다. 그러면서 한동대가 AI 시대에 직면한 이 시대에서 교육 혁신 모델 HI(Holistic Intelligence) 교육을 통해 선진사회가 요구하는 인재를 길러내는 데 앞장설 수 있도록 최선을 다하겠다고 다짐했다. 이에 덧붙여 포항과 경북지역은 물론 한국과 세계를 공히 섬기는 글로컬대학으로 거듭나는 데 필요한 실질적인 대안으로, 영상과 함께 8가지 비전을 선포했다.

1) 한동라이프돔(가칭) 실내체육관 건축 : 한동인의 생활에 가장 직접적이고 광범위한 변화를 끼치게 될 사업입니다.

2) 카이퍼인스티튜트 건축 : 오랫동안 축적되어 온 한동대 연구 역

량의 총화가 이루어지는 종합교육연구동입니다.

3) 세계시민교육센터 건축 : 세계 교육을 향한 한동대의 혁신 메시지, 인성과 영성, 창의성을 갖춘 '전인적 글로벌 시민교육' 모델을 제시합니다.

4) ESG 스타트업 지원 : 세상을 바꾸는 한동다움, 사람을 살리고, 환경을 살리고, 세상을 살리는 ESG 스타트업입니다.

5) 연구기금 : 한동다운 연구, 한동만이 할 수 있는 연구를 지속합니다.

6) 장학기금 : 절친 요나단의 남은 가족을 돌보는 일에 소홀하지 않았던 다윗처럼…

7) 국제법률대학원(HILS) 발전기금 : 아주 특별한 로스쿨, 한동국제법률대학원의 지속가능한 발전을 위하여…

8) 미래발전 전략기금(법인, 대학) : 한동대의 지속 가능한 발전을 위한 가장 중요한 토대입니다

조용한 목소리로 차분하게 8가지 영상 하나하나를 설명하는 최도성 총장의 메시지는 그 속에 뜨거운 열정과 확신으로 가득 찬 영성을 담고 있었다. 나는 그가 선포한 8가지 꿈과 비전이 그대로 이루어질 것을 믿는다. 한동대를 사랑하는 하나님의 능력으로, 거기서 헌신하는 모든 교수들과 배우는 학생들이 '배워서 남 주자'고 외친 고(故) 김영길 총장의 좌우명을 그대로 간직하고 열심히 실천하기만 하면, 그 꿈과 비전은 반드시 이루어지리라 믿는다.

최도성 총장의 메시지가 있고 나서 그동안 한동대 발전을 위해 기도와 물질로 헌신해온 분들 가운데 대표적인 몇 분을 단상으로 모시고 감사패를 전달하는 시간을 가졌다. 그런 후 지난 30년(1995~ 2024)을

감사하며 새로운 30년을 준비하는 헌금 약정의 시간을 가졌다. 한동대 교목실장이신 박은조 목사께서 자신이 한동대를 통해 깨닫게 된 하나님의 뜻과 섭리를 개인 간증 형식으로 말씀하신 후 헌금 약정을 인도해 주셨다. 그리고 행사의 마지막 순서로 한동대 이사장이신 온누리교회 이재훈 위임목사께서 '한동, 은혜와 응답의 밤'을 통해 한국과 한국 기독교 역사를 위한 새로운 결단('Seize Divine Moment')의 시간을 맞게 되었다고 치하하며 참석자들에게 감사의 말씀을 드렸다. 참으로 의미 있고 희망이 넘치는 아름다운 밤이었다.

한동대 개교 축하 방문단

필자가 고(故) 김영길 총장을 처음 만난 것은 1994년 여름으로 기억된다. 중국 연길시에 연변과학기술대학(개교 1992년 9월)을 설립했던 김진경 총장과 함께한 자리였다. 당시 김영길 총장은 미국 NASA(미국 항공우주국) 근무를 마치고 돌아와 카이스트(KAIST) 교수로 재직하던 중, 한동대 초대 총장으로 청빙을 받아 대학 설립에 전념할 때다. 연변과기대가 한국교회와 미국 한인교회가 힘을 합쳐 세운 중국 최초의 국제사립대학이라고 한다면, 한동대는 순수한 국내 기독인 민간 자본으로 세워진 국제사립대학이라 할 수 있다. 성격상 새로운 시대적 소명을 갖춘 기독교 인재를 육성한다는 점에서 같은 꿈과 비전을 갖고 태동한 대학들이다.

한동대는 연변과기대 개교에 비해 3년 늦게 1995년 5월에 개교했다. 대학 설립 과정에 김영길 총장이 몇 번 김진경 총장을 만나 우의를 나누며 기독대학으로서의 창학 비전과 교수진 확보 및 건설에 따른 현안을 논의하곤 했는데, 그런 만남 가운데 필자도 자연스럽게 조우할 기회가 있었다. 지금 생각해도 소년처럼 맑게 웃으며 '대학이 가야 할 길은 사람과 교육에 있다.'라고 강조하던 모습이 생생하게 기억난다. 처음 만난 자리에서 그는 자기가 한동대 총장직을 수락한 이유를 간단히 설명했다. 당시 포항 지역 유지로서 대학 설립자인 송 모 씨가 자신을 초대 총장으로 청빙했을 때 몇 번이나 고사했다고 한다. 그러다가 생각을 바꾸게 된 결정적인 이유는, 설립자의 딸 이 말 한마디 때문이었다고 한다.

"한동은 한국의 동쪽이란 뜻입니다."

김 총장은 모든 것을 내려놓고 포항으로 가기로 결심했다고 한다. 한국의 동쪽, 해가 떠오르는 곳, 새날이 열리는 땅으로 가서 교육과 신앙을 통해 '새 사람'을 키우는 일에 첫발을 내디딘 것이다.

대학 설립이 한창 진행되던 중 불행한 일이 일어났다. 김 총장의 아내이신 김영애 여사가 쓴 『구름기둥』에 보면, 개교를 8개월 앞둔 시점에 설립자의 재단 기업이 문을 닫는 사고가 발생했다. 이미 교수 초빙도 마무리되었고, 몇몇 교수들은 포항으로 이사할 준비를 하고 있을 무렵에 생긴 일이다. "아무 일도 일어나지 않은 듯이 개교를 진행해야 할지, 아니면 여기서 멈춰야 할지 결정해야 하는 기막힌 상황을 만난 것이다."라고 책에 적혀 있다. 설립 이사장이 바뀌고 건설 막바지 자금에 몰리는 등 온갖 어려운 과정을 거치며 마침내 1995년 5월에 개교했다. 나는 한동대 개교 소식을 듣고 너무나 감동이 되고 기뻐서 흥분된 감정을 감출 수 없었다. 연변과기대의 설립과 개교 과정을 몸소 체험한 사람으로서 한동대의 출범이 너무나 좋고 남의 일 같지 않았기 때문이다. 진정으로 나는 한동대의 개교를 축하하고 안정적인 발전과 미래 희망을 위해, 함께 일하는 동역자의 심정으로 기도했다. 그러던 중 8월 여름이 왔다.

당시 필자는 1990년 여의도순복음교회에 입교한 이래 '순복음실업인선교연합회'란 교회 내 선교단체에서 봉사하고 있을 때다.

그리고 기독사회단체 활동으로 1992년 봄에 한국CBMC(기독실업인회) 서울영동지회에 참여하게 되었는데, 그해 여름에 한국CBMC 중앙회가 주최한 전국대회에 참석했다가 무척 큰 감동을 받고, 이를 순복음실업인선교연합회에 접목하여 추진하고자 노력했다.

그 결과로 1993년 8월에 경주 보문단지 조선호텔에서 순복음실업인 제1회 전국대회를 개최할 수 있었다. 그다음 해 1994년 8월에는 강원도 용평 리조트에서, 그리고 1995년 8월에 다시 경주 보문단지 조선호텔에서 약 1,200명이 참석한 제3회 전국대회를 열게 되었다.

2박 3일간 행사의 모든 기획과 진행을 필자가 도맡아서 리드했다. 교회 초신자였지만 한국CBMC에서 배우고 익힌 프로그램을 본받아 행사를 끌고 갈 사람이 나 말고는 아무도 없었기 때문이다. 따라서 나는 제3회 전국대회의 프로그램을 기획한 장본인으로서 진행을 위해 많은 재량권을 갖고 있었다. 그런 연고로 드디어 큰일(?)을 벌이게 되었다.

다름 아니라 1995년 5월에 개교한 한동대를 축하하기 위해 특별 행사를 기획한 것이다. 행사 둘째 날 오후에 포항제철을 견학한 다음, 한동대를 방문하는 프로그램을 짰다. 나는 호텔 측과 협의하여 점심값으로 지불했던 8백만 원을 돌려받은 다음, 2백만 원을 보태어 한동대 발전기금 천만 원을 준비했다. 그리고 김영길 총장께 연락하여 학교 측에서 점심 도시락을 준비해 달라고 부탁했다. 참으로 희한한 일이 벌어졌다. 희망자들만 참가하도록 홍보했는데도 700명이 넘는 인원이 동참하여 20여 대 버스(서울과 지방에서 대절한 버스)로 조선호텔을 출발했다. 포항제철을 견학한다고 명분을 세웠지만, 실제로는 포항제철 구내를

한동대 개교 기념식수

버스에서 내리지도 않은 채 한 바퀴 빙 돌았을 뿐이다. 그리고 이어서 그대로 한동대를 향해 달렸다. 포철 공단과 죽도시장을 지나 한동대로 올라가는 구불구불한 산길 오른편에 죽전 바다가 푸른 빛을 내뿜으며 출렁이고 있었다.

학교에 도착하니 정문에 김영길 총장과 교직원 여러 명이 도열하여 우리 일행을 반갑게 맞아 주었다. 대학 본관 앞에 임시 가설해 놓은 마이크를 들고 김 총장께서 환영 인사를 했다. 나는 발전기금을 전달 하면서 한동대 개교를 축하하는 메시지를 전한 다음, 순복음실업인 대표들 십여 명과 함께 (우리 회사 반도환경건설에서 이틀 전에 옮겨 심어놓은 30년생 느티나무) 개교 기념식수를 했다. 그런 다음 각 팀별로 학교 측에서 준비해준 도시락을 나눠 들고 교실로 흩어져 점심을 먹고 기도회를 가진 다음 오후 4시경 학교를 떠났다.

지금 생각해도 현기증이 날 정도로 아찔하다. 무려 20여 대의 버스가 구불구불한 산길과 해변도로를 따라 일렬로 줄지어 가는 모습을 한번 상상해 보라. 상상만 해도 가관이다. 또한 각 팀별로 흩어져 교실에서 책상을 부여잡고 개교한 지 얼마 안 되는 한동인들의 면학과 신앙 성장을 위해 온 마음을 다해 기도했던 순복음실업인들의 그 순수하고 애틋한 염원을 되돌아보면, 이런 중보기도가 한동대 발전의 영적 기초가 되어 주지 않았겠나 하는 생각도 든다. 다시 해보라고 하면 천금을 준다고 해도 엄두도 내지 못할 일을 저지른 나의 선교적 야망의 객기(?)가 '한동, 은혜와 응답의 밤'을 함께 보낸 그날따라 더욱 생생하게 기억났다. 지금 생각해도 왠지 자꾸 눈물이 난다.

남은 자들의 사명

연변과기대가 문을 닫았다. 2018년부터 초생(신입생)을 받지 못했으며, 한 학년씩 줄어들다가 마침내 2021년 6월 말 폐교되었다. 연변과기대는 본시 1992년 9월에 2년제로 시작하여 1994년부터 4년제로 승격된, 중국 중앙정부가 동북 3성을 대표하는 과학기술대학으로 승인해서 개교한 대학이다.

한국을 포함해서 13개국에서 100여 명이 넘는 외국인 교수들(무보수 자비량 봉사)이 참여했고, 해외자본(한국교회와 미국 한인교회 헌금)으로 대학 건설 및 학사 업무를 진행했으며, 학생들이 낸 등록금으로 중국인 교직원들의 보수를 충당하는 방식으로 운영했다. 한마디로 연변대학을 파트너로 한·중 합작 국제사립대학으로 자리매김하게 되었던 것이다.

연변과기대 정문 입구

　그런 연변과기대가 문을 닫게 된 데는 여러 가지 원인과 이유가 있지만 치명적인 문제는 구조적인 문제로 야기됐다. 설립자 김진경 총장이 1992년 개교할 때 맺은 계약은 김진경 총장 개인과 연변대학교가 합작한 케이스다.

　그러다가 중국도 대학교육법이 강화되면서 대학 설립 및 운영은 반드시 법인이 하도록 개정되었다. 중국의 개혁개방 초기에는 외국에서 투자하거나 지원하는 모든 일을 가리지 않고 웰컴했다. 연변과기대도 그런 시대적 흐름을 타고 연변조선족자치주가 외국 선진교육 도입과 해외 유학을 위해 김진경 총장 개인을 상대로, 전폭적으로 대학 설립을 승인해준 결과로 '연변대학 과학기술학원'이란 이름으로 개교한 것이다. 이렇게 성립된 연변과기대가 20여 년이 지난 후, 중국 정부가 요청한, 8년 안에 법인으로 전환하라고 한 일에 실패함으로써 결국 문을 닫게 된 것이다. 참으로 안타깝고 애통한 일이다.

당시 연변과기대 운영자가 개인에서 법인으로 전환하는 데는 두 가지 방안이 있었다. 중국 안에서 법인 이사회를 구성할 때는 반드시 중국인이 이사장이 되어야 하고, 다른 방안으로 해외에 있는 대학과 중·외합작으로 학교 법인을 구성할 때는 외국인도 이사장이 될 수 있었다. 김진경 총장은 당연히 후자 쪽을 택했다. 그리고 중·외합작 대학을 물색하는 과정에 미국, 유럽에 있는 대학 여러 군데를 알아보았으나 최종적으로 한국 숭실대학교를 협상대상자로 결정했다. 숭실대는 김진경 총장이 졸업한 모교다. 연변과기대를 후원하는 국제교육문화재단의 이사장 오정현 목사도 숭실대 출신이었다. 그리하여 당시 숭실대 총장이었던 한헌수 총장과 더불어 세 분이 자주 만나 법인 전환에 필요한 자금(연변 대학 측이 요구한 2백억 원)을 마련하기 위해 숭실대 재단과 협의를 하는 등 애를 썼다. 그러나 수년이 지났지만 결국 숭실대 재단에서 자금을 만들어 주지 못했다.

당시 연변대학이 요구한 금액이 2백억 원에 이른 데는 나름대로 근거가 있었다. 원래 연변과기대는 학부 과정만 있고, 대학원 석·박사과정이 없었다. 대학 개교 후 초기 학사 운영 방침으로, 학부를 졸업한 우수 학생들을 한국이나 미국으로 유학 보내는 것을 전략으로 삼았기 때문이다. 이런 연고로 연변대학교 측에서 이공계 대학원 과정을 신설하는 데 필요한 여러 가지 조건을 제시했는데, 대학원 학사동 및 기숙사동 추가 건설 비용과 교직원 급료 및 이공계 학습에 필요한 실험 실습 장비를 외방 측에서 책임지고 설비해야 한다는 조건을 내세웠다. 여기에 더하여 중·외합작 법인을 구성하는 데 들어가는 국제 법률비용까지 합치니 근 2백억 원이 된 것이다. 숭실대 재단과의 협상에서 김진경 총장은 이 자금을 마련하지 못했다.

마음이 급해진 김 총장은 중국 가정교회 중심으로 3,000만 명의 교인을 거느리고 있는 화신(華信) 그룹이라는 교단을 소개받아 2차 협상을 진행했으나, 이 교단도 자금을 쌓아 놓고 있는 것이 아니었다. 그때부터 모금을 해야 하는 처지였다. 이런 과정에 북경에서 소규모의 사립대학을 운영하던 왕 회장이란 분(한족)이 자기가 맡아서 투자하겠다고 나섰으나, 그 역시 역부족이었다. 결국 연변대 측에서 요구하는 자금을 만들어 내지 못하는 가운데 중국 정부가 정해 놓은 시한은 점점 가까이 다가왔다. 그러다가 2020년 코로나 팬데믹이 발생하자 그동안 추진해 왔던 모든 노력이 무산되었고, 2021년 6월 말부로 폐교가 된 것이다. 오호통재(嗚呼痛哉)라!

나는 요즘 한국에 있는 연변과기대 졸업생들을 만날 때마다 그들의 손을 잡아주며 격려하는 일을 자주 한다. 다행히 연변과기대 출신들은 각자 전공 분야를 살려 유학을 마친 후, 국내 대학에서 교수가 되어 있거나 연구원으로 활동하는 동문들이 많다. 그리고 중견기업에 취업 했거나, 혹은 창업을 한 동문들도 많다. 또한 신학을 택하여 목회자의 길을 걷고 있는 동문들도 많으며, 더러는 오래전부터 평양과기대 사역에 동참하여 인생의 중요한 시기를 하나님께 헌신하는 동역자들도 여럿 있다. 태반의 졸업생들이 중국에 남아 있지만 대학 졸업 후 유학을 나간 동문들은 한국뿐만 아니라 미국, 유럽, 일본, 호주 등으로 많이 진출해 있다.

그런데 여기서 중요한 한 가지 사실을 증언하려고 한다. 필자가 대외협력부총장 직책으로 1년에 몇 차례 학교(연변과기대)를 방문하는 가운데, 특히 졸업식 때 가면 으레 김진경 총장께 졸업생들의 복음화율에 대해 질문을 하곤 했다. 그때마다 김 총장은 내게 83~85%가량 된다고 답해 주셨다. 졸업 시즌에 들어가면 김 총장께서는 졸업생 한 명 한 명을 집으로 불러 저녁을 같이 먹으면서 신앙 유무를 확인했다. 그래서 나는 김 총장님의 답변을 듣고 늘 마음에 큰 기쁨을 갖고 있었다.

그런데 이제 학교가 폐교되었고 졸업생들은 목자 잃은 양처럼 뿔뿔이 흩어져 유리방황하고 있는 모습이다. 그래서 나는 국내뿐만 아니라 해외(특히 미국, 중국)에 나갈 때마다 그 지역에 살고 있는 졸업생 동문들을 찾아보려고 애쓰고 있다.

그들을 만나면 늘 손잡고 하는 말이 있다. 그동안(1992~2021) 연변과기대 졸업생들이 8,500명에 이르는데, '본 어게인(Born-again)' 크리스천으로 졸업한 학생들이 최소한 83% 정도라고 하니 교회 나가는 동문들의 수를 계산해 보면 약 7,000명이 되는 셈이다. 그렇게 말한 다음, 나는 열왕기상 19장에 있는 말씀을 들려주면서, 로뎀나무 아래서 죽기를 원하는 엘리야를 위해 하나님께서 먹을 것을 주셨다. 그런 다음, 사십 주, 사십 야를 걸어가서 호렙산 굴에 머물게 하시고 엘리야에게 하신 말씀, 즉 "내가 이스라엘 가운데에 칠천 명을 남기리니 다 바알에게 무릎을 꿇지 아니하고 다 바알에게 입 맞추지 아니한 자니라."라는 말씀을 꼭 명심하고 잊지 말라고 당부한다. 그러면서 그들의 눈을 마주 바라보며 비장한 어조로, 때로는 눈물을 흘리며 말하곤 했다.

"얘들아! 학교는 없어졌지만, 너희들 가슴속에 연변과기대는 영원한 생명력으로 살아 있다. 하나님께서 너희들을 가르치고 믿음을 주셔서 바알에게 무릎 꿇지 않은 7,000명을 남겨두셨으니, 너희들은 언제 어디서나 하나님의 부르심이 있을 때 흔쾌히 나아가 이 시대의 공의와 정의를 위해 힘써 일하는 주님의 일꾼이 되거라. 혹여 기회가 있으면 평양과기대 사역에도 동참하여 저 헐벗고 굶주린 영혼들을 위하여 먹을 것을 주고 희망을 불러일으키는 복음의 전사가 되어 보거라! 하나님께서 우리들의 마음속에 '보이지 않는 성전'처럼 연변과기대를 되살려 평양과기대의 미래 진로에 연결하고 융합하여 더 크고 놀라운 비전으로 이끌어 가실 줄 믿는다. 김진경 총장님을 원망하지 말거라. 그분은 중국과 북한이라는 양대 공산 사회주의 국가에 대학을 세운 위인이시다. 이제 '남은 자들(the remnants)'로 우리에게 남겨진 사명은, 허구적인 이념과 세속주의에 물들지 않는, 바알에게 무릎 꿇거나 입 맞추지 않는 용기와 복음의 능력으로 연변과기대의 명예를 지키는 일에 최선을 다하도록 하라. 그리고 나아가 평양과기대를 통해 한반도의 통일과 한민족 융합의 대로를 열어가는 일에 힘써 동참해 주기를 바란다. 나는 너희들을 믿고 이렇게 부탁한다."

연변과기대 동문들을 만날 때마다 손잡고 함께 나누었던 이 말이 계속 되새겨지면서, 며칠 전에 있었던 '한동, 은혜와 응답의 밤'의 표어('Seize the Divine Moment')가 연동되어 내 마음을 심히 흔들어 놓는다.

아! 하나님, 무엇을 어찌하시렵니까?

한동대와 더불어 무엇을 어떻게 하는 것이 하나님의 마음을 시원케 하는 길입니까?

1995년 5월, '한국의 동쪽' 한동대 개교식에서 고(故) 김영길 총장께서 외쳤던 "Why not Change the World!"라는 슬로건이 오늘따라 더욱 실감나게 살아나 가슴 깊이 메아리친다.

제**4**부

민족과 함께

봄길

끊어진 길 끝에 서서

길을 가다 보면 종종 길을 잃어버리거나 길이 끝나서 더 이상 갈 수 없을 때가 있다. 막다른 골목에 다다랐거나, 또는 산비탈을 내려갈 때 길이 폭우나 산사태로 유실되어 길이 없어진 경우가 그렇다.

지금 2024년을 맞는 남북 관계가 꼭 그와 같다고 느껴진다. 북한이 통전부 산하의 대남교류기구 세 곳을 폐지했다. 그리고 심지어 대동강을 넘어 개성으로 내려가는 고속도로 초입에 있던 조국 통일 3대 헌장 기념탑도 철거했다.

한마디로 남북 관계를 모두 끊고 대한민국을 주적 국가로 대응하겠다는 자세다. 그전에 윤석열 정부의 통일부에서도 대북 교류 협력기구를 폐지하고 북한을 주적으로 규정하면서, 남북한 소통의 길을 막아버린 지 반년이 넘어가고 있다. 누가 먼저 길을 끊고 소통을 막았는가를 따지는 일은 이제 무의미하다. 그 사실 자체가 한반도의 미래를 심히 암울하게 만들었고, 그만큼 전쟁과 지역 분쟁의 위험도를 높이는 촉

진제로 등장했다. 세계 유수 안보 기관과 군사 외교 전문가들이 특히 2024년의 한반도 안정을 불안한 눈으로 바라보고 있는 이유가 여기에 있다. 여기서 우리는, 그 끊어진 길 끝에서 무엇을 어떻게 해야 할 것인가!

국제사회의 징검다리

현재 민간기구로 북한에서 국제사회와 교류하고 있는 몇 개 되지 않은 통로 가운데 평양과학기술대학(PUST)이 있다. 2001년 남북 합작 국제대학(사립형)으로 양국 정부 공동 승인으로 허가되었으며, 그 후 건설 과정을 거쳐 2009년 10월에 개교했다. 그리고 2011년 봄학기부터 정규 수업(외국인 교수진에 의한 전면적인 영어 수업)을 시작한 이래, 지금까지 끊임없이 면학을 이어온 대학이다. 그동안 40여 명의 학생들이 영국, 스웨덴, 스위스, 브라질, 중국 등으로 석·박사과정의 유학을 다녀왔으며, 졸업반의 학부생들은 중국에 2~3주가량의 수학여행을 다녀오기도 했다. 치·의예과 학생들은 코로나 팬데믹 직전에 2회 몽골 울란바토르와 중국 길림병원에 연수를 다녀오기도 했다. 이런 과정에서 국제화 교육을 받은 학생들은 자신들의 성장뿐만 아니라, 그들 사회에 필요한 경제개선 인력으로 부응코자 힘쓰고 있다. 언젠가 그들은 자국과 국제사회를 연결하는 수준 높고 유능한 징검다리가 되어 줄 것이라고 믿어 의심치 않는다.

그래서 필자는 PUST를 공동 운영하는 한 사람으로서 현재 남북 간에 벌어진 불통과 자기중심적인 대적의 극한상황이 매우 안타깝고 불편하다. 그리고 슬프다. 이 안타까움과 불편함과 슬픔을 어떻게 이겨내어 다시 한번 희망의 나무와 꽃이 피는 언덕 위로 뛰어 올라갈 수 있을까? 어떤 마음가짐과 대안을 갖고 저 푸른 언덕 위에서 한반도의 새로운 미래를 향해 노래 부를 수 있을까?

사랑이 되어 봄길을 걸으리

정호승 시인의 '봄길'이란 시가 있다.

> 길이 끝나는 곳에서도
> 길이 있다.
> 길이 끝나는 곳에서도
> 길이 되는 사람이 있다.
> 스스로 봄길이 되어
> 끝없이 걸어가는 사람이 있다.
> 강물은 흐르다가 멈추고
> 새들은 날아가 돌아오지 않고
> 하늘과 땅 사이의 모든 꽃잎은 흩어져도
> 보라
> 사랑이 끝난 곳에서도
> 사랑으로 남아 있는 사람이 있다.
> 스스로 사랑이 되어
> 한없이 봄길을 걸어가는 사람이 있다.

길이 끝나는 곳에서도 길이 되는 사람이 있다는 시인의 염원이 나의 희망이 되었으면 좋겠다. 강물이 흐르다 멈춘 것처럼 남북 간에 교류 협력의 길이 막히고, 저곳을 쉼 없이 드나들던 국제 NGO와 남측 지원단체의 발길도 끊어진 지 오래인, 이 삭막한 계절에 북극 한파가 몰아치고 있는 형국이다. 우리의 순수한 동족애마저 무참하게 유린당하고 있다. 그러나 온 천지의 모든 꽃잎이 흩어지고 땅에 짓밟혀도 『흙속에 저 바람 속에』 묻혀 있는 새 생명의 생기가 죽지 않고 언젠가 다시 피어오르리라 믿는다.

이어령 선생께서 지은 이 책에서 한국인의 특별한 협동의식을 '가래질'에 비유하여 쓴 대목이 기억난다. 서양의 줄다리기(미국식 일방주의)처럼 한 방향으로 잡아당기는 것이 아니라, 한국인의 가래질은 잡아당기고 떠미는 힘을 각자 자기중심적으로 사용하되, 힘의 작용과 균형을 잘 맞추면 한 방향으로 당기는 것보다 훨씬 더 큰 집중된 힘을 발휘하는 법이라고 가르친다.

나는 오늘 정호승 시인의 '봄길'을 묵상하며 남·북한과 국제사회가 함께 한국인의 전통적인 가래질을 '뉴노멀 해법(The New Normal Solution)'으로 삼게 되기를 바라면서, 사랑이 끝난 곳에서도 사랑으로 남아 있는 사람이 되어 마지막 사명을 감당하는 길에 나서고자 다짐한다. 내가 그렇게 좋아하며 불렀던 그 '봄처녀'가 사뿐사뿐 노래하며 우리의 빈방으로 걸어 들어올 날을 기다린다. 그러면서 나는 그렇게 스스로 사랑이 되어 한없이 봄길을 걸어가는 사람이 되고 싶다.

초국경 공생사회를 향하여

위공 박세일 선생 추모

며칠 전(2024.1.17) 국회의원회관에서 위공(爲公) 고(故) 박세일 선생의 서거 7주년 추모 세미나가 있었다. 나는 참석하지 못했지만, 나중에 당일 행사에서 발표된 자료들을 한선재단(한반도선진화재단) 홈페이지에서 읽었다. 박재완 한선재단 이사장의 인사말이 감명깊게 전해져왔다.

> "우리는 오늘 한반도선진화재단을 설립하고 대한민국의 시대정신으로 '공동체자유주의'를 개척한 선생의 업적을 회고하고, 그의 희생과 헌신에 경의를 표하는 한편, 유지를 계승하기 위해 모였습니다. 위공 선생은 한평생 한반도의 선진화에 관한 혜안과 열정으로 우리에게 큰 깨침과 오랜 울림을 남겼습니다. 그의 사상은 대한민국의 앞길을 밝히는 등불이었고, 그의 애국심은 우리의 소명을 일깨우는 죽비(竹篦)와도 같았습니다."

세미나를 공동 주최한 박수영 국회의원의 추모사도 사람의 마음에 큰 울림을 주었다.

> "제 대학 시절 지도교수이자 평생의 멘토이셨던 위공 박세일 선생님께서는 가시는 마지막까지 대한민국을 걱정하셨습니다. 돌아가시기 전 선생님을 찾은 저에게 가쁜 숨을 몰아쉬며 '대한민국… 잘해라…'라는 유언을 남기신 것이 대표적입니다. 기일을 맞아 저부터 대한민국을 올바른 길로 인도하고 있는지 새삼 돌아보게 됩니다."

당일 추모 세미나의 주제는 "위공의 개혁: 교육개혁과 노동개혁"이었다. 이명희 교수(공주대학교, 한선재단 정책위원), 홍후조 교수(고려 대학교, 한선재단 정책위원)가 위공의 교육개혁에 대한 '평가와 과제'를 발표했고, 이승길 교수(아주대학교, 한선재단 고용노동정책연구회 회장)가 위공의 노동개혁에 대한 '평가와 과제'를 발표했다. 홈페이지 자료를 읽어 내려가다가 나는 지그시 눈을 감고 박세일 교수와 함께했던 지난날의 만남과 인연을 회상해 보았다. 참으로 특별한 인연이었다.

박세일 교수를 내게 처음 소개해 준 분은 「매일경제」 기자로서 미국 특파원을 지냈던 김연우 포럼장이다. 그는 1990년대 후반에 미국으로 가족 이민을 간 케이스다. 특파원 활동을 그만둔 이후에도 한국과 미국을 오가는 정치·경제·사회·문화 등 각계 분야 인사들을 소개하고 칼럼을 통해 상호 연결해 주는 On-Line 지식인 포럼을 몇 년간 진행했다. 그때 한국여성기업인협회 임원들과 함께 미국을 다녀온 집사람(박재숙)에게도 김연우 포럼장이 칼럼을 보내오곤 했다. 여러 가지 주제로 보내오는 칼럼을 집사람을 통해 읽은 것이 김연우 포럼장을 알게 된 첫 계기였다.

그 후 그는 2000년 초에 한국에 와서 2년 정도 체류하면서 몇몇 중
견기업의 자문역 및 CEO로 활동을 하다가 다시 미국으로 돌아갔다.
그런 와중에 집사람과 같이 송별식사를 하는 도중에 필자에게 특별한
제안을 해 왔다. 그동안 자신이 한국에 있는 동안 Off-Line으로 지식
인 포럼을 몇 번 시도했는데, 이제 미국으로 떠나게 되면 누군가 후속
업무를 맡아줄 분이 필요하다고 하면서, 필자가 가장 적임자라고 판단
되어 부탁한다는 내용이었다. 손사래를 치며 고사하는 필자에게 그는
세 가지 이유를 들어가며 강권했다.

첫째, 당시 필자가 연변과기대 대외담당 부총장을 역임하면서
2002년 착공한 평양과기대 건설위원장을 겸하고 있을 때였다. 이 두
개의 대학을 국제 한인사회에 널리 알리고 협력과 지원을 얻는 데는 이
러한 지식인 포럼이 중요한 툴(tool)이 될 것이다. 둘째, 미국에 가더라
도 본인이 포럼장을 하며 On-Line(인터넷)으로 칼럼을 접수하고 공지
하는 일을 도맡아서 하겠다. 그러니 서울 측에서는 Off-Line 모임만 주
선하고 관리해 주면 된다. 셋째, 본인도 기독인의 한 사람으로 코리언
디아스포라 선교에 관심이 많은데, 이승율 회장께서 참여하고 있는 한
국CBMC(기독실업인회) 사역의 확충을 위해 본인이 함께 협조할 일이
많을 테니 자신의 요청을 거절하지 말고 들어달라는 부탁이었다.

그래서 2003년 3월에 공식적으로 NGO형 사회문화단체로 지식
인 포럼을 만들고 초대 회장을 맡게 되었다. 단체명은 김연우 포럼장
의 이름을 따 '연우(連友) 포럼'이라 제명했고, 핵심 가치는 이 시대 지
식인 들이 자발적으로 사회 공헌을 하도록 이끄는 리더십('지혜와 사
랑을 나누는 사람들의 모임') 배양과 친교에 주안점을 두었다. 이러한

'Netwoking Friendship' 개념으로 On-Off line 포럼을 이끌면서 필자도 많은 국내외 지식인들을 만나게 되었다. 김연우 포럼장이 미국으로 떠나기 전에 몇 분의 주요 인사를 직접 소개했다. 그 가운데 김영삼 문민정부에 발탁되어 청와대 정책기획수석, 사회복지 수석을 역임하고 세계화 선언, 금융실명제와 부동산실명제 등 굵직굵직한 정책들에 관여했으며, 또한 경실련 '경제정의연구소'와 '안민정책포럼' 등을 이끌며 경세가로서 이름을 날리고 있던 박세일 교수(서울대학교 국제 대학원)를 만나게 되어 그가 주관하는 각종 학술 세미나와 출판기념회에 참관하는 등 남다른 우의를 쌓게 됐다.

특히 그는 2004년 한나라당이 차떼기당으로 '폭망'했을 당시 박근혜 비상대책위 체제에서 공동선대위원장과 여의도연구소장으로 한나라 당을 기사회생시키고 17대 국회에 진출했다. 그러다가 2005년 3월 한나라당 정책위원장을 역임했을 때 한나라당 대표가 야당과 담합하여 행정수도 이전안(移轉案)을 통과시키자, 이에 결연히 반대해 비례대표 의원직을 내려놓고 정치 일선에서 물러났다. 이는 건국 이래 정책 소신을 이유로 국회의원직을 내려놓은 첫 사례가 되었다. 필자는 당시 뉴스를 통해 국회의원 배지를 내던지고 나오는 모습을 지켜보면서, 정치권력에 연연하지 않는 신선한 리더십과 용기를 갖춘 인물로 느껴져 더욱 신뢰하고 존중하게 되었다.

그렇게 교제하던 중에 2005년 여름, '뉴라이트 운동'을 추진하던 김진홍 목사의 요청을 받고 박세일 교수와 이석연 변호사 등 여섯 분의 사회적 신진 인사들을 초청하여 가칭 '8인회'라는 이름으로 중국 연길(연변과기대 방문 '21세기 비전' 특강)과 백두산을 다녀왔다. 그 후 박 교수는 한국 정치의 보수층 결집을 위한 건전 시민운동을 장려하는 한편,

백두산 탐방(좌에서 세 번째부터 이석연 변호사, 박세일 교수, 이승율 회장, 김진홍 목사)

이를 위해 미국의 '헤리티지재단'과 같은 싱크탱크 만들기를 제안하고 준비하는 과정에 그다음 해 2006년 여름에 '안민정책포럼' 임원들을 중심으로 '중국 장강 투어'를 다녀오기도 했다. 이 두 가지 해외 원정 프로그램을 필자가 여행 코스를 기획하고 인솔한 것을 지금도 큰 보람으로 여기고 있다.

그러나 이보다 더 중요하게 내 인생의 진로에 큰 변화를 일으켜 준 대목이 바로 박세일 교수가 주창한 '공동체자유주의'에 대한 동지적 결속이었다. 결과적으로 박 교수는 '공동체자유주의'를 기반으로 하여 새로운 보수의 과제로 선진화 개념을 주장하면서 남북한 통일문제까지 다루는 '한반도선진화재단'을 출범(2006년 9월)시켰다. 그리고 필자는 동북아 평화와 국제협력을 통한 한반도통일방안 및 공동체자유주의의 실천적인 R & D 기관으로 동북아공동체연구회(현, 동북아공동체문화 재단)를 발족(2007년 9월)시켰다. 박 교수가 타계(2017년 1월)하기 전까지 약 10년간 이 두 기관은 '공동체자유주의'에 대한 기본 인식을 같이하면서, 활발하게 소통하고 교류해 왔으며, 참여 지식인들의 면면과 역할은 서로 다르지만, 국가사회의 선진적 발전과 남북한 통합구조를 위한 대안 마련에 각자의 분야에서 많은 사회적 공헌을 해왔다고 믿는다.

1948년생 동갑이지만 박세일 교수가 남긴 학문적, 국가사회적 업적과 필자(이승율) 개인에게 끼친 영향력은 인간적인 신뢰뿐만 아니라 존중을 넘어 존경심으로까지 발전했다. 그래서 필자는 갈등과 분열이 극에 달하고 있는 이 시대 정치 상황을 바라보며 그가 떠난 자리가 너무나 커 보이고, 그런 만큼 너무나 아깝고 슬프다. 지금도 위공 박세일 선생으로 불러드려야 할 그분을 생각하면 참으로 아쉽고 그립다.

책 출판 이야기

필자가 글(칼럼)을 쓰기 시작한 것은 '연우포럼'의 회장을 수행하면서부터이다. 2003년 3월에 창립식을 한 다음, 매월 한 번씩 사회 각 분야에서 활동하고 있는 오피니언 리더 몇 분을 초청하고 그들과 교제하려는 팔로우들을 모아 상호 친교하는 방식으로 Off-Line 모임을 진행했다. 그리고 모임에 참석한 분들이 자발적으로 식사 비용을 N분의 1로 충당하도록 하는 한편, 참여자들에게 글(칼럼)쓰기를 권장하여 그 결과를 미국에 있는 김연우 포럼장에게 보내서 인터넷에 공지토록 조치했다(www.younwooforum.com). 그 성과가 제법 커서 많은 글들이 쌓였을 뿐 아니라 그 가운데 인기있는 칼럼니스트가 생기는 등, '연우포럼'에 기고한 글(칼럼)이 세상 사람들에게 널리 알려지는 계기가 되었다.

평소에 글 쓸 자신도 없고 무엇에 대해 쓸 것인지 아이디어도 생각나지 않았던 필자가 글(칼럼)을 쓰기 시작한 것도 순전히 '연우 포럼' 덕분이었다. 그렇게 시작한 글들이 모여 2004년 생애 처음으로 낸 책이 영진닷컴에서 출간한 『윈-윈 패러다임』이었다. '도서관정보' 책 소개란에 보면 이렇게 적혀 있다.

> "칼럼과 토론 문화를 통해 지혜와 사랑을 나누며 세대 간, 계층 간의 벽을 허물자는 취지로 만들어진 '연우포럼'에 게시된 이승율 회장의 칼럼을 모은 책. 어떻게 하면 진실한 인간이 될 수 있는가, 어떻게 하면 더 나은 삶을 살 수 있는가, 무엇이 국가를 위하는 길인가, 나의 조국이 나가야 할 길은 무엇인가 등에 대한 해답으로 '상생'을 제시하고 있다."

이 책이 한국에서는 초판에 그쳤지만, 의외로 중국에서 『공생시대』란 제목으로 번역본이 나왔는데 이것이 대박(?)을 쳤다. 당시 연변과기대 대외부총장직을 수행하면서 북경에 있는 중앙민족대학에서 박사학위(2003~2005)를 밟고 있던 중이었다. 함께 수학하고 있던 연변대학교 전신자 교수가 중국사회과학원 아태연구소 이문(李文) 주임을 소개해 주어서 북경에 갈 때마다 만나서 친교를 하는 중에 이 책(『윈-윈 패러다임』)을 선물로 주었다. 그는 책의 내용(전신자 교수가 통역)을 듣고선 중국 실정에 맞는 책이라고 하면서 중문으로 번역 출판하기를 권유했다. 나로선 반대할 이유가 없어서 수락했고, 결과적으로 중국사회과학원에서 감수하여 중국외교부 소속 세계지식출판사에서 출판해 주었다 (2005년).

당시 중국의 개혁개방정책이 급커브를 그리며 상승해가고 있을 때다. 개인이나 집단뿐만 아니라 국가 간에도 '공생'을 추구하는 게 중국의 국제관계 발전에 큰 도움이 된다고 생각하던 때다. '윈-윈 패러다임'이라는 '상생'의 개념을 그들은 중국식으로 '공생'으로 이해하고 책 제목을 『공생시대』로 정했다. 나는 본의 아니게 중국 지식인층에 알려지기 시작했고, 마침내 2005년 학위를 마치자, 북경대학교 동북아연구소 객원 연구원으로 초빙받게 되었다. 그 후 북경대학에서 개최하는 국제포럼과 학술대회에 여러 번 패널로 참석하기도 했다. 참 희한한 일이 벌어진 것이다.

책 이야기는 여기서 그치지 않는다.

중앙민족대학 박사학위 졸업 논문(2005년, '동북아 시대 조선족 사회의 현황과 미래 전망')을 기초로 하여 쓴 책을 박영사(안종만 대표)에서 『동북아 시대와 조선족』이란 제목으로 출간해 주었는데, 감사하게도 이 책이 2008년도 대한민국학술원 기초학문 우수 학술 도서로 선정됐다. 그리고 이 책을 또다시 중국사회과학원에서 감수하고 외교부 소속 세계지식출판사에서 중문판으로 발간(2007년)해 주었다.

이런 과정에 2006년 가을에 '연우포럼'을 더 이상 운영하지 못하고 폐회하게 되었다. 미국에 있는 김연우 포럼장이 그동안 신학대학을 졸업한 다음 안수를 받고 워싱턴 D.C.에 있는 지구촌교회 교역자로 취임했기 때문이다. 교회사역을 하면서 개인적인 일을 겸할 수 없었던 것이다. 이런 연유로 부득이 '연우포럼'을 해산하게 되었는데, 그즈음 필자는 연변과기대 교수로 사역하고 계시던 권영순 박사(전 주몽골 한국대사)로부터 동북아경제공동체 연구 프로젝트에 대한 정보를 많이 듣고 있던 터였다. 특히 UNDP 산하의 광역두만강개발계획(GTI)에 큰 관심을 갖고 있던 본인은 차제에 권영순 교수께서 수행하고 있던 동북아경제공동체 연구 프로젝트를 한국으로 갖고 와서 '연우포럼'의 후속 작업으로 발전시킬 구상을 하게 되었다. 그동안 '연우포럼'을 통해 배우고 학습한 On/Off Line 지식인 포럼의 경험과 인적 자원을 총동원하여 한·중·일 3국 간 경제협력시스템과 러시아 연해주 및 북한 나선자유경제무역지대 프로젝트를 연계하는 방식의 연구 과제를 실천하는 새로운 NGO 단체를 창립(2007년 9월)하게 되었는데, 그것이 바로 '동북아공동체연구회'이다.

이때 가장 크게 도움을 주고 영향을 끼친 분이 고(故) 박세일 교수였다. 필자는 당시 박 교수가 이사장으로 취임한 '한반도선진화재단' 창립(2006년 9월)에 준비위원으로 참여하기도 했지만, 연변과기대와 평양과기대 사역(양교 대외부총장 업무, 특히 평양과기대 건설위원장 업무)이 중차대한 임무였고, 또한 이 두 개의 대학을 창구로 하여 동북아지역의 평화와 상호 발전을 통해 궁극적으로 한반도 통일에 이르는 길을 모색하는 실질적인 R & D 사역에 더 관심이 컸기 때문에 '한반도선진화재단'과는 별도로 '공동체자유주의'를 기초로 하는 자매기관 형태의 싱크탱크(동북아공동체연구회)를 만들기로 의논했던 것이다.

이런 기간 중에 중국에서 또 세 번째 중문판 번역본이 발간되었다. '동북아공동체연구회' 활동을 하면서 본격적으로 동북아 시대의 출현에 따른 시대적 흐름의 지정학적인 변곡점을 찾아내고, 이를 한반도의 미래사회에 투영하는 연구 도서를 집필하여 물푸레출판사에서 『누가 이 시대를 이끌 것인가』라는 제목으로 출간(2009년)했다. 부제로 "힘의 대이동, 동북아로 옮겨오고 있다"라고 명시한 이 책을 예전과 똑같이 중국사회과학원에서 감수하고 중국외교부 소속 세계지식출판사에서 『主向大同』이란 제목으로 출판(2010년)했다. 그리고 이 책을 일본에서 귀화한 호사카 유지 교수가 동경 논창사(論創社)에 의뢰하여 『한국인이 본 동아시아공동체』라는 제목으로 일어판 번역 본도 출판(2011년)이 되었다.

3권의 책 (한 · 중 · 일)

나로선 더없이 귀한 일들이 벌어진 것이다. 한국의 일개 기업인 (건설업)이 쓴 책을 중국외교부 소속 출판사에서 3권이나 번역 출판해 주었을 뿐 아니라, 결과적으로 일본을 포함하여 한 · 중 · 일 3국에서 '동북아공동체' 관련 책을 공히 출판하게 되었으니, 이는 분명히 나의 능력으로 된 것이 아니라 순전히 하나님께서 도우시고 함께 동역하고 있는 '동북아공동체연구회' 지식인 포럼 멤버들의 한결같은 성원에 힘입은 바라고 믿는다.

이후에도 나는 계속해서 책을 쓰게 되었다. 2011년에 『초국경 공생사회』를 집필하여 한우리출판사에서 발간했다. 이 책은 2007∼2008년 세계 금융위기 이후 글로벌경제의 축이 아시아 지역으로 이동해 왔을 뿐만 아니라, 그 기세가 점점 더 가속화되고 있는 점을 간파하여 쓴 책이다. 그때 이러한 시대의 흐름 가운데 아시아가 하나의 목소리를 내야 한다는 주장, 즉 일본 하토야마 유키오 전 일본 총리와 사토 유지 원아시아재단 이사장이 중심이 되어 '동아시아공동체' 및 '원아시아'를 구축해야 한다는 주장을 폈을 때, 이를 좀 더 구체화하고 체계적으로 발전시키기 위한 전략적 대안으로 집필한 책이다.

'동아시아 및 원아시아'의 핵심지역인 한·중·일 3국 간의 정치, 경제, 사회적 통합을 모색하는 실천적 방안으로 '동북아경제공동체'를 우선적으로 제시하는 것이 '동아시아공동체'와 '원아시아'를 이끌어가는 선도적 관건이 될 것이라는 내용이다. 특히 북한 문제로 골몰하고 있는 한국의 입장을 감안할 때, 한·중·일 3국의 지정학적인 여건과 국가이념 및 사회문화의 정체성이 사뭇 다르지만, 이른바 가깝고도 먼 이웃 관계를 여하히 조율하느냐에 따라 한반도(특히 분단의 현실)의 미래 판도가 달라질 것이 분명하기에 이에 대한 대안을 체계화하는 것이 나로선 급선무였다. 그때 필자에게 구원의 손길처럼 이론적 맥락을 붙잡아준 두 분의 학자가 있었으니, 니얼 퍼거슨(Niall Ferguson) 하버드대 역사학 교수와 이언 브레머(Ian Bremmer) 유라시아 그룹 회장이다.

니얼 퍼거슨 교수가 2010년 「매일경제」에서 주최한 제11회 세계 지식포럼에 참석해서 발표한 '동북아국가연합론'이 대표적인 케이스 이다. "원아시아를 실제로 가시화할 수 있는 구체적 액션 플랜으로 '원아시아'에 앞서 '원동북아'부터 만들어야 한다. 유럽이 그랬던 것처럼 아시아도 동북아시아에서 일단 단기적 목표를 달성한 뒤 단계적으로 동아시아, 서남아시아 등으로 확장해야 한다. 즉 ASEAN(동남아국가 연합)이 아니라, ANEAN(동북아국가연합)이 우선되어야 한다."라는 주장 이다.

그리고 몇 년 뒤 이언 브레머 회장이 조선일보(2014년 3월)를 통해 "한국, 우호 관계 넓혀 '중심축 국가' 돼야 해"란 제호로 인터뷰했을 때다. "한국은 어느 한쪽도 과도하게 기대지 않는 중심축 국가(pivot state)가 되어야 한다. 어느 나라와도 좋은 관계를 맺을 수 있는 피버팅(pivoting, 선회축과 같은 중심 역할)을 해야 한다."라는 주장을 했다. 필자는 이를 본받아 '한반도 중심축 국가론'을 제창하게 되었고, 그 후 2020년에 동북아공동체문화재단 공저 출판을 통해 『린치핀 코리아』란 국가 전략서를 세상에 내놓게 되었다.

이런 연고를 돌아볼 때, 2011년에 발간한 『초국경 공생사회』가 '동북아경제공동체' 개념을 기본으로 하여, 그 후 니얼 퍼그슨 교수의 '동북아국가연합론', 이언 브레머 회장의 '한반도 중심축 국가론'과 접속하면서, 마침내 2020년에 국가사회의 미래 진로를 가늠하는 『린치핀 코리아』란 Master Key Plan을 제시하는 단계로까지 발전하게 되었다. 이는 필자 개인의 큰 기쁨인 동시에 동북아공동체문화 사역을 함께하는 많은 지식인 회원들에게 큰 보람이 되었다.

따라서 『초국경 공생사회』를 통해 주장한 다음과 같은 네 가지 항목의 전략적 대안이 단순한 '꿈(이상주의)'으로만 그치는 것이 아니라, 시대의 흐름을 타고 언젠가는 동북아 사회에 실현될 것이라는 신념을 갖고 끝까지 포기하지 않고 달려 나갈 작정이다. 그 과정에서 북한에도 평양과기대를 통해 역사 발전의 새로운 변곡점이 형성되기를 기원한다.

첫째, 동북아지역 경제통합의 첫걸음이라 할 수 있는 한·중·일 3국 간 공동FTA를 체결하여 역내 경제협력제도를 완비하고 동북아개발은행을 설립, 운영하라.

둘째, 중국과 일본을 연결하는 중간지대인 한반도를 중심으로 아시안 고속 물류 유통망, 초국경 지역개발 및 에너지 공급을 위한 광역교통 설비망을 확대하라.

셋째, 유럽의 '에라스무스' 운동을 도입하여 대학 간 공동학위제 등 인적 교류와 인재 육성을 위한 지식공유 네트워크를 활성화하고 이를 디지털화하라.

넷째, NATO식 다자안보협의체를 창설하여 동북아지역 내 국가 간에 발생할 수 있는 군사적 갈등과 환경 문제, 자연재해 등을 사전에 방지하는 대책을 세우라.

『초국경 공생사회』 출판기념회

아래 기사는 '아주경제' 이준혁 기자가 쓴 출판기념회 보고문이다.

"동북아 전문가 이승율(62) 연변과기대, 평양과기대 대외부총장의 저서 『초국경 공생사회』의 출판기념회가 11월 1일(2011년), 프레지던트 호텔 3층 모짜르트홀에서 100여 명이 참석한 가운데 성황리에 진행됐다. 이번에 출간된 『초국경 공생사회』는 2005년부터 올해에 이르기까지 숱한 여행과 행사를 거치며 겪고 느꼈던 사항에 대해 진솔하게 기술한 책이다. 출판기념회에 참석한 박세일 한반도선진화재단 이사장은 '이승율 박사는 꿈을 꾸는 사람, 꿈을 쫓아다니는 사람, 꿈을 실현하기 위해 노력하는 사람'이라고 소개하며 '책에 드러난 이 박사의 열정을 보며 한반도 통일과 아시아 시대의 개막을 믿는다'고 평가했다."

또 윤영각 삼정KPMG그룹 회장은 "처음에는 의문도 들었지만, 현재 연변과기대를 보면 놀라운 모습"이라며 "많은 분들이 얘기하는 것처럼 이 책이 '대한민국의 성장전략'이라는 것에 동감한다."라고 출간을 축하했다.

필자는 답사에서 "북한이 우리를 적대시할지라도 그들과 공생할 길을 찾아야 하지 않을까 생각한다."라고 하면서 『초국경 공생사회』의 출간 취지를 설명했다. 이어 "국제정세의 흐름에서 'Between & Beyond'의 개념을 갖고 대한민국이 신아시아 시대의 핵심 국가로서의 역할을 맡는 창조적 기회를 스스로 만들어 가야 한다."라고 강조했다.

필자는 1990년도 중국 칭다오에서 골프장 건설사업을 추진하던 중 농민들의 토지 보상 문제를 해결하기 위해 북경에 있는 고위급 인사를 만나러 간 자리에서 우연히 연변과학기술대학 설립을 추진하고 있던 김진경 총장을 만나 의기투합했다. 또한 베이징에 있는 중앙 민족대학에서 소수민족 사회학으로 박사학위를 받았다. 현재 2007년 창립한 동북아공동체연구회 회장직도 맡고 있다.

한편, 이날 출판기념회 행사는 평양과학기술대학(총장 김진경) 개학 1주년 서울 보고회와 함께 진행됐다. 평양과기대는 남북의 상호번영과 국제화 촉진 등의 목적으로 (사)동북아교육문화협력재단과 북한 교육성이 공동 설립한 북한의 유일한 사립형 국제대학으로, 2009년 개교 후 일 년여 만인 작년 10월 25일 첫 수업을 시작했다. 현재 미국, 영국, 독일 등 6개국 출신의 교수 70여 명이 250여 명의 학생을 지도하고 있다.

필자는 그날 『초국경 공생사회』 출판기념회가 있었던 날, 박세일 이사장이 축사했던 말 가운데 이 말을 잊을 수가 없다. 아주경제 이준혁 기자가 못다 쓴 내용이 있어서 덧붙여 전하고 싶다.

> "세계 역사는 이상주의자들에 의해 이끌려 왔다고 할 수 있다. 현실의 벽에 부닥쳐 많은 실패와 역경을 겪지만, 그러나 결국 역사를 뒤돌아보면 전략적인 대안을 가슴에 품고 미래를 향해 달려 나간 이상주의자들의 헌신과 희생이 역사 발전의 밑거름이 되었음을 발견하게 된다. 이승율 박사가 바로 그런 사람이다. 꿈을 꾸는 사람, 꿈을 쫓아다니는 사람, 꿈을 실현하기 위해 노력하는 사람이다."

이렇게 말하면서 그 자신도 꿈을 먹고사는 전략적 이상주의자임을 자처했다.

위공 박세일 선생 서거 7주기를 맞아 한반도선진화재단에서 실시한 "위공의 개혁: 교육개혁과 노동개혁"에 관한 세미나 자료를 읽다가 여기까지 기억이 미쳤다. 갑자기 마음이 찡해지면서 눈물이 났다. 나는 애써 진정하고 서가에 꽂혀 있는 졸저 『초국경 공생사회』를 꺼내 들고 몇 군데를 뒤적거리며 읽어보았다. 새삼 가슴속에 큰 파도가 밀려오는 듯한 감동이 느껴졌다. 15년 전에 쓴 책이지만 주장하는 바가 지금 동북아 정세와 남북한 상황에 적용해도 크게 빗나가지 않는다는 생각이 들었다. 그러다가 책 맨 앞쪽에 있는 박세일 한반도선진화재단 이사장이 쓴 추천사를 두 번이나 읽었다. 새삼스레 안타까움과 그리움이 한꺼번에 밀려왔다. 그는 추천사에서 이렇게 말했다.

> '책은 읽지만 그 책의 저자는 만나지 말라'는 말이 있다. 저자의 인격이나 행동이 책에서 주장하는 내용과 일치되기가 쉽지 않기 때문

박세일 교수의 추천사 장면

에 하는 말이다. 그런데 내가 만나본 사람들 가운데 이승율 회장은 예외라고 할 수 있다. 이분만큼 책이나 글로 나타낸 자신의 주장대로 인생을 살아가고 있는 사람도 드물다. 그는 한국에서 건설회사를 경영하는 기업인으로서 중국 길림성 연길시에 있는 연변과학기술대학의 설립 초창기부터 지금까지 20여 년간을 학교를 위해 봉사하는 가운데 조선족 인재 양성, 한·중 경제협력 및 문화교류, 남북 교류협력 등을 위해 헌신해오신 분이다. 그는 신앙적 열정과 함께 삶에 대한 목표가 분명했고, 그 목표의 고지에 이르는 길을 제대로 수행하기 위해 50대 중반에 이르러 만학(북경 중앙민족대학 민족학계 법학박사 학위)을 할 만큼 학구열이 높았는데, 이 일조차도 학교를 위해서 한 일에 불과하다고 겸손해했다.

그후 (사)동북아공동체연구회를 설립하여 한·중·일 지식인과 기업인, 문화인들이 서로 소통하고 교류할 수 있는 한마당을 만들고, 이를 통해 남북한 공존과 통합 그리고 동북아경제공동체 형성에 필요한 여러 가지 실천적 대안을 모색하는 일에 남다른 리더십을 보여왔다.

그런 가운데 그는 늘 다음과 같은 소망을 이야기해 왔다. "남북한과 한·중·일 3국을 동시에 관통하는 대삼통(大三通) 인프라를 건설하자!" 다시 말해 그는 "남북한 문제를 풀어나갈 때 남북한 당사자끼리만 대화와 긴장이 반복되는 방식으로 진행할 것이 아니라, 한반도를 중심으로 중국과 일본이 서로 자유롭게 소통하고 협력할 수 있도록 우리가 '착한 매개자' 역할을 하면서, 한·중·일 3국 간에 확고한 신뢰기반을 구축하는 데 앞장서자. 그래서 그 기반 위에 남북한과 한·중·일 3국이 공유할 수 있는 경제적 실리와 안전보장을 조합하는 이익 및 가치 공동체로 발전해 나가자. 이것이 남북한 통일을 앞당기고 신동북아 시대의 새 길을 열어가는 실용적 대안이 될 것이다."라고 주장했다.

본서는 그러한 역사 비전과 열정을 갖고 여행, 출판기념회, 국제세미나 등에 참가하면서 느낀 여러 생각을 걸러 정리한 내면적 대화의 기록이라고 할 수 있다. 그런 점에서 본서는 논리 정연한 전문 서적이라기보다는 폭넓은 체험과 학문적 소양, 철학적 사유, 그리고 '꼬리에 꼬리를 물고 일어나는 상상력'을 용해하여 재구성한 '꿈의 조형물'이라고 평하는 것이 옳겠다. 이 책을 추천하는 본인의 생각도 이승율 회장의 구상과 크게 다를 바가 없다. 우리의 21세기 비전인 '대한민국 선진화와 한반도 통일'을 이루어내기 위해선 여러 가지 요건이 갖추어져야 한다. 헌법에 대한 존중과 애국심, 법치주의 원칙에 입각한 자유민주주의, 공동체 윤리운동 (한국판 '노블레스 오블리주' 운동)과 통일을 위한 정치개혁 운동 등은 우리 시대의 선진화 및 통일기반을 조성하는 데 필수 불가결한 요소이다.

또한 자유주의와 공동체의 만남을 통해 이루어지는 '공동체 자유주의'는 실로 우리 사회의 시대정신이요, 국가전략의 기조가 되어야 한다. 우리가 우리 자신(한국)뿐만 아니라 주변 국가들과 함께 이루는 초국경적 공동체 사회로서의 국제관계에 더 많은 관심과 노력을 기울여야 할 이유는, 우리가 살고 있는 이 시대가 우리 자신의 의사결정만으로 우리 문제를 다 해결하지 못하는 상호의존의 그물망 속에 존재하기 때문이다. 다시 말해 우리는 주변 국가들과 함께 '공동체 자유주의'를 만들면서 그 흐름 속에서 자신의 진로와 좌표를 찾아내야 할 시대 상황 속에 있는 것이다. 그래서 이 책의 제목인 '초국경 공생사회'에 대한 올바른 이해는 우리의 국가전략, 즉 '선진화와 통일'을 위해 반드시 필요한 하나의 새로운 거대 비전(New Grand Vision)이 되지 않을 수 없다.

지구촌에 남아 있는 몇 개 되지 않는 공산국가들, 그 가운데 중국과 북한이라고 하는 특수지역에 연변과기대와 평양과기대를 세우고, 그 힘들고 어려운 여건 가운데서도 20년 넘게 꿋꿋이 사역해온 이승율 회장의 그 열정과 비전, 용기와 희생, 번득이는 상상력, 그리고 하나님께 대한 무한신앙이 빚어낸 이 책이 동북아 및 동아시아의 언덕을 넘어 '원아시아'의 고지로 나가는 새로운 역사를 만들어 가는 데 좋은 반려자가 되기를 기대하면서 축하하고 추천하는 바이다.

2011년 10월
한반도선진화재단
박세일 이사장

STEPPING STONES TO A MEANINGFUL LIFE

내가 달려갈 길

— 북미 · 남미 비전 트립

사명의 길을 떠나는 마음

내일(2024.04.26.) 출국하여 북미, 남미를 다녀오는 한 달간 출장을 떠난다.

캐나다 밴쿠버/ 샌프란시스코/ LA/ 덴버/ 달라스/ 브라질 상파울로 를 경유하여 파라과이 아순시온에 가서 영주권자 신고를 한 다음, 상파울로/ 애틀랜타/ 워싱턴 D.C./ 뉴욕(뉴저지)/ 시카고/ 인천공항 도착일이 5월 26일이다. 11개 도시를 방문하고 13번 비행기를 갈아타는 여행이다. 강행군이 아닐 수 없다. 만 76세 나이로 이런 여행을 다녀와야 하니 참 무리한다 싶기도 하다. 그러나 억지로라도 가야 할 길이기에 떠나련다. 집사람이 동행하게 되니 고맙기도 하지만 심히 걱정스럽다. '이제 우리도 늙은 노인이구나.' 하는 생각이 절로 난다. 그래도 마음은 아직 40대로 뻗대고 싶고, 기분은 늘 패기 충만하지 않은가? 그러나 어쩌다 오르막 산길을 걸어보면 숨이 차고 식은땀이 나는 게 '나도 이젠 고물이 다 되었구나.' 하는 말이 절로 나온다.

어쨌거나 간에, 이번 한 달 여행은 오로지 평양과기대 사역을 위한 일이다. 대학 운영을 위한 모금과 교수 리쿠르트 및 농식품 분야 산학협력을 위한 공동연구 프로젝트 발굴이 주 업무이다.

남북한 단절이 극한에 이르렀고 국제정세가 그 어느 때보다 불확실하고 혼미스러운 가운데 떠나는 길이라 무척 불안하고 걱정이 앞선다. 그러나 임무를 맡은 자의 '사명의 길'이라 생각하고 앞에 있는 푯대만 바라보고 떠나려고 한다.

PUST 3대 공동운영총장으로서의 소임을 위하여

1990년에 교회에 입문하고, 그해 10월에 북경에서 우연히 한 분의 크리스천 지도자(김진경 총장)를 만나면서 시작된 연변과기대 사역과 그 후에 이어진 평양과기대 사역을 돌이켜 보니, 햇수로 벌써 35년째로 접어들었다.

그동안 이 두 대학은 내 인생 후반전을 이끄는 두 바퀴가 되어 왔으며, 나는 이를 동북아 시대의 새날을 위한 '복음 실은 수레의 양 바퀴'라고 부르며 임무를 수행해 왔다. 이들은 중국과 북한이라는 두 개의 공산 사회주의 국가에 세워진 국제사립대학(외국인 교수진, 영어 캠퍼스)으로, 기독교 정신을 바탕으로 한, 인도주의적 사랑을 실천하는 교육기관이다. 많은 인재를 배출해 왔으며 특히 평양과기대에서는 석·박사과정의 유럽 유학, 학부생들의 중국 수학여행, 치의학부 학생들의 해외(중국, 몽골) 연수 교육 등 괄목할 만한 국제화 교육사업을 해왔다.

필자 본인은 2021년 3월 말 평양과기대 외방측 3대 총장으로 취임한 이래, 코로나 기간을 지나면서 많은 어려움과 시련을 겪었지만, 인터넷 및 스카이프로 온라인 수업을 하며 무난히 학사 운영을 해온 셈이다. 그러나 올해 들어 북한의 정책 변화로 남북한 교류가 완전히 단절된 상태여서 학사 운영이 더 어렵게 되었다. 이런 과정에 나와 아내는 금년 5월 12일 이전에 파라과이 아순시온 한국영사관에 가서 영주권자 신고를 해야만 영주권을 계속 유지할 수 있기 때문에 서둘러 4월 26일에 출국하려고 하는 것이다. 우리는 캐나다 밴쿠버와 미국 서부지역 및 브라질 상파울로를 경유해서 아순시온에 가려고 길을 떠나는 것이다.

모든 것 하나님께 맡기고 떠나련다!

아! 가는 길이 멀고 힘든 데다가, 남북한 관계가 이렇게 어려운 때에 평양과기대를 위해 길을 떠나야 하는 우리 두 내외의 마음은 떠나기도 전에 이미 지치고 심한 외로움을 느낀다. 자식들은 이 일을 그만두면 될 일인데, 왜 그렇게 하지 않느냐고 아우성을 친다. 요즘 집사람의 건강 상태가 별로 좋지 않아서 나 혼자 가려고도 의논해 보았지만, 죽어도 같이 죽고 살아도 같이 살아야 할 것 아니냐는 아내의 항변을 거절할 도리가 없었다. 그래서 더 가슴이 쓰리고 마음이 아프다.

아! 힘들어도 끝까지 가야지 우야겠노! 이런 심정으로, 한번 맡은 사명이니 모든 것 하나님께 다 맡기고 떠나련다. 가는 길에 누구를 만나고, 얼마나 도움을 받을지 알 수 없는 길이지만, 이 길이 대학을 위하고 학생들을 새로운 미래의 길로 이끌어가는 방안이 될 수만 있다면, 이 한 몸 아끼지 않고 헌신하는 게 나라와 민족을 위해 바치는 충절이 아닌가 싶다.

내가 너무 흰소리를 치는 걸까? 아니다! 이렇게라도 말해야 여행길을 떠나는 명분을 세울 뿐만 아니라, 아내를 위해서 조금이나마 위로의 뜻을 전하는 길이 되지 않을까 해서 한번 큰 목소리를 내고 있다.

아! 하나님! 이 먼 길을 지켜주시고 저희 내외가 건강한 모습으로 돌아올 수 있도록 끝까지 보살펴주소서!

이렇게 기도한 다음, 성경 사도행전 20장 24절 말씀을 펼쳐 보았다. 금년 2024년 1월 초에 사도행전을 펴들고 올해 내게 주시는 하나님의 말씀이 무엇일까를 묻는 마음으로 읽었던 성경 구절이다. 사도 바울의 이 고백이 우리 두 내외의 신앙고백이 되기를 바라며, 이 마음으로 동북아공동체 회원 여러분께 출국 인사를 드린다.

> "내가 달려갈 길과 주 예수께 받은 사명 곧 하나님의 은혜의 복음을 증언하는 일을 마치려 함에는 나의 생명조차 조금도 귀한 것으로 여기지 아니하노라."

출장 중에 만난 주요 인사들

4월 26일 출국하여 5월 26일 인천공항에 도착한, 한 달간의 출장 중에 만난 분들이 적지 않다.

그들은 한결같은 마음으로 우리 내외를 따뜻이 맞이해 주었다. 가는 곳마다 새로운 만남과 인연을 쌓았다. 그러나 아쉽게도 나는 그들을 일일이 거명하거나 나눈 대화와 협의의 결과를 이 자리에서 소개하지 못하는 고충이 있다. 남북한 문제도 있거니와 대북 제재(sanctions) 등으로 학교를 위해 돕는 이들에게 행여나 폐가 돌아가는 일이 있어선 안 되기 때문이다. 나는 마음속으로 기도한다.

> "하나님, 저들에게 제가 다 하지 못한 말, 제가 다 갚지 못하는 사랑을 대신 전달해 주세요. 그들은 각자 살아가는 길이 다르지만, 남북한 통일과 한반도 평화를 위해 기도하며 돕는 동역자들입니다. 그들의 생애 위에 하나님의 은혜와 복이 물이 바다를 덮음같이 충만히 임하기를 기원합니다."

나의 이런 고백이 출장 중에 만난 분들께 대한 예의요 사랑의 보답이 되기를 소망한다.

> "너희는 서로 남의 짐을 나누어지라 그리하여 그리스도의 법을 성취하라." (갈 6:2)

두만강은 흐른다
― 지정학과 동북아의 미래

개회사

지난 6월 28일(금) 오후 3시부터 TV조선 1층 세미나실(라온)에서 동북아공동체문화재단(이하 동북아재단)에서 주최하는 제16회 동북아미래전략포럼이 열렸다.

"지정학적 리스크에 대응하는 동북아 및 한반도 미래전략"이라는 주제를 갖고 외교 안보 부문에서 남성욱 고려대 통일융합연구원장, 경제안보 부문에서 김병연 서울대 경제학부 석좌교수가 발제를 맡았다. 그리고 신봉길 한국외교협회 회장과 김대호 글로벌이코노믹연구소 소장이 각각 외교 안보 및 경제안보 주제에 대한 지정토론을 맡았으며, 김재효 동북아재단 부이사장이 좌장을 맡아 포럼을 진행했다. 초청 내빈들과 동북아재단 정책자문위원들을 합쳐 40여 명이 모인 전문가 시사 포럼이다. 동북아재단 이사장인 필자는 개회사를 통해, 최근 세계 곳곳에서 벌어지고 있는 전쟁과 진영 간 대결 구도에 대해 큰 우려를 나타냈다. 개회사의 골자를 소개해 본다.

"지금의 국내외 정세는 2020년 코로나 팬데믹 시작과 함께 미·중 간의 전략경쟁이 가속화되는 가운데, 우크라이나전쟁, 이스라엘-하마스전쟁, 후티 반군에 의한 홍해 차단 시도, 대만통일을 압박하는 중국의 패권 추구, 북·중·러 3자 연대의 신냉전 구도 등이 겹치면서 '지정학의 시대'의 도래와 함께 '전쟁의 시대', '동맹의 시대'가 되어 가고 있다. 아울러 글로벌경제, 무역 체계는 '결별'이 시대의 키워드가 되어 가고 있다. 세계화 시대에서 세계 경제는 분절화(Fragmentation)되고 있으며, 지정학적 친소(親疏) 관계에 따라 우방국끼리의 공급망 구축을 기조로 하는 디커플링, 디리스킹, 프랜드쇼어링을 통해 공급망이 재편되면서 블록화하고 있다. 또한 보조금과 무분별한 관세정책으로 자유무역을 방해하는 정책이 득세하고 있다.

이와 같은 글로벌 지정학적 경쟁 시대의 도래는 한반도와 동북아의 지정학에도 직접적인 영향을 미치고 있다. 우크라이나전쟁으로 긴밀해진 북·러 관계와 국제적인 대북 제재 시스템의 이완에 고무된 북한은 핵 개발의 고도화와 함께 대남 핵 공격의 명분까지 제도화했으며, 이런 극단적인 대남정책을 통해 공세적 위협의 수위를 높이면서 남북한 관계를 '적대적 두 국가'로 분리하는 등 남북관계의 전면적인 수정을 단행했다. 급기야는 지난 6월 20일 러시아의 푸틴 대통령이 평양을 전격 방문했을 때 북·러 간에 '유사시 자동 군사개입'으로 해석할 수 있는 '포괄적 전략적 동반자에 관한 조약'을 체결함으로써 양국 간 동맹관계가 1996년 조·소동맹조약 폐기 후 28년 만에 최단 거리로 복원되는 모습을 보였다.

이처럼 동북아 및 한반도에 다가온 지정학적 변동성(volatility)과 불확실성(uncertainty)이 어느 때보다 대한민국의 안보와 경제에 결정적 영향을 미치고 있다. 따라서 동북아 및 한반도의 미래

전략은 다양한 이해관계와 도전 과제를 고려한 종합적이고 다층적인 접근을 요구하고 있다.

오늘, 이 자리는 대한민국을 대표하는 외교 및 경제안보 전문가 네 분을 모시고 발제와 토론을 겸하는 자리인 만큼, 참석해 주신 내빈들께서도 포럼을 통해 냉엄한 국제관계와 한반도 정세를 정확히 진단하고 우리가 처해 있는 지정학적 리스크를 최소화함으로써, 안정적이고 번영된 대한민국의 미래를 구축하는, 혁신적인 해결책을 모색하는 유익한 시간이기를 바란다."

발제와 토론 (1): "북·중·러 동맹 강화에 따른 지정학적 위기 대응 방안"

전체 사회를 맡은 동북아재단 이동탁 사무총장의 안내로 참석자들에 대한 소개가 있은 다음, 김재효 부이사장이 좌장을 맡아 포럼을 시작했다. 좌장은 KOTRA 부사장을 역임했으며, 대구 EXCO 대표이사와 동북아(6개국) 지역자치단체연합(NEAR) 사무총장을 역임했다.

좌장은 발제자, 토론자 및 포럼 진행 방식 소개와 함께 본 포럼의 개최 취지와 토론 방향을 안내하면서 모두(冒頭) 발언을 했다.

"오늘의 2020년대는 탈냉전 이후 '가장 위험한 시기'이다. 미·중 전략경쟁의 심화와 함께 두 개의 전쟁이 진행 중이며, 반미(反美) 연대를 기치로 중·러·북한·이란은 소위 '저항의 축'을 형성하며 세계 패권에 도전하고 있다. 최근 예기치 못한 '북·러 조약' 체결로 동북아는 물론 국제적 긴장을 고조시키고 있다. 이러한 패권 경쟁의 구도 속에서 정치, 외교, 안보상의 국제질서와 세계 경제질

제16회 동북아미래전략포럼 전경

서는 '대대적인 재편(Great Reset)'의 길을 걷고 있다.

이렇게 급변하는 국제질서의 재편과 글로벌 복합위기를 극복할 우리의 대응 전략을 모색함에 있어서 현재의 대변화는 일시적인가? 이미 고착화된 것인가? 위기 해소 시에도 현재의 재편 추세는 이전으로 되돌아갈 수 없는 '불가역적'인 것인가? 또한 현재 우리의 대응이 이대로 계속되어도 괜찮은 것인가? 등등 이런 물음을 전제로 하고, 네 분 발표자의 고견을 듣고자 한다. 큰 지혜를 요청한다."

첫 번째 발제자로 남성욱 고려대 통일융합대학원장이 "북·중·러 동맹 강화에 따른 지정학적 위기 대응 방안"을 발표했다. 국가안보 전략연구원 원장과 민주평화통일자문회의 사무처장을 역임하는 등, 학계와 정부 기구에서 두루 활동하였다.

서두에, 러시아의 우크라이나 침공에 따라 러시아에 공급한 북한의 재래식 무기가 인기 상품이 된 사실과 함께, 최근 푸틴의 평양 방문에 따른 23개 조항의 '북·러 조약' 체결로 북한은 6.25 남침 이후 이보다 더 좋을 수가 없을 정도의 '북한 외교'의 만조기를 맞고 있다고 했다. 이 조약은 러시아에 대한 북한의 요구사항이 100% 반영되었으며, 북·러 경제협력을 전방위적으로 확대함으로써 UN 및 서방측 제재의 약화가 불 보듯 하다고 진단했다. 또한 우주와 원자력 기술 교류와 협력을 강조한 부분에 관심을 가져야 한다. 여기서, 우주기술은 ICBM, 핵잠수함, 정찰위성 등 핵무기 운반 부문이며, '평화적'(이례적인 표현) 원자력 기술은 핵무기의 소형화, 경량화가 핵심이기 때문이다. 이러한 첨단 군사기술의 이전 가능성은 한국과 서방세계에 심각한 도전이 예상되는 부분이라고 강조했다. 덧붙여 우리 입장에서는 한국이 대응할 카드가 부족하다는 게 현실적인 큰 문제라고 지적했다.

한편 이러한 북·러의 가속화되는 군사 밀월에 비하여 북·중 관계는 중국이 북한의 지나친 러시아 쏠림 현상을 경계하는 입장을 보이고 있어서 귀추가 주목된다. 그동안 중국과의 협력 강화는 북한의 입장에서는 경제적 지원을 받을 수 있었다. 하지만 그로 인해 의존과 종속관계로 귀결될 경우, 자기 목소리를 낼 운신의 폭이 크지 못하기 때문에 늘 불만스러워하는 경향이 있었다. 올해가 북·중 수교 75주년이어서 상호 간 관계 회복을 위해 크나큰 노력을 기울이고는 있다. 하지만 러시아의 '화끈한 지원'에 비교하면 격차가 무척 크게 느껴진다. 또한 중국은 오래전부터 대(對)한반도 전략에 있어서 '두 개의 KOREA'로 존치하는 것이 가장 안정적이고 자기들 입장에서 국제정세를 관리하기에 매우 적합한 방식이라 여기고 있다. 이런 연유로 항간에서 말하는 '북·중·러 동맹의 강화'는 일정한 한계를 갖게 마련이고, 이는 한·미·일 동맹을 확대하는 촉매제가 될 수 있기 때문에 쉽사리 넘어가지 못할 레드 라인이라고 할 수 있다. 따라서 중·러 양국은 과거식의 '냉전'보다는 다극 질서를 모색하고 있다고 봐야 하며, 북한도 이런 다극 체제 속에서 자신의 생존을 모색하면서 국익을 극대화하려고 시도하는 것이라고 진단했다.

다만 이 경우, 한국뿐만 아니라 한·미·일 협력에 가장 큰 변수로 작용할 사건이 트럼프 전 대통령의 재등장이다. 마침 포럼 당일(6/28) 오전에 바이든 대통령과 트럼프 전 대통령 간의 첫 TV 양자 대결이 있었는데, 시청자들의 여론조사 결과 트럼프가 67% 우세했다고 응답했다. 앞으로 11월 대선에서 트럼프가 재선될 경우, 다시 올 수 있는 'America First'의 파장은 지금 우리가 논의하고 있는 북·중·러 관계뿐만 아니라, 북한과의 핵 협상 및 한·미·일 협력체에도 상당히 큰 변화를 불러일으키리라 예상된다. 아무튼 현재 우크라이나전쟁이 계속되고 있는 상황에서 북·러 간에 확대되는 군사협력은 동북아의 안보를 위협하는 악재다. 그리고 우리 입장에서 대응할 수 있는 방안 중의 하나로, 지난해 8월 18일 캠프 데이비드에서 개최된 한·미·일 3국 정상회담을 통해 확인한 한·미·일 '협의에 대한 공약(Commitment to Consult)'을 지키는 게 무엇보다 중요한 대비책이 될 것이라고 강조하면서 발표를 마쳤다.

남성욱 원장의 발제에 대한 지정토론을 신봉길 한국외교협회장이 했다. 주요르단 대사, 주인도 대사를 역임했고, 한·중·일 협력사무국(TCS)의 초대 사무총장을 지냈으며, 현재 한국외교협회장이자, 북한 대학원대학교 석좌교수이다.

"한반도가 동북아 갈등의 핵심지대로 변하고 있다!"라는 주제로 토론을 시작하면서, 작게는 북한 핵, 크게는 미·중 전략경쟁이 동북아에

'신냉전'을 불러왔다고 지적했다. 그러면서 미·중 전략경쟁의 와중에 지나치게 미국에 경사한 우리 정책이 엄청난 기회비용을 유발하고 있다고 적시했다.

또한 한국의 대(對) 중국, 러시아 관계는 수교 이래 가장 불편한 관계에 놓였으며, 특히 중국을 너무 모르는 외교를 하고 있다고 비판했다. 그리고 북한이 감당하기 어려울 정도의 압박을 가해야 한다는 현 정부의 대북관이 지난 반세기 이래, 최악의 상황을 연출하고 있다고 지적했다. 그러면서 '불안한 평화'가 계속되는 한반도 정세는 중국의 대만통일 야욕과 이에 대응하는 미·일의 군사협력에 맞물려, 한국도 이들과 함께 '다영역 군사훈련(Freedom Edge)'에 참가함으로써 북핵 억지를 넘어 중국을 필요 이상으로 자극하고 있다고 비판했다.

또한 대북 전략에 있어서 국제적으로 문제 해결이 아닌 징벌적 차원의 대북 제재(punishment sanction)에 집중하거나, 안락의자에 앉아 도상 토론만 하는 유화주의 콤플렉스(pacifist)라는 양면적 통일정책의 한계를 지적했다. 이는 그동안 5년 주기의 정권 교체 시마다 널뛰기식으로 계속되어 온바, 우리의 대북 정책과 맞물려 '끝날 줄 모르고 울리는 꽹과리 소리'만 내며 한반도를 계속 불행한 역사 속으로 내몰고 있다고도 했다.

결론적으로, 신봉길 회장은 미국이 갈수록 보호무역주의를 강화하는 데 비견하여 중국이 자유무역주의를 주창하며 국제적인 공급망 연대와 실리외교를 추구하려는 경향을 보인다고 했다. 따라서 이때, 이를 상호 의존형 국제협력으로 간주하고 수용해 줌으로써 다른 국가의 체제와 가치도 존중하는, 이른바 공존의 철학을 바탕으로 한·중·러, 북한 관계를 재정립할 필요가 있다고 주장했다. 그리고 이러한 공존은 인내를 가지고 교류를 계속해 나가는 과정에 새로운 돌파구, 즉 통독을 이끈 빌리 브란트 서독 수상의 '동방정책'과 같은 획기적인 한반도 신통일정책을 수립하고 실천하는 창의적인 기회를 열어주리라 믿는다고 역설했다.

이를 위해 서울에 소재한 한·중·일협력사무국(TCS)의 역할과 기능을 대폭 강화하고 3국 간 경제·문화·기술·인적 교류를 전면 활성화하는 EU식 기능주의적 통합 과정을 통해 동북아공동체 기반을 조성해야 한다고 강조했다. 여기에 한·미·일 협력을 부가함으로써 2개의 삼각 축이 중첩하여 이루는 신아시아 그랜드비전을 세워나가야 한다고 주창했다. 이런 EU식 기능주의 통합체 구축 방안이 추진되어 북한 핵 문제뿐만 아니라 미·중 전략경쟁으로부터 오는 동북아 지정학의 불확실성을 극복하는 것이, 오늘 포럼의 주제와 합치하는 결론이 되기를 바란다고 말했다. 여기에 덧붙여 19세기 프랑스 경제학자 바스티아트가 남긴 어록을 읽고 토론을 마쳤다.

"물자가 국경을 넘지 않으면 군대가 국경을 넘는다!"

발제와 토론 (2): "지정학과 경제안보의 시대, 한국전략"

두 번째 발제자로 김병연 서울대 경제학부 석좌교수가 "지정학과 경제안보의 시대, 한국전략"이란 제목으로 발표했다. 서울대 싱크탱크인 '국가미래전략원' 원장을 역임했으며 다년간 외교부, 통일부 정책자문 위원을 지냈다.

발제를 시작하면서 두 개의 극단에 대해 먼저 언급했다. 하나는 한국이 모든 걸 주도할 수 있다고 말하는 사람들, 다른 하나는 한국은 아무엇도 할 수 없다고 생각하는 사람들이다. 이 두 극단을 피하는 것이 현명하며, 또한 이 시대를 지칭하는 키워드로 "시대가 바뀌었다."라는 말이 있음을 강조하면서, 지정학적 리스크가 가중되고 있는 경제안보의 시대에 우리 한국이 택할 전략이 무엇인지 함께 고민해 보자는 것이었다.

우선 지정학적 리스크의 사례로, 2017년 한국의 사드 배치에 대한 중국의 대응, 2019년 일본의 수출 규제, 2022년 러시아의 우크라이나 침공의 영향, 2023년 이스라엘-하마스 전쟁을 예로 들었다. 그런 다음, 17세기 후반, 영국과 프랑스의 전쟁으로부터 21세기 미·중 패권 경쟁 시대에 이르기까지 역사의 굴곡을 넘나든 '투키디데스 함정'의 주요 사례까지 짚어 주었다. 그런 다음 세계질서의 대변화를 다음과 같이 정리했다.

가장 큰 변화 요인으로, 미국의 일극 체제가 무너지고 고립주의를 택함으로써 상대적으로 불안정한 상태에 빠진 미국과, 이에 반하여 중국몽을 기치로 내걸고 G2 체제를 지향했으나 최근 극단적인 중화주의 전제정치로 말미암아 자충수를 두고 있는 중국의 불안한 미래, 그리고 푸틴의 구소련 영토복원을 위한 과대망상적인 만행—러시아의 우크라이나 침공 등이 맞물려 벌어지고 있는 세계 패권 경쟁체제 및 제도의 경쟁과 첨단기술의 경쟁이 세계질서를 뒤흔드는 가장 큰 요인이라 할 수 있다. 이런 여파로 동북아지역에서 가장 취약하고 위험한 문제(경제 충격과 안보 위협)로 부각되고 있는 이슈가 바로 대만 문제와 북한 문제이다. 이런 국가적 경제위기와 지정학의 관계구조를 살펴보면, 급증하는 유동성과 코로나 팬데믹 이후의 경제 반등 및 세계적인 공급망 균열이 가장 큰 변수로 자리 잡고 있다. 여기에 각 국가마다 인플레이션과 금융위기 사이의 좁은 길에서 길을 잃고 있는 통화정책으로 말미암아 주변 국가들과의 관계에서 지정학적인 불안정한 파급효과에 민감하게 노출되어 있다고 지적했다.

이런 지정학적 변동성과 불확실성을 극복하기 위한, 경제안보 측면에서의 대안을 강구해볼 것을 제안하면서 강조한 내용은 이렇다.

먼저 '경제안보'라 함은 경제적 수단을 이용하여 국익을 증진하고 방어하기 위한 전략이라고 정의할 수 있다. 그런데 현재 진행되는 경제안보 전략의 토대가 되는 개념을 '공급망 지배력(supply chain dominance, SCD)'으로 설정하고, 이 공급망 지배력을 (1) 주요 수출기업 또는 수출 제품의 지배적인 위치를 통해 글로벌 공급망을 통제하거나 영향력을 행사할 수 있는 국가의 능력, (2) 글로벌 공급망의 교란으로부터 자국 경제를 보호할 수 있는 국가의 능력으로 정의할 필요가 있다고 했다.

결론적으로, 김 교수는 한국이 처하고 있는 도전 가운데 가장 중요한 이슈로 인구 감소와 이공계 인력 감소를 들었다. 그러면서 현재와 같은 광범위한 분야에서의 제조업 경쟁력은 더 이상 유지하기 어려울 것으로 판단했다. 따라서 이런 도전적 과제를 해결할 수 있는 대안으로 다음과 같이 역설했다.

첫째, 기술력 유지 발전: 한국의 번영과 생존은 Technology에 달렸고, 한국의 산업 모델은 독일 모델이 적합하며, 한국 산업은 첨단 제조업을 기반으로 해야 함.

둘째, 혁신: 장기적으로 국가의 흥망성쇠는 경제력이 결정함, 단기적으로 경제 안정화, 중장기적으로 혁신을 통한 생산성 향상이 핵심임,

혁신은 공정하고 유연한 제도×인적 자본(창의적 사고)×기술융합 역량, 이와 함께 출산율을 1.4 수준까지 끌어올리고 소득 불평등 완화정책이 필요함.

셋째, 회복 탄력성: 지정학적 대변화의 시대에는 회복 탄력성이 가장 중요함, 유연한 제도와 탄력적인 정책, 대 중국 전략의 쇄신, 즉 소비재 수출의 리스크 관리, 중간재 수출의 대안 시장 확보, 취약한 수입 상품의 대체 공급처 확보, 첨단기술 투자의 한계를 체크해야 하며 무엇보다 경제력 회복을 위한 자원의 확보가 선결 과제임.

제2 주제 발제에 대한 지정토론을 김대호 글로벌이코노믹연구소 소장이 맡아주었다. 고려대학교 경영대 교수와 동아일보 경제부장을 역임했으며, 현재 SBS Biz, 경제 TV 채널 앵커로 다년간 활동 중이다.

김 소장은 실물경제의 전문가답게, 마이크를 잡자마자 최근에 일어나고 있는 인공지능(AI) 붐을 강조하면서, 글로벌기업으로 급성장한 엔비디아를 사례로 들어 기술 경쟁의 중요성을 강조했다. 정치가 경제를 좌지우지하던 시대는 지났고 경제가 정치를 이끄는 시대에 돌입했는데, 이러한 경향은 앞으로 AI의 발전과 함께 첨단기술 경제가 판을 치는 전혀 새로운 시대를 이끌어 갈 것으로 전망했다. 이런 과정에 기술의 공급망과 재료 및 중간재 제품의 공급망이 어떻게 이루어지느냐에 따라 일국의 경제 판도와 국력의 신장도가 달라질 것이라고 단언했다.

예로서, 작년 12월 12일 윤석열 대통령이 네덜란드의 반도체 장비 생산기업인 ASML의 본사를 방문한 사실을 예로 들었다.

ASML 방문은 그간 대통령 해외 순방 중 첫 번째 현지 기업 방문이다. ASML은 인공지능, 스마트폰 등에 사용되는 최첨단 반도체 제조에 사용되는 EUV 노광장비를 전 세계에서 유일하게 생산하는 기업이다. 또한 우리 반도체 기업들과도 오랜 기간 긴밀한 협력관계를 유지해 오고 있다. 이와 같이 일개 기업의 기술력이지만 이러한 뛰어난 첨단기술 경제의 리더십은 기업의 한계를 뛰어넘어 한 국가의 발전적 진로에 지대한 영향을 미치게 된다고 강조했다. 이런 사례를 중점적으로 설명한 다음, 김대호 소장이 특별히 강조해서 비판한 두 가지 관점에 참석자들의 관심이 쏠렸다.

첫째, 삼성반도체가 한 가지 설계만 있으면 대량 생산이 가능한 메모리 반도체에 치중했는데, 코로나 팬데믹을 거치면서 공급과잉이 와서 적자운영을 하는 등 국가산업으로서 반도체 위기를 맞고 있다. 그 반면에 대만의 TSMC는 전 세계 반도체 파운드리 시장에서 약 50% 이상의 점유율을 차지하고 있다. 그 비결은 주요 고객인 애플, 퀄컴, AMD, 엔비디아 등이 요구하는 다양한 기술 사양에 즉각적으로 대응하여 생산 공정의 효율성을 극대화함으로써 높은 품질의 다양한 제품을 안정적으로 공급할 수 있었기 때문이다. 반도체 첨단기술 능력이 반도체 시장이라는 글로벌 경쟁사회에서 대만을 기술 공급망에 있어서 최고 수준의 우량 국가로 발돋움시키는 역할을 하고 있다는 것이다.

중국이 대만을 침공하지 못하는 이유가 TSMC 때문이라는 말이 나올 지경이라고 소개했다. 그러면서 김 소장은 그 이유가 미국이 자국의 반도체 산업을 육성하고 세계 경제안보를 지키는 데는 TSMC가 보유하고 있는 기술력과 제품 생산능력이 필수적이기 때문에, 그 보호막이 되어 주고 있다고 설명했다. 그러면서 이것이 바로 김병연 석좌교수가 말한 기술적인 공급망의 지배력을 나타내는 대표적인 성공 사례라고 말했다.

둘째, 한국은 인공지능(AI) 분야에서도 많이 뒤처져 있다고 진단하면서 국가 기술정책 차원에서 대폭적인 투자 지원과 R & D 인력 배양을 위해 특단의 조치를 해야 할 시기라고 강조했다. 과거에 영국이 증기기관 발명을 통해 산업혁명을 일으켰을 때는 노동력 혁신이라는 시대적 요구에 부응했지만, 지금 인공지능(AI) 시대는 사고력 혁신, 즉 인간의 생각을 혁명적으로 변화시키는 능력까지 갖춘 전자동 인공지능 시스템이 요구되는 시대라는 것이다. 이러한 인공지능 시스템을 누가 얼마나 빨리 만들고 표준화 해나가느냐에 따라 기업을 뛰어넘어 한 국가의 흥망성쇠를 가늠할 판도가 형성된다는 것이다. 이 창의적인 판도를 우리 한국이 앞장서서 쟁취해야 할 텐데, 지금으로서는 매우 난감한 실정이어서 심히 안타깝다고 했다.

상기에서 말한 두 가지 관점만으로도 이 시대, 경제안보의 시대에 기술적인 공급망 지배력이 얼마나 중요하고 심각한 과제인지를 깨달았다. 그리고 상호의존형으로 연결된 지정학적 리스크의 난맥을 풀어낼, 획기적이고 포괄적인 미래 전략(국가 기술 경제적 대안)을 도출하여 동북아와 한반도 정세를 대한민국이 주도적으로, 또 혁신적으로 변화시킬 수 있게 되기를 바란다고 하면서 토론을 마쳤다.

종합토론

네 명의 발제와 토론을 마친 후, 좌장 주재로 종합토론이 진행되었다. 플로어 질문에 앞서 좌장이 대표 질문을 하였다.

첫째, 우리의 대북 정책은 어떻게 가야 하나? 북한은 연초부터 남북 관계를 '적대적 두 국가론'을 내세우고 완전한 결별을 선언하면서,

우리에게 위협의 강도를 높여왔다. 최근에는 북·러 조약을 통해 동맹 체제를 구축하면서까지 우리의 안보를 위기에 빠뜨렸다. 이런 상황에서 향후 우리의 대북 정책은 어떻게 가야 하나?

이에 대한 남성욱 원장의 답변은 남·북 관계의 전문가로서 대단히 신중했다. 지금 당장으로는 우리의 대응 방안이 없음이 안타깝다, 그러나 상황은 항상 유동적이며, 상황 전개에 따라 유연하게 대처할 수밖에 없다, 현재로서는 당분간 추세변동을 관망할 수밖에 없다고 했다.

플로어에서 "그렇다면 현재 최악의 상태인 남·북 관계와 악화된 통일 여건을 감안할 때, 10년 후의 남·북 관계를 어떻게 전망하느냐?"라 는 유주열 한·중투자교역협회 자문대사의 질문이 있었다. 이에 대해 상황이 낙관적이지 않다고 하자, "혹시 그때 우리는 핵무장이 되어 있을 것인가?"라는 유 대사의 추가 질문에, "아마도…"라며 현재 국내외적으로 뜨거운 논란이 되는 핵무장의 가능성을 우회적으로 내비쳤다.

좌장의 두 번째 질문을 러시아 최고 전문가인 김병연 교수에게 던졌다.

"주지하다시피, 한·러 관계는 우크라이나전쟁 이전까지만 해도 대단히 우호적이었고, 특히 경협 부문에서 매우 성공적이었다. 그런데 우크라이나전쟁과 더불어 러시아는 우리를 비우호국으로 몰아갔고, 이번의 '북·러 조약' 체결로 우리의 안보를 직접적으로 위협하는 지경이 되었다. 이에 우리는 러시아를 어떻게 봐야 하고, 향후 한·러 관계를 어떻게 해야 하나?"

이 질문에 덧붙여 "본 동북아재단은 사태 이전, 극동·연해주 지역에서 한·러 경협사업을 다양하게 추진해 왔으며, 특히 두만강 하류의 하산 지역을 중심으로 한·러·북한 간의 특별 경제협력 프로젝트를 추진해 왔는데, 우크라이나전쟁으로 모두 중단된 상태에 있다. 당시까지만 해도 러시아는 극동·연해주 지역개발을 위해서는, 한국을 가장 믿을 수 있는 파트너로 생각하고 있었다."라고 부언하기도 했다.

김병연 교수 역시 대단히 신중하게 답변했다.

"현실은 매우 유동적이며 북·러 관계는 우크라이나전쟁이 종결되면, 러시아에게 북한의 효용성이 떨어질 것이다. 그러면 북·러 조약도 의미가 크게 약화할 것이다. 이전까지의 한·러 간의 우호적 관계는 인정하지만, 이럴 때일수록 미래를 내다보면서 관계를 전략적으로 잘 관리해 나갈 필요가 있다."

플로어에서 보건복지부 장관을 역임한 최광 박사는, 현재의 남북한 정세와 대북 통일전략에 있어서 현 정부가 취해야 할 정책에 대한 자신의 의견을 제시하는 것으로 질문을 대신했다. 보수 논객답게 대북 외교 전략에 강공책이 필요하다는 점을 강조했고, 우리의 외교와 정책 수준이 너무 뒤떨어져 있는바, 국격에 어울리는 외교와 정책의 대변화가 반드시 필요하다고 했다. 이념대립에 있어서, 우리는 '자유'의 가치를 전면에 내세우며 선진적 가치체계를 세워야 한다고도 했다.

유주열 자문대사는, 한·중·일 협력을 중시하면서 동북아 갈등 구조를 극복하고 북한을 국제사회로 끌어내는 대안으로 연해주 개발 협력 방안을 제안했다. 이에 남성욱 원장은 우리에게는 무엇보다 일관성 있는 외교·안보 정책이 요청된다고 말했다.

끝으로, 이 시점의 가장 민감한 질문인, 한국의 자체 핵무장 가능성에 관하여, 남성욱 원장이 답변했다.

"북한 핵무장에 대비하여 한국도 자체적인 핵무장이 필요하다고 말할 수 있지만, 미국을 위시한 국제사회의 핵 비확산 압력과 핵확산 금지 조약(NPT) 탈퇴로부터 오는 경제 제재의 부담이 크므로 쉽게 용인할 수 없는 일이다. 그렇기 때문에 한·미동맹을 기반으로 핵우산을 강화 하거나 일부 전술핵을 한반도에 전개하는 것이 가장 현실적인 방어책이 되리라고 본다."

김병연 교수도 유사하면서도 원론적인 답변을 했다.

"한국의 핵무장과 한·미동맹 강화는 서로 합치될 수 없는 개념이며 미국이 1970년대부터 일관되게 주창해온 핵 비확산 정책, 즉 비핵 동맹국에게 핵우산을 주는 대신, 핵 옵션을 포기할 것을 강력히 요구해왔다. 그렇기에 이 틀을 깨기는 쉽지 않을 것이다."

주요 발표자들(좌로부터 김대호 소장, 김병연 교수, 이승율 회장, 신봉길 회장, 남성욱 교수, 김재효 원장)

답변이 너무 원론적이어서 부족감을 느끼기도 했지만, 공인의 입장에서 돌출 발언이나 소신 발언을 하기에는 한계가 있을 것이다. 또한 불확실성이 크고 국제적으로 매우 민감한 이슈인바 더 이상 논의하기가 어렵다는 점을 참석자 모두가 공감했다.

좌장은 시간 관계상 토론을 마무리하면서, 워낙 변수가 많고 불안정한 시대 상황이므로 당분간 사태의 추이를 추적하는 일이 중요하고, 또한 이와 함께 미래전략 수립을 위한 노력을 지속해 나갈 필요가 있다고 강조하면서 종합토론을 마쳤다.

선포

포럼을 마무리하면서, 사회자의 요청에 따라 필자가 마침 인사를 했다. '인사'라기보다는 참석자 모두에게 하는 '선포'에 가까웠다.

"오늘 네 분의 발제와 토론을 듣는 중에 저는 오랫동안 가져왔던 생각과 비전을 다시 한번 공고히 하게 되었습니다. 어차피 우크라이나전쟁은 끝날 것입니다. 만약에 트럼프 대통령이 재선된다면 미국은 우크라이나전쟁을 하루라도 빨리 종식하려고 할 것입니다. 그리고 또한 북한과도 대화 재개를 시작할지도 모릅니다. 이런 상황이 예견될 때 우리가 취할 수 있는 동북아 미래전략으로서의 창의적 대안은 무엇일까요? 그 해답을 러시아 연해주 개발사업에서 찾고자 합니다. 유주열 대사께서도 잠시 언급해 주셨지만, 우크라이나전쟁 이후 푸틴은 국가 경제복구 사업의 일환으로서 반드시 극동지역 개발에 주력하게 될 것입니다. 그리고 이러한 개발사업에 투자 및 기술, 경제 파트너로 러시아가 가장 마음 편하고 우호적인 협력자로 택할 나라는 대한민국밖에 없을 것으로 기대됩니다. 청나라 영토 회복을 탐하는 중국의 인해전술식 경제지원도 두렵고, 기회만 생기면 진지를 구축하려는 일본의 대륙진출 야망도 겁이 날 것입니다. 이럴 때 만일 미국과 일본 그리고 EU가 세계 제2차 대전 후의 마샬 플랜과 같이 러시아의 군사력을 동결하는 조건으로 극동 지역 일부를 개방형 개발지로 허용한다면, 그때 한국은 한반도에 접경한 연해주 지역을 최상의 개발 후보지로 내세우고 러시아와 국제컨소시엄 경제협력의 우선 협상자로 빅딜(Big Deal)할 기회를 얻게 될 것이 충분히 예상됩니다.

정치는 사람을 분열시키지만, 시장은 사람을 협력하게 만든다는 말이 있습니다. 제가 역사를 바라보는 관점도 이와 다르지 않습니다. 푸틴은 틀림없이 대한민국을 선호할 것입니다. 이런 선구자적인 노력과 한·러 간의 신뢰 회복으로 시대의 흐름을 앞서 이끌어가는 기회를 창출할 수만 있다면, 이는 한반도 평화통일의 수위를 높혀 갈 뿐 아니라, 한반도 5천 년 역사를 새롭게 부흥시키는 시대사적 게임 체인저가 될 것이 분명합니다. 또한 이런 과정에 러시아의 군사동맹국인 북한을 핵 사찰 및 동결을 전제 조건으로 연해주 개발 사업의 노동 인력 지원국가로 참여하도록 허용한다면, 이는 북한을 일정 수준 국제협력 개방사회로 유도하는 일이 될 가능성이 있습니다. 그리고 만일 이렇게 되기만 한다면 이는 한반도 평화공존 체제와 동북아공동체의 번영을 위해 신기원을 이루는 일이 될 것임이 틀림없습니다. 이런 창조적인 구상과 대안이 북핵 문제를 포함하여 한반도와 동북아 신질서 구축을 통해 평화와 번영을 가져다줄 역사적인 미래전략이라고 믿고 있습니다. 그러기에 저는 동북아재단의 수장으로서 이 길에 혼신으로 노력할 것입니다."

두만강 오디세이

여기서 말머리를 돌려 그동안 동북아재단에서 추구해온 연해주 개발 협력사업에 대한 연혁을 조금 살펴볼 필요가 있다.

필자는 2007년 동북아공동체문화재단을 설립하는 과정에서 가장 중요한 키워드로 '동북아 자연경제권'을 사용했다. 이 이론은 버클리대학 스칼라피노(Robert Scalapino) 교수가 1980년대 말 중국의 개혁개방과 함께 중국의 동북 3성, 북한, 극동 러시아의 접경지역 발전 가능성을 논의할 당시에 동북아 소지역(sub-region) 개발을 위한 개념적 틀로서 제시한 것이다.

자연경제권(Natural Economic Territory)의 개념은 국가 간 인접한 소지역 경제권들이 정치적 국경선 때문에 서로 분리되어 있지만, 자원의 부존도, 발전 격차, 체제의 다양성을 활용하여 SOC 인프라와 물류로 상호 연결되면, 초국경 지역공동체로 발전할 수 있다는 점을 강조한 것이다. 이를 본받아 필자도 연변과기대 사역을 시작한 이후 지금까지 변함없이 지켜온 비전의 실천적 목표가 두만강 유역을 중심으로 하는 동북아 초국경 지역경제공동체 건설이며, 이는 곧 남북한 통일의 첩경이 될 것을 믿어 의심해 본 적이 없다.

이런 동북아 자연경제권 지역공동체를 기획하는 과정에 북·중·러 3국이 접경하는 두만강 유역(나선-훈춘-하산)을 개발 중심지로 정하고, 이를 통합적으로 개발하는 방안으로 국제컨소시엄 개발협력단을 구성하도록 하는 기본계획을 세웠다. 그리고 그 선두에 한국이 참여함으로써 한반도 통일로 가는 새 길을 열어 보자는 것이, 꿈에도 잊지 못할 동북아공동체로서의 미래전략이었다.

1992년 연변과기대 개교 이후, 해마다 두만강 유역을 탐방해온 필자는 2001년 남북한 합작 교육사업으로 평양과기대가 설립된 이후, 2007년에 이 두 대학을 연결하여 스칼라피노 교수가 제시한 동북아 자연경제권 형성의 중추 대학으로 삼고자 동북아공동체연구회를 결성했다. 지금은 동북아공동체문화재단이라는 이름의 포괄적 지식인 연대 싱크탱크로 확대 발전되었다.

이런 과정에 학술 세미나, 미래전략 포럼, 공동연구 저서 출간, 국제회의 개최, 해외 단체여행 등 수많은 일과 행사를 진행해 왔다. 특히 여러 권의 공동연구 저서 가운데 『제3의 지평』(2012, 디딤터), 『북방에서 길을 찾다』(2017, 디딤터), 『린치핀 코리아』(2020, 동북아 공동체문화재단 출판국) 등이 한반도 통일과 동북아공동체 비전을 위한 저서로 전문가 및 지식인들로부터 많은 관심과 인용 도서로 각광받은 바 있다.

여기서 '제3의 지평'이라 함은 주로 동북아지역 일대를 지칭하는 말로 사용되었고, 『북방에서 길을 찾다』란 책은 2017년 문재인 정부가 들어선 직후 송영길 의원이 러시아 특사로 푸틴을 예방했을 때 지참

동북아미래전략포럼 및 『북방에서 길을 찾다』 책 표지

했던 신간으로 유명세를 탔었다. 그 후 송영길 의원의 제안으로 대통령 직속 기구로 '북방경제협력위원회'를 만든 다음, 송 의원 본인이 초대 위원장을 맡았으며, 3대 위원장으로 동북아공동체문화재단 상임대표로 있던 박종수 박사가 선임됨으로써 본 재단 입장에서도 큰 경사가 되었다.

무엇보다 『린치핀 코리아』는 여야, 보수 및 진보를 막론하고 북방정책과 통일전략을 수립하는 데 빼놓을 수 없는 중요 서적으로 평가받았다. 책의 서문에 있듯이 한반도 중심축(린치핀) 통일국가론이 기본전략이고, 여기에는 두만강 유역을 중심으로 하는 국제컨소시엄 개발협력사업이 실천적 대안으로 정리되어 있다.

그 내용을 살펴보면, UNDP에서 추진해온 광역두만강개발계획(GTI)을 구체화하는 창의적인 대안으로, 유럽의 라인강 상류 지역인 스위스, 프랑스, 독일의 국경이 맞닿는 곳에 3국이 공동으로 운용하는 바젤국제공항을 모델로 삼아, 두만강 하구 델타지역의 하산에 북·중·러 3국이 공동으로 이용하는 국제공항을 세우는 것이다. 그리고 이곳의 배후 지역인 자루비노항, 포시에트항, 크라스키노를 신산업 광역도시로 묶어서 개발하는 방안이다. 그리고 이와 함께 하산국제공항을 공동으로 운용할 북한의 나진, 선봉 지역과 중국의 훈춘 지역을 삼각 축으로 연결하여 두만강 유역 초국경 신산업 자유무역경제특구로 만드는 것이 핵심 전략이다.

이 일을 좀 더 체계적으로 프로젝트화 하기 위하여 『린치핀 코리아』 출간(2020년 3월) 이후에 분야별로 4개의 전문가 소그룹을 구성하고 매월 한 번씩 집필진 모임을 갖는 등 후속 사업으로 실무적인 기획서(가칭 '두만강 오디세이') 발간을 준비해 왔다. 그러나 불행하게도

2022년 2월 말 우크라이나전쟁이 발발하게 되자, 그 추이를 봐가며 집필한다는 게 지금까지 전쟁의 귀추를 알 수 없어 책을 완성하지 못한 채 표류하고 있다. 크게 아쉽지만, 전쟁이 끝나지도 않았는데 섣불리 책을 냈다가는 사문화되는 게 아닌가 하는 염려를 집필자들이 하게 된 것이다.

이런 아쉬움 외에도 개인적으로 (두만강 및 연해주 중심의 연구 활동을 하는 가운데) 가장 아쉽고 가슴 아픈 일이 있다. 그것은 고(故) 주철기 수석과 관련된 일이다. 그분은 주프랑스 대사를 역임하신 후 귀국하여 한동안 UN글로벌콤팩트 한국협회 사무총장을 맡으셨는데, 그때 한 모임에서 처음으로 인사를 나누게 되었다.

그 후 그는 함경남도 원산 출신이고 독실한 기독교인(사랑의교회 장로)이라서 그런지 필자가 참여하고 있는 연변과기대 사역과 평양과기대 사역에 지대한 관심을 나타내시며 자주 만나 한반도 통일과 동북아경제공동체와 같은 거대 담론을 나누는 우정의 관계로 발전하게 되었다. 특히 그는 필자보다 2년 앞선 나이로 늘 친구처럼 대해 주셨고, 2013년 청와대 외교안보 수석이 된 이후에도 한 달에 한 번씩 필자를 청와대 집무실로 초청하여 러시아산 석탄을 북한 나진항을 경유하여 한국 포스코에 공급하는 일을 같이 의논하며 대책협의를 했다.

그 결과로 3차례 러시아산 석탄이 나진항을 거쳐 포항으로 운송되었으며, 그 과정에 박근혜 대통령이 직접 주재하는 국무회의에 필자도 참석한 바가 있다. 그 후 박 대통령 탄핵으로 러시아-북한-한국 교류협력사업이 모두 중단되어 버린 상태에서도 2017년 5월에 필자가 기획하고 실무 총괄을 맡았던 '한·러신산업경제협력세미나'(러시아 극동개발부 주최, 동북아공동체문화재단 주관, 개최 장소: 블라디보스 토크)가 무산

되지 않도록 직접 행사에 참여해 주셨을 뿐 아니라 LH 한국토지주택공사, 부산발전 연구원, 재외동포재단 등 관련 공무직 인사들이 많이 참여하도록 독려해 주신 결과로 국제회의를 성공적으로 마칠 수 있었다. 여기서 성공적이라 함은 푸틴 정부의 동방정책에 따른 연해주 최초의 한국 중소기업 전용 공단을 나데진스카야 선도개발구역 안에 조성하기로 기본의향서를 협약한 일이다.

그때 국제회의에서 만났던 러시아 관료들 몇 분과 오랜 기간 교분을 나누게 되었는데, 그 가운데는 (지금은 퇴임했지만) 연해주 하산 군수도 있었다. 그 하산 군수가 우리 시찰단 일행과 함께 버스를 타고 나데진스 카야 산업공단 투자 후보지를 답사했다. 그 후 하산으로 가는 길에 주변 지역을 가리키면서 "이 땅 모두 다 당신들 땅이었어!"라고 했던 말이 지금도 귀에 쟁쟁하다. 그렇다. 연해주 그 땅은 분명히 고구려, 발해로 이어져 내려온 우리의 고토(故土)인 것이다.

주철기 수석은 2015년 9월 한국형전투기(KF-X) 사업 핵심기술 이전 무산과 관련해 청와대 근무를 떠난 후 재외동포재단 이사장으로 전임 (2016년)한 이후에도 우리 동북아재단 학술 세미나와 미래전략 포럼

한 · 러산업경제협력단 연해주 탐방 사진

에 자주 참석하셨다. 그리고 또한 연변과기대 졸업식이 있으면 늘 빠지지 않고 참석하셨는데, 불행하게도 2018년 6월 말 졸업식 행사 후 교회 청년들을 데리고 훈춘을 경유하여, 러시아 국경을 넘어 크라스키노-우수리스크-블라디보스토크에 갔다가 귀국하는 도중에 비행기 안에서 쓰러지셨다. 그날 공항 도착 즉시 신촌세브란스에 입원하여 뇌종양 판정을 받았다. 그리고 8개월여의 투병 끝에 72세로 별세하셨다. 오호 애재(嗚呼哀哉)라! 너무나 아쉽고 아까운 인물이셨다.

필자가 이런 과거사를 자세히 거론하는 것은, 그만큼 본인은 물론이거니와, 동북아재단에 참여하는 많은 전문가들과 지식인들이 두만강 유역을 중심으로 기획한 연해주 개발사업과 동북아공동체 비전에 얼마나 깊이 공감하고 있었는지, 그리고 지금까지 얼마나 치열하게 공부하고 대안을 작성하며 현장 답사를 통해 실질적인 국제협력을 이끌어 내려고 노력해 왔는지를 알리기 위해서이다. 참으로 오랜 세월 동안 길을 걸어왔고 재를 넘어왔다. 아직도 갈 길이 멀고 넘어야 할 재가 높지만, 언젠가 하나님의 때에 새 일이 이루어질 것이라는 희망과 확신을 지니고 있기에 나는 외롭지 않다. 그래서 두만강은 저렇게 흐르고 있나 보다. 그 강에 띄운 나룻배는 지금도 우리와 같이 꿈을 먹고 사는 사람들을 태우고 어디론가 흘러가고 있으리라. 마침내 당도할 그 땅을 향해 끊임없이, 중단없이 노 저어 가고 있으리라.

동북아 미래는 우리의 것

이제 말머리를 다시 며칠 전에 있었던 '제16회 한반도 및 동북아 미래전략 포럼' 행사장으로 돌려 보자.

종합토론까지 마친 우리들은 광화문 대로를 건너 프레스센터 뒷골목에 있는 안동 국시집 '소호정'으로 갔다. 8명씩 세 테이블에 나눠 앉은 후 만찬과 함께 무성한 대화의 꽃을 피웠다. 나는 원래 뒤풀이 모임을 더 중히 여기고 좋아한다. 진정한 속내는 주로 뒤풀이 과정에서 터져 나오는 것을 많이 경험했기 때문이다.

이날도 그랬다. 내가 앉은 식탁에 김병연 석좌교수, 신봉길 외교협회장, 구교광 동북아 ICT 포럼 부회장, 김극기 북악포럼 회장, 정용상 동국대 명예교수, 유주열 자문대사, 김재효 부이사장, 이동탁 사무총장 등이 앉아 포럼에서 못다 한 얘기와 시국에 대한 환담을 나눴다. 논의된 몇 가지를 간추려 보면 다음과 같다.

1) 트럼프와 바이든 간의 미국 대선 1차 TV 토론이 끝난 후 터져 나온 '바이든 교체론'에 대해 많은 설전이 있었다.
2) 만일 트럼프가 11월 대선에서 승리하면 지금까지 바이든 정부가 추진해온 외교적 동맹전략이 크게 손상을 입게 될 것이란 관측이 나왔다.
3) 이런 경우 한국도 예외가 아닌데, 북한은 호기를 맞은 태도로 더욱 공격적으로 나올 것이란 의견이 다수였다.
4) 이럴수록 우리는 중국과 러시아에 대한 실리외교 차원에서 민간교류 부문의 길을 확장할 필요가 있고, 이를 담대하게 추진하는 것이 국익을 위해 도움이 될 것이라는 의견에 대부분 찬동했다.
5) 이런 점에서 이번의 한반도 및 동북아 미래전략 포럼은 매우 시의적절하고 시대를 앞서가는 주제 설정이었다고 입을 모았다.
6) 특별히 필자는 상호의존형 연해주 개발 협력사업이 우크라이나 전쟁 이후 러시아 및 국제정세의 변화를 비집고 들어갈 수 있는

창의적인 대안이 될 것임이 틀림없다고 말하면서, 이를 위해 그 동안 중단되었던 '두만강 오디세이' 집필 계획을 다시 세우고 추진할 필요가 있다고 포부를 밝혔다.

그런 다음 2007년 재단 설립 이후 지금까지 한결같은 마음으로 동참해 주신 정책자문위원들의 우정과 사랑에 눈물겹도록 고마움을 느낀다고 사의를 표했다. 앞으로도 계속 이 길을 걸어가면서 우리 재단이 한반도 통일과 동북아공동체 사역을 위해 선구자적인 역할을 감당할 수 있도록 최선을 다하겠다고 다짐했다.

이렇게 말한 후 필자는 자리에서 벌떡 일어나 각 테이블을 돌며 건배사 형식의 구호를 외쳤다.

"동북아 미래는 우리 꺼다!"를 크게 외치며, 참석자들의 눈과 잔을 일일이 맞추며 건배하다 보니 내 마음속에는 한량없는 용기와 열정이 솟구쳐 올랐다.

그렇다. 동북아의 미래는 우리가 어떻게 하느냐에 달려 있다. 그리고 우리가 이런 선구자적인 노력을 과감히 행할 때 역사의 새길을 열어가는 지정학적 기회가 더욱 가깝게, 더욱 확실하게 다가오리라 믿는다. 이 믿음을 끝까지 견지하며 나라와 민족의 무궁한 발전을 기원해 본다. "대한민국이여, 영원하라!"

독립정신을 통일정신으로

지난 주말 역사적으로 큰 의미가 있는 두 개의 행사에 참여했다.

하나는 7월 5일(2024년) 덕수궁 옆 정동제일교회에서 이승만 건국대통령기념사업회(이하 이승만기념사업회)가 주최한 '이승만과 대한민국'이라는 제하의 한·미우남포럼에 참석한 일이고, 다른 하나는 그 이튿날 7월 6일(토) 경북 안동 임청각에서 국무령 이상룡선생 기념 사업회(이상룡기념사업회)가 주최한 2024 실경 역사극 '서간도 바람 소리' 연극제에 참석한 일이다. 공교롭게도 상해 임시정부에서 국가 수반으로 활동하셨던 두 분의 민족지도자에 대한 포럼과 연극제가 이틀간 연속적으로 이어져서 필자에게는 독특한 감회와 역사의식을 깨닫게 한 특별한 행사가 되었다. 행사 개요와 함께, 어떻게 하면 그분들의 '독립정신'을 이 시대의 '통일정신'으로 승화시켜 나갈 수 있을 것인가를 중점적으로 생각하며 소감을 정리해 본다.

Ⅰ. 한미우남포럼

제1부 : 이승만과 대한민국

이승만기념사업회의 최재형 상임고문이 개회 선언을 했고, 대회사는 14대 회장으로 추대된 뉴욕 프라미스교회 김남수 원로 목사가 했다.

김남수 회장은, 청년 이승만이 배재학당에서 배운 자유와 민주주의를 신봉하며 백성이 주인이 되는 새로운 나라를 꿈꾸었다고 소개했다. 그러면서 이승만에게는 대한의 자유와 독립이라는 분명한 목표가 있었기 때문에 어떤 실패의 어려움에도 포기하지 않고 끝까지 인내하며 목표를 향해 정진했으며, 그 기초에는 기독교 신앙의 힘이 깊이 뿌리내려 있었다고 강조했다. 그러면서 김 회장은 이승만 대통령께서 못다 이룬 통일을 위해 그가 가르쳐준 비전과 믿음과 열정과 헌신으로 새역사를 써가는 우리가 되자고 참석자들을 격려하고 축복했다. 참석자들로부터 감동적인 대회사로 열띤 박수를 받은 김남수 원로 목사는, 실은 필자가 4월 말부터 한 달 동안 미국 서부지역과 남미를 거친 다음, 다시 미국 동부지역 여러 도시를 다니다가 마지막으로 뉴욕(뉴저지)을 방문했을 때 만나게 되었다. 당시 강현석 회장(뉴욕 민주평통회장, 뉴욕 한인국가조찬기도회 회장)의 소개로 골프 라운딩을 함께 하면서 만나 평양과기대 소식을 전해드렸던 분이다. 포럼 행사장에서 다시 반갑게 만나 인사를 나누며 이승만기념사업회 14대 회장이 되신 것을 진심으로 축하하고 경의를 표해 드렸다.

김남수 회장의 대회사 다음 순서로 다섯 분의 전문가들이 각각 15분씩 포럼의 주제를 발표했다. 한 꼭지씩 중요한 발언만 기록해 본다.

한미우남포럼, 김남수 회장 대회사 장면

첫 번째 순서로, 김영기 명예교수(조지워싱턴대학교)가 '교육 대통령 이승만'이란 제목으로 이승만이 받은 유소년기 전통 엘리트 교육과 서구주의적 현대식 교육(선교사 교육/ 언론을 통한 교육/ 미국 명문대학 교육)에 대해 설명했다. 그러고 나서 교육을 민족 독립과 개화사상의 기본 요체로 삼은 이승만의 실용주의적 교육관에 대해 높이 평가했고, 나중에 대통령이 된 후 실시한 교육정책과 이를 실행하는 과정에 일어난 능력주의와 평등주의의 충돌에 대해서도 자세히 설명했다.

두 번째 순서로, David P. Fields 교수(위스콘신대학교)가 '하나의 목표, 두 개의 특징'이란 제목으로 발표했는데, 이승만이 1904년에 완성한 『독립정신』이라는 책이 당시 한국 민족주의자들에게 최고의 지침서가 되었으며, 이런 하나의 목표('독립')를 달성하기 위해 헌신하는 과정에 나타난 이승만의 성격적인 두 가지 특성, 곧 '완고함과 급진주의' 경향에 대해 에피소드를 곁들여 가며 설명했다. 특히 휴전 협상을 서두르고 있던 미국과 연합군에 대항하여 각개 수용소에 수감되어 있던 북한

군 포로들(자유 전향 의사를 밝힌 포로들)을 석방한 사건은 대표적인 사례라고 지적했다.

세 번째 순서로 등단한 오영섭 박사(독립기념관 이사)가 '미 군정기, 이승만의 방미외교'를 발표하면서, 분단된 한국을 통일하는 중간 단계로 남한을 다스릴 임시 과도정부를 UN과 미국의 조야 인사들과 의논하다가, 마침내 미국의 대(對)소련 봉쇄정책으로 전환한 트루먼 독트린으로부터 영감과 지원을 받아 남한에 단일정부를 수립할 수 있었던 역사적 과정을 소상히 설명했다.

네 번째 순서로, 이택선 교수(명지대 기록정보과학전문대학원)가 '이승만 정부의 농지개혁'에 대해 발표했다. 그는 서두에 이승만 정부의 농지개혁은 세계사적 관점에서 세계 최고 수준의 토지개혁으로 평가받는다고 전제한 후, 당시 조봉암 농림부 장관을 중심으로 한 중도파의 주도와 이를 적극 지원한 최고 지도자 이승만의 합작으로 이루어졌으며, 지주들의 지도자였던 인촌 김성수의 협조와 국민 여론을 등에 업고 중립자적 입장에서 농민을 옹호한 결과, 지주들로부터 자발적 협조를 받은 것이 농지혁명을 성공시킨 주된 요건이 되었다고 풀이했다.

끝으로, 원성웅 목사(감리교단 옥토교회)로부터 '대한민국 부흥의 기반을 세운 우남 이승만과 그의 스승 아펜젤러 선교사'라는 긴 제목의 설교를 들었다. 아펜젤러 선교사는 배재학당에 입학한 이승만의 뛰어난 면모를 인정하고 영어 과목 조교를 시켰으며, 미국에서 의사가 되어 돌아온 서재필 박사(당시 배재학당 교사)와 같이 독립협회와 만민 공동회를 이끌도록 지원했다. 그리고 한성감옥에 갇혀 옥고를 치르면서도 전도자로 변신한 이승만의 회심과 기독교적 소명을 지켜보면서, 아펜젤러 선교사는 이승만의 구명운동에 앞장섰을 뿐 아니라, 출소한 지

6개월 만에 미국 유학길에 오르도록 이끌어준 각별한 스승이셨다. 그 후 우남 이승만이 프린스턴대학에서 드러낸 발군의 실력과 한국인 최초의 서양대학 박사학위 논문('미국의 영향을 받은 중립')에 대한 이야기는 많은 사람들의 입에 회자되었다. 특히 해방 직후 공산주의자 들의 온갖 방해 공작을 이겨내고 자유대한민국을 건국했을 때 제헌국회 임시의장이 된 이승만 박사가 목사인 이윤영 의원을 세워 기도함으로써 제헌국회를 개회토록 한 것은, 대한민국 역사상 두고두고 잊을 수 없는 거룩한 영적 현장이 되었다고 강조했다.

다섯 분의 주제 발표가 있은 연후에 제1회 '이승만 라인상' 시상식이 있었다. 1952년 1월 18일 이승만 대통령이 대통령령 '대한민국 인접 해양의 주권에 대한 대통령의 선언'을 공표했었다. 이른바 이승만 라인을 선포한 것인데, 이를 기념하여 올해 처음으로 실시하는 제1회 '이승만 라인상' 수상자로 해양경찰청 서월석 경정이 상을 받았다.

그런 다음 기념사업회 포항 지회장 조근식 목사의 축도로 제1부 순서를 마쳤다.

제2부 : 아! 이승만

포럼을 마친 다음 제2부 행사는 김황식 이승만대통령기념재단 이사장, 정운찬 이승만기념사업회 상임고문 대표, 원로 연기자 최불암 씨, 김충환 해공신익희선생기념사업회 회장이 각각 축사했다.

먼저 등단한 김황식 이사장(41대 국무총리)은 대통령 취임 당시 73세였던 이승만과 한 살 위인 74세의 독일 아데나워 수상을 비교하면서, 두 분 모두 한 민족이 두 국가로 나뉜 슬픔을 이겨내고 현명하게 국가를 이끈 지도자들로서 민주 선거, 자유 경제, 친미 반공 노선을 지향함으로써 지속가능한 국가 발전의 토대를 구축한 분들이라고 평가했다.

그다음으로 정운찬 상임고문 대표(40대 국무총리)는 이승만 대통령이 프린스턴대학의 선배가 되신다고 소개했다. 그리고 이어서 이 대통령이 40년간 미국 생활을 통해 배운 것은 "한국은 절대로 공산주의가 되어서는 안 된다."라는 것이며, 이를 결심하고 국사에 임한, 철저한 자유민주주의의 비전을 갖고 국가수반의 임무를 다하신 분이라고 평가했다.

세 번째로 방송인 최불암 씨가 등단해 이승만 대통령과 관련된 일화를 전해 눈길을 끌었다. 그는 MBC에서 〈전원일기〉, 〈수사반장〉에 출연하던 중 드라마 〈제1공화국〉의 이승만 대통령 역을 맡아 달라고 당시 MBC 사장이 간곡히 요청하는 바람에 어쩔 수 없이 그 역을 맡게 되었노라고 회고했다. 이어 "저는 이승만 대통령 배역 연구를 위해 당시 이화장에 사시던 이승만 대통령의 며느리였던 조혜자 선생에게 찾아가 이 대통령의 유품 등을 보여달라고 부탁을 드렸다. 그런데 조 선생이 프란체스카 여사로부터 받아 이승만 대통령의 생전 헤어져 짜깁기 된 옷을 내게 보여주었다."라는 것이다. 또 "조혜자 선생은 이승만 대통령의 재산이 양복 2벌, 가방, 만년필밖에 없었다고 했으며, 이 대통령께서 생전 구멍 난 양말을 짜깁기해서 신고 사셨다."라고 전했다. 그는 "솔직히 말해서 청년 시절 4.19 혁명에 동참했다. 이것 때문에 경찰을 피해 도망가기도 했다. 나중에 이승만 대통령의 생전 삶을 공부하니 그에 대해 너무나도 오해했다."라는 것을 깨닫게 되었다고 힘주어 말했다.

끝으로 이어진 축사에서 김충환 회장은 "대통령 선거에서 경쟁했던 신익희 선생과 이승만 초대 대통령의 정치철학은 자유민주주의를 추구했다는 점과 두 분 모두 명문대가와 명문대학 출신(신익희 선생은 일본 와세다대학 졸업)이란 점이 공통점이라고 할 수 있다."고 했다. 그들의 차이점은 이 대통령이 신익희 선생보다 17살이 많으며, 한 분은 미국에서, 다른 한 분은 아시아(신익희 선생은 상해 임시정부 내무차장, 외무차장을 역임)에서 독립운동을 한 게 큰 차이라고 말했다. 그런 다음 신익희 선생은 이 대통령에 대해 "우남 이승만은 국내 정치에서 오점을 다소 남겼지만, 구한말 독립협회를 통해 민권운동을 펼친 이래, 국가의 번영과 자유를 위해 투신한 사람이다. 해방 이후 국내의 혼란 속에서 대한민국 건국의 초석을 놓은 애국자였고, 한미동맹을 성사시켜 국가 안보 및 경제 발전의 기틀을 세운 탁월한 정치지도자였다."라고 평가했다. 끝으로 "우남 이승만은 모세와 같은 역할을 했으며, 해공 신익희는 여호수아와 같은 인물이었다."라고 덧붙여 참석자들로부터 큰 박수를 받았다.

제3부 : 대한민국의 기적

이승만기념사업회 박승호 고문이 헌정의 노래로 '하나님의 은혜'를 부른 다음, 백석대학교 임청화 교수가 '이 순간의 비전'에 이어서 가곡 '그리운 금강산'을 불러 열띤 박수와 환호를 받았다. 임청화 교수는 잘 알려진 바와 같이 한국 가곡의 세계화에 앞장서며 국내외에서 활발한 연주 활동을 펼치는 소프라노 가수로 유명하다. 지난해에 뮤직 텔링 시집『무궁화꽃으로 피어나다』를 출간하여 선풍적인 인기를 끌었다. 이 시집은 기독교계에서 음악치유학으로 하나의 뿌리를 내린 작품으로 평가되었다. 필자가 2018년 한국기독실업인회(CBMC) 중앙회 회장으로 재임하던 당시 전국대회 특송 가수로 초청한 게 인연이 되어, 그 후 가끔 음악발표회가 있으면 참석하곤 했다.

임청화 교수의 축송이 끝난 후 다큐멘터리 하이라이트로 이장호 감독이 제작한 '하보우만의 약속'의 예고편을 잠시 시청했다. (여기서 '하보우만'은 애국가 후렴구인 '하'느님이 '보'우하사 '우'리 나라 '만'세의 첫머리를 딴 것이며, 다큐멘터리의 주제는 이승만 대통령, 박정희 대통령, 좌파가 남긴 흔적들로 구성된다고 했다.)

이장호 감독은 20년 전 CBMC 회원으로 참여했을 때부터 가깝게 지낸 분으로 1945년생이라 나보다 3년이 앞서는데도 늘 꽁지머리를 기다랗게 달고 다녀서 만년 청년으로 불러주고 있다. 특히 그와는 기연이 있다. 신상옥 감독이 돌아가시기 한 해 전에 배우자 최은희 씨와 함께 식사를 나눌 기회가 있었는데, 그 만남을 주선하신 분이 바로 이장호 감독이다. 당시 필자는 연변과기대 대외부총장으로 조선족 학생들의 진로 상담과 유학을 담당하고 있을 때다. 특히 중국 소수민족으로 진로가 제한되고, 고위직 진출이 어려운 여건이라 학생들의 재능과 기량을 살리기 위해 중국의 문화, 역사, 인물군에서 현시대에 적합한 엔터테인먼트 소재를 발굴하여 에니메이션, 소설, 영화 시나리오 작가로 성장하는 길을 예시하고, 시간이 날 때마다 학생들과 그룹 미팅을 통해 콘텐츠 개발에 주력했던 때다. 그때 필자가 제주도 관광명소인 '용두암'을 소재(용두암의 입상 방향이 중국 서안을 바라보고 있는 것 같아 이 점에 착안하여 줄거리 소재로 잡음)로 하여, 진시황의 불로장생 사명을 받고 온 서복의 후손들이 용두암 지하에 연구실을 만들어 놓고 대대로 임상을 해왔다. 그 결과 불로장생하는 비약을 개발한 다음, 중국 서안에 있는 진시황의 진짜 무덤에 가서 진시황을 되살려내어 미국과 중국의 패권을 다투게 한다는 줄거리로 쓴 글(제목: '용의 꿈')이 있었다.

나는 이 프롤로그를 학생들에게 예시문으로 보여주었다. 그리고 조선족 청년들이 문화 전문 인력으로 자라는 것이 중국 한족 사회의 벽을 뛰어넘어 그들의 장점을 살리는 길이며, 또한 그들이 가장 잘할 수 있는 분야 중 하나가 될 것이란 점을 자주 언급했었다. 그때 쓴 시나리오를 신상옥 감독 내외분께 보여드리고 혹시 영화 제작이 가능하겠는지를 상담하는 자리를 이장호 감독이 마련해 준 것이다. 그 일은 제작비가 많이 들고 진시황 소재는 이미 여러 편의 영화가 나와서 다소 진부하다는 이유로 성사되지 못했다. 하지만 필자 본인은 아직도 마음 한구석에 제주도 관광 발전과 조선족 사회의 발전을 위해 누군가가 에니메이션 제작자로 나선다면, 원작 기부뿐만 아니라 홍보를 위해 중국에 있는 모든 인맥을 동원하여 협력할 용의가 있다.

이장호 감독의 다큐멘터리 하이라이트 발표가 끝난 다음, 전원이 일어나 배재 아펜젤러 합창단의 선창에 따라 애국가를 4절까지 부르고는 모든 행사의 순서를 마쳤다. '이승만과 대한민국'에 대한 역사적 인식을 새롭게 하는 귀한 시간이 되었으며, 참여한 모든 VIP들이 사회 각계의 지도자들이기에 이승만기념사업회가 하는 일이 앞으로 국민 계몽을 통해 더욱 발전하리라 믿으면서, 필자 또한 한마음의 동지가 되겠다는 다짐을 했다.

II. '서간도 바람 소리' 연극제

'서간도 바람 소리' 연극제는 김호태 안동문화 지킴이 이사장이 기획 총괄 제작한 '실경 역사극'으로, 상해 임시정부 초대 국무령 석주 이상룡 선생의 독립운동 역사를 재현한 극이다. 현지 아마추어 연극인들이 배역을 담당했으며, 시나리오 및 제작비 전반을 김호태 이사장이 문화 재청의 지원을 받아 6년째 실행하고 있는 교양 프로그램이다.

또한 김호태 이사장은 (사)국무령이상룡선생기념사업회(이하 이상룡 기념사업회)의 사무국장으로도 재임하고 있어서 필자와는 각별한 관계로 동역하고 있다.

몇 달 전에 동북아공동체문화재단 칼럼공동체(감·격·사·회)를 통하여 본 재단 임회원들께 보고드린 대로, 필자는 고성 이씨 참판공파 29세손으로 지난 2월 15일 안동 임청각에서 열린 이상룡기념사업회 이사회에서 2대 이사장으로 선임되어 당일부로 취임식을 가진 바 있었다. 그 자리에서 김호태 씨를 이상룡기념사업회 사무국장으로 재임명하는 절차도 가졌다.

필자는 그 후 지난 6월 8일(토) 서울 국립현충원에서 이상룡기념사업 회가 주최하는 석주 이상룡 서거 92주년 기념행사를 치른 바가 있고, 올해 두 번째로 큰 행사인 '서간도 바람 소리' 연극제에 참석하기 위해 임청각 종손 이창수 씨를 비롯하여 서울종친회(회장 이승건, 에피파니 치과 원장) 회원 40여 명과 함께 당일치기로 안동을 다녀왔다.

지난 주말(7/6, 토) 종일 비가 온다는 일기예보가 있어서 걱정을 하며 강행군을 했는데, 하늘의 도움으로 아주 좋은 날씨에 큰 고생하지 않고 멋진 연극을 참관하고 왔다.

행촌 이암의 '단군세기'

관광버스로 내려가는 도중에 문중 소식도 나누고 선조들의 위업에 대해 귀담아들어야 할 많은 이야기들이 오갔다.

이승우 전 행촌문화진흥원 원장의 설명이다.

행촌 이암(1297~1364) 선조는 고려 말 공민왕 때 수문하시중(좌의정으로 국무총리 격)이란 중직을 맡았으며, 글과 글씨에 뛰어난 최고 지성으로 선비들의 본이 되었다. 그뿐 아니라, 특히 '단군세기'를 집필하여 한민족의 상고사를 집대성함으로써 후대에 올바른 역사의식과 민족 사관을 세우는 데 혁혁한 공을 세우신 분이다. 박근혜 대통령 시절 제68주년 광복절과 제65주년 건국절 경축사에서 행촌 이암 선조를 높이 거론한 이유가 이런 데 있었다. 그리고 행촌 이암의 후손인 손자 이맥(1455~1528)은 괴산에서 귀양살이(1504)를 할 때부터 역사서 편찬에 뜻을 두었다. 그 후 1520년 천수관 벼슬을 하면서 내각의 '비장도서'들을 보면서 자신이 몰랐던 우리 상고사에 대해 큰 충격을 받았다. 그리고 '태백일사'를 엮어 고성 이씨 가문에 비밀리에 간직하여 이어져 오게 했다. 한마디로 할아버지 이암의 '단군세기'와 손자 이맥의 '태백일사'가 합쳐져 『환단고기』란 책의 대부분을 차지하고 있다. 그런데 이 외에 '삼성기' 상·하편과 '북부여기'를 합해 『환단고기』를 펴낸 이는 고성 이씨가 아닌 수안 계씨 계연수란 분이다.

문중 선조의 위업이 담겨 있는 역사 얘기는 아무리 들어도 지나치지 않을 만큼 신나고 유익했다. 그런데 여기서 꼭 한 가지 남기고 싶은 이야기가 있다. 그것은 필자의 선친(현남 이종영)께서 일제강점기 초대 조선 총독이었던 데라우치 마사타케(1852~1919)가 우리나라 곳곳에서 약탈해간 1,500여 점의 유물 일부를 환수하는 데 큰 공을 세운 일이다.

1995년경의 일이다. 경상북도 교육위원회 고위 공무원으로 계셨던 선친께서 정년퇴임 후 서울 아들(이승율) 집에 유하시면서 문중 일을 돌보는 중에, 행촌 이암 선조의 유물이 일본 후쿠오카 야마구치여자대학

檀君世紀
古記云王儉父檀雄母熊氏
生于檀樹下有神人之德遂
玉問其神聖擧為神王換行
自檀國至阿斯達是謂檀君之
桓神化遊蹤是謂檀君之儉

檀君世紀
단군세기 서문

단군세기 서문

의 데라우치 문고에 소장되어 있다는 정보를 듣게 되었다. 선친께서는 일본 지인들의 도움을 받아 야마구치여자대학을 방문하여 학교 당국자를 만나고, 또 데라우치 문고 책임자도 만나 선조 되시는 행촌 이암의 유물을 확인할 수 있도록 간곡히 부탁했다. 그래서 다섯 점의 유물 사진과 기록물 사본을 갖고 귀국하셨는데, 당시 국사편찬위원회 박영석 위원장이 선친의 고향(경북 청도) 친구이셔서 그 자료를 박위원장께 보여드리면서, 이것뿐만 아니라 데라우치 총독이 수탈해 간 1,500여 점의 유물이 모두 데라우치 문고에 고스란히 소장되어 있다는 사실을 알려드렸다.

그 후 박 위원장은 야마구치여자대학과 자매결연을 맺고 있던 경남대학교 박재규 총장(나중에 통일부 장관을 역임했으며, 재임시 2000년 6.15 남북정상회담을 총괄 기획했던 분이다.)과 힘을 합쳐, 데라우치 문고의 많은 소장품 중 98종 135책을 경남대학교로 환수(1996년 1월) 하는 일을 성사시켰다. 선친께서도 그 과정에 깊숙이 관여하여 함께 동역하셨다. 그리고 70세 되던 해(2000년 12월) 간암으로 돌아가시기 직전에 병원에서 대화를 나누었는데, 그때 '아버지 인생에서 무슨 일이 가장 보람되고 기쁜 일'이었냐고 여쭈었다. 그러자 밝은 얼굴로 크게 웃으시면서 데라우치 문고에서 행촌 이암 선조의 유물을 발견하고, 그 후 많은 유물을 반환하도록 조치한 일이라고 대답하시던 모습이 지금도 눈에 선하다.

임청각, 경상북도독립운동기념관, 귀래정, '원이 엄마' 테마공원, 월영교

오전 10시 양재역에서 출발한 버스가 도중에 문의면에서 점심을 먹느라 다소 늦어져 오후 2시 반경 안동 임청각에 도착했다. 이상룡 기념사업회 김호태 사무국장과 사무국 직원들이 극진히 영접해 주었다. 건물 내부와 유적에 대한 설명은 주로 종손 이창수 씨가 안내를 맡았다.

임청각(보물 제182호)은 조선시대 민간 가옥 중 가장 큰 규모의 양반가 주택(99칸)으로 500년 역사를 간직한 국가보훈처 지정 현충 시설이다. 사당과 별당형 정자인 군자정, 그리고 본채인 안채, 중채, 사랑채, 행랑채가 영남산과 낙동강의 아름다운 자연과 조화롭게 배치되어 있으며, 일제가 민족정기를 끊기 위해 마당을 가로질러 중앙선 철로를 부설함으로써, 99칸 건물 중 부속건물이 철거되어 현재는 66칸이 남아 있다. 문화재청과 경상북도, 안동시는 2017년부터 2025년까

임청각 앞마당에 철도(중앙선)를 부설한 일제의 만행

지 280억 원을 들여 임청각 보수 및 복원사업을 진행 중인데, 이 임청각은 1519년(중종 14)에 낙향한 이명이 지었으며, 1767년 봄에 이종익(1726~1773)이 고쳐 지은 후, 지금까지 이 모습을 그대로 유지하고 있다.

안동시 탐방 이동 경로는 서울종친회 집행부에 맡겼다. 우선 임청각에 들러 건물과 유적을 둘러본 다음, 안동 시내에서 안동대학교를 지나 임하댐으로 가는 길에 있는 경상북도 독립운동기념관을 관람하기로 했고, 그 후 고성 이씨 안동 입향조인 이증의 둘째 아들 이굉(1441~1516)이 지은 정자 귀래정에 들르기로 했다. 그런 다음 귀래정 바로 옆에 있는 '원이 엄마' 테마공원을 둘러보고 나서 안동 헛제삿밥 식당으로 가기로 했다. 저녁 식사를 마치면 식당 앞에 있는 월영교에 가서 낙동강 유수지에 비치는 저녁노을을 보기로 했고, 그 후 다시 임청각으로 가서 저녁 7시 반부터 시작하는 '서간도 바람 소리' 연극제에 참관하기로 했다.

임청각을 둘러본 일행들은 경상북도 독립운동기념관으로 이동했다. 전시 1관은 독립관, 전시 2관은 의열관이란 이름으로 개장되어 있었다. 필자가 참으로 놀란 것은, 독립관 입구에 "경북 사람들의 항일투쟁, 왜 으뜸일까?"라는 질문 아래 도표가 그려져 있고, 거기에 답이 적혀 있었기 때문이다. 답인즉슨 한국 독립운동이 처음 일어난 곳, 전국에서 자정 순국자가 가장 많은 곳, 전국에서 독립유공자가 가장 많은 곳이 경상북도라는 것이다.

그 이유를 살펴보니, 경북은 유학의 전통이 강하여 계몽운동이 조금은 늦게 시작되었으나, 1904년 무렵 새로운 길을 모색하는 '혁신유림'이 등장하여 지역사회 분위기를 빠르게 바꾸어 갔다고 한다. 이들은 신교육으로 대중들을 일깨워 부강한 나라의 기틀을 다지고자 노력하였다. 또 계몽운동 단체를 만들거나 중앙에서 만들어진 단체에 참가하기도 하였는데, 특히 신민회에 참여한 경북의 애국 계몽가는 1910년 나라가 무너지자, 만주로 망명하여 항일투쟁을 이어가는 핵심이 되었다고 기록하고 있다. 경북의 이러한 '혁신의 길'의 중심 지역이 안동이고, 그 안동의 핵심에 임청각과 석주 이상룡 선생이 있었던 것이다.

전시 2관(의열관)을 둘러보는 가운데 두 분의 여성 의열 투쟁 기록이 마음에 깊이 와닿았다.

한 분은 영화 '암살'의 저격수 모티브가 된 남자현 지사(1872~1933)다. 그는 1925년 사이토 마코토 총독 암살을 계획했고, 1933년 2월 29일 일본 장교 무토 노부요시를 암살하려고 권총과 폭탄을 몸에 숨기고 가다 체포되어, 옥중에서 장기간 단식 투쟁까지 벌였던 분이다. 그분이 경북 영양 출신이라는 것을 이번에 처음 알게 되었다. 그가 남긴 어록으로 "우리의 독립은 정신이다!"라는 구호가 지금도 귓전에 쟁쟁하다.

다른 한 분은 서간도에서 독립군 항일투쟁을 도와 '독립군의 어머니'로 불린 경북의 대표적인 여성 독립운동가 허은 여사(1907~1997)이다.

조선조 명문가 김해 허씨 문중에서 태어나 증조부인 의병장 허위 선생 옥사 후, 일제의 탄압을 피해 망명한 일가를 따라 9살에 만주로 이주했다. 1922년 만주 독립운동가들의 정신적 지주였던 석주 이상룡 선생의 손자인 이병화와 혼인하면서 독립운동의 내조자로 힘든 일을 도맡아 헌신했다. 청산리 전투의 대승 이후 일제의 탄압이 본격화되자 독립운동가들의 생활 형편이 더욱 어려워졌다. 그리하여 거의 풍찬노숙 하는 신세로 파란만장한 세월을 겪다가 1932년 시조부 이상룡 선생이 순국하자 만 26세의 나이로 귀국길에 올랐다.

시댁이 있는 경북 안동에 도착했으나, 일제의 감시가 심해 어려운 생활을 지속하던 중 시아버지 이준형이 "일제 치하에서 하루를 더 사는 것은 하루의 수치를 더 보태는 것"이라며 동맥을 끊어 자결(1942년)했고, 그 후 1945년 해방을 맞았으나 남편(이병화)마저 한국전쟁 속에서 세상을 떠났다. 서간도의 찬바람을 이겨내며 오직 조국 독립을 위해 헌신했으나, 해방된 조국에서 오히려 더욱 모진 고생과 모멸감을 느끼며 여생을 마친 허은 여사의 회고록('아직도 내 귀엔 서간도 바람 소리가')을 읽어보면 그저 가슴이 먹먹해질 따름이다. 그 '서간도 바람 소리' 연극제를 참관하기 위해 천 리 길도 마다하지 않고 달려온 우리들이다.

'귀래정'은 고성 이씨 안동 입향조인 이증의 둘째 아들인 이굉(1441~1516)의 정자이다. 정자의 이름은 중국 시인 도연명의 귀거래사에서 따왔다.

조선 후기 실학자 이중환(1690~1752)은 택리지에서 안동의 수많은 정자 중 귀래정을 임청각 군자정, 하회마을의 옥연정과 함께 으뜸으로 꼽았다. 후대 유학자 선비들 또한 안동 팔경 중 제2경으로 칭송한 시문을 많이 남겼다. 이 귀래정의 종손 이만용 씨가 우리 일행들을 따뜻하게 맞아 주었고, 그 후 귀래정 바로 옆에 있는 '원이 엄마' 테마공원으로 가서 '원이 엄마'의 동상과 편지 비문이 있는 곳을 직접 안내했다.

한때 매스컴을 뜨겁게 달구었던 '원이 엄마' 스토리는, 1998년 안동시 정상동 택지개발 과정에서 고성 이씨 이응태의 무덤이 발견되었을 때 나온 부장품에 관한 이야기다. 그 관 속에는 31세 젊은 나이에 요절한 이응태의 시신과 함께 남편을 여읜 지어미의 애끊는 심정을 담은 한글 편지와 자기의 머리카락과 삼을 엮어서 만든 한 켤레의 미투리가 있었다. 또한 자신보다 먼저 세상을 떠난 아우의 죽음을 안타까워하며 형 이몽태가 쓴 만시도 함께 부장되어 있었다. 안동대학교 박물관에 보관되어 있는 이 편지는 420년 동안 무덤 속에 잠자고 있다가, 이 시대의 타산적이고 경박한 사랑을 교훈하기 위해 무덤 속에서 뛰쳐나온 것처럼, 우리에게 너무나 감동적인 러브스토리를 들려주고 있다. 조선 중기(임진왜란 전) 구어체로 된 '원이 엄마'의 편지를 표준 한글로 고쳐서 읽어 본다.

'원이 아버님께 올림—병술년 유월 초하룻날, 집에서'라는 제목 아래 제법 긴 글이 적혀 있다. 그 일부만 읽는다.

> "당신, 늘 나에게 이르되, 둘이서 머리가 희어지도록 살다가 함께 죽자 하시더니, 어찌 나를 두고 당신 먼저 가십니까. 나와 자식은 누구한테 기대어 어떻게 살라고 다 버리고 당신 먼저 가시나요?"(중략)
> "함께 누워서 당신에게 물었죠. 여보, 남도 우리 같이 서로 어여삐 여기고 사랑할까요. 남도 우리 같은가 하여 물었죠. 당신은 그러한 일을 생각지 않고 나를 버리고 먼저 가시나요."

안동대 박물관의 조규복 학예연구사는 "이 사랑 얘기가 깃든 유물을 만나보는 것만으로도 안동대 박물관을 찾은 보람을 느끼실 것"이라며 '원이 엄마'의 사랑 이야기가 요즘 젊은 세대에게 '거룩한 사랑의 종소리'로 울려 퍼지기를 바란다는 소감을 남겼다.

'원이 엄마' 스토리는 여기서 그치지 않는다. 우리 일행들은 귀래정 탐방을 마친 다음, 안동 헛제삿밥 식당으로 가서, 식당 앞길 건너편 강

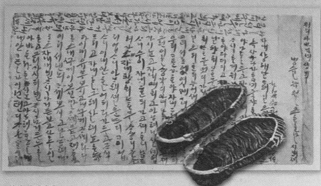

원이엄마의 편지

원이 아버지께

당신 언제나 나에게 '둘이 머리 희어지도록 살다가 함께 죽자'고 하셨지요.
그런데 어찌 나를 두고 당신 먼저 가십니까?
나와 어린 아이는 누구의 말을 듣고 어떻게 살라고 다 버리고 당신 먼저 가십니까?
당신 나에게 어떻게 마음을 가져왔고, 나는 당신에게 어떻게 마음을 가져왔었나요?

함께 누우면 언제나 나는 당신에게 말하곤 했지요. "여보, 다른 사람들도 우리처럼 서로
어여삐 여기고 사랑할까요? 남들도 정말 우리 같을까요?"
어찌 그런 일을 생각하지도 않고, 나를 버리고 먼저 가시는 가요. 당신을 여의고는 아무리
해도 나는 살 수 없어요.
빨리 당신에게 가고 싶어요. 나를 데려가 주세요.
당신을 향한 마음을 이승에서 잊을 수 없고, 서러운 뜻 한이 없습니다. 내 마음 어디에 두고,
자식 데리고 당신을 그리워하며 살 수 있을까 생각합니다.

이내 편지 보시고 내 꿈에 와서 자세히 말해 주세요.
당신 말을 자세히 듣고 싶어 이렇게 글을 써서 넣어 드립니다. 자세히 보시고 나에게 말해
주세요.

당신 내 뱃속의 자식 낳으면 보고 말할 것 있다 하고 그렇게 가시니, 뱃속의 자식 낳으면
누구를 아버지라 하라시는 거지요? 아무리 한들 내 마음 같겠습니까?
이런 슬픈 일이 또 있겠습니까? 당신은 한갓 그 곳에 가 계실 뿐이지만, 아무리 한들 내 마음
같이 서럽겠습니까? 한도 없고 끝도 없어 다 못 쓰고 대강만 적습니다.

이 편지 자세히 보시고 내 꿈에 와서 당신 모습 자세히 보여 주시고 또 말해 주세요.
나는 꿈에는 당신을 볼 수 있다고 믿고 있습니다. 몰래 와서 보여 주세요.
하고 싶은 말, 끝이 없어 이만 적습니다.

병술 유월 초하룻날 집에서 아내 올림

자운영

원이 엄마 편지

가에 있는 월영교 투어를 먼저 하기로 했다.

'월영교'는 임하댐을 건설하면서 하부에 유수지 댐을 만들어 호수처럼 항시 물이 가득 차 있도록 하고, 거기에 강을 가로지르는 목책 다리를 조성해 놓은 것이다. 길이 387m, 너비 3.6m로 국내에서는 가장 긴 목책 인도교로, 다리 한가운데 '월영정'이 있다. 2003년에 개통한 이 다리는 이응태 부부의 아름다운 사랑 이야기를 테마로 하여, 먼저 세상을 떠난 남편을 위해 머리카락을 뽑아 한 켤레의 미투리를 삼은 지어미의 애절하고 숭고한 사랑을 기념하고자 안동시에서 '미투리' 모양을 닮은 다리를 지었다고 한다. 월영정에 앉아서 유수지 강물에 비치는 저녁노을을 바라보니 '원이 엄마' 내외의 사랑이 더욱 진하고 아름답게 느껴진다. 오! 사랑이여, 영원하라!

III. '서간도 바람 소리' 연극 관람

저녁 식사 후 곧바로 임청각으로 다시 가서 연극제 무대가 마련되어 있는 군자정 앞마당으로 올라갔다. 약 250명가량의 관객이 미리 와서 자리를 잡고 앉아 있었다. 김호태 사무국장이 객석의 맨 앞줄에 서울종친회 팀이 착석하도록 자리를 배려해 놓으셨다.

야간 조명 장치가 준비되어 있고, 무대는 군자정 옆에 있는 작은 연못을 중심으로 뒤쪽의 산비탈과 정방형의 연못 둑길을 연결하여 배우들이 자유롭게 드나들며 연기하도록 구성해 놓았다. 문자 그대로 '실경'을 무대로 한 연극인데, 이런 자연경관 실경을 배경으로 하여 대형 뮤지컬 역사 문화극을 연출한 대표적 사례가 중국 장예모 감독이 2019년 계림의 진경산수인 이강(灕江)과 주변 산천지(12개 봉우리)를 배

서간도 연극제

경으로 연출한 '인상유삼저(印象劉三姐)' 쇼가 바로 그것이다.

거기에 비하면 보잘것없고 초라한 무대이지만, 임청각이라는 실재 현장에서 연출된 실경 역사극 '서간도 바람 소리'는 문자 그대로 감동이요, 역사 그 자체였다.

연극제를 기획 총괄 제작한 '안동지킴이' 대표 김호태 사무국장이 먼저 인사말을 했다.

"목숨은 잃어도 무릎 꿇어 종이 될 수 없다는 국무령 이상룡 선생의 독립 의지는, 바람도 얼어붙는 남의 땅 만주 벌판에서 백만 동포들의 삶의 터전을 만들었고, 신흥무관학교를 세워 수천 명의 독립군을 길러 내었습니다. 국내 진공 작전으로 일본군의 기세를 꺾었고, 봉오동과 청산리에서 독립전쟁 최고의 승리로 이끄신 대한독립 전쟁의 지도자였습니다. 남의 땅 서간도에서 수백만 우리 민족을 모

아 입법, 사법, 행정이 분리된 완전한 군정부를 이끄신 세계 최고의
독립운동 역사였습니다. 이번 공연은 국가 유산청과 경상북도, 그리
고 안동시의 도움으로 안동의 예술인들이 우리의 독립전쟁사를 새롭
게 창작한 드라마입니다. 전 가족의 희생과 수만금을 아깝게 여
기지 않았던 선조들의 독립정신을 되새기면서 건강하고 밝은 대한
민국의 미래를 확인해 보시기 바랍니다."

연극은 모두 6막으로 구성되었으며, 출연진들은 국무령 이상룡 역
에 뮤지컬 '이육사', '영웅'에 출연한 백승우 씨가 맡았고, 이상룡 선생
의 부인 김우락 지사 역에는 뮤지컬 '왕의 나라'에 출연한 박해월 씨가
맡았다. 그리고 일송 김동삼 지사 역에는 구덕암 씨가, 길림성주 포귀
경 역에는 안상명 씨가, 남자현 역에는 지정희 씨가, 곱단이 역에는 신
동여 씨가, 지청천 및 하인 역에는 조준경 씨가, 유림 및 금좌동 역에는
황상현 씨가 맡았다. 대부분 아마추어이지만 각종 뮤지컬에 출연한 바
있는 수준 높은 연기자들이었다. 연극제 팸플릿을 참고하여 6막에 이
르는 각 장르의 스토리를 압축해 본다.

제1막 : 협동학교 설립과 유림의 반발

"석주 이상룡 선생은 외세 침략과 의병 활동의 실패에 따른 시대 문
제를 해결하기 위해 대한협회 안동지회와 서양식 협동학교를 설립하지
만, 혁신적 신교육을 이해하지 못하는 보수 유림의 반발은 더욱 심해진
다."

제2막 : 노비 해방과 만주 망명 결정

"석주 이상룡 선생은 노비들에게 자유를 주기 위해 노비문서를

불태우고 여자와 아이들에게 동등한 민족 교육을 이어가지만, 결국 1910년 일제와 친일파의 야합으로 조국이 강제 병합된다. 잃어버린 나라를 되찾기 위해 손위 처남 백하 김대락을 설득하여 50여 명의 집안사람들과 함께 단군이 고조선을 세웠던 만주 서간도 환인현에 독립기지 건설 계획을 결정한다."

제3막 : 독립기지 건설에 지친 민중들을 이끌던 석주

"만주 벌판의 칼날보다 날카로운 눈보라를 맞으며 굶주림을 참고 가는 민중들은 점점 지쳐가고 힘겨워할 때, '현재 겪는 고통은 대한민국의 미래 백년, 천년의 역사로 이어진다.'라는 격려와 함께 '차라리 목이 잘릴지언정 무릎 꿇어 종이 되지 않겠다.'고 다짐하면서 무궁화 만발한 대한민국을 꿈꾼다."

제4막 : 105인 사건으로 절망하는 서간도

"만주에 도착하여 독립기지가 건설되기도 전에 가뭄과 홍수로 흉년은 거듭되고 기대했던 벼농사마저 실패한다. 더하여 일제는 민족 지도자 600명을 잡아들여 혹독한 고문으로 자백받아 105인을 구속한다. 이 가운데 만주 독립기지 건설을 적극적으로 지원하던 신민회 간부들이 다수 포함되어 있었다. 특히 안중근 의사의 사촌 동생 안명근이 주동자로 몰려 종신형을 받게 되어 모두 절망에 빠진다."

제5막 : 길림성 성주 포귀경과의 담판

"석주 선생이 이끄는 독립기지 건설은 날이 갈수록 일본인의 방해와 마적단의 약탈로 더욱더 어려워지고 있었다. 이 문제를 풀기 위해 석주 선생은 동생 이봉희와 우당 이회영을 길림성에 보내어 성주 포귀경과 만날 날을 잡게 한다. 그리고 길림성 성주를 만난 자리에서 ① 우리 동포들에게 중국 국적을 줄 것, ② 황무지를 개간하여 농사를 짓게 해줄 것, ③ 민족 교육을 할 수 있게 해줄 것, ④ 자치 조직을 인정하고 ⑤ 군사훈련을 할 수 있게 해줄 것 등, 다섯 가지 항목을 담판하여 허락을 얻어내는 데 성공한다."

제6막 : 초대 국무령 석주 이상룡 취임과 대단원

"석주 선생은 '신흥무관학교'와 '길림장', '백서농장' 등 농장을 설립 하여 낮에는 농사를 짓고 틈틈이 군사훈련을 시켜 독립군을 양성한다. 이때 북간도의 서일 총재 휘하 김좌진 장군이 독립군을 교육할 교관을 요청하여 군사교육에 능숙한 장교들을 파견한다. 한편 상해 대한민국 임시정부에 대한 독립단체들의 불신과 갈등이 심화하자, 임시정부 내무 총장 안창호의 요청으로 석주 이상룡 선생이 이끌던 만주 지역의 군정부는 임시정부의 산하 서로군정서(西路軍政署 : 서간도 혹은 남만주에 있던 대한민국 임시정부의 독립 혁명 단체)로 활동을 시작한다. 그리고 1925년 임시정부는 대통령체제에서 내각책임제로 바꾸고, 초대 국무령에 석주 이상룡 선생을 추대한다."

6막에 이르는 동안 장르가 바뀔 때마다 무대 공간이 협소하여 연기자들의 '들어가고 나감'이 걱정되었으나, 연기자들은 능숙하고도 자연스럽게 모든 액션을 잘 소화했다. 그리고 장르 곳곳마다 객석에서 박수와 환호가 터져 나왔다. 특히 남자현 지사 역을 맡은 지정희 씨가 결의에 찬 독립군가를 부를 때는 몸에 전율이 흘렀다. 또 길림성 성주 포귀경 역을 한 안상명 씨는 성주가 마적단 출신임을 실토하며 중국인의 억양을 흉내내어 "나, 당신 좋아한다 해!", "조선 사람들 농사 잘 지어서 세금 많이 내야 한다 해!"라고 익살을 떨며 연기할 때는 객석에서 폭

죽을 터뜨리듯 웃음이 터져 나왔다. 한마디로 성공적인 무대였고 눈물이 날 지경으로 감동으로 벅찬 연극이었다.

극이 모두 끝나고 피날레 인사를 할 때 김호태 사무국장이 필자(이상룡기념사업회 이사장)와 이창수 씨(임청각 종손)를 무대 앞으로 불러내어 연기자들과 함께 손잡고 인사하도록 요청했다. 나는 연기자들과 손을 맞잡고 관객들에게 인사를 드린 다음 큰 목소리로 이렇게 외쳤다. "우리의 독립은 정신이다." 그날 낮에 경상북도 독립운동기념관에서 읽은 남자현 지사의 구호를 그대로 외친 것이다. 그렇다! 우리가 쟁취할 진정한 독립은 정신의 혁신에 있고, 그것은 일제강점기에만 필요했던 것이 아니라 대한민국이 존속하는 한 어느 시대에나 필요할 것이다. 더구나 우리는 지금 한반도 통일이라는 목표를 앞에 두고 온 마음과 정신을 모아 고지를 향해 나아가야 할 때가 아닌가!

Ⅳ. 독립정신을 통일정신으로

저녁 9시경 '서간도 바람 소리' 연극제 참관을 마친 후 서울종친회 일행들은 곧바로 버스를 타고 서울로 향했다. 당일치기 행사라 연세든 분들에게는 좀 무리가 되었나 보다. 다들 피곤해하는 모습이었다. 집행부 간사가 간단히 행사 진행 발언을 한 다음, 실내등을 모두 끄고 조용히 올라가기로 했다.

나도 눈을 감고 마음 편히 쉬려고 했으나 오늘 본 연극제와 어제 오후에 참석했던 '한·미우남포럼'이 계속 상념에 떠올라 잠이 오지 않았다. 이런저런 생각을 하다가 유튜브를 검색하기도 하면서 지난날의 역사를 되돌아보는 '의식의 흐름'에 자신을 맡겨본다. 과거와 현재와 미래를 넘나드는 역사의 흐름이 물결치듯 요동쳤다.

주지하다시피 우남 이승만, 석주 이상룡 두 분 모두 상해 임시정부에서 국가수반으로 활동하신 분들이다. 두 분이 모두 대한민국의 태동에 너무 큰 역할을 했다. 그러나 정작 두 분 사이에는 이렇다 할 직접적인 교분은 없었다. 그 이유는 독립운동의 무대가 한 분은 미국이고, 다른 한 분은 중국 만주였기 때문이다.

유튜브 자료(기자단 팀미션)에 의하면, 1919년 3.1운동의 결과로 탄생한 임시정부(이하 임정)는 개각 초기부터 출신 지역과 독립운동 연고지에 따라 파벌 조짐이 농후했다고 한다. 조선 13도 대표들은 3.1운동 이후 독립운동을 통합적으로 추진하기 위해 일제의 영향력이 직접 미치지 못하는 상해에 임시정부를 세우기로 합의하고, 각도 대의원 30명이 모여서 임시의정원(현 국회)을 구성하고, 임시 헌장 10개 조를 채택했다. 그리고 초대 대통령으로 이승만을 추대했으며, 안창호, 김규식, 이동휘, 최재형, 이시영, 문창범 등 6명의 총장(장관 격)이 내각에 참여했다. 1919년 4월 10일, 역사적인 상해 임시정부(이하 임정)의 출범이었다.

그러나 초대 대통령 이승만과 임시의정원의 관계가 원만치 못했 다. 결국 1925년 3월 18일 임시의정원에 의해 이승만 대통령이 대통령직에서 탄핵당했다. 탄핵 사유를 살펴보면, 이승만은 대통 령 취임

임시정부 초대 대통령 이승만

후 정부 소재지인 상해에 머문 기간이 6개월에 불과했고, 이와 반면에 1920년 10월 미국으로 건너가 구미위원부를 조직하고 독립운동 자금을 모으는 데만 주력하는 등 임정 내각 구성과 정책 결정에 적극적으로 참여하지 않았기 때문에 임정 요인들과 반목을 초래한 점이 탄핵의 시발점이 되었다고 한다. 그 후 임시의정원의 결의를 무시하거나 독단적으로 행동하는 경우가 많았다. 더구나 1921년에는 임시의정원이 이승만의 구미위원부 활동을 중단시킬 것을 결의했지만, 그는 이를 무시하고 계속해서 구미위원부 활동을 이어갔다. 이런 과정에 1922년에는 임시의정원의 승인 없이 러시아 정부와 독립운동 자금 지원 협정을 체결하기도 했다. 그리고 그 이전에 이승만 대통령이 1919년 미국의 윌슨 대통령에게 국제연맹의 한국 위임통치를 청원한 바가 있었는데, 이는 당시 국내외 독립운동 세력의 주류였던 무장투쟁 노선과는 배치되는 것이었다. 따라서 이승만의 국제연맹 위임통치 청원은 임정 내부에서 큰 반발을 불러일으켰다. 이러한 원인들이 복합적으로 작용하여 결국 이승만은 1925년 3월 18일 임시의정원에 의해 대통령직에서 탄핵당했다. 그 후 이승만은 미국으로 건너가 1945년 광복 때까지 미국에 계속 거주했기에 상해 임정 요인들과의 관계는 끊어지고 말았다.

당시 임정은 파벌 싸움으로 마땅히 대통령으로 내세울 만한 인물이 없자, 대통령 서리 겸 국무총리로 있던 백암 박은식 선생을 2대 대통령으로 추대했다. 그러나 박은식은 그해 7월 임시정부의 정치 체제를 대통령 중심제에서 국무위원제로 바꾸었다. 그런 뒤에 안창호 내무총장의 건의를 받아들여 국무위원제의 최고대표 자격인 국무령에 이상룡을 추천하여 당선시켰다. 또한 상해 대한민국 임시 정부와 관련이 없는 이승만 중심의 구미위원회를 폐지했으며, 헌법을 개정하여 임정을 중심으로 독립운동을 일치시키고자 애썼다. 안타까운 일은, 독립운동의 쇄신을 위해 노력한 박은식은 지병을 이유로 사임한 지 두 달 만인 1925년 11월 1일 66세의 나이로 세상을 떠나고 말았다.

임시정부 초대 국무령 이상룡

석주 이상룡 선생이 1925년 9월 대한민국의 초대 국무령으로 추대된 명분과 경위를 살펴본다. 당시 상해에 몰려든 인사들이 출신 지역과 독립운동의 연고에 따라 많은 계파 분열이 있었다. 그러자 이를 수습하기 위한 대책으로 만주 서간도에서 각 지역의 한인 지도자들과 독립운동 단체 대표들을 규합하여 '한족회'라는 대단위의 독립운동 기지를 창설한 이상룡의 통합 능력과 리더십, 학식과 인격 등이 당시 임정 요인들에게 크게 부각되었기 때문이란 게 정설이다.

그러나 이상룡 선생이 국무령으로 취임한 후에도 계파 간 갈등이 계속되었을 뿐만 아니라, 그는 상해 지역이 생소한 데다 내각을 조직할 만한 세력을 모으지 못했다. 그러자 1926년 1월 임시정부 수반직을 사임하고 다시 만주로 돌아가 독립운동 단체들의 교류와 화합에 주력했다. 그러다가 1932년 길림에서 운명을 달리하셨다.

이상룡 선생의 사임 후 임시정부의 국가수반으로 양기탁(1926년 1월~4월 29일), 이동녕(1926년 4월 29일~5월 3일), 안창호(1926년 5월 3일 ~5월 16일), 이동녕(5월 16일~7월 7일), 홍진(1926년 7월 7일~12월 14일), 김구(1926년 12월 14일~1927년 8월), 이동녕(1927년 8월~1933년 3월 5일), 송병조(1933년 3월 6일~10월), 이동녕(1933년 10월~1935년 10월~1940년

3월 13일), 김구(1940년 3월 13일~1947년 3월 3일) 순으로 대를 이어오면서 독립 활동을 해왔다. 그러다가 1945년 광복이 된 후, 김구 주석이 마지막 임정의 수반으로 귀국했다. 임시정부 국가수반의 명칭은 대통령—국무령—주석으로 변천해 왔는데, 1927년 이동녕의 세 번째 입각부터 주석직으로 호칭이 바뀌었다.

이렇게 정리해 놓고 보니 임시정부 요인들의 계파 간 각축과 내부 갈등이 얼마나 심각했을지 짐작이 간다. 결과적으로 상해 임정의 민족 지도자들은 독립운동을 명분으로 내세우고 많은 활동을 했음에도 불구하고 계파 중심의 분열 현상으로 목적 지향적인 단합을 이끌어 내지 못했다. 거기에 더하여 정치 조직과 행정의 미숙으로 국제적인 신망도를 떨어뜨렸을 뿐 아니라, 국내 인사들과의 관계에서도 신뢰를 얻지 못한 채 해방을 맞게 되었다.

그런 반면에 미국을 기반으로 체계적인 국제 외교를 펼쳐온 이승만 중심의 구미위원부 세력은 해방과 더불어 미군정과 결속하는 정책을 펴며 새 시대를 준비하는 권력 집단으로 부상했다. 이것이 건국 대통령 이승만 정권을 공식적으로 태동시킨 역사의 흐름이다.

여기까지 생각이 미치자, 나는 더 이상 임정 당시의 역사적 과오를 의식하지 않고 편하게 잠을 청해 보려고 애썼다. 그러나 그럴수록 정신은 더욱 말똥말똥 맑아져 왔고, 무엇인가 새로운 대안을 만들지 않으면 안 된다는 조바심마저 불끈 솟아올랐다. 그런 중에 7월 5일(금) 한·미우남포럼을 시작할 때 개회사를 했던 김남수 회장의 연설이 자꾸만 귀에 맴돌았다.

"자유와 독립을 위해 이승만 대통령과 애국지사, 순국열사들이 써

간 역사가 바로 대한민국의 정체성입니다. 대한민국이 회복되고 변화할 희망은 아직 있습니다. 이승만 대통령께서 못다 이루신 통일도 아직 희망이 있습니다. 그러기 위해 우리는 이승만 대통령처럼 비전과 열정과 헌신으로 새 역사를 써 가며, 이 자랑스러운 정체성을 후대에도 물려줘야 합니다. 역사의 주인이신 하나님께서 계신 것을 믿고 지혜를 구한다면 하나님께서 도와주실 것입니다."

김남수 원로 목사의 메시지는 과거의 한계를 뛰어넘어 새로운 미래 희망의 길로 나아가자는 충고와 격려의 메시지였다. 그렇다. 이제 우리는 선열들의 헌신을 본받아 새로운 비전과 열정으로 새 시대의 역사를 써 내려가야 할 중차대한 변곡점에 서 있다. 아마도 그것은 과거 시대의 '독립정신'을 이 시대의 '통일정신'으로 승화시키는 일로부터 시작되어야 할 것이라는 각성을 불러일으켜 주었다. 어쩌면 이러한 대안이 우리들 눈앞에 놓인, 이 시대의 지도자들이 풀어나가야 할 가장 위대한 '미래한국 역사의 임무'가 아닌가 하는 생각이 더욱더 절실해졌다.

그동안 필자는 1990년부터 연변과기대 사역에 동참하면서 거의 매년 빼놓지 않고 두만강 유역을 답사했다. 그럴 때마다 마음속 깊이 결심한 것이 있다. 남북한이 하나 될 뿐만 아니라 우리 한민족의 역사를 세계사 속에서 새롭게 부흥, 발전시키는 길은 '한반도 통일'밖에 다른 대안이 없다는 것을 깨달은 것이다. 그리고 이를 실현 가능하게 하는 데 생애를 바치고 싶다는 다짐이었다. 이러한 깨우침과 다짐을 실천하기 위한 방안으로 설립한 지식인연대 싱크탱크가 동북아공동체연구회(현 동북아공동체문화재단)이다. 뒤돌아보면 2007년 통일부에 등록한 이후 참으로 많은 일을 해 왔다. 올해까지 16회 이어져 온 동북아미래포럼을 위시하여 각종 국제학술대회, 남북 관계 세미나, 전문 학자들이 집필한 다섯 권의 공저 출간, 해외 단체여행 및 감·격·사·회 칼럼공동체 운영에 이르기까지 수많은 행사와 모임을 진행해 왔다.

이 모든 행적을 한마디 말로 축약해 보라면 '한반도 통일로 가는 길'이다. 그 길로 가는 길목마다 이런 여러 가지 행사와 모임이 있었고, 그 길의 궁극적인 목적지를 평양으로 설정했다. 평양을 관통하여 21세기형 새 시대를 만드는 것이 한반도 통일의 궁극적인 목표라고 마음먹었다. 그렇다, 필자는 1990년 북경에서 우연히 한 분의 크리스천 지도자(김진경 총장)를 만나면서 제2의 인생을 시작하는 새로운 패러다임을 경험하게 되었다. 이후 그와 함께 동역한 연변과기대와 평양과기대 사역은 나의 심장을 뛰게 했다. 그런 과정에 필자는 단 한 번도 '통일'이라는 단어를 잊어본 적이 없다. 그런 내가 올해(2024) 2월에 '국무령 이상룡 기념사업회'의 이사장으로 선임되었다. 이건 결코 우연이 아니라는 생각이 든다.

만일 필연적인 운명이라면, 그것은 연변과기대와 평양과기대 사역이 나를 그렇게 만들었고, 지금도 그 길로 이끌어가고 있다고 믿고 싶다.

생각이 여기까지 미치자, 7월 5일(금)의 '한·미우남포럼'에 연이어 7월 6일(토)에 있었던 '서간도 바람 소리' 연극제가 시공을 뛰어넘어 하나의 운명공동체적인 프로그램으로 결속되어 우리들 앞에 새 길을 제시하고 있는 것같이 느껴졌다. 그 길의 이정표는 '독립정신을 통일 정신으로' 나아가게 하는 길을 가리키고 있다. 건국 대통령 이승만 기념사업회와 국무령 이상룡 기념사업회가 서로 손을 맞잡고 함께 가야 할 길—그 길은 곧 '독립정신을 통일정신으로' 승화시키는 길이며, 이 사명을 위해 우리 모두가 함께 동역할 때 한반도 미래에 '기적의 날개'가

펼쳐지는 일이 일어날 것이라고 믿어 의심치 않는다. 그래서 나는 그 길을 이렇게 준비하려 한다.

국가 유산청과 경상북도와 안동시가 함께 지원하는 임청각의 복원 사업이 2025년 광복절 이전에 끝이 날 예정이다. 혹시 늦어지더라도 2025년 말에는 틀림없이 완공될 것이다. 그렇게 되면 그곳에 신설되는 '역사문화공유관'을 활용하여 우선적으로 청소년들을 위한 '통일교육원'을 세우고자 한다. 거기서 국내 청소년분만 아니라 전 세계에 흩어져 있는 코리언 디아스포라 청소년들을 초청하여 자발적인 학습 프로그램으로서의 통일교육을 진행하고자 한다. 즉 다시 말해, 일방적인 주입식 통일관이 아니라, 그들 스스로 '왜 통일이 필요하며, 통일을 하려면 자신들이 무엇을 준비해 나가야 할지'를 소그룹으로 토론, 발표하며 다짐하는 프로그램을 구성할 예정이다. 그리고 여기에 '안동'이 보유하고 있는 정신문화적 전통과 일제강점기 때 과감히 '혁신의 길'로

임청각 복원 사업 개시 장면

나선 우국지사들의 한결같은 독립정신을 융합하여, 그들 자신이 새 시대의 주인공이 되는 길을 찾아가도록 가르치고 싶다. 이러한 교육 과정에 다음과 같은 '네 바퀴 통일지침'을 기본으로 하여 청소년들의 미래 진로에 필요한 가이드라인을 제시하고자 한다.

첫째는 '교육'의 중요성을 가르칠 것이다.

개인과 사회를 성장시키고 변화를 이끌어 내는 가장 기본적인 원동력을 교육에 두고자 한다. 이상룡 선생과 이승만 대통령이 누누이 강조하고 주력한 부문이 바로 자유와 민권, 그리고 인성교육을 포함한 국가관 및 세계관 등 사회교육이었다. 따라서 앞으로 남북한 통일을 위해서도 실사구시를 추구하는 실용교육과 함께, 종합적이고 시대 상황에 적합한 사회교육을 융합하여, 이 시대를 이끌어가는 선구자적 정신교육을 가르치는 일에 주력하고자 한다.

둘째로 '경제력'의 중요성을 가르칠 것이다.

사상과 이념도 중요하지만, 그보다 실제로 한 나라와 지역사회와 가정이 부유하고 강력한 힘을 갖기 위해서는 시장경제와 기술경제가 결합된 생산성 있는 경제력이 필수적이라고 가르칠 것이다. 이상룡 선생이 만주에서 객지를 떠나 몰려온 백성들을 위해 농업과 물산을 장려한 것이 그 좋은 예가 될 것이다. 또 이승만 대통령이 미국에 이민 온 조선인들로부터 독립운동 자금을 조달할 때, 가장 큰 고충으로 느낀 점이 경제력이 약한 백성들로부터 피 묻은 돈을 받을 때라고 고백한 것을 읽은 적이 있다. 그래도 그는 돈보다 더 중요한 것이 정직, 근면, 성실이요 효율적인 생산성임을 잊지 않고 가르쳤다. 이런 가르침 또한 건실한 경제력을 갖추는 중요한 요건이 될 터인데, 하물며 세상을 살리고 한 국가의 미래를 준비하는 데 있어서 경제력의 뒷받침 없이 우리가 어떻게 '통일'이라는 대업을 이루겠는가!

셋째는 '국민 통합의식'의 중요성을 가르치고자 한다.

3.1운동 이후 수많은 조선인이 한마음으로 통일운동의 대오에 나선 것은, 그만큼 국민의식의 수준이 높아졌기 때문이다. 또한 단합과 결속의 힘이 얼마나 큰 힘을 발휘하는지를 몸소 체험했기 때문에 전국적인 저항 운동으로 퍼져나갈 수가 있었다. 한반도 통일을 위해서는 먼저 국민이 한마음, 한뜻으로 뭉치는 국민 통합의식의 확산이 필요하고, 이를 순도 높은 국가 정신으로 승화시켜 나갈 때 통일은 앞당겨질 것이다.

넷째로 '국제관계'를 중요시하라고 가르칠 것이다.

한반도 통일이 남북한 문제라고 해서 남북끼리 해결할 수 있는 일은 아니다. 주변 강대국들과의 관계 증진과 국제협력 없이는 결코 이룰 수 없다는 게 한반도 통일을 바라보는 필자의 관점이다. 그리고 우리가 통일을 이루겠다는 의지를 분명히 천명하고 그에 따른 비전과 열정을 나타내 보일 때, 비로소 남들도 우리에게 공조하며 따라올 것이다. 이승만 대통령이 미국 조야에 대한민국의 독립과 건국에 대한 메시지를 명확히 요청했기 때문에 그 후 많은 우여곡절이 있었지만, 해방과 더불어 남한 정부 단독으로나마 대한민국을 건국할 수 있었다. 통독의 경우를 보더라도, 우리가 분단된 조국의 통일을 이루는 데 국제관계 증진보다 더 유효한 대안이 또 어디 있겠는가?

필자는 이상의 '네 바퀴 통일지침'을 갖고, 2025년 광복절을 기해서 준공 예정인 임청각 역사문화 공유관 건물 안에 '통일교육원'을 세우고 대한민국 통일교육의 새로운 지평을 열어갈 생각이다. 한 종가 집안에서 11명의 독립운동가를 배출했고, 많은 전답과 99칸 주택의 전 재산을 민족 독립 제단에 바친 그 비전과 열정과 헌신을 본받아, 남은 생애를 임청각 '통일교육원'을 통해 선열들의 독립정신을 이 시대의 통일정신으로 승화시키는 일에 바치고자 한다. 대한민국 최고의 노블레스 오블리주로 칭송받기에 부족함이 없는 선조 이상룡 선생의 얼과 정신을 가슴에 품고 어떤 시련이 와도 나는 이 길을 걸어갈 것이다.

'서간도 바람 소리' 연극제를 참관한 후, 서울로 올라오는 버스 안에서 나는 이 다짐을 스스로 나의 가슴판에 수없이 새겼다. 그리고 하루라도 빨리 이승만대통령기념사업회 김남수 회장을 다시 만나 '임청각의 통일교육원' 계획을 말씀드리고, 우리 이상룡선생기념사업회와 함께 손잡고 통일의 고지를 향해 달려가자고 제의할 생각이다. '통일정신'을 실은 네 바퀴의 21세기형 꿈의 자동차가 통일 고지를 향해 막 달려가는 모습이 눈에 선연하게 떠오른다. 이런 생각들이 꼬리에 꼬리를 물고 일어나는데, 저 멀리 어디선가 두 사람이 손에 손을 잡고 걸어오는 모습이 환상처럼 망막에 그려진다. 국무령 이상룡 선생과 이승만 대통령이 손을 맞잡고 우리 서울종친회 일행들을 향해 다가오고 있었다. 우리 가까이 오셔서 걸음을 멈추고 손을 흔들며 두 분은 한목소리로 이렇게 말씀하시는 것 같았다.

"고맙소, 여러 동지들, 고성 이씨 서울종친회 여러분, 그대들도 통일로 가는 길에 함께 동행해 주시오. 북한에 있는 동포들과 함께 그대들의 후손이 세상에서 어느 나라 백성들보다 더 잘 사는 모습을 우리들에게 보여주시오."

이런 꿈같은 환상의 목소리가 머리를 스치자, 나는 곁에 있는 아내의 손을 꼭 잡고 이렇게 말해주고 싶었다.

"이승만 대통령과 이상룡 선생이 지금 살아계시면 틀림없이 통일운동의 선봉에 나섰을 것이오. 우리 너무 외롭다 생각하지 말고 한길로 갑시다. 평양과기대가 우리가 가야 하는 통일의 관문이라면, 그 길을 피하지 말고 우리 함께 손잡고 갑시다."

눈을 감은 채 이런 '의식의 흐름'에 스스로를 맡기고 깊이 묵상하다 보니 어느새 출발지인 양재역에 도착했다. 3시간 만에 안동에서 서울로 온 것이다. 주말에 비가 온다는 일기예보를 듣고 걱정했는데, 아무 탈 없이, 무사히, 안전하게 잘 다녀왔다. 그리고 고성 이씨 집안의 저력을 느꼈다. 고려 말 행촌 이암의 단군세기로부터 조선말 임청각의 석주 이상룡에 이르기까지의 정신문화적 저력을 느꼈다. 이에 화답하는 서울종친회의 단합된 모습이 보기에 참 좋았다. 마치 독립운동하러 갔다가 온 기분이다. 참으로 귀한 여행이었다.

아이니족의 4박 5일

— 중국 소수민족의 애환과 미래 희망

연변과기대 대외부총장을 역임하다 보니 국제관계를 위해 학위에 대한 약간의 필요성을 느끼고 있었다. 2001년 연변대학교에서 국제정치학(석사)을 전공했고, 그 후 2003년 북경에 있는 중앙민족대학교 대학원 박사과정에 입학하여 '소수민족 사회학(당시 중국에서는 법학으로 분류)'을 전공한 일이 나중에 인생의 판도를 바꾸는 일이 되었다. 2006년 졸업 후 박사학위 논문('동북아 조선족 사회의 성립과 미래 전망')을 주제로 국내 '박영사'에서 『동북아 시대와 조선족』이라는 단행본을 출간했는데, 그 책이 2008년도 대한민국학술원 기초학문육성 '우수 학술도서'로 선정되었다. 그 후 그 책을 중국사회과학원에서 감수하고 중국외교부 소속 '세계지식출판사'에서 『동북아 시대의 조선족 사회』란 제목으로 중문판을 발행해 주었다. 연변대학과 그 지역에 있는 지식인들이 조선족 사회에 관한 논문이나 책을 발간하기가 쉽지 않았던 시절의 얘기다.

나로선 그분들이 제공해 준 학술 자료와 문헌을 기초로 해서 중국 조선족 사회가 성립되기까지의 과거 및 현재 상황을 체계적으로 정리한 다음, 이를 기반으로 조선족 사회가 가지고 있는 역사적 특징과 민족성의 강점을 살려서 그들에게 새로운 시대사적 희망(중국의 개혁개방 정책에 부합하는 희망)과 미래 비전을 제시하고자 집필했다. 그런데 그 책이 한국에서 학술원상을 타게 되었고, 또 중국 외교부 소속 출판사에서 중문판으로 발간해 주는 바람에 중국 소수민족 학계에서 일약 유명 인사가 되어 버렸다. 기업인 신분으로, 그것도 아주 늦은 나이에 만학을 했지만, 결과치가 좋게 평가되어 북경대학 동북아연구소(송성유 소장 : 한·중 간에 '동북공정' 문제로 논쟁이 벌어졌을 때 한국 학계의 주장을 지지하셨던 분)에 객원 연구원으로 초빙되었다. 그뿐만 아니라 관련 분야의 학술 컨퍼런스가 열릴 때마다 으레 주제 발표 또는 패널로 초청해 주곤 했다. 참으로 희한한 일이 벌어진 것이다.

실은 그 책이 발간되기 이전 중앙민족대 대학원 재학 중에 국내에서 '연우포럼'을 운영하면서 생애 첫 저서로 『윈-윈 패러다임』을 발간한 적이 있다. 이 책을 중국사회과학원에서 등소평 주석의 개혁개방 시대에 적합한 국제관계 책이라 평가하여 감수한 후에 외교부 소속 출판사에서 『共生時代』란 제목으로 책을 내준 바가 있다. 이것이 인연이 되어 나중에는 대학원 졸업 논문을 주제로 해서 집필한 책을 또 중국 '세계지식출판사'에서 중문 번역판으로 출판해 준 게 『동북아 시대의 조선족 사회』이다. 그 몇 년 후에도 『누가 이 시대를 이끌 것인가』를 출간했을 때도 마찬가지 경로로 중국 외교부 소속 출판사에서 중문판으로 발간해 준 책이 『走向大同』이었다. 그리고 또 일본 출신으로 한국에 귀화한 호사카 유지 교수가 이 책을 동경 후류샤(芙蓉書房出版)에 의뢰하여 『한국인이 본 동아시아공동체』라는 제목으로 출간했다. 나로선 상상도 할 수 없었던 기이한 일들이 중앙민족대 대학원 진학을 통해 이루어졌으니, 이 대학 출신들과 함께하는 '민박회(중앙민족대학 박사동학회)'를 통해 중국 55개 소수민족의 역사와 각 민족의 특질을 배우고 익히는 데 애착을 갖게 된 것은 지극히 자연스러운 일이었다.

이러한 노력의 여파로 국내에서 '동북아공동체연구회'(1997년, 통일부 등록)를 창설하게 되었다. 그 이후 끊임없이 남북한 문제와 한반도를 둘러싼 동북아 국제정세 파악에 천착하며, 중국 내 조선족 사회와 동북아 주변 국가들이 한반도 역사에 어떻게 기여할 것인가를 꾸준히 토론하고 협의해 왔다. 그 세월이 무려 20년에 가깝다. 이런 가운데 연변과기대(YUST)와 평양과기대(PUST)라는 두 개의 기둥이 이 모든 학구적 노력을 뒷받침하고 견고히 지키는 보루가 되어 주었다. 1990년 중국 칭다오에 골프장 건설사업을 하겠다고 갔다가 북경에서 우연히 연변과기대 설립을 준비하고 있던 김진경 총장을 만나 교육 사역에 투신한 이후, 지금까지 지내온 나의 인생 후반전의 흐름을 되돌아보면, 참으로 기이하고 예기치 못한, 우연의 연속에 다름아니었다.

중앙민족대 박사학위 졸업사진, 황유복 지도교수와 함께

이런 일련의 과정이 필자로 하여금 중국 소수민족 학계와 떼래야 뗄 수 없는 관계로 발전하도록 만들어 주었다. 그중 가장 중요한 단체 활동이 '민박회'다. 2006년도 졸업한 중앙민족대학 박사학위자(이전에는 석사 이상이면 교수직을 수행했으나 중국 교육법이 강화되어 박사급 이상이라야 교수직을 연장할 수 있게 되어 지방대학 30~50대 교수들이 박사생으로 많이 진학했다.) 가운데 중국 소수민족 언어학, 사회학, 인류문화학, 민족경제학 등을 전공한 12명의 교수들이 졸업 이후에도 계속 우의와 지적 교류를 나누자는 뜻으로 만든 친목회가 '민박회'다. 매년 1회씩 여름방학 시즌에 만나 소수민족 교수들의 출신 지역을 탐방(5~6일 정도)하면서 그동안 연구해온 논문 또는 저서를 교환하고 주제 발표를 하는 등, 학술 활동을 겸하는 투어형 동창 모임이다.

그새 돌아다닌 곳만 해도 내몽고 자치구 허후타와 적봉, 신강지구 우루무치, 조선족자치주 연길(2회), 해남도, 북경(3회), 토족과 장족들이 사는 곳, 한국(제주도) 등이다. 필자가 연장자로서 민박회 회장을 맡게 되었고, 연변대학교 전신자 교수가 비서장(사무총장 격)을 맡기로 하여 2007년부터 시작한 동행이 지금까지 12회의 모임을 가졌다. 2020년부터 4년간 코로나 팬데믹으로 만나지 못했다가 올해 5년 만에 연변 자치주 연길에서 눈물 젖은 해후를 하게 된 것이다. 이런 민박회 모임에 참석하기 위해 8월 23일부터 27일까지 연길을 다녀왔다. 4박 5일간의 짧은 일정이었지만, 재미있고 유익한, 그리고 국경과 민족을 뛰어넘는, 참으로 소중한 사람들과의 인간적 관계로 어우러진 아름다운 동행이었다.

첫째 날(8월 23일), 5년 만의 해후

우리 내외는 대한항공 편으로 오후 1시경 연길 공항에 도착했다. 전신자 교수 내외가 마중을 나왔다. 부군 되시는 손춘일 교수(연변대)는 중국 동북지역 소수민족 학계를 대표하는 학자로서 2009년에 700쪽이 넘는 『중국 조선족 이민사』를 발간하여 중국 학계에서 큰 평판을 받은 바 있다. 전신자 교수 내외가 살고 있는 아파트에서 멀지 않은 곳에 있는, 목욕탕 설비가 잘 되어 있는 대양사우나호텔에 체크인을 했다. 오늘 중으로 도착하겠다고 예약한 11명(중앙민족대 박사생 정회원 9명, 박사급 배우자 명예회원 2명)의 회원들 가운데 7명이 띄엄띄엄 도착했고, 나머지 네 사람은 저녁 늦게 도착했다. 그래서 오후 내내 우리들은 회원들이 도착하는 대로 몇 번이나 호텔 로비에서 반갑게 만나 서로 부둥켜안고 좋아서 어쩔 줄 몰라 했다. 중국 각지에 흩어져 있다가 5년 만에 만나는 셈이니 얼마나 반갑고 기쁘겠는가! 거기에다 한국에서 온 회장 부부를 만났으니 그 기쁨 또한 얼마나 컸겠는가! 이번 연길 행사에 참여한 전체 인원의 성별은 남자 넷, 여자 일곱 명이었다.

일단 우리들은 호텔 3층 회의실에서 오후 5시부터 한 시간 정도 임시 개회를 하여 그동안 팬데믹 기간에 있었던 개인적 상황을 돌아가면서 나눴다. 그리고 4박 5일간에 진행할 일정 계획을 최종 조율한 다음, 연길 시내를 관통하는 부르하통하 강변에 있는 파스타 레스토랑으로 자리를 옮겨 저녁을 먹었다. 왁자지껄 떠들며 대화의 꽃을 피운 후, 만찬이 끝날 무렵에 필자가 마무리로 이렇게 발언하였다.

"오늘 8월 23일은 내게 참으로 기쁜 날입니다. 세 가지 기쁜 일이 겹쳤습니다.

첫째, 여러분을 5년 만에 건강한 모습으로 다시 만났다는 사실이 너무나 기쁩니다. 우리 민박회는 국경과 이념과 신분의 한계를 뛰어넘어 순수한 우정과 동문 의식을 갖고 뭉친 동북아 지식인연대 소수민족 공동체라고 할 수 있습니다. 코로나 팬데믹 같은 재앙이 아무리 위중했어도 우리의 우정을 멈추게 하지 못했으며, 현실적으로 여러 가지 어려운 처지에 있으면서도 서로의 발전을 기원하고 격려하며 꾸준히 면학을 이어온 학자로서의 면모는 우리 자신들에게 커다란 긍지와 보람을 안겨주고 있습니다.

둘째, 그동안 노심초사하며 수개월간 기다려 왔던 평양과기대(PUST) 외국인 교수들의 사증(Visa)이 오늘 발급되었다고 오후 늦게 연락받았습니다. 일차적으로 30여 명의 비자가 발급된 것입니다. 올해 들어와 조선에서 남북한 분리 정책을 시행하는 바람에 그동안 수십 년간 남북 교류협력을 해왔던 150여 개의 NGO 단체와 사역 기관들이 모두 관계가 단절되어 버린 상태입니다. 그래서 부득이 우리 재단(NAFEC)에서도 비상조치를 취하여 스위스에 PUST 학사운영을 위한 새로운 재단(CREDA)을 구성하고, 그 재단 이름으로 의향서를 보내어 채택됨으로써 비자 신청이 가능했던 겁니다. 그동안 4년 반의 공백기간을 넘어 9월 초부터 교수진들이 현장에서 대면 수업을 할 수 있게 되었으니, 이보다 더 기쁘고 감사한 일이 어디 있겠습니까?

셋째, 오늘 오후에 뉴스를 봤습니다. 재일 한국인들이 일본 교토에 세운 교토국제고등학교 야구부가 1,300여 개 팀이 참가했던 일본 전국 고교 야구대회 결승전 경기에서 최종 우승했다는 소식입니다. 학생 수가 150명도 채 안 되는 학교가 여러 강팀들을 물리치고 우승한 것은 거의 기적에 가까운 일입니다. 더구나 결승전 경기가 벌어진 고시엔 야구장이 올해로 건설 100주년을 기념하는 해여서 그 의

미는 더욱 크다고 할 수 있습니다. 특히 나는 1965년 경북고에서 야구부를 창단했을 때 주장을 맡았던 장본인으로서, 나중에 후배들이 이룬 전적이지만 전국 고교야구 역사상 깨질 수 없는 최다우승팀이라는 명예로운 전적을 갖고 있는데, 이런 나의 입장에서 볼 때, 오늘 한국이 지원하여 세운 교토국제고가 고시엔 경기 전국대회에서 우승을 차지했다는 사실은 참으로 기쁘고 명예스러운 일이 아닐 수 없습니다. 일본을 이겼다는 감동 이전에, 열악한 상황 속에서도 끝까지 '할 수 있다'는 긍정심과 집념, 그리고 맹훈련과 팀워크를 통하여 기량을 높인 결과로 마침내 우승의 고지를 점령한 교토국제고 야구부 학생들의 기개와 강인한 정신력이 눈물겹도록 고맙게 여겨지는 겁니다. 우리 민박회도 이런 기상을 갖고 동북아 사회에서 우뚝 서는, 사랑과 우정이 넘치는 지식인 단체가 되었으면 좋겠습니다.”

파스타 레스토랑에서 첫째 날 만찬을 나눈 다음, 우리 일행들(7명)은 부루하통하 강변 고수부지에 만들어 놓은 산책로를 따라 걸었다. 여성 회원들은 손에 손을 잡고 함께 노래 부르며 걸었다. 연변대학교에서 오늘부터 개최한 소수민족 문화정책 세미나에 패널로 참여하고 있는 기진옥 교수(남, 중앙민족대 동북아문화연구소 소장)가 다른 곳에서 저녁 일정을 마친 후 강변 고수부지에서 우리를 기다리고 있었다. 반갑게 랑데뷰를 했다.

이날 저녁 특별히 감흥을 준 것은, 강변 가로수 시설과 교량뿐만 아니라 시내 고층 아파트와 주요 건물들까지 오색 네온사인으로 치장하여 밤거리를 휘황찬란하게 연출해 놓은 야경이었다. 우리 취향에는 잘 맞지 않았지만, 중국인들은 도시 야경을 위해 시내 야간 조명을 적극 활용하는 편이다. 더구나 연길시가 최근에 중국에서 가장 가보고 싶은

연길시 시내 부루하통하 강변 고수부지 야경

도시로 정평이 났고, 이에 편승하여 연길시 정부가 야간 관광투어를 적극 권장하고 있다고 한다. 강변 산책로를 걷다가 호텔 쪽으로 가는 도중에 있는 연변대학 앞 거리에 들어서자, 그곳은 문자 그대로 불야성을 이루며 연변 관광문화의 새로운 추세를 보여주고 있었다. 중국과 한국의 문화가 복합적으로 섞여 있는 변경 문화도시인데다, 연길시가 의도적으로 연변대학을 중심으로 디지털 문화와 MZ세대의 취향을 배합하여 개방적이고 진취적인 분위기를 만들어 줌으로써 중국 내지에 있는 젊은이들에게 문화적 해방구를 제공해 주고 있다는 평판이다.

2021년 말에 개통한 심양—장춘—연길—훈춘 간 고속철도가 백두산(중국명 장백산) 관광 구역 확장과 함께 연변조선족자치주 관광사업을 대폭 발전시킨 요인도 있지만, 그에 못지않게 많은 조선족들의 한국 취업으로 재정 능력이 고소득 군에 속하게 되면서 소비생활 수준이 중국 선진도시 못지않게 활성화되었다. 거기에다 코로나 기간 중에 한국에 관광을 가고 싶어도 가지 못하는 아쉬움을 연길에 와서 한국식 음식과 문화를 접하면서 대리만족하는 내지 관광객들(특히 남방지역 관광객들)이 대폭 늘어나면서 연길시 관광사업은 그야말로 대박을 치고 있다고 해도 과언이 아닐 정도다. 그에 따른 도시 미관작업으로 야경을 오색 네온사인으로 치장했으니, 우리가 보기엔 좀 어색했으나 잘하고 있다고 박수를 보내주는 게 도리일 것 같았다. 호텔에 돌아와 사우나 목욕을 하고 나니 피곤이 씻어지고 기분이 무척 상쾌해졌다. 도시 야경이 주는 이색적인 감흥과 함께 나른하면서도 평안한 '민박회'의 첫날밤을 맞았다.

둘째 날(8월 24일), 두만강 하구 '방천풍경구', 삼꽃랭면

아침에 일어나 조식을 먹기 위해 복도로 나갔는데 어디선가 와자지껄하는 소리가 들렸다. 직감적으로 우리 팀인 것 같아 가봤더니, 어젯밤 늦게 온 워런 교수(여, 내몽고 사범대학)와 새벽 비행기로 북경에서 날아온 장꾸엔 교수(여, 북경 우전대학), 탠리 교수(여, 북경대) 세 사람이 먼저 와 있던 하스 교수(여, 내몽고 적봉대학), 진영춘 교수(여, 내몽고 통흐대학)와 함께 어울려 떠들며 얘기하고 있었다. 늦게 온 세 사람이 우리 내외를 보자 달려들듯이 다가왔다. 참으로 반갑게 인사를 나누었다. 이로써 참석 예정자들이 모두 모인 셈이다. 우리는 2층 식당으로 자리를 옮겨 원탁에 둘러앉아 조찬을 들며 또 시간 가는 줄 모르고 얘기 꽃을 피웠다. 어젯밤 집에 갔다가 새벽같이 온 전신자 교수 내외가 연길에 상주하면서 변방 도시문화를 연구하고 있는 한국인 노귀남 박사(여)를 모시고 와서 우리 일행과 동행하도록 소개했다. 독감에 걸려 혼자 방을 사용했던 우르 교수(남, 내몽고 통흐대학)도 늦지 않게 식당으로 내려와서 식사를 했다. 손춘일 교수와 기진옥 교수는 연변대학에서 개최 중인 문화정책 세미나에 발표자로 참석해야 해서 방천 투어에는 참석하지 못하였다. 우리 일행은 '중국의 땅끝'이라 불리는 방천으로 가기 위해 조식을 마치자마자 길을 떠났다.

12인승 봉고를 타고 갔는데 운전기사까지 포함하여 탑승 인원이 11명이었다. 연길에서 훈춘까지 고속도로를 타고 가다가 경신진부터 지방도로로 방천까지 가는 노선이다. 경신진을 지나 얼마 가지 않으면 권하 세관이 있고 여기서 북한 원정리로 넘어가는 교량이 있다. 두만강 일대에서 유일하게 육로로 연결되는 통행로다. 그런데 권하 세관 입구 광장에서 큰 수모를 겪었다. 사복 차림의 젊은 공안 요원이 우리 내외를 보자마자 여권을 보자고 했으며, 비자 유무를 확인한 후 스마트폰으로 여권 기재 사항을 찍기도 하는 것이었다. 그런데 거기서 그치지 않고 여권을 가져가겠다고 으름장을 놓는 게 아닌가. 직감적으로 여권을 주었다가는 큰일 나겠다는 생각이 들었다. 그때 그 자리에 함께 있던 여자 교수들이 공안 요원에게 큰 소리로 따지며 "당신이 뭔데 외국에서 온 관광객을 조사하느냐. 어디 상부에서 이렇게 하라고 지시한 문건이 있느냐. 있으면 내놔라!"라고 하면서 거세게 대들었다. 그러고 나서야 공안 요원이 뒷걸음질 치면서 돌아섰다. 우리들은 세관 앞 광장에서 단체 사진이라도 한 장 찍으려고 했으나 서둘러 그 자리를 떠났다. 중국 공안 정치의 한 단면을 보는 것 같아 너 나 할 것 없이 모두 마음이 극히 우울해졌다.

방천풍경구 입구에 도착하여 용호각 전망대로 가는 구내 전용 버스로 갈아탔다. 전망대 입구에서 관리자가 또 우리 내외의 여권을 검사했다. 11층으로 올라가 사방을 둘러보았다. 코로나 이전까지 필자는 이곳을 스무 번도 더 다녀갔다. 1991년 봄부터 연변과기대 건설 현장을 관리하기 위해 일 년에 두세 번씩 연길을 다녀갈 때 틈만 나면 찾아온 곳이다. 그때마다 중국, 러시아, 북한 3국 경계가 합쳐져 있는 두만강 하구 유역을 바라보며 한반도와 동북아 역사의 새길을 개척하는 출구가 바로 이곳이라고 생각했다. 그런데 2017년 이후 연변과기대가 폐교 절차를 거치며 신입생을 받지 못하는 상태에 이르자, 나는 학교에 오기가 싫어졌고, 거기에다 코로나까지 겹친 바람에 무려 7년 만에 '민박회'와 함께 방천 투어를 온 것이다. 그 사이에 방천풍경구 일대가 국립관광지 형태로 대대적인 개발을 꾀하여 위락시설과 민속박물관, 숙박시설 등이 대거 설치되어 있었다. 이뿐만 아니라 두만강 유람선(경신진에서 방천을 거쳐 두만강 철교까지 운행)을 다니게 했고, 또 지난해 용호각 서쪽에서 시작해 두만강 좌측 연강지대, 중·러 경계비, 토자비 등을 거쳐 용호광장에 이르는 총길이 2,200m가 넘는 나무잔도(보행로 데크)를 설치하여 중국 내지에서 온 관광객들에게 '중국의 땅끝'을 실감나게 관광하도록 조성해 놓은 게 눈에 띄었다.

여기서 토자비(土字碑)란, 1886년 오대징(吳大澂, Wu Dazheng) 이라는 청나라 관리(갑신정변과 청일전쟁 등에서 활약한 외교관 겸 장군)가 1858년 '아이훈조약', 1860년 '북경조약'으로 상실했던 연해주의 일부 땅을 러시아와 담판을 벌여 국경 경계비를 바로잡았기에 그 공적을 기념하여 세운 비석이다. 그러나 그 후 1938년 일본이 소련과 영토분쟁으로 장고봉 전투를 일으켰지만, 소련에 패배했다. 이 사건으로 일본은 두만강 하구를 봉쇄하고 중국 선박이 두만강을 통행하지 못하게 했다. 또한 소련도 두만강 지역에 대한 통제를 강화했다. 그로 인해 중국은 두만강을 통해 바다로 나갈 수 있는 권리를 상실하고 말았다. 신중국이 건국된 이후 중국에서는 이 권리를 회복하기 위해 많은 노력을 기

방천풍경구 용호각 전망대

울였지만, 지금까지 여전히 출해 통로가 막혀 있는 실정이다.

구전에 의하면 오대징이 국경 경계비를 세울 때 당시 중·러 간 경계를 표시하는 표지석을 해안에 설치해야 하는데, 청나라 관원들이 바다가 내려다보이는 언덕(방천) 위에 세우는 바람에 해안선에서 16Km 떨어진 곳이 경계 지점이 되어 버리고 말았다는 루머가 떠돈다. '역사의 아이러니'이지만 이 16Km 공백이 중국에는 역사의 통한이 되었고, 조선과 러시아 간에는 역사의 협곡을 잇는 중요한 소통로가 되었다. 그 소통로를 넓혀 두만강 유역을 국제적인 경제 자유 무역지대로 만들자는 것이 '동북아공동체문화재단(이승율 이사장)'의 구상이고, 이 플랜은 UNDP 및 GTI 프로젝트와 연관하여 언젠가 때가 되면 실현가능한 일이 되리라 믿고 있다.

그렇다. 우크라이나전쟁이 끝나면 궁지에 몰린 푸틴이 극동지역 개발을 통해 새로운 국가 경제 발전정책을 펼치고자 할 것이다. 그때 한국을 연해주 개발의 주도적 당사자로 채택할 공산이 클 것이라는 생각이 든다. 만일 그렇게 된다면 중·러·북 3국이 접하는 두만강 유역 일대를 한국이 참여하는 초국경 국제협력 지대로 변환시킬 수 있는 기회를 맞게 될 것이다. 이는 곧 한반도와 동북아 역사에 새길을 열어가는 획기적인 '그레이트 게임'이 될 것이라는 예감이 든다. 역사의 새로운 판도가 생기는 것이다. 나는 이것을 온 마음으로 기대하고 기원한다.

방천풍경구 투어를 마치고 훈춘으로 돌아와 민속음식점에 들러 늦은 점심을 먹었다. 백두산 인근에서 나는 산나물 반찬이 입맛에 맞았다. 오후 3시경 호텔로 돌아왔다. 4시부터 '민박회' 학술토론회를 열기로 하고 브레이크 타임을 가졌다. 그 시간에 나는 연길에 있는 평양과기대(PUST) 관계자 세 사람을 별도의 장소에서 만났다. 그중 두 사람이 선발대로 모레 27일 북경을 통해 평양 현지에 입국하게 된다. 실로 4년 반 만에 문호가 열린 것이다. 학사 운영과 구내 도로포장 및 10월 3일 개교 15주년 행사에 필요한 업무 사항을 의논한 다음, 대방측(북측)에 전달할 내용을 간추려 지시했다. 모두 다 연변과기대 출신의 신실한 일꾼들이다. 4시가 넘어서자 전신자 교수(비서장)가 토론회에 빨리 오라고 독촉해서 더 이상 길게 얘기를 나누지 못하고 기도만 해주고 헤어졌다.

'민박회' 토론은 주로 각자가 코로나 기간 중에 있었던 에피소드와 학문적 성취에 대해 의견을 나누었다. 필자는 PUST 브로셔와 영문판 저서를 한 권씩 나눠준 다음, 2011년 개학 이후 지금까지 진행해온 학사 현황, 즉 재학생들(700명)의 수업 현황과 졸업생들의 해외 유학 (영국, 스웨덴, 스위스, 브라질, 중국 석·박사과정) 및 중국 수학여행 (학부생),

민박회 아이니족 단체사진

해외연수(치과대: 몽골국립치과대학 부속병원, 의학부: 중국 길림병원 인턴) 등에 대해 소상히 설명해 주었다. 그리고 3분짜리 동영상을 보여주면서 북한 실정에 생소한 그들에게 이해도를 높이기 위해 애썼다. 특히 2021년 3월 PUST 공동운영총장에 취임한 이후, 매년 미국과 캐나다, 남미 지역(브라질, 파라과이) 출장을 가면서 교수 리쿠르트, 공동연구 과제(산학협력 부문) 개발 및 펀드레이징에 대한 업무를 추진하는 중에 있었던 에피소드를 들려주었다. 그러자 모두 신기하다는 눈초리로 나를 바라보았다. 중국 안에서 학교나 연구소에 매여 있는 자신들의 제한적인 역할과는 너무나 판이했기 때문이다.

그러다가 자연히 터져 나온 얘기가 소수민족의 언어와 문화에 대한 시진핑 정부 시책에 대한 불평이었다. 과거에는 각 지역 소수민족의 고유문화를 장려하고 그 가치를 존중해 주었는데, 지금은 각 민족 언어 교육도 폐지하고 간판을 걸더라도 한자(간자체)로만 쓰든가 아니면

한자를 위에 쓰고 그 밑에 소수민족 문자를 쓰도록 시행규칙이 달라진 것이다. 그뿐만 아니라 대학에서 논문을 발표하거나 책을 내려고 해도 상부 심사를 통과하기가 어렵고, 보류되는 경우가 많아서 교수들의 실망과 불만이 커지고 있었다. 또한 인사, 급여, 출장, 연금 등 여러 부문에서도 교수들에 대한 혜택이 과거에 미치지 못한다고 했다. 더군다나 국가 전반에 걸쳐 부동산 위기와 함께 국가 경제와 개인소득이 밑바닥에 떨어지고 있어서 여가생활은 차치하고 생계까지 걱정해야 할 판이라고 속내를 드러냈다. 그들의 얘기를 한참 듣다 보니 소수민족 지식인들의 정신적 고통과 애환이 얼마나 심각한지 공감되었다. 또한 자라나는 다음 세대가 짊어져야 할 통치사회의 굴레는 기성세대에 비해 더욱 각박하고 강압적인 행태로 발전할 것이라는 불길한 생각까지 들었다.

토론회를 마무리하면서 내년(2025) 민박회 행사를 어디로 할 것인지에 대해 의논했다. 다들 이구동성으로 한국에 가고 싶다고 했다. "애들이나 어른이나 다 똑같네!"라고 하면서 나는 흔쾌히 그 제안을 받아들였다. 2시간의 토론회를 마치고 일행들은 전신자 교수 내외가 초청하여 만찬을 대접하는 식당으로 갔다. 겉으로는 식당 이름이 '삼꽃랭면'이라고 해서 평범하게 생각했는데, 식당 내부가 호텔 식당만큼이나 화려하고 메뉴도 다양하게 나왔다. 더구나 인삼 가루를 옥수수 분말과 섞어 면을 만든 자사 제품을 소개하는 벽보판에 2018년 '세계 최대 물랭면'이라는 문구와 함께 여러 장의 홍보 사진이 걸려 있었다. 냉면 하나 만드는 데도 현지 농산물과 특산물을 최대한 사용하고, 거기에 창의적 아이디어로 신상품 을 만들어 마케팅하는 수준이 보통 아니라는 생각이 들었다.

연길이 옛날 연길이 아니고, 연변 사람들이 옛날 조선족 사람들이 아니라는 생각이 퍼뜩 들었다. 그만큼 시대가 바뀌고 문화가 바뀌고 생활 수준이 바뀌었다는 것을 또 한 번 실감했다. 더구나 필자가 2008년에 『동북아 시대와 조선족』이라는 책을 썼을 때, 같은 동족으로서 연변지역에 살고 있는 조선족 청년 및 지식인들에게 희망과 용기를 주기 위해 조선족 사회의 특질을 '변연문화(邊緣文化)'(이 용어는 필자가 조선족 사회의 특질을 규명하기 위해 학계에 처음으로 사용했던 것)라고 강조하면서, 이러한 이중구조적인 복합문화를 잘 선용해서 중국과 한국의 능선을 뛰어넘어 국제사회로 힘껏 뻗어 나가라고 격려했던 적이 있다. 그런데 이제 불과 20년이 채 지나기도 전에 여러 분야에서, 특히 의식주 생활문화 분야에서 중국 내 타지역이 따라오기 힘들 정도의 수준으로 발전하고 있음을 느끼면서, 나는 감개무량한 마음으로 '삼꽃랭면'의 특출한 맛을 즐겼다.

마침 그 만찬 자리에는 전신자 교수의 인민대 동창(여) 내외도 참석했는데, 그 부군이 왕치산 국가부주석과 학창 생활을 같이했다고 소개했다. 은연중에 고위직 공무원 출신이라는 느낌이 들었다. 돌아가면서 중국식으로 인사말을 하고 건배하는 통에 나도 어쩔 수 없이 술을 제법 많이 마셨다. 전신자 비서장도 기분이 좋아서 술을 권하는 대로 연거푸 잔을 비웠다. 그러다가 내가 내몽고 적봉에서 온 하쓰 교수의 노래를 듣고 싶다고 요청했다. 하쓰 교수는 몽골 민속의 특질인 초원의 감성을 잘 소화하는 노래를 불러서 평소 우리 민박회의 전임 가수이기도 했다. 한 달 전 몽골 울란바토르에 의료선교차 아웃리치를 갔을 때, 초원을 바라보며 하쓰 교수의 노래를 듣고 싶다는 생각을 많이 했노라고 하자, 그녀는 눈물을 글썽거리며 기뻐했다. 하쓰 교수의 구성진 초원의 노래가 그 특별한 음색과 감성으로 마음 깊이 전해져 왔다.

장꾸엔 교수가 하쓰의 노래에 장단을 맞추며 춤을 추었고, 뒤이어 전신자 교수도 조선족 춤과 노래를 곁들여 흥을 돋우었다. 나도 덩달아 흥이 나서, 명색이 '민박회' 회장인데 그냥 있을 수 없다고 하면서 자청해서 노래를 불렀다. '선구자'를 불렀다. 1990년대 조선족 사회에 첫걸음을 디뎠을 때부터 조선족 사람들과 가장 많이 떼창으로 불렸던 노래가 '선구자'다. 큰 박수가 터져 나왔다. 그러자 손님으로 오신, 왕치산 부주석의 친구 되시는 분도 일어나서 노래를 불렀는데, 이분의 노래 실력이 보통 아니었다. 마치 성악을 전공한 분같이 훌륭했다. 앵콜을 받아 한 곡을 더 부른 다음, 답례로 그는 이런 국제적인 친목 모임이 너무나 부럽다고 칭찬을 아끼지 않았다. 그래서 그런지 그날 밤 향연은 '민박회'의 우정과 사랑을 한껏 드높이는, 진정으로 즐겁고 행복한 시간이었다.

셋째 날(8월25일), 조선족 민속원, 선봉임장의 여름 별장

오전에 연길시 조선족 민속원으로 갔다. 호텔을 나설 때 각자 짐을 챙겨서 떠났다. 민속원을 다녀온 후 시내에서 점심을 먹고 나서 곧바로 전신자 교수 내외의 여름 별장이 있는 선봉임장(仙峰林場)으로 간다는 게 오늘 주어진 일정이다. 민속원에 갔을 때, 나는 한마디로 입이 딱 벌어졌다. 사람들이 어깨가 부딪힐 정도로 많았다. 그리고 그들 대부분이 남방 내지에서 몰려온 관광객들이었다. 무엇보다 그들 가운데 많은 여성들이 가게에서 한복을 빌려 입고, 한국식 색조 화장으로 덧칠을 하고, 한국 드라마에서 본 듯한 포즈로 사진을 찍으며 이리저리 몰려다니는 광경은 참으로 가관이었다. 젊은 여성들이 대부분이었지만 나이 많은 노인 여성들도 쪽도리를 쓰고 부끄럼 없이 사진사 앞에서 갖가지 포즈로 사진 찍는 모습을 보고 있노라니, 그동안 억눌러 왔던 중국 여성들의 자기 존재에 대한 본능적 미련이 얼마나 컸는가 하는 것을 짐작할 수 있었다.

오만 평은 족히 되어 보이는 넓은 면적에 갖가지 민속 마을형 한옥과 초가집을 지어 놓고 길과 담장, 우물터, 놀이광장, 유물 전시장, 정자 등을 적절히 배치했다. 그리고 그 주변 경관을 조경식재와 특색있는 환경시설물로 짜임새 있게 조성해 놓은 조선족 민속원을 한마디로 평가하라면, 세계 어디에 내놓아도 손색없을 정도의 수준이라고 할 수 있을 것 같다.

기대하지 않고 갔던 곳에서 대박을 친 기분이다. 실은 이 조선족 민속원은 개장한 지가 십 년이 지났다. 그동안 적자를 면치 못하다가 2021년 말 심양─장춘─연길─훈춘 간 고속철도가 개통되었고, 거기에다 한국에 가고 싶어도 코로나 팬데믹 때문에 가지 못하는 한풀이(?)를 연길에 와서 대리만족하는 사람들이 늘어나면서 최근 이삼 년 사이에 백만 명 이상의 관광객이 쇄도하는, 그야말로 급작스레 문화관광 도시로 변모한 현상의 대표적 사례가 되고 있다.

"세상은 오래 살아볼 필요가 있다."라는 말이 있다. 마치 연길시를 두고 하는 말 같다. 어제저녁 '삼꽃랭면' 집에서도 느낀 바였지만, 이제 연길은 옛날 연길이 아니고 조선족 사람들도 옛날 조선족 사람들이 아니었다. 특히 젊은 MZ세대들은 중국 내 타지역 선진도시 청년들에 비교하여 조금도 손색없는 외모와 영어 실력과 디지털 기능을 갖추고 있다. 그런 데다 한국, 일본, 미국, 유럽을 수시로 드나들 뿐 아니라, 각자의 개성과 기량을 살려 일인 창업에도 도전하는 2.0세대로서의 탁월한 능력을 선보이고 있다.

조선족 민속원

　　조선족 민속원에 와서 그동안 미처 몰랐던 새로운 희망의 보고를
발견한 것 같은 느낌이 들어 얼마나 기분이 좋았는지 모른다. 그런 중
에 다과를 들며 잠시 쉬었다 갈 찻집을 찾아간 곳이 있었는데, 이 또
한 유명한 떡집 가게였다. 주인이신 이향단 여사의 '꽃떡'은 그동안 국
제 경연대회에 나가 3회 수상을 했을 뿐 아니라, 작년에 길림성으로부
터 성급(省給) 인간문화재로 추대되어 조선족 사회에서 으뜸으로 돋보
이는 인물로 추앙을 받고 있다. 꽃잎 모양으로 만든 갖가지 떡 메뉴도
특별했고, 현지에서 채취한 인삼 오미자차도 일품이었다. 떡집 가게 안
에서 우리끼리도 사진을 많이 찍었지만, 그보다 나는 특실에서, 남자
는 사모관대를 입고 여성은 신부 혼례복을 입은 채 맞절하며 폐백을
드리는 장면을 연출하고 있는 관광객들을 보았다. 그러면서 나는 너무
나 의아스럽고 호기심이 나서 그들의 행동과 표정을 계속 관찰했다. 그
가운데 젊은이들만 있는 게 아니라 머리가 허연 노인들까지 이런 장면
의 사진을 찍으려고 줄을 서서 대기하고 있는 걸 보면서, '문화의 힘'이

얼마나 사람의 마음을 크게 움직이고 감동하게 하는지 다시 한번 깨우쳤다.

민속원을 떠나 오찬 장소로 가는 길에 앞자리에 앉아 있는 전신자 교수에게 물었다. 도대체 중국 젊은이들, 특히 여자애들이 왜 이렇게 한국을 좋아하는지 그 이유가 무엇인지를. 그러자 자신의 꿈을 덧붙여서 한 그의 대답이다.

"회장님, K자만 붙으면 요즘 뭐든지 최고랍니다. K 드라마, K 컬처, K 화장품, K 식품, K 게임 등 K자만 붙으면 비싼 값에도 다 따라가요. 나도 한국에 가서 살아보는 게 꿈입니다."

그 말을 듣고 나는, "아이고, 제발 그런 소리 하지 마세요. 한국에서는 요즘 '헬 코리아'라는 말이 유행하고 있어요."라고 말해 주고 싶었지만, 꾹 참았다. 그리고 속으로 생각해 보았다. 중국 젊은이들은 이렇게 한국문화를 좋아하는데 왜 한국 청년들은 자살률이 세계 1위이고, 결혼도 기피하고 아이도 낳지 않겠다는 이유는 도대체 무엇 때문일까?

전신자 교수의 친동생 전신복 여사가 민박회 회원들의 점심을 위해 한정식을 대접했다. 그녀의 부군은 연변대학병원의 영상의학과 의사로, 일본에 연수를 다녀온 베테랑급이기도 하다. 식당의 내부 인테리어가 한국에 있는 여느 한정식당 못지않게 깨끗하고 민속적인 분위기를 살려 잘 꾸며져 있었다. 룸과 홀이 적절히 안배되어 있고, 실내 곳곳에 그림과 도자기, 전통 창살 문 등이 전시되어 있다. 음식도 일품이었다. 도시락형으로 각자 한 상씩 차려 주었는데, 토산 야채와 육류를 배합해서 된장국과 함께 먹도록 식단을 꾸민 비빔밥이 주메뉴였다. 참 맛

있게 먹었다. 내가 음식점 이야기를 자주 하는 이유는, 여행할 때는 무엇보다 중요하게 챙겨야 할 것이 먹는 것, 즉 식사이기 때문이다. 그런 도중에 여러 곳을 다녀보고 있지만, 저마다 특색있고 창의적인 아이디어로 건강식 별미를 내놓는 연길 식당의 수준이 보통 아니라서 계속 칭찬하는 것이다. 그날 오찬 음식도 오래 기억될 만한 식단이었다.

오찬을 마친 후 일행들은 드디어 전신자 교수 내외의 여름 별장이 있는 선봉임장 마을로 갔다. 행정구역은 연변자치주 화룡시이고, 연길시에서 한 시간 반 정도 걸리는 산지형 마을이었다. 산림 숲이 좋았고 마을 바로 옆으로 개천이 흐르고 있는데 물소리가 요란하고, 물살이 세고, 물이 깨끗했다. 3~4층 규모의 아파트가 10여 동 자리 잡고 있었으며 그 맨 뒤쪽 건물에 전 교수의 집이 있었다. 겨울에는 날씨가 너무 추워서 이용하지 못하고 주로 봄부터 가을까지, 특히 한여름 피서철에 와서 휴가를 보내는 주거형 별장이었다. 그 마을에 조선족 내외가 방을 여러 개 갖고 있으며 민박 사업(식당, 매점도 운영)을 하는 분이 있어서 우리 일행들은 민박 아파트에 투숙했다. 각자 방을 배정받아 짐을 갖다 놓은 다음, 모두 전신자 교수의 집으로 모여 환담을 나눴다. 전 교수 얘기로는 이곳이 내륙 깊은 산간 오지여서 호랑이가 살고 있으며, 지난해 겨울에 호랑이가 인근 마을에 나타나 소 세 마리를 죽였다고 했다. 방 벽에는 겨울 온난시설로 전기 판넬을 걸어 놓았는데 표면에 '천도수근(天道 修勤)'이라는 숙어가 적혀 있었다. 학자의 풍모가 엿보이는 좋은 말이었다. '하늘의 도를 알기 위해서는 성실 근면한 태도로 수련해야 한다.'라는 뜻으로 이해되었다.

침실 옆에 공부방이 있고 서가에 책이 제법 많이 꽂혀 있었다. 그 가운데 참포도나무병원 이동엽 원장이 쓴 『자세혁명』이란 책도 있어서 반가운 김에 뽑아서 뒤적거려 봤다. 군데군데 밑줄을 그어 가며 읽은 흔적이 남아 있었다. 12년 전에 아들이 신촌 세브란스 교수로 있다가 개업해서 돈을 벌어야 북한 의료사역도 할 수 있지 않겠느냐고 하면서 척추병원을 세웠다. 그것이 바로 양재동에 있는 참포도나무병원이다. 그때 필자는 무조건 책을 쓰라고 권면했다. "저서가 있는 의사와 없는 의사는 천지 차이다!"라는 말로 윽박지르듯 강요했는데, 그때 동아일보 출판국과 조인하여 낸 건강도서가 『자세혁명』인데, 나중에 베스트셀러가 되었다. 또한 영문판, 중문판으로도 책이 나왔다. 아버지로서는 참 고마운 일이었는데, 중국에 있는 손춘일 교수의 여름 별장 서가에서 이 책을 만나게 되니 더없이 반가웠다.

그날 저녁은 개울 옆에 동네 사람들이 이용하도록 만들어 놓은 바비큐 장에서 야외 식사를 했다. 전신자 교수가 준비해 온 백두산 송이와 스테이크용 쇠고기를 숯불에 구워 먹는 만찬이었다. 연기를 피워가며, 서로 먹여 주고, 카스 맥주도 한 잔씩 건네며, 웃고, 떠들며, 물소리를 들으면서 먹는 여름 별장 만찬은 이 세상 그 어디서 먹는 저녁보다 더 맛있고 행복했다. 참으로 '민박회' 모임은 지극히 순수하고 아름다운 사랑의 소그룹 공동체임이 틀림없다. 그래서 나는 식사 중에 특별한 제안을 했다.

"실은 내가 중국말 한마디도 못 하는 것, 여러분들도 다 아시잖아요. 그러나 말은 안 통하지만, 말이 안 통하니까 마음은 더 가깝게 잘 통하는 친구들이 여러분들이라고 생각합니다. 5년 전에 고아 박사(어, 중앙민족대 교수, *이번에 해외 출장 때문에 참석하지 못했다.)가 제주도에서 열린 학술 세미나에 참석했다가 돌아가는 길에 인천공항에서 내게 전화로 인사를 했을 때, 나는 아무 말도 하지 못하고 그저 '워 아이니, 워 아이니'란 말만 계속 여러 번 했던 기억이 지금도 생생합니다. 그 후 중국에서 민박회 회원들이 서로 인사를 할 때, '워 아이니'란 말을 자주 사용했다는 얘기를 전해 들었어요. 그래서 제안합니다. 우리 중앙민족대 2006년 졸업생 민박회 회원들 모두를 한 가족처럼 사랑하자는 뜻으로 우리 자신을 '워 아이니족'으로 칭하면 어떨까 싶어요. 그래서 중국 55개 소수민족 다음에 56개 소수민족으로 '워 아이니족'을 세우는 게 우리들의 꿈과 비전을 영구히 간직하는 미래 희망이라고 생각합니다."

필자가 이렇게 말하자 모든 회원이 일시에 박수를 치고 발을 동동 구르며 좋아했다(물론 이번 여행 중 모든 중국어 통역은 전신자 교수가 했음). 통역하던 전 교수가 한마디 더 건넸다. "워 아이니족'이라 하면 말이 기니까, 그냥 '아이니족'이라 해도 뜻이 통하니 우리 '아이니족'으로 합시다."

비서장의 발언권이 센 만큼 아무도 반대할 리 없지만, 그보다 '민박회'가 갖는 정체성(우정과 사랑의 집단)을 누구나 공감하기 때문에 우리는 한마음 한뜻으로 '아이니족'이 되기를 선서하듯이 모두 일어나 카스 맥주로 건배를 했다. 물론 "워 아이니, 워 아이니"를 노래 부르듯 제창하며 서로를 축복했다. 참으로 멋진 '아이니족 민박회'의 밤이었다. 개울 물소리가 더욱 크게 우리들의 미래 희망을 축하하고 응원해 주는 것 같았다.

넷째 날(8월 26일), 장백산 등정, 이도백하, 만경각

새벽에 일어나 창문을 여니 개울 물소리와 함께 여인들이 부르는 노랫소리가 들려와서, 이게 웬일인가 싶어 창문 바깥으로 고개를 내밀어 보았다. 어제 우리가 저녁을 먹었던 그 휴게 장소 부근에서 두 명의 여인이 지지대에 스마트폰을 끼워 놓고 화면을 봐가며 '체조 춤'을 추고 있었다. 서로 동작을 고쳐 주면서 리듬에 맞춰 춤을 추는데, 앞뒤, 좌우로 스텝을 밟으며 유연하게 몸놀림을 하고 있었다. 보기에도 좋았지만, 건강과 정서 함양을 위해 더없이 좋은 새벽 활동이라 여겨졌다.

민박집 식당에서 아침 식사를 마친 후, 우리는 서둘러 장백산(백두산)을 향해 출발했다. 우리에게 허용된 장백산 입장 시간이 9시부터 9시 반 사이였다. 요즘 장백산 관광객들이 너무 많이 몰리다 보니, 관리 당국에서 출입 인원을 통제하기 위해 입장 시간을 정해 놓고 관광객을 받아들인다고 했다. 정해진 시간 안에 도착하지 못하면 경내 입장을 못하게 되는 것이다. 우리는 9시 이전에 장백산 초입에 있는 관리 사무소(소재지 이도백하)까지 도착하기 위해 서둘러 선봉임장 별장을 떠났다.

두 시간 정도 걸려 도착한 이도백하(二道白河) 장백산 관리센터는 다섯 채의 산 모양 조형 건축물로 세워져 있었다. 황갈색을 띤 FRP 외장재로 장백산의 이미지를 재현한 구조물이었다. 다행히 우리들은 제시간에 맞춰 표를 끊고 경내로 입장했다. 우리 내외는 또 여권을 꺼내 검수인에게 비자 유무까지 확인해 주어야 했다. 경내 주차장에서 대형 버스를 타고 30분 정도 올라간 다음, 장백산 북코스로 올라가는 입구 관리센터에서 다시 여권을 보여주고 10인용 봉고(전기차)로 갈아탔다. 우리 일행이 9명이라서 한 차에 다 탈 수 있었다.

고공에서 촬영한 장백산 북코스 산복도로 사진을 보면, 그야말로 장사뱀이 꾸불꾸불 산정을 향해 기어 올라가는 듯한 형국이다. 산기슭 아래에서 산정에 있는 기후관측소와 주차장까지 올라가는 데 꼬

백두산 천지

박 25분이 걸렸다. 상행차와 하행차가 서로 교차하며 좁은 커브 길에서 묘기 대행진을 하듯 스릴 넘치게 주행했다. 마침내 장백산 정상으로 올라가는 비탈길 바로 밑 주차장에 도착했다. 관광객들이 문자 그대로 인산인해를 이루고 있었다. 중국 내지에서 온 관광객들이 대부분이었는데, 이들은 중국인 특유의 막무가내식 돌진으로 자기부터 먼저 비탈길을 올라가려고 애썼다. 그렇다고 그게 마음대로 되는 게 아니다. 비탈길 산행을 위해 만들어 놓은 계단목의 폭이 좁아서 한 사람씩 줄지어 올라갈 수밖에 없었다. 그러다 보니 올라가는 길이 심한 정체현상으로 몸살이 날 지경이었다. 우리 일행은 서두르지 않고 천천히 조금씩 발을 떼며 떠밀리듯 산정으로 올라갔다. 가는 도중에 비탈 위를 쳐다보니, 먼저 산정 능선에 올라가 있는 사람들이 마치 한 줄에 꿰인 물고기 떼처럼 빽빽이 줄지어 서 있는 모습이 가관이었다. 나도 여러 번 백두산을 다녀갔지만, 이번처럼 이렇게 복잡하고 사람들이 많은 건 처음

봤다. 그러나 다행히 하늘이 푸르고 너무나 청명해서 천지(天池)를 온전히 다 볼 수 있어서 얼마나 감사한지 모르겠다.

마침내 산정에 올라 천지의 푸른 물 빛을 바라보니 내 가슴이 확 뚫리면서, "천지 만물 가운데서 이토록 신비한 작품이 또 어디에 있을까?"라는 외경심에 전율하였다. 우리 일행들은 가급적 뭉쳐서 다니려고 애썼다. 그러나 다른 사람들이 밀치고 들어오고, 틈새를 파고들어 오는 바람에 대부분 뿔뿔이 흩어진 상태로 산정에 올라갔다. 그러다 보니 한꺼번에 모여서 사진을 찍기가 어려웠다. 줄지어 걸음을 옮기다가 두 명이든 세 명이든 보이는 대로 짝을 지어 사진을 찍었다. 그러다가 겨우 사람들이 덜 붐비는 곳에서 가까스로 9명 전원이 천지를 배경으로 단체 사진을 찍는 데 성공했다. 나중에 확인해 보니 사진이 멋있게 잘 나왔다.

사실 '민박회'의 장백산 등정은 2008년 8월 초 연길에서 처음으로 학술모임을 가졌을 때 한번 시행했던 일이다. 그리고 당시 참으로 감사했던 일은, 장백산에 오른 바로 그날(8월 8일)이 하필이면 2008년 북경 올림픽 개막식 일정과 겹친 날이었다. 그래서 우리 일행들은 (지금은 철거되어 없어졌지만) 장백폭포 턱밑에 지어져 있었던 '천지호텔'에서 밤이 새도록 술을 마시며, 손뼉 치고 환호성을 질러가며 TV를 시청했던 기억이 지금도 생생하다. 아무튼 '민박회' 회원들과 함께 16년 만에 다시 올라와서 바라보는 장백산 천지의 웅휘로운 위용은 한마디로 '신비' 그 자체였다. 그리고 그 천지는 한민족의 꿈을 담고 있는 성스러운 희망의 큰 그릇으로 내 마음에 깊이 내재해 있다. 이런 감흥과 각오가 결코 거짓이 아닌 이유가 몇 가지 있다.

첫째로, 김윤환 의원이 신한국당 대표를 맡고 계실 때다. 당시

한·중 간 수교(1992)를 한 지 4~5년 되는 시점으로, 양국 간 정치·경제·사회·문화 등 여러 분야에서 교류가 활발하게 추진되던 해다. 지금은 돌아가셨지만, 린나이 코리아 사주(社主)이셨던 강성모 의원께서 필자를 불러 신한국당 중진 의원 10여 명이 백두산과 장강 투어를 하고 싶어 하니 기획 및 안내를 맡아주면 좋겠다는 요청이 있었다. 강 의원께서 나를 그렇게 신임하고 임무를 맡기고자 했던 이유는, 필자가 연변과기대 대외부총장으로서 중국통 전문가라는 소문이 나 있었기 때문이다. 얼토당토않은 평가였지만, 당시에 중국 유일한 국제사립대학으로 출범한 연변과기대는 세인들에게 경이로움을 안겨줄 정도로 높이 평가받고 있던 시절이다.

나는 기꺼이 그 임무를 맡았다. 그리고 세부 일정 계획으로 연길에 도착하는 대로 연변과기대를 방문하여 장학금을 전달한 뒤, 백두산 등정을 하도록 기획했다. 그런 다음 북경대를 방문하여 한국과 중국의 정치·경제 지도자 간담회를 개최하여 양국 지도자들 간의 우의를 증진하는 프로그램을 짰다. 그 후 중경(重慶)으로 가서 대한민국 임시정부 유적을 살펴본 다음, 크루즈를 타고 3일간 장강 투어(삼협댐 수몰 직전)를 하는 것으로 일정을 잡았다. 마지막 일정으로 크루즈의 종착지인 우한에서 상해로 비행기를 타고 가서 상해 임시정부 때 사용했던 건물을 살펴본 다음에 귀국하도록 하는 계획을 세웠다. 부인들까지 합쳐서 15명의 신한국당 중진 의원들이 참여한 중국 여행은 결과적으로 대성공이었다.

모든 참여자들이 이구동성으로 멋지고 유익한 여행을 다녀왔다고 칭찬해 주었다. 그 바람에 경북고 선배 되시는 김윤환 의원께서도 당신 집(서초동 빌라)으로 필자를 초청하여 연변과기대 사역의 성과를 격려

장백폭포 앞에서 김윤환 선배와 함께

하고 치하해 주셨다. 또 다른 한편으로 당시 당 대표 비서실장을 지냈던 신경식 의원을 시켜 정계 입문할 뜻이 있는지 물어 오기도 했다. 그때 내 대답이 걸작이었다. "신 장관님, 제 지역구는 따로 있습니다. 중국 연변 조선족 자치주가 제 지역구입니다!" 농담 같은 말이었지만 나는 진정으로 연변과기대를 통해 조선족 사회의 청년들을 기르고 그들과 함께 한민족의 새날을 준비하는 일이 내 생애에 주어진 가장 거룩한 사명이라고 생각했었다. 그 신념은 지금까지도 변함이 없다. 그러기에 연변과기대의 후속 프로젝트로 평양과기대를 세우고 지금껏 열심히 섬기고 있지 않은가! 무려 35년째 한마음으로, 한 길을 걷고 있지 않은가! 백두산에 오를 때마다 나는 천지의 푸른 물빛을 담고 있는 그 웅휘롭고 거대한 꿈(한반도 통일의 꿈)의 기개와 희망을 스스로 점검하며 하늘에 도움을 청하곤 했다.

둘째로, 서울대 명예교수로서 한반도선진화재단을 세우고 국민 계도에 앞장섰던 고 박세일 교수와 함께 백두산을 오른 게 2006년경이다. 당시 박세일 군단이 '새정치 선진국가'를 준비하는 데 도움이 되고자 일조를 한 적이 있다. 대한민국의 새날을 위해 함께 뜻을 모으고 소통하는 기회로 백두산 등정을 기획했던 것이다. 그 프로그램에 여덟 명이 참여했기에 일명 '8인회'라는 이름으로 불리기도 했다. 그때 동참했던 분들 가운데 김진홍 목사도 계셨지만, 나중에 가장 친하게 지냈던 분으로 이석연 변호사를 꼽을 수 있다. 8인회 일행은 먼저 연변과기대를 방문하여 학교 강당에서 특강(박세일 교수, 이석연 변호사)을 했고, 그 후 백두산에 올라가 천지를 보았다. 그다음 그 푸른 물빛의 유혹을 이기지 못하여 산 뒤쪽으로 내려가 천지 못에 발을 담근 채 대한민국을 연호했던 기백이 아직도 가슴에 메아리친다.

그런 일이 있고 난 후에도 박세일 교수와의 교분은 계속되었으며, 후일 2013년 한반도선진화재단 중진들 15명이 장강 투어를 계획했을 때도 본인이 전반적인 기획을 하여 팀을 인솔했다. 이번에도 북경대학에 가서 '한·중 경제협력 세미나' 행사를 가진 다음, 중경(重慶)으로 가서 김구 주석이 머물렀던 대한민국 임시정부 청사를 방문했다. 그곳에서 크루즈를 타고 3일간 장강 투어(삼협댐 완공 이후)를 했다가 우한을 거쳐 상해 임시정부 유적지까지 답사했다. 당시 상해에서 다소 시간적인 여유가 있어서 내가 상해 신항 답사를 건의했는데, 그들이 순순히 따라 준 것이 지금 생각해도 고맙게 여겨진다. 왜냐하면 그 거대한 삼협댐의 위용을 보고도 눈 하나 깜박하지 않던 선진화재단 중진들이 상해 신항을 답사하고는 그 자리에서 벌떡 일어나 비분강개하는 심정으로 분발심을 가졌기 때문이다.

당시 국제무역항으로 세계 3위였던 부산항이 결국 상해 신항(바다

안으로 32.5 Km 떨어진 돌섬에 엄청난 규모의 컨테이너 부두를 건설하고 이를 해상교량으로 연결한 국제무역항)의 등장으로 5위권으로 밀려난 사례를 보듯이, 대한민국이 그동안 성취해 온 단기적 급성장에 취해 큰 미래를 내다보지 못하고 기득권에 안주하여 제자리 지키기만 하고 있다면, 이는 나라를 팔아먹는 짓과 똑같다는 반성이 그들 마음속에 분연히 일어난 것이다. 당시 국가 경제정책을 다루고 학계와 정계를 좌지우지할 정도로 영향력이 컸던 선진화재단 중진들에게 새로운 결단을 하고 분발하도록 만드는 계기를 만들어 주었다는 점에서 필자는 박세일 군단과 함께 다녀온 장강 투어와 상해 신항 답사를 지금까지도 잊지 못한다. 그것은 백두산에 올라가 대한민국의 큰 미래를 바라볼 때 갖는 꿈과 희망이 여전히 내 마음속에 내재해 있기 때문이리라!

백두산 등정을 마친 후 장백폭포로 가려다가 길이 막혀 먼발치에서 사진만 몇 장 찍고 하산했다. 폭포에서 흘러내리는 물길을 건너도록 만들어 놓은 철재 다리가 보수공사 중이었다. 우리 일행들은 폭포 입구에 있는 휴게소 매점에서 간식거리를 사서 점심 대용으로 먹은 후, 경내 전용 버스를 타고 오전에 출발했던 이도백하 주차장으로 돌아왔다. 돌아오는 길에, 오전에 장백산으로 바삐 올라가는 바람에 구경하지 못했던 이도백하 시가지의 중요 시설들을 살펴보는 기회가 있었다.

이번에도 내가 크게 깨우친 것은, 오래전에 기억했던 그 옛날의 이도백하 시가 아니라는 점이다. 소도시이지만 도시 전체가 완전히 현대식 관광 위락도시로 탈바꿈되어 있었다. 중국 내지에서 연간 수십만 명 이상의 관광객들이 몰려와도 수용할 만한 대형 숙박시설이 여러 곳에 준비되어 있었다. 건물과 건물 사이에 소공원과 야외풀장을 만들어 이용자들이 며칠간 편히 묵고 가도록 편의시설도 함께 확충해 놓고 있었다. 더구나 이도백하의 명물인 약 이백 그루의 '미인송'을 집중적으로 관리하기 위해 나무마다 고유 번호를 매겨 놓고 전문직 조경관리인들이 매주 점검하고 있었다. 놀랄 만한 일이 아닐 수 없다.

10년 만에 방문한 이도백하의 이런 극적인 변화의 탈바꿈을 찬찬히 살펴보면서, 나는 그동안 중국의 발전 속도가 얼마나 빠르게 진척되었는지를 실감하게 되었다. 그리고 이런 발전상이 시진핑 주석이 기치로 내건 '중국몽'과 중국 공산당 중심의 애국주의가 합쳐져, 도시뿐만 아니라 지방 곳곳에도 큰 물결이 지나가듯 흘러넘쳤을 것이라는 짐작이 간다. 국가 사회주의 체제가 갖는 강점이 이런 것일 거다. 그러나 이것이 모든 역사발전의 전적인 요소는 아니다. 개인의 자유의지와 개성적인 역량을 소통하고 결집하지 못하는 체제는 결국 스스로 자가당착의 한계에 부딪혀 자충수를 두는 우를 범할 수 있기 때문이다.

내가 그토록 중국의 위인들과 문화를 존중하면서도 최근에 이르러 중국에 대한 이미지가 많이 달라진 것은, 바로 이러한 다양성과 유연함을 잃어가고 있는 현 상황에 대한 거리감 때문일 것이다. 이번 짧은 여행 중에도 여러 번 여권 검열을 받은 이런 현상은 공안 정치와 통제사회가 유발하는 상징적 사례일 수 있다. 그 점에서 소수민족 출신 지식인들이 겪고 있는 정신적 애환과 말하지 못하는 아픔이 남의 일 같지 않게 마음에 새겨진다.

이도백하 시가지를 둘러본 다음, 이른 저녁을 먹도록 예약해둔 만경각이라는 조선족 민속식당으로 갔다. 제법 큰 단독 건물이었는데, 1층은 식당으로 사용했고 2층에는 북한 만수대 창작사 작가들이 그린 크고 작은 그림으로 전시장을 만들어 놓았다. 북한에서 본 겨울 백두산 전경 그림(가로 8m, 세로 2m)이 특별히 눈에 띄었고, 한반도 지도 모

이도백하 만경각에 걸린 한반도 통일 춤 그림

양으로 포즈를 취하고 장고춤을 추는 '통일 춤' 그림이 유난히 마음에 들었다. 만경각 주인이 우리들을 직접 안내하면서 소상히 그림 설명을 해주었다. 그러면서 하는 말이, 여기 있는 작품의 작가 선생들이 대부분 작고했기 때문에 원본은 팔 수가 없고 누가 그림을 원하면 북한 작가를 데리고 와서 모작을 해서 팔 수밖에 없게 되었다고 한다. 작가는 가고 작품만 남아 있는 인생의 무상함이 다시 한번 느껴지는 대목이었다.

그림 구경을 마친 다음, 우리 일행들은 1층 식당의 원탁에 앉아 한 시간 정도 이번 여행을 마무리하는 총정리 시간을 가졌다. 비서장 전신자 교수가 사회를 하면서 각자의 느낌과 소감을 물었다. 모든 회원들이 이구동성으로 유익하고 즐거운 여행이 되었다고 감사의 인사를 했다. 특히 한국에서 온 우리 내외의 격의 없는 우정에 감사했고, 누구보다 이번 여행을 성심껏 준비한 전신자 교수의 헌신 봉사에 모두 열띤 박수로 찬사를 보냈다. 끝으로 전 교수가 내게 공식적으로 '아이니족' 발족을 선포하는 발언을 해달라고 요청했다. 나는 자리에서 일어나 큰 목소리로 이렇게 외쳤다.

"나는 민박회 회장으로서 중국 56번째 소수민족으로 '아이니족'이 탄생한 것을 온 천하에 선포하고 축복합니다. 우리 '아이니족'들은 언제 어디서나 서로 사랑하고 우정을 나누며 한마음으로 살아가는 평생 동지들입니다. 이 꿈과 비전, 이 아름다운 미래 희망을 세상 끝날까지 함께 공유하는 한 가족이 되었습니다. 우리 서로 축하하고 건배합시다. 워 아이니! 워 아이니!"

식당 주인이 식사 전에 목을 축이라고 미리 내놓은 칭다오 맥주를 한 잔씩 들고 우리는 모두 실내가 터져나갈 것 같은 함성으로 '워 아이니'를 외치며 잔을 비웠다. 이른 저녁이라 우리 말고는 다른 손님들이 없었다. 우리는 참으로 즐겁고 흥취있는 저녁을 먹었다. 그 저녁은 회장인 필자가 대접하는 마지막 만찬이었다. 이런 식사는 백번이라도 더 사고 싶다. 참으로 기분이 좋았다.

밤 9시가 넘어 숙소인 연길 시내 대양사우나 호텔에 도착했다. 남녀 모두 빠짐없이 사우나를 했다. 장백산을 다녀온 피로가 일시에 씻겨나가는 것 같았다. 그날 밤 꿀잠을 잤다.

다섯째 날(8월 27일), 2025년을 기약하며

　연길을 출발하는 비행기 시간이 회원들마다 모두 달랐다. 새벽 6시, 7시에 호텔을 떠나는 회원들이 여러 명 있었다. 우리 내외와 (호텔에서 잠을 잔) 전신자 교수는 새벽 일찍 일어나 그분들이 떠날 때 일일이 배웅 인사를 했다. 호텔 식당에 미리 부탁해서 아침 식사용으로 준비한 도시락을 잊지 않고 챙겨 주었다. 2025년 여름에 한국에서 다시 만날 것을 기약하며, 금방 울음이라도 터질 것 같은 눈으로 뒤돌아보며 헤어졌다.

　사흘간 연변대 소수민족 문화정책 세미나에 참석하느라 선봉임장의 여름 별장과 장백산 등정에 동행하지 못했던 손춘일 교수가 아침 일찍 오셔서 호텔 조찬을 같이 했다. 그런 다음 인근 커피 전문 숍으로 자리를 옮겨 2025년에 한국에서 개최할 '민박회' 모임의 학술포럼에 대해 잠시 의견을 나누었다. 결론적으로 포럼의 주제는 "전통문화를 이 시대의 디지털 세대에게 어떻게 계승, 발전시켜 나갈 수 있을 것인가"로 정하고 사회학, 국제관계, 인류문화사 등 몇 개 분야로 나눠 토론 하는 것이 좋겠다는 의견을 모았다.

　기조연설은 북경대 원로 양성림 교수가 하고, 좌장은 손춘일 교수가 맡아 주기를 바랐다. 그리고 내년 8월에 개최할 일이니 아직 시간이 많이 남아 있지만, 민박회 회원들이 미리부터 1년간 공부해서 각자 논문 형식으로 리포트를 낸 다음, 이를 포럼에서 발표하고 그 후 내용을 가다듬어 2026년 민박회 창립 20주년 기념행사로 단행본을 내자는 쪽으로 결론을 지었다.

　민박회 회원들이 2025년 학술 포럼에 대해서는 회장단에게 전적으로 위임해 주었기에 이 안건의 기본 방향을 미리 의논하고 떠나려고 전신자 교수 내외와 마지막 업무 협의를 거친 것이다. 그런 다음 다같이 연길 공항으로 가서 우리들은 아쉬운 작별을 했다. 그러나 나는 왠지 멀리 떠나는 사람 같지 않게 내일이라도 금방 돌아올 것 같은 마음으로 그들과 헤어졌다. 몸은 멀리 떨어져 있지만 마음으로, 인정으로 우리는 모두 한 가족 같은 사람들이기에 전혀 남같이, 멀리 떨어져 사는 사람들같이 느껴지지 않았다.

이것도 병이런가! 중국 조선족 사회와 함께해온 이 수많은 세월과 우여곡절 속에 우리의 우정과 사랑은 끝없이 흐르는 강물처럼 가슴을 적신다. 두만강 강바람이 스쳐 지나가는 것 같다. 몇 년 전 경북고 동창들이 친구들의 호를 지어주는 걸 장려했던 적이 있다. 그때 누가 내 호를 만강(滿江)이라 지어주었다. 하도 두만강 얘기를 많이 하니까 그랬던 거다. 나는 호를 지어 부르는 걸 그리 탐탁하게 생각하지는 않았지만, 만일 호를 짓는다면 두만강에 흘러넘치는 푸른 물결이 되어 저 동해로, 저 넓은 태평양으로 흘러가는 '만강(滿江)'이 되는 건 괜찮을 것 같았다.

아! 언제쯤 '만강(滿江)'이 되어 한반도 통일의 유람선을 타고 저 망망대해로 나갈 수 있을 것인가!

일본에서 몽골까지

7일간 두 나라(일본, 몽골)를 다녀왔다. 일본(11/12~14)에는 한·중·일 3국 국제회의 한국 대표단의 일원으로 다녀왔고, 몽골(11/ 15~18)에는 쏠라페(주)로부터 기증받은 공기청정기 1,000대를 전달하는 기념식에 참석하기 위해 다녀왔다. 매일 잠시도 쉴 틈 없이 스케줄을 소화해야 했는데, 몸은 다소 고단했지만, 정신과 영적 기운은 더욱 왕성하게 뻗치는 감을 느껴 기분 좋은 여행이 되었다. '일본에서 몽골까지' 7일간의 비전 트립을 통해 동북아 미래사회에 대한 새로운 꿈을 꾸게 된 것은, 평소의 생각과 견해를 뛰어넘어 'Big Picture'를 그리는 각성의 대로를 열어주었다.

제22회 환황해경제·기술교류회의

필자가 한·중·일 3국 간 경제기술협력을 위한 국제회의에 참여한 것은 2006년 9월 중국 르자오(日照市)에서 개최된 제6회 환황해 경제 기술 교류 회의가 첫 경험이었다. 그해 5월에 포항제철 기술담당 부사장을 역임하셨던 고(故) 김철우 박사께서 중국 연길시에 있는 연변과기대를 방문하셨을 때다. 김 박사는 재일교포 출신으로서 특별한 민족 사랑의 꿈을 피력하며 조선족 학생들을 대상으로 "21C 비전 특강"을 하셨으며, 김진경 총장으로부터 명예교수로 임명되었다.

그때 김 박사께서 내게 제안하고 참석을 요청한 국제회의가 바로 환황해 경제·기술 교류 회의였다. 나는 연변과기대 대외부총장 직책으로 연변조선족자치주를 대표해서 참여하기로 했고, 그해 9월 르자오 대회에 가서(국가급 FTA가 논의되기 이전이었지만) 한국 '평택항'과 중국 '르자오 항'을 연결하는 '환황해 지역경제공동체 시범구' 조성에 대한 주제 발표를 한 바가 있다.

그리고 르자오 대회를 통해 한국뿐만 아니라 중국, 일본에서 온 정부 관리들, 대학 총장들, 기업인들과 교류하면서 한·중·일 산학관 협력의 중요성을 깨달은 바가 있어 그다음 해(2007년) 신설한 '동북아공동체연구회(동북아공동체문화재단의 전신)'의 임원진을 이끌고 올해(2024년) 22회에 이르기까지 한 번도 빠지지 않고 본 회의에 참석해 왔다. 나에게 환황해 한·중·일 3국 간의 국제회의는 한반도에 묶여 있었던 좁은 시야를 벗어나 동북아지역을 바탕으로 동남아 및 인도양과 태평양을 아우르는 동아시아 경제권으로 전략적 시야를 넓히는 계기를 만들어 주었다.

'환황해 경제·기술 교류회의'는 1997년 외환위기 이후, 'ASEAN + 3' 정상회의에 참석했던 한·중·일 3국 정상들이 상호 간 경제·기술 협력을 위한 산학관 국제회의가 필요하다는 인식 아래 발족시킨 다자간 국제회의체다. 올해 제22회 대회는 지난 11월 12일(화)부터 15일(금)까지 일본 오이타현 벳푸(別府)시에 있는 아시아 태평양대학(APU)에서

제12회 환황해경제기술교류회의 주제 발표

개최되었다.

일본·한국·중국 산학관 관계자 220여 명이 참가한 가운데 '한일(큐슈) 경제협력회의 2024', '한·일·중 3국 정부 간 국장 회의', '환황해 비즈니스포럼(탄소중립, 인재교류)' 등으로 분야별 세부 회의가 진행되었다.

한국대표단에는 총 64명이 참여하였고, 그 가운데 '환황해 비즈니스 포럼' 발표진 및 참관단으로 동북아공동체문화재단에서 필자(이사장)를 비롯하여 9명의 임원과 회원이 참여했다. 그리고 본 재단과 협력 기관인 신아시아산학관협력기구 김광선 이사장을 비롯해서 3명, 중소기업정책개발원 나도성 이사장을 비롯한 4명의 임원진이 참여했다. '환황해 비즈니스포럼'의 주요 회의 테마는 "지속가능한 환황해 경제권 형성—탄소중립(CN) 대책, 우수 외국 인재에 관한 모범사례(Best Practice)의 공유와 환황해 지역으로의 전개"였다. 3국에서 관련 분야 전문가들이 세션별로 주제를 발표하고 공론화하는 과정이 회의 진행의 중요한 절차였다.

우리 동북아공동체문화재단(이후 동북아재단으로 약칭) 팀은 첫날 (11/12) 벳푸에 도착한 다음, 행사 주무 기관인 한·일경제협회에서 제공하는 저녁 만찬 후, 2차 프로그램으로 벳푸 중심가에 있는 먹자골목으로 가서 일본 젊은이들이 즐겨 찾는 선술집(居酒屋 感謝)에서 단합대회를 가졌다. 벳푸에서 진행될 공식행사뿐 아니라 우리들 세 기관이 합동해서 가질 별도 행사에 대한 준비사항을 협의했다. 그리고 다음 날 (11/13) 한국방문단 전원이 오전에는 벳푸 시내에서 '지옥온천' 관광을 했으며, 오후에는 공식행사로 APU대학 강당에서 열린 "환황해 비즈니스 포럼 1부" 순서에 참여했다.

오후 공식행사를 마친 후에는 저녁 식사를 팀별로 갖도록 되어 있어서, 우리는 그 자유시간을 활용해 미리 특별한 행사를 하나 준비했다. 다름 아니라 오이타현에 있는 정치인과 기업인 세 분을 초청하여 '한·일 경제안보 간담회'를 갖는 일이었다. 오랫만에 일본에 와서 그냥 우리끼리 시간을 보내는 것보다 미국 47대 대통령으로 도널드 트럼프가 확정된 직후라 미국 신정부와 관련하여 일본 지도층 인사들이 경제안보 문제에 대해 어떤 생각을 하고 있는지 함께 의견을 나눠보고 싶었던 것이다.

동북아재단이 간담회를 주관했고, 참석 인원은 '환황해 비즈니스 포럼'에 참여한 16명과 일본 측에서 아다치 기요시(安達燈) 전 일본 참의원을 비롯하여 경제계 인사 다카하시 아키로(高橋陽郎) Nisshin SPM 대표, 기요하라 유유스케(清原裕輔) Kyoei Group LINES 대표, 통역 및 사회를 맡은 재일동포 문무제 Bebebbu주식화사 대표 4명을 합쳐 20명이 참석하였다. 진행 순서는 먼저 동북아재단을 대표하여 김재효 부이사장이 발제를 했고, 이어서 일본 측에서 아다치 기요시 전 참의원 이 개인 의견이라는 전제 아래 주제를 발표했다. 시간 관계상 질의응답 은 만찬 중에 하기로 했다. 두 분의 발표 내용을 정리하면 다음과 같다.

한 · 일 경제안보협력 간담회

한국 측 발표 : "한일은 전략적 경제통합을 통한 공동 대응이 필요하다."

2020년대는 '지정학의 시대' 도래와 함께, 역사적으로 가장 위험한 시기이다. 두 개의 전쟁이 치러지는 가운데, 규칙 기반(rule-base) 국제 질서는 나날이 훼손되고 있으며, 치열해지는 미 · 중 간의 전략경쟁으로 불확실성의 시대가 되고 있다. 여기에 더하여 11월 5일 치러진 대선에서 미국 우선주의와 신고립주의를 지향하는 트럼프 대통령 당선자의 등장으로 세계는 또다시 큰 '역사적 전환점'에 직면하고 있다.

미국과 서방 자유민주의 진영에 대항하는 전체주의 · 공산주의 독재 동맹(Alliance of Autocracy) 진영 간의 대립은 한층 공고화되고 있으며, 상당 기간 지속이 불가피하다. 여기에 세계 경제는 탈세계화와 함께 분절화, 파편화(fragmentation)되고 있으며, 자유무역의 기반은 허물어지고 있다. 모든 경제권은 '각자도생'의 길로 들어가고 있으며, 모든 경제 활동은 '안보화(安保化)'되고 있다. 특히 트럼프 당선자가 내세워 온 트럼프노믹스의 핵심은, 대중국 견제를 강화하면서 공급망 재편을

한 · 일경제안보협력회의 간담회

강화하고, 중국과의 확실한 디커플링을 실현하겠다는 것이다. 또한 국내경제를 위해 '관세(보편관세 부과)와 감세(법인세 감축)'의 모순적 정책을 동시에 시행하여 자유무역 체계를 근본적으로 흔들면서 보호무역주의를 지향하고 있는 것이다.

이런 전략적 환경 변화에 대응하기 위해서 세계 경제에서 중요한 축을 담당하고 있는 한국과 일본은, 최근 긴밀해진 양국 관계를 발전시키는 한편, 전략적 경제통합을 이루어, 모든 외부의 경제적 압박에 공동 대처할 수 있는 '협상력'을 확보해야 할 시기에 접어들었다. 사실 한국과 일본 양국은 글로벌 경제적 도전에 각자 대응하기에는 역부족이다. 스스로 생존하기에는 부족한 상황이다.

그러나 한 · 일이 전략적 제휴나 경제연합체를 구성할 때 대외 협상력이 배가될 수 있음은 주지의 사실이다. 한 · 일의 GDP는 6조 달러에 달해 세계 GDP의 6%를 점하며, 수출 규모도 1조 4천억 달러에 달해 전 세계 무역의 6%에 달하는 규모의 경제권을 구축할 수 있다. 인구도

1억 8천만 명에 달해 규모의 시장을 구현할 수 있는 수준에 와 있다. 다행히 한·일 간의 경제적 수준 격차가 거의 해소되어 경쟁자 관계에서 상호보완적 관계로 전환할 수 있는 단계에 와 있다.

경제적 통합을 구현함에 있어서 유럽식 통합 모델을 참고로 할 필요가 있다. 유럽의 통합은 '사람과 물자의 자유로운 이동'이라는 대전제를 기반으로 발전시켜 나왔다. 이는 셍겐조약에서 잘 나타났다. 한·일 양국 간에도 자유로운 이동이 보장되는 시스템을 갖출 필요가 있다. 청년세대의 자유 이동(취업)과 고도 인재 교환 교육 프로그램을 도입하거나, 사전 입국 심사제 도입을 통한 출입국을 자유화할 수 있을 것이다.

경제적으로는 글로벌 이슈인 '공급망 구축, 친환경산업과 기술, 디지털 전환(Transformation)' 부문에서 통합을 가시화할 수 있을 것이다. 특히 친환경 부문은 기술개발에서 상용화에 이르기까지 막대한 투자가 필요한데, 한·일이 각자 도생으로 갈 경우 중복 투자는 불가피하다. 공급망 구축에서도 공동보조를 취하면 경제안보 면에서 더할 나위가 없을 것이다. 세계적인 에너지 다소비국인 한·일 양국은 공동 수입을 통해 에너지 안보 측면에서 힘을 구현할 수 있다. 첨단산업과 문화 컨텐츠 산업, 스타트업 육성 프로그램 등에서도 양국은 통합의 효과를 충분히 누릴 수 있을 것이다.

이러한 사람과 물자의 자유로운 이동을 보장하기 위해 한·일 FTA 체결이 필요하며, 표준화, 특허정보 시스템 구축에서도 충분한 시너지 효과를 낼 수 있을 것이다. 국제협력 기구에서도 상호 연계된 활동을 함으로써 인지도를 높일 수 있으며, 때로는 일본이 선제적으로 한국의 참여를 유도하도록 정치적 협력 시스템 구축에 정부가 나설 일이다. 마침, 양국의 경제계에서 선제적으로 경제통합의 담론을 제기하고 있는 바, 정부 간에도 일관성을 갖고 정책적 지원이나 구상이 필요한 시기라고 하겠다.

일본 측 발표 : "경제적 안전보장은 무엇보다 중요하다."

오늘의 간담회 주제인 '경제안보(經濟安保)'를 위한 한·일 간의 협력과 경제적 통합이 필요하다는 주제 발표에 충분히 공감한다. 오늘날 '경제적 안전보장'의 확보는 무엇보다 중요하다. 최근 일본 의회에서 가장 중요하게 생각하는 이슈는 세 가지다. 첫째, 경제안보 측면에서 '반도체 산업'의 재생이며, 둘째, 친환경 문제이며, 셋째, 디지털 전환이다.

경제안보 측면에서 당면한 가장 시급한 과제는 '반도체' 산업의 회생이다. 지난 80년대까지만 해도 일본은 반도체 부분에서 세계를 선도했다. 당시 세계시장 점유율은 50% 수준에 달했으나, 지금은 8% 비중으로 크게 쇠퇴했다. 현재 어려움을 겪고 있는 반도체 부문은 향후 일본 경제를 위해서 가장 중요한 부문이다. 다행히 최근 대만의 TSMC를 일본 구마모토에 유치하였고, 약 10조 원 규모의 지원을 하였다. 경쟁에서 크게 뒤처진 일본은 사실상 독자적인 회생은 어렵지만, 대만 등 제3국과의 협력을 통해서는 충분히 재생할 수 있다고 본다.

글로벌 이슈인 친환경 문제도 핵심 과제인데, 발제에서 언급된 바와 같이 한·일 간의 공동 협력이 유망한 분야이다.

다음으로 디지털 부문이다. 디지털화(디지털 전환)는 일본이 가장 낙후되어 있다. 특히 지난 코로나 팬데믹 기간 동안 이를 절감한 바 있다. 당시 일본은 디지털화의 낙후로 모든 행정 처리를 종이 서류나 팩스에 의존하는 아날로그 상태를 벗어나지 못했다. 당시 일본 외무 장관이 EU 외무장관과 팬데믹 대화 중에 팩스를 통한 업무처리를 소개했다가 유럽에서는 팩스가 이미 박물관에 보내진 상태라고 핀잔을 들을 정도였다.

한국은 디지털화에 매우 앞서 있는 것으로 알고 있다. 이를 바탕으로 한 엔터테인먼트와 컨텐츠 산업이 세계적 수준으로 성장함으로써, 한국의 '소프트 파워(Soft power)'가 대단히 강해진 것으로 알고 있다. 주제 발표에서도 언급된 바와 같이, 디지털화 부문에서 한·일 간 협력의 기회는 많다고 본다.

한국의 문화·컨텐츠 산업은 김대중 대통령 시대에 적극 육성되었으며, 영화산업만 하더라도 할리우드를 벤치마킹하면서 장기적인 시간과 돈을 투자하여 육성한 결과, 지금의 세계적 수준이 된 것으로 알고 있다. 감동적이지 않을 수 없다. 나 자신도 아내와 함께 개인적으로 좋아하는 한국의 소프트 파워를 즐기고 경험하기 위해 여러 번 여행하였다.

낙후된 디지털화 문제는 일본 의회에서도 깊이 논의되었다.

금번 재선된 미국 '트럼프 대통령 2기'를 대비함에 있어서, 일본은 여러모로 우려가 많다. 현 이시바 총리는 8년 전 아베 총리가 펼쳤던 '트럼프—아베 관계'만큼 해낼 수 있을지에 확신이 없는 상황이다.

발제에서 제시된 바와 같이, 한·일 간의 긴밀한 경제 관계 구축(전략적 경제통합)을 위해서는 정치+민간(경제계)의 협력이 필수적이며 반드시 이루어져야 한다고 본다. 그리고 지방정부 간의 협력(Local of local)도 반드시 필요하다. 오이타와 인천 간의 매일 1회 직항 항공 노선이 개설되어 양국 간의 인적 교류에서 큰 역할을 하고 있다. 예로서,

오이타 현의 내방객(inbound)의 60%가 한국인이라는 것은 좋은 사례이다.

몽골 취약계층을 위한 공기청정기 전달식과 몽골 대학들과의 교류협력

일본 오이타현 벳푸에서 개최된 제22회 환황해 경제 · 기술 교류회의 공식 일정은 11월 12일부터 15일까지 3박 4일간으로 계획되어 있었다. 그런데 우리 내외는 부득이 하루를 앞당겨 14일에 귀국해야 했다. 다음 날인 15일(금)에 몽골 출장을 가야 했기 때문이다.

지난 9월 5일, 몽골CBMC(기독실업인회) 울란바토르 센트럴지회 창립식이 있었다. 이 일을 필자가 주도했기 때문에 한국CBMC 서울 영동지회(몽골지회 지원팀) 회원들 20여 명과 함께 9월 4~7일간 몽골을 다녀왔었다. 그때 있었던 일이다. 동행했던 푸른나무교회 곽수광 목사 (서울영동지회 지도목사)께서 금요(9/6) 저녁예배를 위해 우리 일행보다 하루 일찍 출국해야 했는데, 호텔 로비에서 배웅 인사를 하고 있을 때다. 한국에 있는 이세봉 목사(국제푸른나무재단 이사)로부터 곽수광 목사(국제푸른나무재단 이사장)께 국제전화가 걸려 왔다.

쏠라페(주) 홍진경 대표란 분이 국내 취약계층을 위해 가정용 공기청정기 1,000대를 기증하겠다고 하는데, 자기 생각으로는 한국보다 석탄발전소 분진 및 차량 배기가스의 피해가 심한 몽골에 기증하는 것이 더 좋겠다는 생각이 들었다는 것이다. 그러면서 혹시 몽골에 CBMC 가 창립되었으니 이 단체에서 받아 필요한 곳에 배분하는 일을 맡아줄 수 있겠는지 문의하는 내용의 전화였다.

나는 곽 목사 곁에서 이 전화를 같이 듣고 있었기에 그 즉시 '무조건 받겠다.'고 대답했다. 그리고 몽골CBMC 지도목사이신 새생명교회 뭉흐 목사도 이에 동의했다. 일이란 원래 이렇게 만들어 가는 것인가 보다. 이렇게 해서 한국기업(쏠라페)에서 기증한 공기청정기 1,000대가 한 달 정도 걸려 울란바토르에 도착했으며, 그 전달식이 11월 15일(금) 저녁에 새생명교회에서 열린 것이다. 우리 내외도 일본에서 돌아온 그 다음 날(15일) 오전에 울란바토르 칭기즈칸 공항에 도착하여 늦지 않게 전달식에 참여했다.

기증자 쏠라페(주) 홍진경 대표가 딸과 함께 전달식에 참석했으며, 공기청정기 운송, 통관 및 전달 과정을 도맡은 국제푸른나무재단의 이세봉 목사와 이경석 사무총장 및 직원 두 사람도 동행했다. 그런데 다른 사람들보다 내가 더 흥분된 모습으로 전달식을 지켜본 것은 그만

몽골 교육부 장관에게 공기청정기 전달

큼 눈물이 날 정도로 감사하고 보람된 일이었기 때문이다. 전체 물량을 3등분하여 3분의 1은 몽골목회자협회를 통해 300여 개 교회에 전달했으며, 3분의 1은 병원, 고아원, 요양원 등 취약계층에 집중, 지원하는 한편, 나머지 3분의 1은 몽골 각 교육기관과 한국에서 세운 선교단체에 할애했다.

이런 과정에 나는 15일 울란바토르에 도착한 당일 오후 3시에 아마르사이칸 박사(몽골국립치과대학장 역임)의 안내로 뭉흐 목사와 함께 교육부 장관(NARANBAYAR Purevsuren)을 예방하여 울란바토르 산동네에 있는 초등학교 지원용으로 50대를 기증했다. 그리고 16~17일의 체류 기간 중에 몽골과학기술대학(MUST), 몽골국립의과대학 및 치과 대학, 몽골국립농업대학, 몽골재정경제대학(UFE), GMIT(독일—몽골합작 자원개발 전문대학) 등에도 각각 10대씩 전달했으며, 한국에서 세운 교육기관인 울란바토르 초·중·고등학교(이성근 교장), 몽골밝은미래학교(허에스더 교장), 노숙자를 위한 선교단체인 나섬공동체(허성환 선교사), 몽골아나꼬레여자배구단(장지홍 단장), 한반도평화통일을 위한 백두산연구회(회장 롬보 대사) 등 여러 단체에 기증했다. 특히 나로선 이번 기회(공기청정기 전달 과정)에 몽골 교육부 장관을 만나고 몽골과학기술대학(MUST) 및 몽골재정경제대학(UFE)의 대외협력 담당 교수들을 만나 평양과기대(PUST) 졸업생들의 몽골 유학 및 인턴 업무와 교수 익스체인지 프로그램 및 공동연구를 구체적으로 협의할 기회를 갖게 되어 너무나 보람차고 기뻤다.

우리 내외보다 하루 전(14일)에 울란바토르에 도착했던 쏠라페(주) 홍진경 대표 가족과 이세봉 목사는 전달식 다음날(11/16, 토) 오전에 먼저 출국했다. 이경석 사무총장과 직원들은 일주일 정도 더 머물며 공기청정기가 제대로 전달되는지를 확인한 후 귀국하기로 했다. 나는 뭉흐목사의 요청으로 새생명교회에서 주일예배(11/17) 간증을 하기로 되어 있어서 우리 내외는 그다음 주 월요일(18일)에 귀국하기로 했다.

그 틈에 주말이지만 평양과기대 사역에 필요한 몽골 대학들과의 교류협력을 위해 만남이 허락되는 대로 많은 분을 만나려고 노력했다. 우선 토요일 오전, 점심, 오후, 저녁 시간을 활용하여 중요한 몇 분들을 차례로 만나 평양과기대에 필요한 업무 및 협력 사항에 관해 의논을 했다.

오전 10시 반, 숙소인 플라워 호텔 커피숍에서 몽골재정경제대학(UFE) 한·몽개발연구소 소장을 역임하고 있는 김영래 교수를 만나서 면담했다. 그는 캐나다에 유학하여 도시 및 지역개발학을 전공했으며 학위 취득 후 한국으로 돌아가지 않고 몽골에 뼈를 묻겠다는 각오로 몽골 정부에 필요한 지역개발 연구 및 프로젝트 실행을 도와주면서 선교의 꿈을 실현하고 있는 신실하고 유능한 젊은 학자다. 최근 그가 집중적으로 지역사회 개발계획을 지원하는 곳은 몽골의 동부지역에 있는 도른 고비(Dornogobi)이다. 현 도지사가 그곳에 상주하면서 5개년 도시 및 지역개발계획을 자문해 달라는 요청을 받고 있어서 고민하고 있다는 말을 들었다.

필자도 몽골 동부지역이 희토류 자원을 포함해 수십 가지의 중요 지하자원들이 분포되어 있는 자원보고 지역이라는 연구보고서를 읽은 적이 있어서 관심을 지닌 지역이었다. 그런데 김 교수가 그 지역을 집중적으로 R&D 하고 있다는 사실에 무척 고무되었다. 특히 도른고비 부근에 있는 초이발산(Choibalsan)은 시베리아 횡단철도와 연결되는 교통의 요지로서 몽골의 지정학적인 물류 문제를 획기적으로 전환시킬 수 있는 거점도시이다. 한국의 (재)포천시농업재단에서 농산물 종합가

공 센터를 운영하고 있으며, 한국 교계에서 지역교회를 통해 유치원과 초등학교를 지원하는 등, 우리들에게 많이 알려져 있는 도시이다. 현재 건설 중인 몽골의 최대 석탄광산인 타반톨고이와 샨샤인드가 연결되는 산업철도가 완성되면, 몽골의 자원들이 중국을 경유하지 않고 시베리아 횡단철도로 러시아 하바롭스크를 거쳐 블라디보스토크까지 연결되어 동해안으로 수송할 수 있는 일명 '칭기즈칸 로드'가 열리게 될 전망이다. 이런 지역개발 프로젝트를 들은 후 필자는 앞으로 김영래 교수가 동북아공동체문화재단의 몽골지부장 역할을 하도록 요청을 했고, 또한 이 일이 장차 평양과기대 졸업생들의 유학과 인력 진출에 젖줄이 되기를 희망했다.

시내 전문식당가에서 점심때 만난 분은 연세대 의료원 명예교수이시며 몽골에 파견된 지 20여 년이 넘게 몽골국립의과대학에서 보건정책학 교수로 활동하고 계시는 채영문 박사다. 그는 특히 몽골국립의과대학 사이버대학 설립 및 운영을 전담해 왔는데, 올해 2024년 12월에 몽골 정부로부터 사이버대학 인증을 받을 예정이다. 그뿐만 아니라 유럽(EU) 인증까지 받게 된다고 했다.

몽골재정경제대학(UFE) 김영래 교수의 안내로 만나게 된 채영문 박사는 나에게 엄청난 아이디어를 제공해 주었다. 12월에 유럽(EU)으로부터 사이버의과대학 인증을 받게 되면, 내년 3월 학기부터 세계 어느 나라에서든 이 대학에 입학하여 온라인으로 수업을 받을 수 있다. 그리고 나중에 의대 본과 과정에 필요한 인턴 및 레지던트 실습을 해야 할 때는 해당 국가의 지정병원에서 받도록 해서 전공의 자격을 득하는 데 지장이 없도록 조치한다고 했다. 예를 들어, 평양과기대 의과대학 학생들도 이 사이버대학에 등록하여 공부할 수 있고, 나중에 연수교육을 몽골이나 혹은 유럽에 있는 지정 대학병원에 가서 받을 수 있다는 얘기였다. 참으로 귀가 번쩍 뜨이는 뉴스였다.

오후 3시에 호텔 커피숍에서 몽골과학기술대학(MUST) 대외협력 부장으로 일하고 있는 우간바야르 투무르쿠 교수를 만나서 면담했다. 국제정치경제학을 전공한 그는 부인(식품공학 전공)과 함께 왔는데, 두 분 모두 한국에 유학하여 박사학위를 취득했으며, 한국어뿐만 아니라 영어도 수준급이었다. 그는 자신의 몽골 이름이 너무 길다고 하면서 '우 박사'로 불러달라고 했고, 평양과기대와의 교류협력을 위해 할 만한 일들을 먼저 꺼냈다. 성격이 매우 급한 것처럼 보였지만, 비전과 열정을 갖춘 고급인력이라는 느낌이 들었다. 그는 한국에서 MUST에 지원하고 있는 KOICA 교육사업에 대해 소상히 설명해주었는데, 나는 PUST의 특수 입장을 고려해 KOICA에서 지원하는 사업에는 연결할 수 없다고 말했다. 그랬더니 자신이 유럽의 에라스무스(ERASMUS, European Region Action Scheme for the Mobility of University Students) 업무도 담당한다고 하면서 PUST 졸업생들이 MUST에 유학을 오거나 실습할 때 에라스무스 장학금을 지원할 수 있도록 해보겠다고 길을 열어주었다.

실은 지난번 몽골 출장 때(9월 5일 몽골 CBMC 창립대회) 남북한 양국 대사를 겸직했던 롬보 대사의 안내로 MUST 총장(Dr. Namnan)을 만나서 PUST 현황을 소개하고, 졸업생들의 유학 및 교수 익스체인지 프로그램과 산학협력 공동연구 부문에 대해 협력을 요청한 바가 있었다. 그 후속 업무로 '우 박사'를 만나 진전된 대화를 하게 된 것이다. '우 박사'는 호쾌한 목소리로 내년 2월 중순에 양교 간 공식적인 MOU를 할 수 있도록 그 초안을 12월 초에 미리 보내주기로 했다. 성격만큼이나 일처리가 매우 빠르고 시원시원했다. 몽골인의 전형적인 기상을 느끼는 멋진 만남이었다.

저녁에는 뭉흐 목사의 초청 으로 그가 몇 번이나 "오늘 저녁에는 중요한 분들을 만나게 됩니다."라고 말한 그분들을 만났다.

부부 동반으로 나왔는데, 두 분 다 인물이 비범하고 권위가 있어 보였다. 남편되는 분은 뭉흐 목사의 친구로 어릴 적부터 교회생활을 같이 했으며, 현재 외교부에서 고위직으로 대외협력 업무를 주관하고 있다고 했다. 부인은 미국에 유학을 다녀온 재원으로서, 몽골 국회의 유일한 여성 국회의원을 지냈으며, 현재 교육부에서 고위급 자문역을 맡고 있다고 했다. 그들 내외는 식사를 마칠 무렵에 내게 몇 가지를 부탁했다.

내년에 미국 NBA 농구선수들 가운데 기독인 중심으로 한 팀을 구성하여 몽골 팀과 친선경기를 하도록 초청할 예정인데, 그때 북한 농구팀을 초청해 줄 수 있느냐는 질문이었다. 그리고 부인의 지역구에서 나무심기운동을 펼치려고 하는데, 한국 기독교계에서 도와줄 수 있겠느냐는 것이었다. 부인이 다음 주 금요일(11/22)에 있을 '대한민국 국가조찬기도회'에 참석하기 위해 21일 출발하여 28일 돌아오게 되는데, 그 체류기간 동안 한국 교육계에서 큰 역할을 하고 있는 유력한 분을 소개해

바야르사이칸 몽골 전 의원과 아내 박재숙

주면 좋겠다고 했다. 끝으로 장기적으로 교류협력을 할 만한 여성기업인들 가운데 역량 있는 몇 분을 소개해 주면 고맙겠다는 부탁을 했다.

나는 북한 농구팀 초청 건은 내가 할 수 있는 일이 아니라고 잘라서 말했고, 부인의 지역구에 나무심기를 지원하는 일은 고비사막에 녹화사업을 계속해온 기독교환경운동연대 NGO단체(그린실크로드)가 있으니 그 팀을 연결하도록 힘써 보겠다고 했다. 그리고 대한민국 교육계 유력자로 국가교육위원회 이배용 위원장은 내가 잘 아는 분이니 소개해 드리도록 하겠고, 여성 기업인으로서는 이번에 공기청정기 1,000대를 몽골에 기증한 홍진경 대표를 우선적으로 소개해 드리는 게 좋겠다고 대답했다. 그러자 그들은 평양과기대가 몽골을 국제협력의 중간 거점 지역으로 활용하는 일에 적극 찬성하며 자신들도 힘껏 돕겠다고 말했다.

주일예배 간증 및 생일잔치

11월 17일은 나의 생일이다. 1948년생이니 76돌 생일을 울란바토르에서 맞게 된 것이다. 더구나 새생명교회 뭉흐 목사가 주일예배에서 간증을 할 수 있도록 세워주셔서 '생일날 간증'이라는 기막힌(?) 은혜를 입었다.

뭉흐 목사를 만난 지는 아직 일 년도 채 안 된다. 금년 1월 말에 새생명교회 여성 몇 분을 대동하여 제빵기술 연수차 한국에 왔을 때 처음 만났다.

필자가 매주 화요일 아침에 한국 CBMC 서울영동지회가 진행하는 '성경공부 및 기도회' 모임에 나가고 있는데, 그날 무슨 얘기(북한 김정은 위원장이 남북한 적대적 2국가 분리 정책을 선포한 것에 대한 얘기) 끝에 앞으로 평양과기대 사역을 지속하려면 몽골을 중간 거점으로 하는 게 필요하다는 얘기를 하고 있을 때였다. 곁에서 듣고 있던 김미옥 회장이 "제가 잘 아는 몽골 목사님이 있는데 며칠 전에 한국에 오셨다."라고 하는 것이었다. 그래서 나는 곧바로 약속하고 그다음 날 만난 분이 뭉흐 목사였다.

그는 첫인상이 키가 크고 체격이 우람하여 장군 같은 느낌이 들었다. 만나자마자 나는 그에게 '당신의 비전이 무엇이냐?'라고 물었다. 그는 한국어를 유창하게 구사하면서 두 가지 비전을 제시했다. "몽골리언 디아스포라 미션과 노스 코리아 미션, 이 두 가지가 평생 추구할 선교적 목표입니다."라고 답했다. 나는 그 말을 듣는 순간 깜짝 놀라 자리에서 벌떡 일어나 그의 손을 붙잡고 흔들며 이렇게 말했다. "나도 같은 생각이오. 코리언 디아스포라 미션과 노스 코리아 미션입니다. 우리 친구 합시다. 평생 동지로 함께 합시다!"

이렇게 만난 분이 몽골 새생명교회 뭉흐 목사였다. 그 후 우리는 두 시간을 더 의논하면서 우선 울란바토르에 CBMC 지회를 창립하기로 했고, 이 단체의 회원들(기업인 및 전문인)을 훈련하여 그들 몽골인들이 북한에 들어가서 비즈니스 사업체를 꾸리고 평양과기대를 통해 산학 협력 프로젝트를 지원하도록 추진하는 실행계획의 윤곽을 잡았다. 그래서 태동한 CBMC 지회가 지난 9월 5일 창립한 울란바토르 센트럴지회였다.

11월 17일 주일예배에서 필자는 먼저 뭉흐 목사를 만나게 된 경위를 설명한 다음, 'I Have a Dream'이라는 제목(사도행전 2:17)으로 간증을 했다.

"나는 마틴 루터 킹 목사가 흑인 아이들이 백인 아이들과 차별 없이 버스를 같이 타고 공부도 함께 하는, 인종 간의 평등과 화합을 존중하는 사회가 되기를 꿈꾸며 외친 'I have a Dream'을 평생 잊지 않고 살아왔다."라고 전제하면서, 앞으로도 이와 마찬가지로 동북아지역에서 남북한 주민들이 몽골인들과 더불어 이념과 진영을 뛰어넘어 서로 차등 없이 우애하며 한배를 타고 항진하는 사회를 꿈꾸며 살아가고 싶다고 강조했다. 그런 과정에 D,R,E,A,M이란 단어를 계속 묵상하다 보니 특별히 나만의 깊은 깨달음을 얻게 되었다고 말했다. 'D'는 창의력을 갖고 자신이 이루고자 하는 꿈을 Design하는 것이다. 'R'은 관계, 즉 부모형제와의 관계, 이웃과의 관계, 국가사회와의 관계, 하나님과의 관계를 통해 자신의 꿈을 펼쳐 가는 Relationship이다. 'E'는 Effect를 뜻하며, 효과적인 선한 영향력을 통해 자신의 꿈을 확장해 갈 때 더 큰 인생의 의미를 실현할 수 있다. 'A'는 릭 워렌 목사님의 책『목적이 이끄는 삶』에서 가르쳐주듯 우리의 꿈을 이끌어가는 Aim이 분명해야 하며, 우리는 그 목적지와 방향을 항상 바라보며 살아가야 한다. 끝으로 'M'은 이 모든 것을 합해서 선을 이루시는 하나님의 Mission이라고 말했다. D,R,E,A,M에 대한 이러한 정의와 신념은 청년들을 대하는 어떤 장소에서도 필자가 공히 강조하는, 나의 좌우명과 같은 단어이다. 오죽하면『D.R.E.A.M 으로 승부하라』라는 책까지 썼을까! 그런 좌우명이 중국 연변과기대(YUST)와 북한 평양과기대(PUST)를 통해 일관된 사역으로 35년 동안이나 헌신할 수 있는 지침이 되어 주었다. 11월 17일 주일 예배를 통해 몽골 교인들에게도 한결같은 마음으로 부탁한 것이, 우리의 꿈(D,R,E,A,M)을 사용하시는 하나님께서 남북한 교류협력과 동북아 평화공존을 위해 새 길을 열어 주시기를 중보해 달라는 요청이었다. 그리고 "우리 끝까지 손잡고 함께 갑시다!"라는 말로 간증을 마쳤다.

그날 주일예배의 통역은 몽골대학에서 영문학 강의를 하고 있는 타샤 교수(여)가 맡아주었다. 그녀는 새생명교회 설립자인 고(故) 최순기 선교사가 사역을 시작했을 때부터 통역자로 일했다고 한다. 뭉흐 목사는 최순기 선교사의 추천으로 LA에 유학(7년간)하여 신학을 했고, 영어와 한국어도 거의 완벽할 정도로 마스터했다. 그런 다음 몽골 귀국 후 북한에서 사역하다가 순교한 최순기 선교사의 대를 이어 새생명교회를 담임하게 되었는데, 그런 뭉흐 목사가 몽골에서 최고가는 통·번역의 달인이라고 칭찬한 인재가 타샤 교수다.

예배 후 우리들은 오찬 장소로 옮기기 전에 교회 응접실에서 잠시 대화를 나누었다. 이번에 몽골 출장을 가면서 갖고 갔던 책『한 손에 성경, 한 손에 비즈니스』란 책을 몽골어로 번역, 출판하는 일을 의논했다. 이 책은 필자가 지난해 5월 브라질 리우데자네이루에서 열린 ADHONEP(국제기독기업인회) 국제컨퍼런스에서 특강('PUST 현황과 미래비전')을 했을 때 참관했던 윌리엄 더글러스 판사(브라질 연방 법원)가 나에게 한국어판 번역을 할 수 있도록 위임해준 책으로, 미국에서 20만 부 이상 팔린 기독 경영 도서다. 뭉흐 목사가 타샤 교수에게 번역을 추천했고, 출판은 몽골CBMC에서 맡기로 했다. 몽골CBMC 사역의 지침서로 사용하기에 매우 적합한 책이다.

시내 칭기즈칸 호텔 레스토랑에서 생일잔치가 벌어졌다. 새생명교회 중진들과 사역자들 그리고 그날 주일예배에 참석했던 분들 가운데 우리 내외를 만나려고 온 손님들도 몇 명이 있었는데, 그분들도 빠짐없이 참석했다. 약 20명 가까운 인원이 참석하여 나의 76돌 생일을 축하해 주었다. 교회에서 준비한 생일 케이크에 촛불을 켜 놓고 축하송을 부른 다음, 우리 두 내외가 같이 촛불을 끄고 케이크 커팅을 하는데 내

76세 생일 파티

손이 부르르 떨리듯 감동이 전해져 왔다. 불현듯 "아! 인생의 행복이란 이런 것이로구나!" 하는 생각이 뇌리에 진동했다.

　우리 내외가 앉은 테이블에 뭉흐 목사 내외와 이경석 사무총장과 김영래 교수가 앉았고, 그 옆에 멀리 지방에 있는 GMIT대학에서 온 김영석 교수가 앉았다. 특히 기계 공학을 전공한 김영석 교수는 캐나다 국적자로 연변과기대부터 평양과기대에 이르기까지 15년이 넘게 사역을 해왔으며, 올해 9월 학기부터 GMIT(독일 정부와 몽골 정부가 합작해서 설립한 자원개발 전문대학)에 취임하여 산업로봇에 관한 강의를 하고 있다. 나는 그에게 특별한 미션을 주었다. 그것은 언젠가 PUST에도 북한 자원개발을 위한 학부를 개설할 예정이니 그 기초역량을 GMIT에서 배우고 준비하도록 요청한 것이다. 지하자원이 풍부한 동(東)몽골 지역개발 계획에 노력을 집중하고 있는 김영래 교수와 긴밀히 소통하며 북한의 미래 변화를 이끌어가는 데 필요한 경험치를 몽골을 통하여 습득하도록 부탁한 것이다.

　생일잔치 식사 모임을 하며 이런저런 대화를 하는 가운데, 올해 들어와 갑자기 세 차례의 몽골 방문(7/28~8/2 참포도나무병원 아웃리치,

9/4~7 몽골CBMC 창립대회, 11/15~18 공기청정기 전달식)을 통해 이루어진 기이한 만남들을 돌아보니, 모든 것이 전혀 예상치 못한 일이었다. 내 곁에 다가온 희망의 인력망, 즉 전혀 기대하지 않은 곳에서 만난 의인들로서 울란바토르에 있는 여러 국립대학과 국제사립대학의 교수들, 새생명교회와 몽골CBMC와 국제푸른나무재단(북한 장애인 지원사업팀)의 인재들이 참으로 귀하게 여겨진다. 마치 사막에서 오아시스를 안내하고 지키는 사람들처럼 느껴진다. 구약 출애굽기 15장 7절의 '엘림(Elim)'에 있는 물 샘 열둘과 종려나무 일흔 그루가 새생명의 숲을 이루며 나를 감싸고 있는 듯한 착각이 들 정도로 가슴을 뛰게 하는 생일날이다. 참으로 고맙고 행복하다.

숙소(플라워 호텔)로 돌아오는 길에 뭉흐 목사가 안내하는 대로 캐시미어 전문백화점(GOBI)에 들러 가족들에게 줄 선물을 샀다. 디자인과 품질이 뛰어나 겨울용 선물로 이보다 더 좋은 게 있을까 싶다. 초기에 일본 섬유업체들이 기술 및 장비를 투자하고 유럽 디자인을 도입하여 주문자 생산방식으로 시작한 캐시미어 산업을, 이제는 몽골기업들이 인수하여 국제유통까지 직영하고 있다고 했다. 세계적으로 가장 뛰어난 원모(캐시미어) 생산기지인 몽골의 의류산업을 대표하는 효자 품목인 것이다.

호텔 방에서 한 시간 반 정도 쉰 다음 저녁 모임에 갔다. 이번에도 김영래 교수가 또 수고를 해주셨다. 남북한 양국에서 몽골 대사를 겸직했던 특이한 경력의 롬보 대사께서 우리 내외를 집으로 초청했다. 약한 달 전에 몸이 불편하여 서울에 나와서 종합 건강검진을 받고 돌아갔는데, 그 검진 결과 신장암 초기 단계로 판명되어 요즘 울란바토르 국립병원에 내왕하면서 일주일에 2회 투석을 시작했다고 한다. 외부

출입이 어려운 데다 꼭 당신의 집에 한번 놀러 오라고 해서 가는 길이다. 김영래 교수의 차를 타고 갔고, 이경석 사무총장이 롬보 대사께 인사드리고 싶다고 해서 동행했다.

롬보 대사가 살고 있는 '재팬 타운' 아파트 단지는 시내 중심가에서 멀지 않은 곳에 있는 재개발 단지로서 울란바토르 최고급 아파트 촌이었다. 그 옆에 비슷한 규모의 '도쿄 타운'도 조성되어 있었다. 롬보 대사의 집을 찾아가는 도중에 김영래 교수의 말에 따르면, 일본기업의 부동산 투자(도시재개발사업)가 엄청난 규모로 발을 뻗치고 있고, 이뿐만 아니라 자동차를 비롯해 기간 산업(특히 제조 및 R & D 개발산업) 전반에 걸쳐 맹위를 떨치고 있다고 한다. 거기에 비해 한국기업의 투자나 상권 점유율은 일본과 유럽에 비해 초라할 정도라고 한다. 다만 최근에 K-Culture의 흐름을 타고 식품, 생필품, 화장품, 가전제품, 드라마 등의 수요가 급증하여 울란바토르 시내에만 대형 건물로 지어진 E-Mart가 세 곳이나 되고, 또 CU 매장이 350군데를 넘었다고 한다. 김 교수는 이런 흐름을 타고 한국 중소기업들이 다른 국가가 등한시하는 몽골의 지방 도시 및 지역사회 개발에 진입하여 엔지니어링 기술산업을 기반으로 하는 신재생에너지, 보건의료, 헬스 케어, 스마트팜 원예농업, 문화콘텐츠, 유통물류업 등의 틈새시장에 승부를 걸면 성공할 확률이 높다고 전망했다.

롬보 대사의 집에는 외교관 출신답게 각국 VIP들과 찍은 사진, 훈장, 표창장 등이 즐비하게 장식되어 있었다. 부인께서 한식으로 저녁 식사를 융숭하게 대접해 주셨다. 와인으로 시작했다가 나중에는 고급 꼬냑으로 거나하게 취할 정도로 마셨는데, 주로 나와 롬보 대사 둘이서 대작을 했다. 나이가 두 살 밖에 차이 나지 않은 데다 그날이 내 생일이라고 했더니 두 분 내외가 너무나 반가워했다. 우리는 서로 국적과 민족이 다르지만, 말이 통하고 마음이 통하고 생각이 통하니, 문자 그대로 한통속이 되어 허심탄회하게 우정에 넘친 대화의 꽃을 피웠다. 특히 롬보 대사는 식후에 서재 겸 자료실에 있는 각종 희귀본 책과 선물을 보여주었다. 그러더니 급기야 앨범 두 권을 갖고 나와 거실 테이블에 펼쳐 놓고 일일이 정황 설명을 해주셨다. 그 가운데 내가 참으로 반갑게 만난 사진 속 인물이 한 분 있었다.

그는 다름 아닌 몽골 초대 한국대사로 부임했던 권영순 대사였다. 그분은 이미 작고하셨지만, 나의 경북고 대선배이시다. 그뿐만 아니라 몽골 대사직을 마친 후 부인(이정희 여사)과 함께 연변과기대 교수로 오셨을 때, 처음 인사를 드린 분이다. 그 후 교수연구실에 가보면 3평도 안 되는 좁은 방의 천장과 3면 벽에 동북아 지도를 확대해서 붙여 놓은 다음, 곳곳에 도로, 철도, 항만, 공항, 발전소, 산업단지, 신도시 개발지 등의 인프라 계획 도면을 그리면서 동북아경제공동체(몽골, 중국, 러시아, 한반도, 일본을 연결하는 통합경제 공동체) 마스터 플랜을 짜고 있던 모습이 지금도 눈에 선하다.

실은 그때 받은 감명이 커서 결국 필자가 권영순 교수의 '동북아경제공동체' 구상을 서울로 끌고 와서 세운 싱크탱크(2007년 통일부 등록)가 지금 동북아공동체문화재단의 전신인 동북공동체연구회였다. 롬보 대사와 함께 찍은 (故)권영순 대사님의 사진을 보자 그만 눈시울이 붉어졌다. 얼마나 반갑고 의미 깊은 인연이었던가! 아무튼 그날 롬보 대사는 자신이 회장으로 있는 '백두산연구회'를 통해 남북한의 평화통일과 한민족의 미래를 위해 몽골인이지만 평생의 과제로 삼고 돕겠다고 격려해 주셨다. 참으로 고맙고 행복한 밤이었다.

MUST 총장, 롬보 대사와 함께

동북아경제공동체로 가는 길

몽골을 떠나는 18일(월) 아침 조찬에서도 귀한 일이 벌어졌다. 코로나 팬데믹 이전인 2018~19년 2년에 걸쳐 평양과기대 치과대 학생들 20여 명이 몽골국립치과대학에 연수 교육을 갔을 당시, 치과대학장을 역임했던 아마르사이칸 박사(쿠바치과대학 졸업, 일본 도쿄치과대학에서 박사학위 취득)가 필자에게, 몽골을 떠나기 전에 답변을 주겠다고 약속한 대로 2025년 3월부터 평양과기대 치과대학 교수로 가겠다고 자원을 했다. 그뿐만 아니라 여성으로서 평양과기대 의과대학 교수로 가고 싶다고 지원한 Zolzaya Baljinnyam 박사(주일예배 시간에 잠시 인사를 나눈 분)를 대동하여 호텔로 온 것이다. 졸자야 교수는 몽골국립농업 대학에서 수의학을 전공했고, 그 후 호주의 시드니의과대학에서 공중보건학으로 석사를 마쳤다. 그 후 스위스 바젤대학에서 전염병과 공중보건 박사학위를 받은 후, 몽골국립의과대학에서 교수로 활동해온 분이었다.

이 두 분이 정식으로 평양과기대의 치과대, 의과대 교수로서 무보수 볼런티어(Volunteer)로 참여하겠다고 찾아온 것이었다. 교수진 확보건으로 늘 골몰해 왔던 나에게 얼마나 반갑고 기쁜 일이었겠는가! 함께 동석하여 조찬을 같이 한 뭉흐 목사와 이경석 사무총장도 덩달아 너무나 기쁜 일이라고 연신 감사 인사를 했다. 우리들은 모두 하나님께서 이끄시는 놀라운 역사(役事)를 공감하면서 한마음으로 기도했다. 한반도의 새로운 미래를 바라보며 평생 동지로서 선한 일꾼이 되기를 다짐하는 믿음의 결속이었다.

조찬을 마친 후 방에 가서 짐을 챙겨 나와 체크아웃을 할 때까지 그들은 모두 남아서 우리 내외를 배웅해 주었다. 그런 다음 CU 매장을 여러 곳 운영하고 있는 마카 사장이 우리 내외를 칭기즈칸 공항까지 바래다주었다. 그는 내년 2025년 6월에 평양과기대 산학협력단 결성을 목표로 또 하나의 몽골 CBMC 엘림지회를 창립할 뜻을 갖고 있는 유능한 기업인이다. 몽골 땅을 떠나기가 왠지 서운할 정도로 이번 여행을 통해 많은 분들을 만나 좋은 관계를 맺었다. 짧은 일정이었지만 마음을 터놓고 대화하며 나눈 갖가지 염원과 미래 희망을 위한 대안들을 되새겨 보니 책을 한 권 써도 될 만한 무게로 다가왔다. 참으로 귀한 분들과의 해후를 뒤로 남겨 놓은 채 KAL 비행기가 하늘로 높이 비상하였다.

인천공항까지 3시간가량 걸리는 비행기 안에서 나는 줄곧 눈을 감은 채 '생각의 숲'을 소요(逍遙)했다. 일본 오이타현 벳푸에서 만난 환황해 사람들과 한·일 경제안보 간담회에서 나눈 이야기들, 연이어 몽골 울란바토르에 와서 공기청정기 전달식을 하는 과정에서 만난 사람들과 그 후에 몽골 교육부 장관을 위시해서 각 대학 관계자들과의 미팅, 새생명교회에서의 간증과 생일잔치, 롬보 대사와의 우정을 돌아보며 이런 생각, 저런 생각을 하다가 급기야 '동북아공동체로 가는 길목'에서 무엇을 어떻게 분별하고 조합해 나가야 할 것인지에 대한 각성의 실마리를 잡게 되었다. 그것은 21세기 한반도의 전환기적 테마를 끄집어내어 이를 동북아공동체사회에 접목하는 '국가전략으로서의 기본 틀'을 갖추는 일이다.

그러나 이러한 일은 갈피를 잡기가 쉽지 않고, 더구나 실현 가능성이 불확실한, 허황된 망상에 불과하다는 빈축을 사기에 알맞은 테마다. 이를 굳이 붙잡아 보려고 애쓰는 자신이 민망스럽고 부끄럽기 짝이 없다. 그러나 지금껏 35년간 연변과기대와 평양과기대를 통해 중국과 북한을 오가며 한반도와 주변국을 염두에 두고 새로운 미래 희망의 고지를 향해 부단한 걸음으로 살아온 지식인의 한 사람으로서, 남북한 통일과 동북아 평화공존의 꿈은 마치 벗어날 수 없는 천형(天刑)처럼 나의 인생 후반에 큰 짐으로 남아 있다. "짐을 져야 힘이 난다."라는 말처럼, 나는 지금도 이 짐을 지고 일본에서 몽골까지 힘내어 달려왔지 않은가! 나는 계속 생각하고 또 검토하면서 나름대로 '동북아공동체로 가는 길'의 이정표를 그려봤다.

지정학적인 형세와 '북핵' 위기관리

근년에 들어와 한·미·일 동맹과 북·중·러 연합 간의 신냉전 구도에 대한 논의가 많아졌다. 나는 이러한 냉전적 이념적 진영 논리를 벗어날 수 있을 때 남북한 통일과 동북아 평화공존에 이르는 실마리를 잡을 수 있다고 본다. 이를 타개하는 대안은 무엇일까?

한반도를 중간 지대로 두고 주변국에 대한 지정학적인 교통, 물류, 공급망의 형세를 살펴보면, 해양(태평양, 인도양)으로 나가는 데는 열도 일본과의 협력관계를 통해 지경을 확대해 나가는 것이 가장 순리적으로 보인다. 장차 도래할 북극항로의 중간 거점 지대로 발전하는 과정에도 일본과의 협력은 피할 수 없는 선택지다. 그리고 대륙으로는 강대국 중국과 러시아 사이의 협곡을 지나 등거리 외교에 능한 자원 부국 몽골을 기반으로 해서 중앙아시아 및 유라시아의 지평을 열어가는 것이 새로운 국제협력을 유도하는 창의적 대안이 될 것 같다. 또한 몽골은 멀지 않아 시베리아횡단철도(TSR)로 한반도와 북극항로에 접속할 기회가 올 것이므로 이를 선제적으로 기획하고 리드하는 파트너가 되도록 대한민국의 역할을 미리부터 정비할 필요가 있다. 이번 일본과 몽골 여행을 통해서도 절감했듯이, 앞으로 해양과 대륙을 잇는 21세기 동북아의 종축으로 일본—한반도—몽골의 연합과 결속이 매우 중요하게 부각 될 전망이다.

　이와 더불어 한반도는 횡적인 구조로 중국과 일본을 양쪽 날개로 매달고 비상하는 독수리형 국가전략(한·중·일 3국 협력체를 선도)을 수립하고 추진할 만한 지정학적인 여건을 갖추고 있다. 한·중·일 3국 FTA를 한국이 주도하는 것이 성공 확률을 높이는 방법이라고 많은 학자들이 전망한다. 이와 같이 역사적으로, 문화적으로, 또한 지정학적으로 떼래야 뗄 수 없는 숙명적인 관계로 얽혀 있는 동북아지역의 정치, 외교, 경제권을 주도하려면 종축과 횡축의 중간 지대에 있는 우리 스스로가 먼저 몸통(중심축) 전략을 계획하고 실행할 수 있는 역량을 갖추는 게 중요하다. 결코 부정적인 견해로 자신을 바라보지 말고 강한 비전(Vision)과 지략을 갖고 세계 정세의 흐름과 틈새를 면밀하게 판독하며 나아갈 수 있어야 한다.

그런 가운데 특히 교육, 기술, 문화, 국민성, 국제관계 등에서 끊임 없는 혁신적인 계도가 필요하다. 누구보다 미래세대를 '용기 있는 역사적 사명 집단'으로 육성하는 데 전력을 기울여야 한다. 이런 포괄적 대책, 즉 종·횡 구조의 지정학적 여건을 잘 이용하고 국제적인 신망도와 평가를 받으며 앞장서 나아가는 것이 대한민국의 국운을 이끌어 가는 지혜로운 방략이 될 것이며, 나아가 전방위 외교 및 경제안보 차원에서 한·미·일 동맹과 북·중·러 연합의 신냉전 구도를 타개하는 미래지향적 대안이 되리라 본다. 또한 이것이 동북아 중심축 국가를 건설하는 '린치핀 코리아'로 가는 창의적인 대망의 국가전략이 될 것이다. 이는 세계 10위 권에 들어선 경제력을 기반으로, '뒤따라가는 선진국'이 아니라 앞서 리드하는 '선도적 선진국'으로 발전하도록 만드는 '지속가능한 추동력'이 되어 주리라 믿는다.

다만 이런 정세와 시대적 흐름을 분별하는 과정에 우리가 가장 민감하게 대처해야 할 국가는 (누구나 잘 알고 있듯이) '핵보유국'으로 등장한 북한과 그 뒤를 군사기술로 뒷받침하고 있는 러시아이다. 다행히 러시아는 오래전부터 한국과의 관계를 상호 보합적으로 이끌어 온 전례가 있어서, 우크라이나전쟁이 끝나고 나면 언제든지 기회를 틈타 협력을 재개할 태세이므로 결국 북한과 '북핵'을 어떻게 대응하느냐가 한반도의 가장 큰 숙제요, 위기관리의 대상으로 남는다.

여기에 한 가닥 새로운 희망의 문을 열어줄 만한 인물이 도널드 트럼프 대통령 당선인이다. 미국 트럼프 2기 정부의 출범과 함께 그가 추진할 강력한 비즈니스적인 'America First' 정책이 어쩌면 남북한 분단의 벽을 허무는 '신의 한 수'로 등장할 가능성이 되지 않을까 하는 기대를 품어본다. 중국을 대항하는 '전략적 자산'으로 북한을 최대한 활용하려는 트럼프 진영의 시도는 매우 터프한 불장난 같기는 하지만, 이 지구촌에서 미국만이 할 수 있는 유일한 국제정치적 파워 게이머 (Power Gamer)의 본능을 드러낸다. 어쩌면 북한도 몰래 그것을 기대하고 있을지 모른다. 상대방의 약점을 파고들면서 강하게 후려치는 트럼프 대통령의 야성적 공격으로 북미 관계가 개선되고, 이를 통해 한반도에도 극적인 변화, 즉 북한 비핵화(또는 핵 동결 조치)와 더불어 남북한의 평화공존과 경제통합을 추구하는 코페르니쿠스적 전환의 시대를 연출하게 될지도 모르겠다는 기대를 품는다. 이런 생각과 희망을 지니고 있는 사람이 나 혼자뿐일까?

한 · 몽골 비즈니스 포럼과 한 · 몽골 FTA경제협력체

서울경제TV가 리포트 한 자료에 의하면, 작년(2023년) 2월에 서울에서 대한상공회의소와 몽골 국가상공회의소가 공동 주최한 '한 · 몽골 비즈니스 포럼'에 어용 에르덴 몽골 총리를 비롯하여 몽골 측 58개 기업대표 70여 명과 한국 측 110개 민 · 관 단체가 참석하여 성황을 이루었다고 한다. 대한상공회의소 '한 · 몽골 경제협력위원회' 위원장인 김영훈 대성그룹 회장은 이날 개회사에서 강조했다.

> "한국과 몽골은 형제국으로서 문화, 유통, 스포츠, 통신, 자원 등 여러 분야에서 협력을 강화하고 있다. 자원이 무기가 되고 글로벌 공급망이 재편되는 시점에서 자원, ICT 등 양국의 강점을 살리는 협력이 더욱 확대되기를 기대한다."

특히 대성그룹 김영훈 회장은 몽골 울란바토르, 만디호솜 등에서 태양광, 풍력 복합 발전으로 에너지, 식수, 농업용수 등을 공급하는 그린 에코 에너지 파크 사업 등을 진행했고, 몽골 정부로부터 그 공적을 인정받아 북극성훈장을 받은 바 있다고 전했다.

필자가 올해 몽골을 세 차례 다녀오는 과정에 접한 뉴스 가운데, 민간 베이스로 수행한 여러 가지 한·몽골 협

제14차 한·몽골 비즈니스 포럼(김영훈 회장)

력사업 중에서 가장 자부심을 느끼게 한 사업이 바로 대성그룹의 그린 에너지 사업이다. 몽골의 현실에 비추어 볼 때 가장 절실하고 상징적인 사업 모델이 아닐 수 없다. 김영훈 회장은 예전에 국가조찬기도회에서 한 번 인사를 나눈 것 외에는 별도의 교제가 없었다. 그러나 그가 한국을 대표하여 2016년 세계에너지협의회(WEC) 회장에 취임한 이후, 3년간 임기를 통해 누구보다도 큰 성과를 올렸다는 소식을 들은 바가 있다. 또한 그는 부친 김수근 대성그룹 창업주의 '대성연탄' 사업을 이어받아 종합 에너지업체로 발전시켰을 뿐 아니라, 최근에는 도시가스를 기반으로 하는 기존 수익구조를 넘어 바이오 에너지산업으로까지 새로운 성장동력을 찾고 있다고 들었다. 그런 가운데 몽골의 낙후된 경제를 돕기 위해 적자를 불문하고 그린에너지 부문에 계속해서 투자를 지원하고 있다는 점이 기업인의 한 사람으로서 남다르게 인식되었다. 나는 그의 이런 노력을 기독교적 헌신의 한 사례로 이해하고 싶다.

주지하다시피 김 회장은 서울법대를 졸업했으며, 미국 미시건대학교에서 법학 및 경영학 석사, 하버드대학교에서 신학 석사 학위를 받았으며, 2020년 한국 KAIST에서 과학기술학 명예박사 학위를 받은 특이한 학력의 소유자다. 독실한 기독교인으로 한국과 미국에서 전도사로 활동한 적도 있는 그를 필자가 이렇게 장황하게 소개하는 이유가 있다.

이런 기독교적 헌신을 바탕으로 추진하고 있는 몽골에서의 그린 에너지사업이 장차 한 · 몽골 간 FTA를 기반으로 하는 한 · 몽골경제 협력체의 마중물 사업이 되기를 바라기 때문이다. 한국과 몽골 간에 할 수 있는 여러 가지 사업 가운데 특히 양국의 강점인 자원과 ICT를 매개로 하는 인프라 구축 사업이 앞으로 한 · 몽골경제협력의 미래를 이끌어가는 신성장 동력의 핵심이 될 것이 분명하다. 그런데 이를 선도적으로 이끌어가는 현지 밀착형 프로젝트로 대성그룹의 그린 에너지사업의 이미지를 앞세우고 싶기 때문이다.

필자는 세 차례 울란바토르에 머무는 기간 동안, 석탄발전소에서 나오는 분진과 CO2, 황화물, 그리고 꽉 막힌 도로의 시내버스와 자동차에서 뿜어져 나오는 불연소 배기가스로 인해 시민들이 얼마나 큰 고통을 겪고 있는지를 몸소 체험했기 때문에 이를 극복하는 방안이 없을까 계속 고민해 왔다. 그러다가 최근에 글로벌디자인그룹㈜의 김한호 대표로부터, 국가 탄소중립 정책을 선도하고 있는 충청남도가 전 세계 지방정부와 탄소중립 경험을 공유하고 연대를 확대하는 방안을 추진하고 있다는 소식을 들었다. 그래서 이를 대성그룹의 그린 에너지 사업부와 몽골 과학가술대학(MUST)의 종합에너지연구소를 연결하여 몽골 울란바토르에서 탄소중립을 위한 '산학관 자매결연'을 추진할 수 있다면 좋겠다는 아이디어가 생겼다. 더구나 이번에 쏠라페(주)에서 기증한 공기청정기 전달식에 참여하면서 이런 생각과 희망이 더욱 절실하게 커졌다.

　이런 구상을 계속하다 보니 급기야 대한상공회의소와 몽골국가 상공회의소가 여러 차례 공동 주최해온 한·몽골 비즈니스포럼을 승격하여 'FTA를 기반으로 하는 한·몽골 경제협력체'를 구성하는 것이 "이 모든 과제를 일괄적으로 처리하는 방안이 되지 않을까?"라는 확신이 들었다. 그리고 어쩌면 이런 구상은 나중에 일본─한반도─몽골로 이어지는 동북아 지정학적 연대의 실마리를 풀어가는 선도적인 대안이 될 수 있으리라는 기대감까지 생기게 했다. 여기에서 한 걸음 더 나아가 본다면, 몽골의 동부지역을 중심으로 본격적인 자원개발 사업이 추진 되고, 이런 '빅 프로젝트'에 다국적 글로벌기업과 대기업들이 참여하여 그 산물(産物)을 블라디보스토크항을 통하여 국제무역을 할 수 있도록 수송하는 산업철도 개설 및 북극항로 연결 루트 개발사업까지 병행, 확장해 나간다면, 아마도 몽골의 미래산업은 그야말로 불에 기름을 붓는 듯 활화산처럼 터져 오를 것이다. 졸지에 너무 큰 아이디어로 상상력을 동원한 느낌이 든다. 그러나 나는 이것이 불가능한 일이라고 생각하지 않는다. 지구온난화의 영향으로 멀지 않아 북극항로의 상업적 운항이 가능해질 것이고, 또한 러시아 시베리아횡단철도(TSR)와 접속하는 몽골의 미래 산업형 고속화 철도가 블라디보스토크항까지 연결된다면, 이러한 '꿈의 열차'는 '동북아공동체로 가는 길목'에서 반드시 그 길을 달려갈 것이 분명하기 때문이다. 결국 시간문제이지 언젠가 이 거대한 'Big Picture'는 반드시 이루어지고 말 것이다.

두만강 유역 개발계획과 남북경제공동체 구상

동북아공동체문화재단에서 발간한 전문 서적(공저) 가운데 최근까지도 계속 팔리는 책이 『린치핀 코리아』(2020)이다. 공동 집필진의 대표로서 이 책의 서문에 필자는 이렇게 썼다.

> "린치핀(Linch -pin)은 수레나 자동차 바퀴가 빠지지 않도록 축에 고정하는 핀으로, '린치핀 코리아'는 대한민국이 동북아의 평화와 안정은 물론 공동번영의 중심축 국가로 우뚝 서는 것을 의미한다. 집필진은 지난 1년여 동안 '린치핀 코리아'의 비전을 구상하고, 한반도 중심축 국가 건설추진 전략을 개발하기 위해 정례적으로 만나 치열하게 논의했다. 이 책은 그에 대한 연구 산물로서 한국의 국력 신장과 격상된 위상, 한반도의 지정학적, 지경학적 입지를 살려서, 미·중 간 대립과 분쟁의 진원지인 한반도를 동북아의 협력과 공동번영의 중심축으로 전환하기 위한 추진 전략을 제시하고 있다."

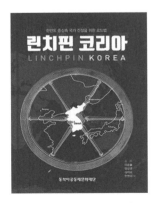

『린치핀 코리아』 책 표지

이 책의 구성은, 제1장 한미동맹과 다자안보 병행 전략, 제2장 북핵 폐기 전략, 제3장 남북경제공동체 구상, 제4장 한반도 물류 중심축 경제발전 전략, 제5장 한반도 평화협정 체결과 법체계 정비 방안, 제6장 갈등 구조 해소와 통일교육으로 되어 있다.

이 내용 가운데 필자가 특별히 유의

하여 인용하는 부문은 제3장 남북경제공동체 구상에 있는, '동북아지역 지자체 간 경제협력'과 '동북아 경제협력 중심축으로서의 남북경제공동체' 부문이다. 이 글은 본 재단 김재효 부이사장(전 KOTRA 부사장, 전 동북아 6개국 지방자치 단체연합 NEAR 사무총장 역임)께서 집필한 것으로, 스위스, 프랑스, 독일 3국 접경지에 세워진 바젤국제공항을 모델로 삼아 두만강 델타 하구의 하산(러시아)에 북한, 중국, 러시아 3국이 공히 이용하는 국제공항을 건설하고, 그 배후지인 자루비노항을 신산업 국제무역 도시로 선도 개발하는 방안을 우선적인 대안으로 제시하고 있다. 그리고 이와 함께 러시아의 자루비노항에 연결하여 북한 나진항과 중국 훈춘시를 재개발하는 '트라이앵글' 국제 자유무역지대, 즉 중국, 북한, 러시아 3국과 주변국인 한국, 일본, 몽골 등 3국이 참여하는 다자간 경제협력 사업을 두만강 하구 접경지 개발계획의 핵심사업으로 제안했다. 우리는 그 계획을 '신두만강유역개발계획'이라 통칭하기로 했다.

1990년 유엔개발계획(UNDP) 주도하에 설립된 두만강지역개발계획(TRADP)은 그간 회원국 간 정치적 갈등과 재원 조달 문제 등으로 인하여 답보 상태에 머물렀다가 2000년대에 들어와 TRADP를 광역두만강개발계획(GTI)으로 전환했다. 그리고 협력 대상 범

두만강 유역 3국 접점지역 개발계획 지도(트라이앵글)

위를 확대하고 협력 방식을 다양화하였다. GTI는 러시아 연해주, 중국 동북 3성, 몽골 동부, 한국 동해안지역을 포함하며, 무역 원활화, 교통 인프라 개선, 에너지 협력, 환경 보호 등 5개 분야별 세부 사업을 추진 중이다. 그러나 그 진전 속도 및 회원국 간 합의는 여전히 지지부진하다. 이렇게 출범한 지 30여 년이 지나도록 아직도 공염불 상태로 남아 있는 '두만강 유역 개발계획'을 먼 산 구경하듯이 방관만 하고 있을 게 아니다. 이 개발계획을 선도할 수 있는 획기적인 해결책을 수립해 보자는 차원에서 제시한 대안이 바로 '린치핀 코리아'에 수록된 제3장 '동북아지역 지자체 간 경제협력'과 '동북아 경제협력의 중심축으로서의 남북경제공동체 구상'이다.

다시 말해서 본 재단에서는 선박이나 차로 접근하기가 용이하지 않은 두만강 하구에 하산국제공항을 건설함으로써 접경지 개발에 난맥상을 거듭하고 있는 GTI 프로젝트에 신기원의 첩경을 만들어 보자는 뜻이었다. 이러한 기본전략을 세우고 이를 정리하여 책으로 3국 간 '자유무역 경제지대(自由貿易經濟地帶)' 조성안을 제시한 것이다. 이렇게 함으로써 동북아지역 지자체 간의 경제협력을 유도하고, 마침내 이를 기반으로 동북아 경제협력의 중심축으로 남북한경제공동체를 추진하는 과정에 자연스럽게 한반도 통일의 대로를 개척한다는 목표를 세우게 된 것이다. 이것을 우리 집필진들은 한반도의 새로운 미래를 바라보는 '애국적 비전'이요 동북아경제공동체 시대로 나아가는 '출구전략'이라고 외치며 공히 크나큰 자부심을 갖고 있다.

북극항로 개통과 한반도의 새로운 미래

남북한을 포함해 한반도의 새로운 미래 지평을 열어갈 최대 'Big Picture' 가운데 하나가 '북극항로'의 상업노선 개통이라 믿는다. 북극항로는 러시아 서부와 극동을 잇는 최단 항로로 그 가치 증가에 따라 개발이 가속화되고 있다. 2022년 8월에 발표한 러시아 정부의 '2035년까지 북극항로 개발계획'에 따르면 화물 기반, 교통 인프라, 화물선 및 쇄빙선, 항해 안전, 항해 관리 및 발전 등 총 5개 분야 152개 과제 설정 및 이행 기간, 예산 규모, 재원 등이 명시되어 있다.

특히 우크라이나 사태로 인한 미국, EU 등과의 협력 단절 후, 아시아 내 우호 국가인 중국, 인도 등과의 협력 강화를 주력하고 있다. 또한 북태평양지역에서 북극항로 노선에 가장 가깝게 인접해 있는 한국과 일본에도 상업노선 확대를 위한 제반 협력사업을 긴밀히 요청하고 있는 실정이다. 그런 과정에 한국의 동해안에 위치한 지자체들도 지구온난화에 따른 북극항로의 상업노선 개통에 대비하여 각종 세미나 및 국제협력 컨퍼런스를 개최하는 등 부쩍 열을 올리고 있다.

이 가운데 가장 열성적이고 장기적으로 대책을 준비해온 지자체가 '부·울·경'을 핵심 표어로 내건 부산, 울산, 경남이다. 국제신문 12월 2일 자 뉴스에 의하면, 며칠 후 12월 10일 오후 2시 개막식을 시작으로 12일까지 부산 해운대구 벡스코 컨벤션 홀에서 국내 북극 관련 최대 행사인 '북극 협력주간(Arctic Partnership Week)' 행사를 개최한다고 한다. '부·울·경' 측에서는 지난 2016년부터 북극권 국가들과의 교류 협력을 확대하기 위해 해양수산부가 외교부와 함께 국제포럼 형식으로 진행해온 '북극 협력주간'을 부산에 유치하여 북극 관련 정책, 과학 연구, 산업 등 다양한 분야를 협의해 왔다. 이번 행사에도 정부 관계자와 주한 북극권 국가 대사, 국내외 전문가, 일반 국민 등 1,000여 명이 참석하는 큰 판을 벌인 것이다. 이에 비해 규모가 작지만, 지난 7월 5일 국회에서 열린 '북극항로 거점항만 포럼'도 이와 같은 취지의 행사로,

포항 영일만항을 북극항로 중심 항만으로 육성하겠다는 비전과 의지를 가진 포항 및 경북 지자체 단체장과 지역 정치인들, 실무 전문가 들이 연대하여 심층 토론과 대책을 협의한 모임이 있었다(매일신문 온라인 매체 11.05).

필자가 북극항로에 특별히 관심하는 이유는, 우크라이나전쟁이 끝나면 나락으로 떨어진 러시아 경제를 재건하기 위한 수단으로 푸틴 대통령이 아시아 극동 개발 쪽으로 정책을 집중할 수밖에 없을 것이라는 점을 전제하기 때문이다. 그럴 경우 누구보다 관계 회복을 통해 러시아의 파트너가 되어줄 국가로 한국을 일 순위로 채택할 공산이 크다고 생각하기 때문이다.

이런 점에서 지정학적으로 보아 북극항로의 중간 물류 거점 지대로 한반도가 그 중심축이 될 것이 분명하다. 또 그런 연장선상에 한반도 동해안지역이 국제협력 자유경제 수역으로 확대 발전될 전망이 크다. 그래서 차제에 한반도와 연해주 개발을 종합적으로 패키징 하는 큰 그림(Big Picture)을 그리고 거기에 '신두만강유역개발계획'을 코어 프로젝트로 연계시키는 일이 현실적으로 가능할 것이다. 또한 이런 과정에 남북한 교류협력 및 통합경제로 나아가는 길목이 형성될 것이며, 이는 남북경제공동체를 기반으로 한반도 통일을 유도하는 동북아 자연경제권(Natural Economic Territory, 미국 버클리대학 스칼라피노 교수가 1980년대 말 중국의 개혁개방과 함께 중국의 동북 3성, 북한, 극동 러시아의 접경지역 발전 가능성을 논의할 당시에 동북아 소지역—sub region 개발을 위해 개념적 틀로 제시한 국제협력 이론) 형성의 첩경이 될 수 있으리라는 벅찬 희망을 지니게 해준다.

"도랑 치고 가재 잡는다."라는 말이 있다. 북극항로에 연결된 신두

북극항로 개요

만강유역개발계획(북·중·러 3국 접경지 종합개발계획)과 한반도 동해안 물류경제 벨트(부·울·경/포항, 경북/동해, 강원/원산, 청진, 나진)가 동북아지역 경제공동체를 이끌어 내는 큰 '도랑' 역할을 한다고 치면, 거기서 부수적으로 생기는 남북한 교류협력과 통합경제는 장차 우리들에게 '한반도 통일'이라는, 이 세상에서 가장 귀하고 값진 선물 (가재)을 선사하게 될 것이다. 나는 이러한 생각만 해도 가슴이 뛴다. 이런 점에서 나는 혹시 '전략적 이상주의자'일지도 모른다. 누가 그렇게 비판해도 나는 즐거운 마음으로 그 길을 좇아가련다.

'일본에서부터 몽골까지' 일주일간의 여행을 마치고 돌아가는 비행기 안에서 나는 '한반도의 새로운 미래'를 꿈꾸며 '생각하고 구상하는 즐거움'에 푹 빠졌다. "비관론자는 기회 속에서 위기를 보고, 낙관론자는 위기 속에서 기회를 본다." 윈스턴 처칠 경의 말이다. 나는 요즘 이 계시적 통찰력으로 많은 힘을 얻고 있다. 지금 적대적 분리정책으로 대결구도에 놓여 있는 북한도 우크라이나전쟁 이후, 러시아 푸틴 정부가 극동지역(연해주 중심) 개발계획을 앞세우며 북극항로를 현실화해 나가면 그들도 못 이기는 체하며 그 흐름을 타고 국제협력의 새길을 찾아 나설 것이 분명하다. 나는 믿는다. '동북아경제 공동체로 가는 길목'에 위치한 한반도의 미래는 이러한 정세변화와 국제관계를 통해 새날을 맞게 될 것이다. 그리고 이에 런칭하여 한반도 통일역사의 비전도 불현듯 그 실체를 드러내며 우리들 앞으로 성큼 다가오리라 믿는다.

이럴 때 우리에게 주어진 임무는 '절대로 포기하지 않는 믿음의 능력'을 훈련하는 일이다. 달려가야 할 길이 비록 멀고 험해도 우리는 그 희망의 고지를 향해 끝까지 달려갈 시대적 책임이 있다. 우리의 후손들에게 넘겨주어야 할 역사적 유업이다. 이런 각오와 결단을 하며 옆에 앉은 아내의 손을 꼭 잡았다. 그러자 그도 힘주어 나의 손을 잡아주었다. 우리 모두 손잡고 함께 가는 길 위에 하나님의 축복이 넘치게 임하리라 믿어 의심치 않는다.

We Are All One Team

지난주 목요일(12/12) 오후에 평양과학기술대학(PUST) 제5차 국제 컨퍼런스 준비위원회 1차 모임이 있었다. 양재동 동북아공동체문화재 단 회의실에서 오후 4시부터 2시간 회의를 한 다음, 자리를 옮겨 부근 식당에서 와인을 곁들여 저녁을 먹었다.

준비위원회 좌장을 맡고 있는 전영일 교수(Asaph Young Chun, 서울 대 AI 연구원 국제 팬데믹 인텔리전스 센터장, 미국 시민권자)가 3일 후 미국 으로 가서 가족들과 방학 기간을 지내고 내년 2월 말에 돌아오게 되어 있어서 준비위원회 위원들의 상견례 겸 송년 모임을 가진 것이다.

PUST에서는 그동안 네 차례 국제 컨퍼런스를 치렀다. 2009년 10월 개교 후 2011년 1차 대회를 가진 후, 2013년(2차), 2015년(3차), 2019년 (4차) 대회를 치렀다. 그런데 코로나 팬데믹으로 중단되었던 것을 내년 2025년 10월에 제5차 대회를 개최하려고 준비하는 중이다.

필자(PUST 공동운영총장)는 올해 들어와 남북 간에 적대적 2국가 분 리 정책이 진행되는 과정을 지켜보면서, 남다른 위기감을 느끼고 PUST

제1차 국제컨퍼런스

를 통해서 국제사회와 연결될 수 있는 새길을 찾아보려고 애를 써왔다. 그러다가 그 일환으로 과감히 제5차 국제 컨퍼런스를 기획하게 되었다.

PUST 박찬모(89) 명예총장께서 그동안 세 차례 대회를 주관하신 경험이 있으시기에 필자가 5차 대회 개최를 작정하고 준비위원회 구성을 의뢰했던 것이다. 그러자 실무 준비위원장으로 전영일 교수를 추천해 주셔서, 전 교수를 중심으로 미국, 유럽, 아시아 지역에 있는 석학들을 탐문하고 있는 중이다.

한국 측 준비위원회는 이들 석학들이 발표할 각 세션별 주제를 기획하고, 대회 진행에 필요한 프로그램 및 참가자 초청 계획 등을 추진하는 일부터 시작하게 된다. 참으로 기대되는 일이지만, 대회 성사 여부와 진행 과정은 여전히 오리무중에서 길을 찾아가는 것 같은 느낌이다. 왜냐하면 남북한 간의 단절 현상이 너무나 심각한 처지에 놓여 있기 때문이다. 그러나 반드시 가야 할 길이라 믿고 앞만 보고 나아가려고 한다.

CREDA 재단 설립

작년 12월 30일 북한 노동당 중앙위 제8기 제9차 전원회의에서 김정은 국무위원장은 남북 관계를 "적대적인 두 국가, 교전 중인 두 국가 관계"로 규정했다. 그리고 올해 1월 남한의 국회 격인 최고인민회의를 통해 남북한의 통일 관련 표현을 모두 삭제하라고 지시하면서 그동안 교류협력을 해왔던 남측 150여 개의 NGO 및 사회단체들을 일방적으로 폐기 조치한 바 있다.

이에 따라 남북 합작 국제대학으로 양국 정부의 승인(2001년)을 받아 개교(2009년 10월)한 평양과기대(PUST)도 큰 시련을 겪게 되었다. 그동안 25년에 가까운 기간 동안 대학 설립 및 운영을 위해 힘써 왔던 동북아교육문화협력재단(곽선희 이사장)이 남북 관계의 단절과 함께 학사 운영 및 지원 업무를 더 이상 할 수 없게 된 것이다. 비상사태를 맞은 PUST 총장으로서 필자는 학교가 문을 닫지 않고 학사 운영을 계속할 수 있도록 하는 게 가장 큰 임무가 되었다. 끝까지 학교를 지키는 게 무엇보다 중요한 제1과제로 등장했다. 이런 연유로 스위스 취리히에 설립하게 된 기관이 CREDA(Consortium for Research, Education & Development in Asia) 재단이다.

필자는 지난 3월 중순 외국인 교수 5인으로 구성된 임시대책위원회를 발족하고, 그들로 하여금 남북한이 아닌 제3지역, 유럽의 스위스를 택하여 PUST 학사 운영을 위한 새로운 NGO 재단을 설립하도록 임무를 부여했다. 그 후 필자는 4월 말에, 그동안 장기간 PUST를 지원해 왔던 미주 지역의 교회와 관계 기관들에게 대학의 위기 상황을 알리고 '변함없는 협조'를 요청하기 위해 멀고 먼 행보를 시작했다. 캐나다(밴쿠버), 미국(서부지역), 브라질(상파울로)을 거쳐 파라과이 아순시온에 있는 한국영사관에 가서 파라과이 영주권자 신고도 마쳤다. 물론 아내와 동행했으며, 그 후 다시 브라질을 거쳐 미국 동부지역 출장을 마친 후 꼬박 한 달 만인 5월 말에 귀국했다.

그동안 스위스 취리히 행정당국에 등록한 신규 재단(CREDA)이 설립 허가를 받게 되었고, 그 재단 명의로 북한 교육 당국에 의향서를 제출한 결과로 북에서 이를 채택하여 외국인 교수진 30명의 비자(사증)가 발급되었다. 한마디로 기적이 일어난 것이다. 그 비자 발급 날짜가 8월 23일이었는데, 그날 필자는 중국 중앙민족대학 박사 동문(민박회)들을 만나기 위해 연길에 가 있었다. 그 소식을 듣고 얼마나 기쁘고 감격스러웠는지 민박회 동료들과 얼싸안고 울었던 기억이 지금도 생생하다. 그런 과정을 거쳐 이번 가을학기에 코로나 이후 4년 반 만에 외국인 교수들이 평양 현지에서 대면 수업을 하고 있다. 이 일은 하나님께서 도와주시지 않았으면 결코 성립될 수 없는 일이라고 믿는다.

PUST 2.0 버전(version)과 제5차 국제 컨퍼런스

4년 반 만에 외국인 교수들이 학교 현장에 들어가 수업을 진행하고 있다는 소식을 들을 때마다 나는 마음속으로 다짐을 계속하다가 마침내 한 가지 결심을 했다. 코로나 팬데믹으로 격리되고 지연해 왔던 대학 운영의 모든 상황을 정상적인 궤도로 회복시킬 뿐만 아니라 한 걸음 더 나아가 중장기적인 대책으로 대학의 발전을 꾀하기 위한 특단의 대안이 필요하다는 생각이었다.

그 대안의 목표는 'PUST 2.0 버전'을 세우는 일이고, 이를 위한 첫 관문으로 제5차 국제컨퍼런스를 실행하고 이를 통해 세계와 미래로 가는 길을 활짝 열어나가겠다는 계획이다. 스위스에 세운 CREDA라는 신

준비위원회 회의 사진

규 재단의 창구를 십분 활용하여, 북한 여행에 아무런 장애가 없는 세계 석학들을 불러 모아 북한이 겪고 있는 사회적 취약 부문, 즉 공중보건 및 질병 예방을 위한 과학적 대책을 수립하는 것이다. 그렇게 함으로써 DPRK의 대외 국제관계를 개선하고 주민 건강생활에 도움이 되는 인도주의적 지원(Humanitarian Aid)을 하도록 이끄는 선도적 프로젝트를 구상하게 된 것이다.

박찬모 명예총장님과 전영일 교수도 나의 이런 뜻을 백 퍼센트 공감해 주셨다. 지난 9월 이후 지금까지 여러 차례 논의한 끝에 다음과 같이 1차 준비위원회 모임을 위한 기초안을 잡았다.

PUST 제5차 국제컨퍼런스(초안)

1. 일정 : 2025년 10월 중순(총 5일간)
   - 첫째 날 : 개회식, 기조연설(제1주제 : 공중보건, 의학, 질병 통제 및 예방/ 제2주제 : 환경 및 기후대책, 재난구호, 농생명 바이오, 식품영양학 등)
   - 둘째~넷째 날 : 컨퍼런스 주제별 세션 진행(발제, 토론, 인터뷰, 워크숍

등), 넷째 날 오후 특순 : PUST 협력방안 채택과 국제화 교육의 미래 청사
진 제시

- 다섯째 날 : 현지 탐방(묘향산, 개성 관광 등)

2. 장소 : PUST 캠퍼스, 평양 시내

3. 대회 주제(SDGs) : 공중보건과 의학의 글로벌, 로컬 도전과 인류
를 위한 과학적 대응, 질병 통제 및 예방과 환경관리

4. 국제컨퍼런스 총괄 : 이승율 PUST(외방측) 공동운영총장

5. 기조연설 발표자

- 피터 아그레 교수(Peter Agre) : 2003년 노벨 화학상 수상자, 존스홉킨스
대학
- 콘스탄틴 노보셀로프 교수(Konstantin Novoselov) : 2010년 노벨 물리학
상(그래핀 연구), 싱가포르국립대학
- 유럽 출신 의학 및 관련 분야 노벨상 수상자(3명)

6. 세션 발표자 : 약 30명의 외국인 및 DPRK 학자가 6개 컨퍼런스
트랙에서 20개 세션 발표

7. 행사 참가자 : 약 700명(PUST 교수진 및 학생 600명, 해외 발표자 30명,
DPRK 대학 및 기관 발표자 20명, 각국 외교관, 기업인 및 기타 50명)

8. 컨퍼런스 의장

- 아사프 영 전 (Asaph Young Chun) : 팬데믹 과학 가속화 국제연구소
(IPSAI International) 소장, ISR 재단 회장

9. 명예공동의장

- 박찬모 PUST 명예총장
- 피터 아그레 교수(노벨상 수상자), 존스홉킨스대학

10. 학술 프로그램 위원회

- 컨퍼런스 의장, 명예 공동의장, 하이디 린튼 CFK 회장, 캐시 젤웨거 '카리타

스 인터내셔널' 홍콩 대표 (스위스 USID 대표), 제니스 리 미국 로마린다의대 예방의학과 교수, 몽골국립치과대학 아마르사이칸 교수, 유럽 학자 4명 (영국, 노르웨이, 스웨덴, 스위스), 북미 학자 2명(캐나다, 미국), 몽골 및 중국 대표 2명, 싱가포르, 호주, 뉴질랜드 대표 3명, 외국 국적 한국인 약간 명 등 20명 내외

11. 현지 조직위원회

　　- DPRK 측 PUST 총장(행사위원장), PUST 5개 학부 대표(5명)
　　- 비자, 컨퍼런스 시설, 숙소, 교통 계획 담당 PUST 교수진 3명
　　- PUST 졸업생 5명

12. 트랙 6개 분야(20개 세션 아젠다) : 추후 확정

We are all one team

　　동북아공동체문화재단 회의실에서 2시간여 토론을 마친 다음, 우리는 장소를 옮겨 부근에 있는 식당('더 맛있는 스테이크')으로 갔다. 준비위원회 모임에는 필자를 포함하여 11명이 모였는데, 두 명이 다른 행사와 겹쳐서 식사를 하지 못하고 떠났다. 식당에서 아홉 명(남 3명, 여 6명)이 조촐하게 송년 모임을 가졌다. 대화의 분위기가 회의 때보다 훨씬 친근하고 돈독해졌다.

　　내가 우리 모두의 건강을 위해 덕담을 한 다음, 자청해서 PUST의 발전을 위한 건배사를 했다. '비행기'로 했다. "비전을 품고 행동을 하면 기적이 일어난다!"는 내용이다. 후렴으로 "비행기는 떠야 비행기다!"라는 말을 곁들여 일러준 다음, 나의 선창에 이어 복창을 하도록 요청했다. 내가 "PUST 국제컨퍼런스 비행기"를 선창하자 곧이어 다 같이 와인 잔을 부딪히며, "뜬다, 뜬다, 떴다!"라고 한목소리로 우렁차게 복창했다. 왁자지껄 참으로 유쾌하고 즐거운 시간이었다. 그리고 각자

가 모두 전문성이 뛰어난 분들이라 대화가 길어지면서 본인들이 지금 하고 있는 연구 분야와 실적 및 고충에 대해 소신 발언을 많이 했다.

남북한 문제도 터져 나왔고 최근의 국내 정치 상황에 대한 발언도 있었다. 그 가운데 특별했던 것은, 김수 박사가 AI를 활용한 치매예방 사업(뇌과학)을 위해 백억 원 대의 투자 유치를 추진하고 있다는 얘기와 (나의 친동생) 이승현 교수가 국내에서 활동한 지 몇 년이 안 되었지만 '생활습관의학(Life Style Medicine)'이 붐을 일으키며 기존 의학계에 큰 영향력을 미치고 있다는 얘기 등 다채로웠다.

그리고 윤지현 교수가 언젠가 PUST에 식품영양학과를 설립하여 북한 주민들의 식생활을 개선하는 일을 돕고 싶다고 발언했는데, 그의 말이 특히 내 귀에 파고들었다. 그래서 나도 질세라 한마디 거들었다. "우리가 이렇게 이름도 다르고 전문 분야도 다르지만, PUST를 통해 한반도의 새로운 미래를 꿈꾸며 나아가는 길에는 모두 한마음 한뜻인 줄 믿습니다. 그래서 제가 오늘 읽은 신문 기사 중에 이 대목을 꼭 전하고 싶습니다."라고 말한 후, 오늘 아침에 조선일보 Culture 면에서 읽은 '한강' 작가의 노벨상 시상식 연회 부문을 소개했다.

독자들을 위해 편의상 A16면 기사의 원문 끝부분을 그대로 인용하면 다음과 같다.

> (4시간에 걸쳐 만찬과 공연이 이어지면서) 몰려드는 인파에 작가는 자정을 넘겨서도 계속 연회장에 머무르며 사람들과 이야기를 나눴다. 2018년 노벨문학상 수상자인 올가 토카르추카를 비롯해 니나 에이덤 나투르오크 쿨투르 편집자, 로럼스 랄뢰요 RCW문학 에이전

트 등이 축하를 건넸다. 『채식주의자』를 처음 영미권에 소개한 영국 작가 맥스 포터(당시 영국 출판사 '포토벨로' 편집자)도 축하를 전했다. 맥스 포터에게 (기자가) "당신이 한강을 처음 세계에 알리지 않았느냐?"고 하자 웃으며 세차게 고개를 저었다. "우리 모두가 한 팀이지!(We are all one team)!"

    그날 (12/12) PUST 제5차 국제컨퍼런스 준비 모임에 참석했던 분들에게 나도 공히 하고 싶은 말이 있다. 누가 먼저 PUST 사역을 시작했느냐고 묻거나 직책이 총장이라든가 또는 컨퍼런스 의장이라든가 하는 말은 우리들에게 아무런 의미 차이가 없다. 우리들에게 남아 있는 신념과 감정은, 오직 한마음으로 "We are all one team"이라고 외치는 순수하고 순결한 애국심과 민족 사랑의 우정밖에 없다고 말하고 싶다. 이런 가운데 마음 한구석에 또 다른 희망의 목소리가 들려온다. "혹시 PUST 졸업생 중에 먼 훗날 노벨상을 타는 인물이 있다면 그는 무어라고 인터뷰할까?", "혹시 이렇게 말하지는 않을까?" 그는 세차게 고개를 저으며, "아닙니다. 이건 저 혼자 한 게 아닙니다. PUST 학생들을 위해 모든 생애를 바쳐온 외국인 교수님들과 공동운영총장님과 국제 컨퍼런스에 참석한 모든 분들이 함께 이룬 작품입니다. 우리 모두가 한 팀입니다(We are all one team)."라고 말해 주지 않을까? 아마도 그렇게 대답하리라고 믿는다. 제발 그런 일이 있었으면 좋겠다. 만일 그런 일이 있을 수만 있다면, 나는 혼신의 힘을 다해 끝까지 그들(PUST 학생들)을 섬길 것이다. 주님과 함께, 우리 모두 손잡고 함께 가는 길 위에, 주님의 은총이, 낮은 곳으로 임하는 강물처럼, 그 물이 바다를 덮음같이 온 천지에 충만하기를 기원한다.

저자 프로필

이승율 ‖ (사) 동북아공동체문화재단 이사장

학 력

경북고등학교 (1964~1967)
동국대학교 불교대학 철학과 (1975~1979)
동국대학교 대학원 철학과 석사 (1979~2004)
(중국)연변대학교 인문사회과학학원 국제정치학 석사 (2000~2002)
(중국)중앙민족대학교 사회학학원 민족학계 법학박사 (2003~2006)

경 력

(주)반도이앤씨 회장 (1986~현재)
연변과학기술대학 대외부총장 (1998~2017)
평양과학기술대학 건축위원장 (2001~2010)
(사)동북아공동체문화재단 이사장 (2007~현재)
평양과학기술대학 대외부총장 (2012~2017)
참포도나무병원 이사장 (2012~현재)
(사)신아시아산학관협력기구 이사장 (2015~2019)
(사)한국기독실업인회(CBMC) 중앙회장 (2018~2019)
(사)국가조찬기도회 부회장 (2020~현재)
(사)인간개발연구원 부회장 (2020~2023)
평양과학기술대학 공동운영총장 (2021~현재)
사단법인 ISF(국제학생회) 이사장(2024~현재)
(사)국무령이상룡기념사업회 이사장(2024~현재)

수상경력

2016년 환황해경제·기술교류대상 (2016.7.13)
대한민국 국민훈장 목련장 (2016.10.5)
2016 자랑스런 전문인선교 대상 (2016.11.12)
HDI인간경영대상 (2018.12.20)

저서

『윈윈 패러다임』 (2004, 영진닷컴)

『共生時代』 (중문판, 2005, 세계지식출판사)

『동북아 연합의 꿈』 (2006, 파로스)

『동북아시대와 조선족』 (2007, 박영사) * 대한민국학술원 우수학술도서상 수상

『东北亚时代的 朝鲜族社会』 (중문판, 2008, 세계지식출판사)

『누가 이 시대를 이끌 것인가』 (2009, 물푸레)

『走向大同』 (중문판, 2010, 세계지식출판사)

『초국경 공생사회』 (2011, 한우리)

『韓國人が見た東アジア共同体』 (일어판, 2012, 論創社)

『제3의 지평』 (공저, 2012, 디딤터)

『동아시아 영토분쟁과 국제협력』 (공저, 2014, 디딤터)

『정동진의 꿈』 (2015, 디딤터)

『북방에서 길을 찾다』 (공저, 2017, 디딤터)

『비전과 열정의 삶-역경의 열매』 (2018, 국민일보 간증집)

『길목에 서면 길이 보인다』 (2019, 휘즈북스)

『린치핀 코리아』 (공저, 2020, 동북아공동체문화재단)

『회복의 능력』 (2021, 올리브나무)

『D・R・E・A・M으로 승부하라』 (2021, 바이북스)

『야망과 구원』 (2022, 올리브나무)

『My Last Devotion』 (2022, 올리브나무)

『하나님이 사용하신 10가지 도구』 (공저, 2024, 올리브나무)